DES HOMMES DE GUERRE

DU MÊME AUTEUR

Fatherland, Julliard, 1993 ; Pocket, 1996
Enigma, Plon, 1996 ; Pocket, 1997
Archange, Plon, 1999 ; Pocket, 2000
Pompéi, Plon, 2005 ; Pocket, 2006
Imperium, Plon, 2006 ; Pocket, 2008
L'Homme de l'ombre, Plon, 2007 ; Pocket, 2011
Conspirata, Plon, 2009 ; Pocket, 2016
L'Indice de la peur, Plon, 2012 ; Pocket, 2013
D., Plon, 2014 ; Pocket, 2019, nouv. éd. sous le titre *J'accuse*
Dictator, Plon, 2016 ; Pocket, 2017
Conclave, Plon, 2017 ; Pocket, 2018
Munich, Plon, 2018 ; Pocket, 2019
Le Second Sommeil, Belfond, 2021 ; Pocket, 2022
V2, Belfond, 2022 ; Pocket, 2023
Les Régicides, Belfond, 2023, Pocket, 2024

ROBERT HARRIS

DES HOMMES DE GUERRE

Traduit de l'anglais (Royaume-Uni)
par Anne-Sylvie Homassel

belfond NOIR

Titre original :
PRECIPICE
publié par Hutchinson Heinemann, une marque de Penguin Random House, Londres

Retrouvez-nous sur :
Lisez : https://www.lisez.com/belfond/5
Facebook : www.facebook.com/belfond
Instagram : https://www.instagram.com/editionsbelfond/?hl=fr

Éditions Belfond,
92, avenue de France, 75013 Paris.
Pour le Canada,
Interforum Canada, Inc.,
1055, bd René-Lévesque-Est,
Bureau 1100,
Montréal, Québec, H2L 4S5
info@lisez.com

ISBN : 978-2-7144-0436-7
Dépôt légal : novembre 2025

Belfond | un département **place des éditeurs**

place
des
éditeurs

À George Harris Parr, bienvenue.

Note de l'éditeur

[illegible]

[illegible]

[illegible]

Note de l'auteur

Toutes les citations extraites de la correspondance du Premier ministre sont authentiques, aussi surprenant que cela puisse paraître à mes lecteurs. De même, les télégrammes, les articles de presse et les documents officiels, et la correspondance entre Venetia Stanley et Edwin Montagu.

Les lettres de Venetia Stanley au Premier ministre sont, en revanche, entièrement de ma plume.

Et Paul Demeer appartient au seul domaine de la fiction.

Première partie

EN TEMPS DE PAIX

2-23 juillet 1914

- 1 -

Au début du mois de juillet 1914, un jeudi, en fin de matinée, une jeune femme brune, la chevelure encore humide, quitta la rive de la Serpentine, dans Hyde Park, et marcha à longues enjambées jusqu'à Marylebone en passant par Oxford Street. Elle tenait d'une main sa capeline de lin écru et de l'autre une serviette éponge bleu marine contenant un maillot de bain trempé et une paire de bas en soie.

Bien qu'elle n'ait de toute évidence pas une minute à perdre, elle se refusait à courir. D'une part, il y avait foule sur les trottoirs et la température était déjà trop élevée. De plus, elle n'avait jamais aimé donner le sentiment du moindre effort. Ce qui ne l'empêchait pas d'avancer d'un pas vif, la tête haute, le corps long et fin, avec une telle détermination que la plupart des passants s'écartaient spontanément sur son passage.

Un peu après midi, elle s'engagea enfin dans l'élégante rue georgienne où ses parents demeuraient lorsqu'ils étaient à Londres. Le facteur, qui venait d'apporter le courrier de midi, se tenait sur le perron, devant la belle façade symétrique en stuc blanc, et fouillait dans sa sacoche.

Avec un peu de chance, elle était arrivée juste à temps.

Elle traversa la chaussée et salua le postier avant de se faufiler sous le porche et d'entrer dans la pénombre étouffante du vestibule.

En cette fin de matinée estivale, le courrier reposait encore intact dans sa corbeille en fil de fer.

Elle put récupérer l'enveloppe, à l'écriture devenue si familière, quelques minutes avant qu'un domestique surgisse des profondeurs de la vaste demeure pour apporter la corbeille et son contenu au maître de maison, le père de la jeune femme pressée – laquelle glissa l'enveloppe qu'elle avait subtilisée dans sa capeline, tendit la corbeille au majordome et s'était déjà engagée dans l'escalier lorsque sa mère, lady Sheffield, l'appela du petit salon.

« Alors, ma chérie, cette baignade ?

— Divine », répondit la jeune femme sans s'arrêter.

Elle se faufila dans sa chambre, ferma la porte, posa sa serviette au pied de la coiffeuse et son chapeau devant la psyché, ôta sa robe d'un geste vif et se laissa tomber sur le lit.

Couchée sur le dos, elle tint un moment l'enveloppe à bout de bras. *À l'Hon. Venetia Stanley, 18 Mansfield St., Portland Place, Londres, W.*

Puis elle passa l'index sous le rabat de l'enveloppe, faute de coupe-papier, et en sortit une feuille d'épais papier ligné pliée en deux et datée du jour.

2 juillet 14

J'ai retrouvé un peu de gaieté ce matin, en grande partie grâce à toi. J'espère ne t'avoir pas trop désespérée hier soir : tu étais adorable, consolante, et m'as, comme toujours, tant soutenu. Je t'en suis sincèrement reconnaissant, du fond du cœur. Je t'imagine en ce moment te baignant je ne sais où en compagnie de lady Scott. La journée qui m'attend n'a rien de joyeux, y compris l'entrevue que je dois avoir avec le roi à 16 h 30. Ottoline m'a invité à dîner ce soir, il n'est donc pas impossible que je puisse poser les yeux un instant sur toi... Quel ange tu es !

La lettre n'était pas signée, une précaution qui datait de quelques semaines. Il évitait désormais de mentionner leurs deux noms dans ses lettres.

Elle relut les quelques lignes. Il attendait une réponse immédiate, sans aucun doute, et s'inquiéterait de ne pas en recevoir, bien qu'il ne soit rien arrivé de notable à Venetia depuis la veille. Elle s'installa à sa coiffeuse, lettre en main, scruta d'un œil indifférent son visage dans le miroir et prit une feuille de papier. Après quoi, elle s'empara de son stylo-plume, s'accorda quelques secondes de réflexion et se mit à écrire.

Je viens de rentrer après une revigorante séance de natation dans la Serpentine avec Kathleen. Son crawl athlétique fait honte à ma brasse paresseuse... Chose étonnante, nous avons pu passer une heure entière sans parler une seule fois de son défunt époux, ni même du pôle Sud : le record est battu, je pense ? La Serpentine, quoique très fréquentée, était d'une délicieuse fraîcheur. Quel été étouffant ! Presque comme il y a trois ans. Je suis bien contente de te savoir plus serein. Tu vas te dépêtrer de cette affaire irlandaise, une fois de plus – tu y arrives toujours. Mon très cher, je ne peux pas venir ce soir chez Ottoline, car j'ai promis à Edward et au Cosaque de les accompagner : nous allons naviguer cette nuit de Westminster à Kew. Tu le sais bien, j'aurais préféré ta compagnie. Mais nous nous verrons demain. Avec tout mon amour.

Elle avait écrit d'un trait : pour autant, son élégante écriture était parfaitement lisible. Elle ne signa pas, souffla sur l'encre, noire et scintillante, plia la feuille et l'inséra dans une enveloppe sur laquelle elle écrivit « Premier ministre, 10 Downing Street, Londres, S. W. », avant d'y coller un timbre à un penny. Puis elle sonna sa femme de chambre, Edith – une Suisse allemande à la discrétion exemplaire – qui s'en fut la poster. Il y avait à Londres douze distributions par jour : la lettre parviendrait à son destinataire dans l'après-midi.

La réponse arriva vers 20 heures, alors qu'elle accueillait son cavalier pour la soirée, Maurice Baring. Elle entendit le claquement du clapet de la boîte à lettres et vit, du coin de l'œil, Edith s'approcher de la corbeille à courrier.

« Cher Maurice, comment allez-vous ? »

Elle lui tendit la main. Baring, la quarantaine, le crâne légèrement dégarni, était homme de lettres et assez fortuné. Il avait également publié deux volumes de poésie, une dizaine d'années plus tôt, et ses *Dead Letters* de 1910 étaient restées en effet mortes. Il portait ce soir-là une cravate blanche, une queue-de-pie et un œillet rouge à la boutonnière. Lorsqu'il se pencha pour lui baiser la main, elle sentit sa moustache lui frôler le poignet et perçut la délicate odeur de citron de sa pommade capillaire. Dans l'après-midi, lady Sheffield – que les mœurs modernes de sa fille déconcertaient et qui s'inquiétait fort de pouvoir encore la marier, à près de vingt-sept ans – lady Sheffield, donc, s'était entretenue avec la jeune femme. Serait-elle en sécurité avec ce Maurice Baring ?

« Maman, quand bien même je me retrouverais nue pendant un an sur une île déserte en compagnie de Maurice, je ne risquerais absolument rien.

— Venetia !

— C'est un fait, maman ! »

Edith attendit que sa maîtresse franchisse le seuil pour lui confier l'enveloppe, tout en feignant de rajuster sa robe. Venetia l'ouvrit une fois installée sur la banquette arrière de l'automobile de Maurice, en compagnie de ce dernier. Le message était court. Il avait sans doute, à en croire l'en-tête, 16 h 45, été griffonné juste avant que le Premier ministre quitte Downing Street pour Buckingham, ou dans les antichambres du roi.

Si possible ne t'aventure pas cette nuit sur le Styx, ma chérie, mais viens chez Ottoline. Ne serait-ce que pour dîner ? Ce serait bien agréable. Mais si c'est impossible, passe quand même plus tard, je t'attendrai. Fais comme tu peux, vraiment. Tout à toi.

Elle fronça les sourcils. Sur le Styx... Il avait peut-être raison. Depuis qu'elle avait accepté l'invitation d'Edward, elle était tenaillée par une vague inquiétude pour des raisons qui n'étaient pas celles évoquées par le Premier ministre. L'ennui des promenades en bateau, c'est qu'il est bien plus facile de monter à bord que d'en descendre : elle en avait déjà fait l'expérience. Et il y avait peu de choses dans cette vie qui lui soient plus intolérables que le sentiment d'être prise au piège.

Son léger froncement de sourcils n'échappa sans doute pas à Maurice.

« Un admirateur envahissant ?

— Je n'ai pas d'admirateurs, Maurice, comme vous le savez très bien.

— Oh, j'en doute fort, Venetia... »

Le ton de Maurice lui déplut fortement, de même que le rictus quelque peu égrillard qui accompagnait la remarque. Par tous les dieux, se trouvait-elle donc depuis si longtemps sur le marché des héritières à marier pour que Maurice puisse vouloir tenter sa chance ?

« Il est trop tard, je pense, pour renoncer à notre expédition fluviale, et nous rendre plutôt chez Ottoline ?

— Quelle drôle de proposition ! Nous ne sommes pas invités chez Ottoline. Ma chère, nous allons nous amuser comme des petits fous sur le fleuve. Il y aura tout le monde. »

Tout le monde, c'est-à-dire « la Coterie », comme le groupe s'était baptisé, ou « la Coterie des pourris », comme l'appelait la presse, soit une vingtaine d'amis (le nombre était variable, l'admission soumise à un jugement collectif décrétant, selon d'obscurs critères, qu'untel était un raseur et tel autre, follement intéressant) qui se retrouvaient dans divers établissements de la ville : parfois le Café Royal, moins fréquemment au music-hall ou dans les salles de boxe de l'East End – le plus souvent, de fait, à la Cave of the Golden Calf, une boîte de nuit en sous-sol des environs de Regent Street.

« Très certainement », répondit Venetia, dubitative, tout en fourrant l'enveloppe dans son sac à main dont elle fit claquer le fermoir.

Elle ne faisait pas partie des étoiles de la Coterie. Sa consommation de vins et spiritueux avait tout à envier à celle de sir Denis Anson, le jeune baronet qui sifflait ses deux bouteilles de champagne avant même de commencer la soirée. Elle ne se droguait pas, à l'inverse de lady Diana Manners (« la plus belle femme du royaume d'Angleterre »), adepte du chloroforme. Elle n'était pas une brillante intellectuelle, contrairement à Raymond Asquith – le fils du Premier ministre, l'auteur de la lettre qu'elle venait de ranger dans son sac à main. Elle n'avait pas la fortune personnelle de Nancy Cunard, héritière à dix-huit ans tout juste des paquebots du même nom. La Coterie n'était qu'un remède à son ennui. Elle la fréquentait également parce que cela irritait sa mère, et parce que aucune de leurs folles entreprises ne parvenait à la choquer. Et puis il y avait ce je-ne-sais-quoi qui l'attirait chez eux, qui n'était pas tout à fait du cynisme – encore que Raymond, le plus âgé et le plus drôle de la clique, en soit un expert incontesté – mais plutôt une sorte de flegme, de curieux détachement. Venetia avait souvent l'impression que rien n'avait d'importance : ni la Coterie, ni le monde, ni même sa propre personne. Et ces gens-là partageaient ce sentiment.

Ce fut dans cet esprit familier de désabusement qu'elle s'abandonna aux distractions de la soirée, dans le luxe et la quiétude de la Rolls-Royce Silver Ghost de Maurice. Ils se rendirent d'abord à l'ambassade de Russie, sur Belgrave Square, où ils dînèrent, avec trois autres invités, à la table du fils de l'ambassadeur, Constantin von Benckendorff, dit « le Cosaque ». C'était, avec Edward Horner, le co-organisateur de la croisière à Kew. Puis ils remontèrent dans la Rolls-Royce pour longer la Tamise et retrouver le reste de la Coterie, débarquant, qui d'une automobile, qui d'un taxi, après leurs dîners respectifs. Ils seraient seize, parmi lesquels Claud Russell et Duff Cooper, tous deux fonctionnaires au Foreign Office, chacun serrant contre son cœur deux bouteilles de Bollinger raflées à la table de Mrs Cooper, la mère de Duff. Mais aussi Sybil Hart-Davis, la sœur de Duff ; Iris Tree, actrice et mannequin, toujours disposée à se dévêtir ; Jasper Ridley, avocat et mari de la sœur du Cosaque – et Raymond, bien sûr, ainsi que son épouse Katharine et le frère de celle-ci, le jeune Edward Horner, lui aussi homme de loi...

Il y eut des embrassades et des rires et des exclamations : ah, comme ils allaient s'amuser ! Les jeunes femmes en robe bariolée, des oiseaux de paradis, et les hommes sanglés dans leur uniforme monochrome, frac noir, cravate blanche et haut-de-forme, envahissant l'escalier de pierre qui menait d'Embankment au quai de Westminster sous les regards intrigués de quelques passants accoudés au parapet. Et Venetia suivit le mouvement, relevant des deux mains sa robe de soie verte, pour éviter le contact de l'étoffe avec le sol.

Elle fut surprise par la taille de l'embarcation, le *King*, imposant vapeur de plaisance, assez grand pour accueillir cinquante personnes. Sa haute cheminée trônait entre les ponts de proue et de poupe, décorés de lampions chinois aux couleurs vives. Dans l'eau noir pétrole, les sphères citron, rose et vert pâle se dissolvaient sans cesse pour réapparaître aussitôt, frémissantes. La nuit était chaude, le ciel éclairé par une demi-lune. Venetia entrevit, par les hublots de la cabine principale, un opulent buffet qu'éclairaient des chandeliers aux lueurs tremblantes, des bouteilles de champagne à profusion dans leurs seaux de glace. Sur le pont de proue, un quintette de musiciens professionnels – ils venaient tous de l'orchestre de Thomas Beecham, à Covent Garden – entama « By The Beautiful Sea », le succès de l'été, au moment même où Big Ben, au cadran aussi lumineux qu'une seconde lune, sonnait les 11 heures du soir.

Denis fut le premier à monter à bord : il franchit la passerelle d'un bond, longea la cabine et se hissa sur la rambarde du *King*. Un moment accroupi, il finit par se redresser de toute sa taille, vacillant entre le pont du vapeur et les profondeurs du fleuve, tendant lentement les bras pour reprendre quelque équilibre, sous les applaudissements des spectateurs de l'Embankment. Il pivota précautionneusement et, pareil à l'acrobate sur sa corde raide, se mit à avancer vers la poupe, à tout petits pas. Lorsqu'il fut parvenu à destination, il se retourna vers le quai. Pendant quelques secondes, il resta immobile, ombre noire se détachant devant le fleuve et les lumières de l'autre rive, au bord du précipice.

« Oh, Vinny, murmura Diana. Regarde Denis ! Il doit être complètement ivre – impossible !

— Au contraire, répondit Venetia. Il ne se serait pas permis ces acrobaties s'il avait été sobre. »

Denis tendit soudain les bras avant de basculer vers le pont. Son escamotage fut salué par des rires et des applaudissements auxquels Venetia ne prit pas part. Quel jeune idiot, songea-t-elle. Elle sut immédiatement ce qui lui restait à faire.

« Maurice, toutes mes excuses, mais je ne me sens pas bien. Me pardonnerez-vous si je vous abandonne ?

— Oh non ! Vraiment ? Quel dommage... »

Il se tourna vers la passerelle, que le reste de la Coterie avait déjà prise d'assaut. De toute évidence, il brûlait de les rejoindre, sans vouloir pour autant, en homme du monde, délaisser Venetia.

« Je vais les prévenir, avant de vous raccompagner.

— Non, restez, je vous en prie. Je n'ai aucune envie de gâcher votre soirée. Pouvez-vous demander à votre chauffeur de me ramener ?

— Bien sûr ! Êtes-vous certaine, pourtant, de...

— Oui. Présentez mes excuses à Conny et à Edward, voulez-vous ? Je vous appellerai demain. »

Et, se rendant soudain compte de sa propre ébriété, pourtant légère, elle remonta l'escalier sans se retourner, ignorant même le « Venetia ! » légèrement réprobateur de Raymond. Elle se sentait à la fois joyeuse et coupable, comme si elle venait de quitter une mauvaise pièce de théâtre à l'entracte. Le sifflet du vapeur retentit, signal du départ. Une fois sur Embankment, elle se retourna. Le *King* venait de se détacher du quai. Elle posa les coudes sur le parapet, goûtant la fraîcheur de la pierre contre sa peau nue, et suivit un instant le bateau du regard : les lampions, les fêtards en ombres chinoises, la mélodie du quintette à cordes, les rires et les chants, résonnant, clairs, dans l'air de l'été :

Sur les flots, sur les flots, sur la mer bleue,
Toi et moi, moi et toi, que nous serons heureux...

Elle ne bougea pas avant de voir le vapeur disparaître sous les arches de Westminster Bridge, puis se mit en quête de la Rolls de Maurice. Cinq minutes plus tard, elle longeait à son bord Parliament Street et passait devant le croisement avec Downing Street. Elle aperçut devant elle les feux arrière rougeoyants d'un autre véhicule : c'était peut-être lui, qui rentrait de son dîner chez Ottoline ? Surgit un instant l'idée, aussitôt écartée, de se faire déposer au coin de cette rue. Non, elle avait trop bu. C'était sûrement quelqu'un d'autre. Et même si c'était lui, ce ne serait jamais la chose à faire.

- 2 -

La nuit fut courte, l'air était tiède, le ciel brûlant d'étoiles. Lorsque le soleil se leva sur Londres, à 4 h 45 du matin, il semblait ne s'être jamais absenté.

Au deuxième étage de la forteresse gothico-victorienne qui se dressait près de la Tamise à Westminster, extravagante bâtisse connue sous le nom de New Scotland Yard, un jeune sergent de police leva les yeux de son journal. Le jour filtrait déjà par les volets de bois de la salle de nuit de la Metropolitan Police, hébergée dans la tourelle de l'angle sud-ouest de la forteresse.

La nuit s'était écoulée sans incident. Les uns après les autres, ses collègues, plus gradés, usant du privilège de l'ancienneté, avaient quitté leur poste, laissant leur cadet seul à la barre. La petite pièce empestait à présent le tabac froid et la transpiration masculine, un mélange étouffant. Le sergent ouvrit les volets, souleva la fenêtre et resta un instant en manches de chemise, le gilet grand ouvert, balayant du regard le vaste panorama – les rayons obliques du soleil caressant le fleuve agité par la marée, les mouettes frôlant, piailleuses, les bancs de boue, le chantier immense et silencieux où devait se dresser un jour le bâtiment du London County Council, l'omnibus rouge qui traversait, solitaire, le pont de Waterloo au Parlement. Son regard enfin se posa sur le quai de Westminster, au pied de New Scotland Yard : un vapeur de plaisance à la haute cheminée y était amarré, le pont décoré de lampions éteints.

Dans le soleil de l'aube, il faisait grise mine.

Sur le quai, dans l'escalier, debout, assis, adossés à la rambarde, se trouvaient dix ou douze fêtards des deux sexes, les hommes en frac, les femmes en robe de soirée, accompagnés d'un quatuor de musiciens cramponnés aux étuis de leurs instruments. Ce beau monde était placé sous la surveillance de deux ou trois agents de police en uniforme. Quatre véhicules, dont une Rolls-Royce, étaient garés sur l'Embankment ; les chauffeurs s'étaient rassemblés en un petit groupe, cigarette aux lèvres.

Le jeune sergent devait contempler ce curieux tableau vivant depuis quelques minutes sans en comprendre la signification lorsque le téléphone sonna, pour la première fois depuis minuit.

Il recula vers le bureau, empoigna d'une main le socle de l'appareil et, de l'autre, porta le récepteur à son oreille.

« Scotland Yard, permanence de nuit, articula-t-il avec soin devant le microphone.

— Et à qui ai-je l'honneur de m'adresser ? »

À l'autre bout de la ligne, parmi les grésillements, une voix grêle, masculine, avec une pointe d'accent irlandais.

« Sergent Paul Deemer. Et vous êtes ?

— Parfait, sergent Paul Deemer. Ici, le superintendant Patrick Quinn. Je pense que vous savez qui je suis.

— Oui, monsieur. »

Le bref échange l'avait sorti de sa torpeur. Quinn était le chef des Services spéciaux, chargé entre autres de la protection des grands personnages de la nation. Il avait, au début de sa carrière, été le garde du corps de la reine Victoria.

« Bonjour, monsieur.

— Pouvez-vous me passer un inspecteur ?

— Il est encore trop tôt, monsieur. Le premier devrait arriver vers 6 heures. »

À cela, Quinn répondit par un bref claquement de langue, puis :

« Ah. Écoutez, il y a eu cette nuit un incident grave sur la Tamise. Deux passagers d'une embarcation sont passés par-dessus bord ; ils se sont probablement noyés.

— C'est compris, monsieur.

— Se trouvaient à bord le fils du Premier ministre et celui de l'ambassadeur de Russie. Je crois savoir que l'embarcation, qui a pour nom le *King*, est revenue à son point de départ, c'est-à-dire le quai de Westminster. »

Deemer, le téléphone dans les mains, retourna à la fenêtre. Le tableau vivant n'avait pratiquement pas bougé.

« Il me semble, monsieur, que je le vois de la fenêtre de la salle de permanence. Ces hommes dont vous parliez… Ce sont les disparus ?

— Non, ces deux-là sont sains et saufs, Dieu merci. Mais vous comprendrez sans mal qu'on m'ait tiré du lit, répondit Quinn, que cela n'amusait visiblement guère. J'ai besoin d'un officier qui puisse se rendre sur le quai, prendre l'affaire en charge, s'assurer qu'il s'agit bien d'un accident et renvoyer chez eux ces messieurs et dames avant que la presse vienne y mettre le nez. Pouvez-vous me rendre ce service, sergent Paul Deemer ?

— Oui, monsieur.

— Voilà quelqu'un de bien ! Faites-moi un rapport. Et traitez ces gens avec égard. »

Quinn raccrocha avant même que Deemer puisse lui répondre.

Le jeune homme prit son veston, qu'il avait disposé sur le dossier de sa chaise, l'enfila, le boutonna avec soin, rajusta sa cravate dans le miroir qui surplombait la cheminée et se lissa moustache et cheveux d'une paume enduite de salive. Puis il récupéra son chapeau melon, suspendu à la patère, et descendit les trois volées de marches à toute allure. Le règlement lui interdisait de laisser la salle de permanence sans surveillance. Mais les ordres d'un superintendant ne l'emportaient-ils pas sur le règlement ? De surcroît, Deemer était un ambitieux à l'esprit vif, acéré. Toute tragédie recelait pour lui des occasions.

Il traversa la grande cour et se retrouva sur l'Embankment, le cœur battant plus vite que de coutume. Il s'arrêta quelques secondes pour retrouver son souffle et sa contenance, puis traversa, le visage plus serein, la chaussée déserte, avant de passer devant les chauffeurs et de descendre sur le quai. Il se dirigea tout d'abord vers les deux agents en uniforme, auxquels il montra son insigne. Cela lui valut des regards dubitatifs. Il avait compris assez tôt dans sa carrière qu'un visage trop juvénile n'est pas nécessairement un avantage lorsqu'on est officier de police.

« Eh bien, dit-il d'un ton sec qui se voulait empreint d'autorité, quelle tragique affaire. Auriez-vous les noms des deux disparus ?

— Sir Denis Anson, répondit le plus âgé des deux agents après avoir consulté son carnet, et un certain William Mitchell.

— Que s'est-il passé ?

— Anson a sauté du pont.

— Sauté dans la Tamise ? »

Quelle idée absurde.

« L'autre disparu, Mitchell, en a fait autant, pour le sauver. Malheureusement, il a lui aussi rapidement perdu pied. C'était l'un des musiciens embauchés pour la soirée. Une troisième personne, Mr Benck-en-dorff (l'agent articula ce nom comme s'il était vaguement douteux, tout en désignant du pouce un jeune homme assis sur les marches, tête baissée, une couverture sur ses larges épaules), a voulu à son tour leur porter secours, mais ils avaient déjà tous deux coulé lorsqu'il est parvenu à leur hauteur.

— Où cela s'est-il produit ? demanda Deemer, tout en prenant des notes.

— À Battersea Bridge. Ils revenaient vers Westminster.

— À quelle heure ?

— Trois heures du matin, environ.

— Les corps ont-ils été retrouvés ?

— Pas encore. La brigade fluviale est sur place.

— Ce qui laisse un peu d'espoir ? »

Deemer leva les yeux vers l'agent.

« Non. William White, le capitaine, nous a dit qu'il y avait un fort mouvement de marée descendante. Il a mené des recherches pendant une heure avant d'abandonner la partie. Ces gens-là devraient rentrer chez eux, je pense. Si vous cherchez un meurtre à vous mettre sous la dent, ce n'est pas ici, sergent. »

Son comparse eut un léger rictus.

« Vous avez les témoignages des autres passagers ?

— Plus ou moins. Certains d'entre eux n'ont rien vu. Et ceux qui ont assisté à la scène disent tous la même chose.

— Il me faudra vos notes. Attendez-moi ici. »

Deemer s'approcha à grands pas de Benckendorff, devant lequel il s'accroupit.

« Comment vous sentez-vous, monsieur ? Je suis de Scotland Yard. Voulez-vous que je fasse venir une ambulance ? »

Le jeune Russe leva la tête. Son visage était pâle, ses joues striées de noir. Du pétrole, probablement ? Il sentait la vase.

« Non, simple fatigue, rien de plus.

— Vous avez agi en héros, monsieur.

— Non, non, c'est le musicien qui a fait preuve d'un grand courage. Moi, je n'ai même pas pu m'approcher d'eux. Je n'ai jamais vu une marée aussi puissante : comme si un démon m'avait pris par les chevilles pour me tirer vers le fond.

— Trouvez-vous des vêtements secs et rentrez au plus vite chez vous. Je ne vous retiendrai pas plus longtemps. Pouvez-vous me dire qui est Mr Asquith, dans ce groupe de personnes ? »

Benckendorff désigna d'un mouvement du menton un individu étendu de tout son long sur le quai, chevilles croisées, mains jointes sur la poitrine, haut-de-forme posé sur le visage et visiblement assoupi.

Ce fut donc l'étape suivante pour Deemer.

« Monsieur ? » murmura-t-il après une petite toux respectueuse.

Une blanche main traversa la poitrine de l'homme en rampant tel un crabe, avant de soulever avec lenteur le haut-de-forme, révélant un visage mince et rasé de près aux traits expressifs, aux cheveux blonds, aux yeux bleu ciel.

« Oui ?

— Je suis le sergent Deemer. Mes supérieurs m'ont prié de m'assurer de votre sécurité.

— Sergent, ma sécurité est parfaitement assurée. Ce n'est pas cela qui doit vous préoccuper. »

Le fils du Premier ministre se releva sur son séant et regarda droit devant lui.

« Ah, il faut bien en passer par là. Allons-y. »

Il se releva, non sans mal, et épousseta sa redingote.

« Sergent, quelqu'un doit prévenir la mère de sir Denis. Moi, sans doute. Mais j'aimerais au préalable raccompagner ma femme à la maison.

— Je comprends. »

Les survivants s'étaient peu à peu regroupés autour de Deemer, intrigués par sa présence. Un petit homme au visage rougeaud tenait le bras d'une femme sur les frêles épaules de laquelle il avait posé sa redingote.

« Lady Diana ne se sent pas bien. Il faut qu'elle aille s'étendre. Je vous prie de bien vouloir nous laisser partir au plus vite.

— Duff, ne joue pas les idiots, marmonna Raymond Asquith. Il faut respecter le règlement. Laisse faire le sergent.

— Sergent, dit la femme, ce qui est arrivé à Denis et à ce pauvre violoniste est absolument affreux, mais nous sommes retenus ici depuis des heures ! »

Elle avait de grands yeux clairs au regard curieusement vide – des yeux de poupée. Effet de quelque drogue ? se demanda Deemer. Les autres cependant accueillirent cette déclaration avec des murmures approbateurs, ce que Deemer trouva saumâtre. Pour qui se prenaient-ils, ceux-là ? S'il n'avait tenu qu'à lui, ils seraient restés sur le quai encore une ou deux heures. Les instructions de Quinn ne le permettaient pas : il fallait les renvoyer chez eux avant l'arrivée des journalistes.

« Je vais vous laisser repartir, concéda-t-il donc avant d'ajouter, tandis qu'ils se mettaient lentement en marche : Cela dit, nous aurons sans doute besoin de recueillir vos témoignages d'ici quelques jours.

Si vous pouviez tous me donner votre nom et votre adresse...

— J'ai la liste des invités, si cela peut vous aider, s'interposa un jeune homme.

— Et vous êtes... ?

— Edward Horner. C'est moi qui ai, avec le comte Benckendorff, loué le vapeur et organisé la croisière. »

Horner produisit un bout de papier froissé que Deemer parcourut rapidement des yeux avant de le rendre à son propriétaire, avec un crayon.

« Pourriez-vous tous inscrire votre adresse en face de votre nom avant de partir ? »

Ils se plièrent à sa demande avec une certaine nonchalance, sans cesser de bavarder à voix basse. Quel étalage d'égocentrisme ! Si l'un de ses amis proches avait tragiquement disparu, sa première réaction n'aurait sans doute pas été de rentrer chez lui avant même que l'on connaisse son sort avec certitude. C'était du moins ce qu'il aimait à penser.

« Messieurs dames ? »

Il lui fallut élever la voix, main tendue, pour attirer leur attention.

« Une dernière question, tant que vous êtes encore là. Sir Denis a sauté du pont, si j'ai bien compris. N'aurait-il pas été poussé, plutôt ?

— Doux Jésus ! s'exclama le petit homme aux joues rouges. Qu'allez-vous insinuer ?

— Eh bien... Ce comportement est d'une telle imprudence ! Avait-il bu ?

— Non, répondit Raymond d'une voix ferme. Il était sobre. C'est une décision qu'il a prise en toute connaissance de cause. (Le fils du Premier ministre ne venait-il pas d'échanger un regard complice avec lady Diana, ou l'imagination de Deemer lui jouait-elle des tours ?) Sir Denis était un bon nageur. Il a ôté sa redingote et sa montre avant de plonger, le capitaine vous le confirmera. C'était tout à fait son genre, vous savez. L'an dernier, quand nous étions en Italie, il a plongé dans le Grand Canal. Malheureusement, ajouta-t-il en haussant les épaules, Londres n'est pas Venise.

— Non, monsieur, acquiesça poliment Deemer, qui n'avait jamais mis les pieds à Venise, et n'avait d'ailleurs jamais traversé ni la Manche ni l'Atlantique. Je vous crois sur parole. »

Il les suivit du regard tandis qu'ils remontaient l'escalier, embarquant au passage le comte Benckendorff qu'ils remirent debout. Une fois qu'ils eurent pris congé les uns des autres et que leurs véhicules respectifs eurent quitté les lieux, Deemer renvoya les agents au poste, pour qu'ils rédigent leur rapport, et s'approcha des quatre musiciens survivants. Lesquels déclarèrent qu'ils avaient été trop occupés à jouer pour observer le manège des passagers. Lorsque le *King* avait pris le chemin du retour, ils avaient vu en effet Anson plonger dans la Tamise. Tandis qu'ils arrêtaient de jouer, un des passagers s'était ému :

« Denis ? Denis, ça va ?

— Vite, vite », avait hurlé le jeune homme.

Et c'était alors que Mitchell avait lâché son instrument et ôté son veston. Les invités semblaient pétrifiés.

« Je lui ai bien dit qu'il avait tort de jouer les héros, que c'était d'une folle inconscience, se lamenta le chef du quintette, mais il ne m'a pas écouté. Il a sauté par-dessus bord... Et nous ne l'avons plus revu. Il avait un petit garçon, vous savez. Un peu plus d'un an.

— Dites-moi... Sir Denis Anson était-il vraiment sobre, à ce que vous avez pu voir ? »

La belle assurance du musicien le quitta un instant.

« Ça, sergent, c'est difficile à dire. Ces messieurs ont loué nos services pour le plaisir des passagers, c'est tout. »

Après avoir noté les noms et adresses des instrumentistes, Deemer monta à bord du *King*.

À presque soixante ans, le capitaine White était un retraité de la Royal Navy. Il fit visiter le vapeur au sergent, de la cabine centrale au pont de poupe, où les musiciens s'étaient installés pour jouer. L'auvent avait été replié. White posa la main sur la rambarde.

« C'est là que ce monsieur faisait ses acrobaties. Il y est revenu à trois reprises, et chaque fois, je l'ai fait descendre en le prenant par la jambe. Il est sûrement remonté dès que j'ai eu le dos tourné. Le temps que j'arrête les moteurs, il était déjà à quinze mètres de nous et se débattait comme un beau diable pour revenir vers le *King*, mais le courant était tellement fort – dans cette partie de la Tamise, quand la marée est descendante, il y a un flux puissant qui vient du pont ferroviaire, auquel rien ne résiste. C'est là que le musicien a plongé, puis le Russe, quelques minutes plus tard. Oh, ce doit être un sacré nageur, celui-là : par miracle, on a pu lui jeter un filin.

— À votre avis, sir Denis avait bu ?

— Ça, dit le capitaine en baissant les yeux vers le pont, je ne pourrais pas dire.

— Enfin, capitaine ! Il faut avoir bu pour sauter dans la Tamise à 3 heures du matin. Qu'ont-ils consommé, tous ces gens ?

— Principalement du champagne. Ils ont soupé dans la cabine.

— Allons-y. »

Le capitaine le précéda sur le pont, qu'ils remontèrent jusqu'à la cabine. La table avait été débarrassée, les nappes pliées, les bouteilles et la vaisselle rangées dans des caisses. Deemer inspecta les lieux du regard, sourcils froncés.

« Ils ont bu du champagne, me disiez-vous ?

— Oui, du champagne.

— Où sont les bouteilles vides ?

— Les bouteilles vides ? »

L'interrogation du capitaine White semblait quelque peu forcée.

« Mr Lewis ? » cria-t-il en se tournant vers le pont.

Le second apparut sur le seuil.

« Capitaine ?

— Où sont passées les bouteilles vides ?

— Les... Les messieurs les ont jetées par-dessus bord après l'accident, capitaine », répondit Lewis, non sans hésiter.

Le silence se fit. Deemer referma son carnet avant de le glisser dans la poche intérieure de son veston.

« Bon. Que s'est-il passé exactement à bord du *King*, messieurs ? Répondez-moi sans mentir, les yeux dans les yeux, ou je vous embarque tous les deux. »

Les deux marins échangèrent un regard. Puis White eut un geste désabusé de la main, comme pour se débarrasser d'un mauvais jeu de cartes.

« Lewis, explique-lui. C'est toi qui les as vus. Je n'étais pas là.

— C'était un pari, marmonna le second. Mr Asquith a parié avec cette jolie femme...

— Lady Diana ?

— Il a parié avec elle qu'elle n'arriverait pas à convaincre Anson de nager jusqu'à la rive. Je n'ai pas entendu leur conversation mais, visiblement, elle y est arrivée sans mal. Il lui a confié sa redingote et sa montre et... il a plongé, c'est tout.

— Vous avez gardé les affaires de sir Denis, capitaine ? »

Le capitaine White s'éclipsa quelques minutes avant de revenir dans la cabine avec une veste de frac et une montre de gousset en or. Deemer fouilla les poches de la redingote, qui contenaient un portefeuille et un trousseau de clefs. Sous le couvercle de la montre, il put déchiffrer cette inscription : « *À Denis, pour son 21e anniversaire : fais bon usage de ton temps. Ta mère qui t'aime.* »

« Une vie gâchée, dit-il en rendant ce souvenir au capitaine. Ou plutôt deux, d'ailleurs.

— Nous ne vous avons parlé de rien », ajouta le capitaine.

Deemer sentit soudain le poids de la fatigue. Il sortit de la cabine sans ajouter le moindre mot, monta sur la passerelle, longea le quai et remonta d'un pas las sur l'Embankment. Il était 6 heures passées : le matin était déjà chaud, la circulation intense le long du fleuve et jusque sur Westminster Bridge. Une fois revenu dans la salle de permanence, il s'installa à son bureau et parcourut la liste des invités. Asquith, Manners, Baring, Cunard, Tree... On aurait dit la rubrique mondaine du *Times*. Deux d'entre eux, Russell et Cooper, avaient donné comme adresse celle du Foreign Office. Raymond et Katharine Asquith avaient inscrit celle du 49 Bedford Square. La seule invitée qui n'ait donné aucune information complémentaire était une certaine Venetia Stanley.

- 3 -

Maurice l'appela dans la matinée pour lui apprendre les nouvelles. Sa voix nasillarde transperça les brumes de son lendemain d'ivresse :

« Hélas, ma chère, il s'est produit quelque chose d'effroyable cette nuit... »

Venetia avait été presque plus choquée par sa propre incapacité à ressentir une quelconque émotion que par la tragédie elle-même. Tout en prêtant l'oreille au récit de Maurice, auquel elle avait réagi comme il se devait (« Mon Dieu, c'est horrible, pauvre Denis »), elle avait pleinement conscience de son indifférence. Preuve certaine que quelque chose ne tournait pas rond chez elle. Elle fut plus émue par le destin du musicien qui avait plongé à la suite de Denis et sacrifié sa vie en portant secours à un homme qu'il ne connaissait pas. Cela, oui, c'était extraordinaire, héroïque, énigmatique. Au bout d'un moment, ses questions, ne portant que sur le violoniste, finirent par irriter Maurice qui, de toute évidence, ne s'était pas donné la peine d'en savoir plus sur le malheureux Mitchell.

« Oui, oui, bien sûr, vous avez raison, il faudra faire un geste pour la famille – les Anson vont s'en charger, j'en suis certain – mais enfin, Venetia ! Denis ! Denis, qui avait la vie devant lui !

— Il fallait tout de même qu'il n'ait pas toute sa tête pour faire une chose pareille, même s'il était coutumier du fait. Qu'est-ce qui lui a pris, au nom du ciel ?

— Eh bien, entre vous et moi... »

Après avoir fait jurer le secret à Venetia, Maurice lui parla du pari de Raymond et de Diana, et du silence qu'ils avaient tous promis de garder.

« Vous imaginez ce qu'il adviendrait des espérances politiques de Raymond si la presse apprenait ce détail. Quant à Diana, vous n'êtes pas sans savoir que les journalistes adorent la présenter comme une sorte de *femme fatale**[1] narcissique et...

— Je me demande où ils vont chercher cela.

— Oui. Quoi qu'il en soit, je suis fort heureux que ce désastre vous ait été épargné. »

Il étouffa un bâillement.

« Je vais me coucher. Puis-je vous emmener chez Eddy's, pour un thé dansant ?

— Désolée, Maurice. J'ai prévu autre chose.

— Autre chose ! Vous prévoyez toujours autre chose ! »

Au cours de la matinée, Venetia reçut encore six ou sept appels d'autres membres de la Coterie, dont chacun lui confia, sous le sceau du secret, l'histoire du pari de Raymond. Les récits ne divergeaient que sur un point – le montant du pari. Cinq livres, disaient les uns ; vingt, disaient les autres.

En début d'après-midi, elle revêtit la robe de satin à rayures noires et blanches que le Premier ministre affectionnait particulièrement, l'agrémenta d'un

---

1. Tous les termes en italique suivis d'un astérisque sont en français dans le texte. *(Toutes les notes sont de la traductrice.)*

canotier de paille orné d'un ruban rouge et sortit de chez elle à l'insu de tous, juste avant 15 h 30. Elle descendit la rue, lumineuse, déjà torride, et se dirigea vers Portland Place.

Au carrefour avec New Cavendish Street, un petit vendeur de journaux psalmodiait la une de l'*Evening Standard*, lamentation funèbre à l'accent cockney.

« Drame sur la Tamise ! Le cadavre du baronet n'est toujours pas retrouvé ! »

En le regardant traiter avec les passants qui faisaient la queue – plier le journal, le tendre, récupérer la monnaie –, elle ressentit enfin la vive morsure du chagrin. La veille, à la même heure, Denis se trouvait sans doute dans son club à jouer des sommes que ses rentes ne lui permettaient pas. À présent, sa mort renflouait les caisses d'un horrible patron de presse.

Elle poursuivit le long de la rue avant de s'arrêter sur le bord du trottoir. Il serait ponctuel, elle le savait ; il l'était invariablement. Deux ou trois minutes plus tard, l'immense limousine, une Napier six cylindres, apparut au carrefour, derrière All Souls Church ; la carrosserie noire était si impeccablement lustrée qu'elle vit, à l'arrêt, s'y refléter les quelques lointains nuages de ce ciel d'été. Horwood, le chauffeur, descendit en hâte du véhicule pour lui ouvrir la portière. Et, comme à son habitude, il évita de croiser son regard.

L'habitacle de la Napier alliait le cuir et le noyer, comme celui d'un carrosse des temps anciens. En montant, elle constata que le rideau avait déjà été tiré sur l'épaisse vitre qui les séparait de la banquette avant. La portière se referma. Il se pencha, pressa un bouton. Sur le tableau de bord du chauffeur, un voyant s'illumina, qui lui donnait l'ordre de redémarrer. Tandis que la limousine s'écartait du trottoir, Venetia avança de quelques centimètres sur l'océan de cuir et embrassa le Premier ministre sur la joue.

Il se tourna vers elle, tout sourire.

« Bonjour, mon amour. »

Une fois par semaine, au moins, ils s'accordaient une promenade d'une heure et demie en voiture, en général le vendredi après-midi, parfois à la campagne, parfois dans les environs de Londres. Entre-temps, ils se voyaient souvent, bien sûr, dans les déjeuners, les dîners, les week-ends à la campagne : mais ce n'était jamais à l'abri des regards. La Napier était le seul endroit qui puisse leur garantir une véritable intimité.

L'aimait-elle ? Elle n'aurait su dire. Elle était plus éprise de lui que d'aucun de ceux qui l'avaient poursuivie de leurs assiduités, au fil du temps. Elle l'appréciait davantage qu'Edwin Montagu, membre du Parlement, secrétaire financier au Trésor, adorable et si laid, qui lui avait demandé deux fois sa main et qui avait même acheté un hôtel particulier à Westminster dans l'espoir d'y vivre un jour avec elle. Plus aussi que « Bongie », Bonham Carter, le secrétaire célibataire du Premier ministre, qui l'avait embrassée et assaillie de brûlantes missives. Plus que Raymond, qui n'avait jamais caché son désir d'avoir une aventure avec elle. Plus que son beau-frère, le sculptural major Anthony Henley, qui partageait cette noble ambition. Et certainement plus que Maurice Baring.

Du Premier ministre elle appréciait la gentillesse, l'intelligence acérée, la célébrité, le pouvoir, sceptres qu'il maniait avec légèreté. Le père de Venetia avait siégé au Parlement, du côté des libéraux. Elle avait grandi dans le tumulte des débats politiques. À présent, elle était sans doute la femme la mieux informée du pays. À quoi bon se mentir ? Elle jouissait sans vergogne du frisson que lui procurait cette position. De son caractère subreptice, illicite, *dangereux*.

Le Premier ministre avait, comme toujours, apporté quelques papiers qu'il voulait lui montrer dans un dossier qu'il avait placé entre eux, sur la banquette. Leurs mains jointes reposaient à présent sur la chemise cartonnée.

« Je me suis fait du mauvais sang pour toi, ma chérie. En ne te voyant pas apparaître chez Ottoline, je me suis dit que tu avais fini par monter sur ce maudit vapeur. J'aurais bien aimé que tu m'envoies un message pour me rassurer sur ton sort.

— Je pensais que Raymond te le confirmerait.

— Oui, c'est ce qu'il a fait, mais j'aurais préféré l'apprendre de ta bouche. »

Il porta la main de Venetia à ses lèvres pour l'embrasser.

« Pauvre Anson. C'était un personnage ridicule, mais j'ai toujours eu un faible pour lui. Tant d'énergie vitale, et aucun exutoire. C'est affreux pour sa mère.

— Comment va Raymond ?

— Très ébranlé, même s'il ne le montre pas. C'est l'enquête qui lui donne le plus de souci. Il craint tout particulièrement que Diana ne soit appelée à témoigner. Apparemment, la duchesse de Rutland voudrait s'entretenir en personne avec le coroner pour lui expliquer que sa fille est trop fragile pour paraître à la barre.

— Est-ce bien raisonnable ?

— Non. Mais il est important, en effet, que lady Diana ne comparaisse pas. Ni Raymond, du reste. Seigneur, quel gâchis. »

Il se détourna, pensif, tête baissée. Il était naturellement au courant de l'affaire du pari. Un problème supplémentaire à régler, lui dont la barque était déjà si chargée. Le Premier ministre avait un profil de médaille, les traits aquilins d'un sénateur de l'ancienne Rome, d'épais cheveux gris rejetés en arrière qui dépassaient d'un ou deux centimètres sur le col de sa chemise. Margot, sa femme, lui avait souvent conseillé de les porter plus courts ; Venetia, à l'inverse, leur trouvait un charme poétique qui convenait de fait à son amant. Sous le masque marmoréen de l'autorité, son âme était ardente, romanesque. Elle leva les yeux vers la vitre, derrière lui, entrevit des passants qui n'avaient sans doute aucune idée des personnes que la Napier véhiculait : le Premier ministre du Royaume-Uni, tenant par la main une femme qui n'avait pas la moitié de son âge. Ah, s'ils l'avaient soupçonné, quelle affaire, quel scandale ! Une vision, soudain, se forma dans son esprit : sir Denis, en équilibre sur la rambarde du vapeur. Elle lui ressemblait peut-être plus qu'elle ne le pensait.

Puis elle se demanda où l'auto cette fois-ci les conduirait. Il ne le lui disait jamais à l'avance. Il aimait lui faire des surprises.

« Changeons de sujet, dit-elle. Quelles sont les nouvelles ?

— Parle-moi plutôt de toi, de ta vie.

— Elle est d'un tel ennui !

— Non, pas à mes yeux. »

Chose étrange, cette réponse était sincère. Le Premier ministre aimait les gens. Trop, prétendaient ses ennemis. Contrairement à la plupart des alliés politiques du père de Venetia, celui de Raymond aimait faire parler ses concitoyens, préférait écouter plutôt que discourir, et la fréquentation des femmes à celle des hommes. Il avait l'élégance de traiter des affaires les plus graves de l'État comme de simples broutilles, réservant toute la solennité dont il était capable aux petits détails de l'existence : nœuds de cravate, jeux de cartes, mots croisés, golf, poésie et romans à la mode. Tandis que la Napier contournait Regent's Park pour se diriger vers le nord en passant par Camden, elle lui parla de ses neveux et nièces, des aventures d'Iris et de Nancy, des nouveautés chez Selfridges et de la robe qu'elle comptait porter le soir au bal que donnaient les Islington – mais aurait-il lieu ? Ce bavardage sembla le distraire et le réjouir, jusqu'à ce qu'ils parviennent à Hampstead Heath. Il pressa un nouveau bouton et la Napier s'immobilisa enfin.

« Allons nous promener un peu, si tu veux bien. Je voudrais te montrer quelque chose. »

Il ouvrit la portière sans l'assistance d'Horwood, resté, en toute discrétion, à son volant, et contourna la Napier pour faire sortir Venetia. La rue était étroite et peu fréquentée ; quelques passants profitaient de l'ombre des arbres qui la bordaient, platanes, peupliers et tilleuls. Personne ne reconnut le Premier ministre. Il tendit sa canne vers une petite maison :

« Keats a vécu ici. »

Les yeux fermés, il récita :

« La tristesse
J'ai salué
Et pensais à l'abandonner très loin derrière moi ;
Mais gaiement, gaiement,
Elle m'aime tendrement[1]. »

Puis, rouvrant les yeux, il pivota sur ses talons et montra à Venetia la maison qui faisait face à celle du poète.

« Et c'est là que j'ai vécu avec ma première femme. Je n'étais pas revenu dans cette rue depuis vingt ans. »

Il lui offrit son bras. Elle le prit. Ils traversèrent la chaussée.

La maison se trouvait en retrait de la rue, et les arbres fruitiers du jardin en dissimulaient presque la façade de style georgien, murs blanchis à la chaux et fenêtres en arceaux. Des abeilles bourdonnaient dans les orangers

1. John Keats, *Endymion*, traduction de Paul Gallimard, Paris, Mercure de France.

en fleur. Ils auraient pu se trouver à des kilomètres de Londres.

« Quel adorable petit coin !

— Assurément ! Et c'est là que j'ai vécu les moments les plus heureux de ma vie. Les enfants étaient encore petits, et les affaires du cabinet commençaient tout juste à prospérer. »

Une main en visière sur le front, il se pencha vers le jardin, les yeux plissés.

« Il y avait, derrière la maison, une pelouse sur laquelle je jouais au cricket avec les garçons. Nous n'avions pas le sou, j'étais un parfait inconnu qui venait tout juste d'obtenir son premier siège au Parlement. Mais je savais avec une certitude absolue qu'un avenir radieux m'attendait. N'est-ce pas singulier ? La pauvre Helen... Elle n'a pas vécu assez longtemps pour que nous en jouissions ensemble. Oh, note bien, elle aurait détesté ça. Ce qu'elle aimait, c'était son foyer et ses enfants. La politique la dégoûtait.

— Quelle différence avec Margot, en ce cas.

— Nul n'a épousé femmes aussi différentes que moi !

— Tu ne veux pas que nous allions demander aux personnes qui vivent là de nous laisser entrer ? Je suis certaine qu'ils accepteraient. »

Il n'avait pas quitté la petite maison du regard.

« Raymond n'avait que treize ans à sa mort. Beb dix, Oc huit, Violet quatre, et Cys n'était encore qu'un bébé. Cinq enfants ! C'était une lourde charge, pour moi, et c'est l'époque où j'ai été nommé au Home Office. Raymond, enfant, avait l'esprit si vif ! Bien sûr, il l'a toujours, adulte, mais je me demande ce qu'il serait devenu si... »

Il s'interrompit, se tourna vers la jeune femme.

« Non, je préfère ne pas entrer, si cela ne t'ennuie pas, ma chérie. C'est assez de souvenirs pour une journée. Tu ne veux pas plutôt prendre l'air dans le parc ? »

Ils remontèrent la rue jusqu'à la forêt, suivirent un chemin où ils croisèrent quelques familles en promenade et un marchand de glaces juché sur sa bicyclette. Bientôt parvenus au bord d'un des étangs de Hampstead Heath, ils s'installèrent sur un banc, à quelque distance du rivage, pour jouer à un jeu inventé par le Premier ministre : lequel d'entre eux pouvait identifier le plus d'oiseaux lacustres ? Ils reconnurent tour à tour la poule d'eau, la foulque, le canard colvert, le cygne, le grèbe huppé, la mouette rieuse... Ce fut lui qui gagna la partie, avec un canard mandarin surgi soudain des flots.

« On ne les voit jamais longtemps ici, murmura-t-il, pensif. Les autres espèces, plus banales, s'en prennent à eux. Ils sont trop exotiques pour ce monde gris. »

Au retour, il garda un silence inhabituel, contemplant les rues de la ville, éclatantes et sans joie, poussiéreuses dans la chaleur de l'été. Au bout d'un moment, elle lui lâcha la main et s'empara du dossier qu'il avait laissé sur la banquette arrière, non sans quêter un regard approbateur.

« Bien sûr ! acquiesça-t-il. C'est pour toi que je l'ai emporté. »

Il n'était question ce jour-là que de l'Irlande. Analyses du recensement, cartes du nord de l'île. Comtés, villes et villages, parfois minuscules, restitués dans une mosaïque de violet, de rouge et de rose. Plus sombre était la couleur, plus majoritaire était la population catholique. Celle-ci ne voulait obéir qu'à Dublin ; ses voisins protestants refusaient de quitter le Royaume-Uni. Les conservateurs avaient promis de soutenir les protestants, quand bien même ces derniers auraient pris les armes contre le gouvernement. À lire ces dépêches, à déchiffrer ces cartes dans la Napier en mouvement, un haut-le-cœur vint à Venetia.

Elle leva les yeux. Il ne l'avait pas quittée du regard.

« Je ne pense pas avoir été confronté à un problème qui illustre aussi bien la notion d'insolubilité, soupira-t-il. Dieu sait pourtant que j'en ai traité d'assez coriaces, ces six dernières années.

— Ne peux-tu retarder ta décision ?

— Elle ne l'a déjà été que trop. Les nationalistes ont été clairs sur ce point : si nous ne sommes pas capables d'appliquer la Home Rule[1] au terme de la session parlementaire, ils se retireront de la coalition ; nous perdrons notre majorité et devrons organiser des élections, que nous ne manquerons pas de perdre. Dans les deux cas, c'est la guerre civile.

— Une autre solution va sûrement se présenter. Tu as un tel talent... »

Elle lui tendit le dossier, qu'il refusa d'un geste.

« Garde-le. Tu me le rendras quand nous nous reverrons. Peut-être y verras-tu plus clair, toi.

— Oh, j'en doute ! »

L'idée qu'elle pouvait résoudre la crise irlandaise étendue sur son lit de Mansfield Street était du plus haut ridicule, ce qui ne pouvait pas échapper au Premier ministre. Cependant, la proposition émut Venetia. Elle lui passa la main dans les cheveux.

« Tout va s'arranger. Je te fais confiance.

— Tu te rends compte, mon amour, dit-il en l'enlaçant, qu'il n'y a qu'à toi que je parle de tout cela ? Comment ferais-je si tu n'étais pas là ? À qui me confierais-je ? »

Ils longèrent Primrose Hill. La circulation était lente et la voiture fut pendant un moment presque à l'arrêt. Elle sentit quelques regards se poser sur eux.

1. La Home Rule devait donner une autonomie interne à l'Irlande, tout en la maintenant sous la tutelle de la couronne britannique. Le projet fut débattu pendant de longues années, et finalement rendu caduc par les événements de 1916 et la partition de l'Irlande du Sud.

« Attends », le prévint-elle.

Elle échappa un moment à son étreinte pour tirer le rideau sur la vitre de la portière. Il fit de même de son côté. Elle s'agenouilla sur la banquette et obstrua la vitre arrière. Et lorsqu'ils furent entièrement dissimulés aux regards, elle retourna dans ses bras.

Ils auraient pu se trouver dans un petit pied-à-terre à Paris ou à Venise. La pénombre de leur monde intime n'était éclairée que par le soleil qui filtrait à travers les tentures de soie jaune.

À 16 h 50, après s'être refait une beauté, elle fut de retour chez ses parents. Edith, inquiète, faisait les cent pas dans le vestibule.

« Un monsieur demande à vous voir, Mademoiselle. Je l'ai installé dans le petit salon.

— Qui est-ce ? Pas Mr Baring, j'espère ?

— Non, Mademoiselle. »

Edith tendit la carte du visiteur à sa maîtresse. Y figuraient les indications suivantes :

SERGENT PAUL DEEMER. POLICE DE LONDRES. NEW SCOTLAND YARD.

Le verso était vierge de tout message.

« Seigneur ! Que diable peut-il me vouloir ?

— Il n'a parlé de rien, Mademoiselle. »

Il se tenait devant la cheminée : plus jeune d'apparence que son rang ne le donnait à penser, il devait avoir l'âge de Venetia, vingt-six ans. Costume de confection, bien repassé cependant. Elle remarqua d'instinct d'autres détails : ses souliers noirs soigneusement cirés, son chapeau melon, la barbe d'un jour qui bleuissait son menton. Pas désagréable à regarder, mais sans grande distinction.

« Je suis Venetia Stanley. En quoi puis-je vous aider ?

— Bonjour, miss Stanley. Désolé de vous déranger. Je suis chargé d'enquêter sur la tragédie d'hier, sur la Tamise, répondit-il en sortant son carnet. J'aurais voulu vous poser quelques questions, si ça ne vous dérange pas.

— Enquêter ? »

Le terme l'alerta. C'était dangereux, cela. N'avait-elle pas sur elle un dossier appartenant au gouvernement ? Elle le serra contre son cœur, les bras croisés.

« Il n'y a pourtant pas matière.

— Rien d'inquiétant, je vous l'assure, dit-il en ouvrant son carnet. Voyez-vous, je dois recueillir les témoignages des invités, mais je n'ai pas pu jusqu'ici obtenir le vôtre, il me semble. Vous êtes partie ce matin sans laisser votre adresse.

— C'est que je n'étais pas là, ce matin.

— Pourquoi donc ?

— Je ne suis jamais montée à bord du *King*. »

Il lui lança un regard perplexe, avant de hocher la tête, visiblement soulagé.

« Ah, je comprends la confusion. Mr Horner nous a remis une liste des invités, sans nous dire lesquels étaient vraiment montés à bord. Ceci explique cela. Toutes mes excuses. »

Tête légèrement penchée, il lui lança un regard.

« Puis-je vous demander, miss Stanley, pourquoi vous n'y êtes pas montée ? »

Elle, d'ordinaire si maîtresse de ses émotions, sentit alors son visage s'embraser, ses mains se crisper sur le dossier.

« Il était tard. J'étais fatiguée. J'ai décidé d'aller me coucher. »

Allons bon, pourquoi répondre d'un ton aussi... coupable ? C'était absurde. Mais le sergent apparemment n'avait rien remarqué.

« Oh, je vous comprends. Et les circonstances vous ont donné raison. Vous vous êtes épargné des scènes déchirantes. »

Au grand soulagement de Venetia, le sergent Deemer referma son carnet.

« Je vous souhaite une bonne soirée, mademoiselle. Inutile de me raccompagner. »

Il lui adressa un hochement de tête au passage et se dirigea vers le vestibule.

« Sergent ? Comment m'avez-vous retrouvée, si vous n'aviez pas mon adresse ?

— Vous êtes dans le *Debrett's.* »

Bientôt, il eut franchi le seuil. Dès que la porte se fut refermée, elle retourna en hâte dans le petit salon et se posta à la fenêtre. Deemer se tenait de l'autre côté de la chaussée, les yeux levés vers la belle façade. Il resta là plus longtemps qu'elle ne l'aurait souhaité avant de remettre son chapeau melon et de reprendre son chemin.

Le Premier ministre lui écrivit dès qu'il fut rentré à Downing Street.

5 h 30, 3 juillet 1914

On me dit que le bal chez les Islington est reporté, à cause du terrible accident d'hier. J'ai oublié de te dire que lorsque je t'ai écrit pour te demander de ne pas y aller, de venir avec moi chez O, plutôt, j'avais un étrange pressentiment, et que cette nuit-là, j'ai rêvé que le vapeur d'Edward faisait naufrage. C'est curieux, tu ne trouves pas ?

Nous avons eu une divine conversation, toi et moi, et il ne peut plus y avoir le moindre malentendu entre nous, ma chérie.

Avec tout mon amour.

- 4 -

À Oxford Circus, Deemer s'enfonça dans les profondeurs de la station de métro. La Central Line, suffocante, avait des allures de catacombes. Après dix-huit heures à patrouiller Londres pour recueillir les témoignages des passagers du *King*, il était épuisé.

De la bouche du tunnel souffla soudain une bourrasque ardente aux relents d'acier et de cambouis ; elle annonçait la venue d'une rame en partance pour l'est. Il s'agrippa à l'une des poignées de cuir, se balançant en rythme, silencieusement, avec les autres voyageurs, à vingt-cinq mètres sous terre : on aurait dit des algues ondulant au fond de l'océan. Une demi-heure plus tard, il descendit à Angel et retrouva l'air libre, à son grand soulagement.

Il vivait seul dans une petite maison mitoyenne, deux chambres, un salon et une salle à manger, pourvue de deux minuscules jardins, l'un derrière et l'autre devant ; une glycine violette rampait sur la brique noircie, le long de la porte d'entrée. Il l'avait louée dans l'espoir d'y vivre avec une jeune femme qu'il voulait épouser, une certitude depuis l'enfance. Puis il s'était rendu compte qu'il ne l'aimait plus et avait rompu ses fiançailles. Elle s'était aussitôt trouvé un mari, ce qui avait fait douter Deemer de sa propre décision. Il était seul, ne s'en portait pas nécessairement plus mal. La solitude avait quelque chose de revigorant. Elle l'aiguisait. Son travail l'absorbait tout entier.

Il s'empara de la bouteille de lait posée sur le perron, la déboucha, flaira son contenu, lequel avait caillé dans la chaleur du jour. Sitôt dans la maison, il inspecta le garde-manger : il n'y avait pas grand-chose. Un morceau de cheddar suintant, des gâteaux secs, une bouteille de bière tiède. Il emporta le tout dans le jardin, derrière la maison, et s'installa sur un banc. Il entendait les enfants hurler dans le parc tout proche, le brouhaha des discussions à l'Albion, le pub d'en face : sons rassurants. Une chatte du quartier, noire comme le charbon à l'exception d'une étoile de fourrure blanche sur le poitrail, vint se frotter contre ses mollets. Il récupéra le lait caillé, en versa quelques centilitres dans une soucoupe et regarda la bestiole boire.

Ses pensées vagabondes le ramenèrent à Venetia Stanley. Curieuse femme. D'après le *Debrett's*, la demeure de Marylebone n'était que le pied-à-terre londonien des Stanley. Leur résidence principale était Alderley House, dans le Cheshire ; ils possédaient également un manoir et des terres à Penrhos, dans le pays de Galles. À quoi cette jeune femme célibataire à l'esprit manifestement vif pouvait-elle trouver à s'occuper, errant de propriété en propriété au rythme des saisons, passant le plus clair de son temps avec des gens qui organisaient des croisières nocturnes sur la Tamise en pleine semaine et se lançaient de fatals paris ? Ce type d'existence lui paraissait bien vain.

Lorsqu'il eut fini son frugal repas, il récura son assiette, son couteau, son verre et la soucoupe du chat, puis monta dans sa chambre et se déshabilla tout aussi méthodiquement, prenant soin de ranger ses chaussures et de disposer sur un cintre son seul costume présentable. Il tira les minces tentures, s'étendit dans la tiède lumière du crépuscule d'été, ferma les yeux et dormit douze heures d'affilée, avant de repartir travailler tout le week-end, bien que n'étant pas de service.

***

Le corps de Mitchell fut repêché le vendredi soir dans la Tamise, près de Wandsworth. Celui de sir Denis Anson resta prisonnier du fleuve presque deux jours de plus, entraîné par la marée au bas des arches du West London Railway Bridge ; il remonta à la surface le dimanche, au crépuscule.

Le lendemain, dans l'après-midi, Deemer rédigea son rapport dès qu'il eut reçu les conclusions du médecin légiste. La cause des deux décès était la noyade. Les corps étaient intacts, à l'exception de quelques estafilades sur le visage d'Anson, occasionnées sans doute, disait le légiste, par un contact post mortem avec le lit du fleuve. L'audience publique d'enquête se tiendrait au tribunal de Lambeth le mercredi suivant.

Deemer ne ménagea aucun effort pour délivrer le rapport le plus complet possible, décrivant toutes les circonstances du drame, sans oublier le pari avec lady Diana et les excès de boisson : huit pages, qu'il concluait en estimant les morts parfaitement accidentelles. Lorsqu'il l'eut achevé, il monta jusqu'au long couloir qu'occupaient les Services spéciaux. Il aurait voulu le remettre en main propre à Patrick Quinn, rencontrer enfin cet être mythique : hélas, l'assistant du grand homme l'informa d'un ton glacial que le superintendant était occupé. Il fallut donc confier le rapport à son chien de garde.

Quelques heures plus tard en ce même lundi, juste avant minuit, le Premier ministre rentrait d'un dîner en taxi. Comme toujours, il avait multiplié les instructions au chauffeur, qui ne l'avait pas reconnu. Les chauffeurs de taxi confondaient fréquemment Downing Street à Whitehall et Down Street à Piccadilly. Il s'était à plusieurs reprises retrouvé devant la station de métropolitain de Mayfair, arraché à la rêverie dans laquelle l'avait plongé le trajet. Oh, il ne s'en plaignait pas. Il était fier de vivre dans un pays riche d'un empire de plus de quatre cent quarante millions d'habitants et dont le chef du gouvernement pouvait passer inaperçu dans la foule – chef du gouvernement dont la résidence officielle était cachée au fond d'une rue que même les chauffeurs de taxi avaient du mal à trouver.

Il régla sa course et passa quelques secondes à fouiller dans ses poches, à la recherche de ses clefs. Après un repas arrosé au champagne et au brandy, il avait un peu de mal à tenir sur ses pieds, bien que ses idées soient restées à peu près claires. Il finit par ouvrir la porte au battant vert foncé, la referma derrière lui et monta au premier étage. Pas un bruit dans la maison, où vivaient cependant dix-sept domestiques : un majordome, une gouvernante, une cuisinière, trois valets, huit femmes de chambre (trois pour le ménage, trois pour la cuisine, une pour Margot, une pour Violet), une préceptrice, un homme à tout faire et un portier. C'était le minimum, aux yeux de Margot, pour faire tourner une maison digne de ce nom. Elle s'était approprié un des salons du premier étage pour en faire sa chambre, et ce fut là qu'il la trouva, assise dans son lit, un châle noué sur sa chemise de nuit ; elle écrivait son journal. Qu'elle referma et posa près d'elle lorsque le Premier ministre entra pour lui souhaiter bonne nuit.

« Mon cher Henry.
— Ma chérie, dit-il en lui baisant le front.
— Comment s'est déroulé le dîner ?
— Très bien. »
Il avait passé la soirée à Bedford Square, chez Raymond et Katharine. Margot les avait abandonnés à la dernière minute, souffrant d'un mal de tête, disait-elle. Elle avait eu cinquante ans plus tôt dans l'année. La migraine ne lui laissait pas de répit.
« S'est-il préparé à l'audience publique ?
— Je pense, oui. En tout cas, cela n'a pas l'air de l'inquiéter.
— As-tu déjà vu Raymond s'inquiéter pour quoi que ce soit ? D'ailleurs, s'il connaissait le sens de ce verbe, cette horrible affaire n'aurait sans doute pas eu lieu. Sais-tu que certains de ses amis sont allés à l'Opéra le soir du drame, avant même que le corps du malheureux soit repêché ? »
Désinvoltes, cruels, bons à rien, impies, tels étaient quelques-uns des qualificatifs dont elle avait affublé la Coterie en apprenant la tragédie, avant de se lancer dans une diatribe contre les mœurs décadentes du monde moderne : les cubistes, les futuristes, les compositeurs à l'eau de rose, Debussy, les politiciens qui poussaient à la guerre civile en Irlande, les militaires qui se mutinaient, les cyniques, la presse à sensation, les suffragettes qui lacéraient des tableaux…
« Eh bien, dit-il, affable, j'ai eu quelques conversations avec des gens bien placés ; nous verrons ce que cela donne. »
Il n'entra guère dans les détails, de peur de déclencher un nouveau déluge oratoire.
« Dors bien. Je passerai te voir demain matin. »
Il traversa les salles de réception plongées dans la pénombre, jusqu'au grand bureau qui surplombait

Horse Guard Parade. C'était là qu'il aimait s'installer, tard le soir, pour travailler. Il ne partageait plus le lit de sa femme depuis six ans. Après le drame de son dernier accouchement – le bébé, un garçon, n'avait vécu qu'un jour –, les médecins l'avaient prévenue qu'une nouvelle grossesse lui serait fatale. Cela avait mis fin à leurs relations conjugales. Elle gardait dans sa chambre un crâne exhumé sur les terres de sa famille, en Écosse : c'était, disait-elle, pour ne jamais oublier de vivre pleinement sa vie. Il n'avait jamais pu faire l'amour sous les orbites évidées du crâne.

Il se servit un peu de brandy, alluma la lampe de lecture et s'assit. Tout autour du buvard était arrangée une cohorte de minuscules animaux en cristal, quarante ou cinquante, accompagnés de petites figurines en argent, qu'il collectionnait depuis des années et qu'il disposait en petits groupes sans cesse changeants, selon son humeur. Il ouvrit sa boîte à dépêches pour en sortir la lettre que Venetia lui avait envoyée le matin même.

Il a plu en cette fin de semaine, si bien que j'ai eu tout loisir de lire ton dossier irlandais, que j'avais dissimulé sous un exemplaire du Tatler. Papa m'a demandé à plusieurs reprises si je n'avais rien de plus exaltant à lire – & naturellement aucune solution ne s'est présentée à mon faible intellect qui n'ait déjà illuminé le tien, si puissant. Il faudra que les deux camps consentent à des compromis.

La menace d'une guerre civile est si aiguë que je me demande s'il n'y a pas moyen de les y contraindre par la honte. Dans une telle situation, ne serait-il pas entièrement justifié d'en référer au roi, de lui faire, à lui, jouer le rôle d'intermédiaire ? Les unionistes peuvent difficilement, au vu de ce qu'ils sont, refuser une convocation de Sa Majesté, et les nationalistes sentiront bien ta détermination. Et cela te permettra au moins de gagner du temps. Mon cher amour, ne perds pas espoir. Il va se produire quelque chose, j'en suis certaine.

L'idée était loin d'être sotte. De plus, elle confortait ses propres réflexions. Il ouvrit le dossier irlandais et contempla, morose, les comtés de Fermanagh et de Tyrone. Puis, pour s'en distraire, il délaissa ces cartes au profit de la moisson nocturne de dépêches diplomatiques. L'une d'elles – il se rappellerait plus tard qu'elle était noyée dans la masse, à peine digne d'intérêt – était la copie d'un mémorandum secret émanant du Foreign Office et daté du jour même.

6 juillet 1914
L'ambassadeur d'Allemagne a décrit ce jour en termes très chaleureux le plaisir que l'empereur et autres ont pris à la visite de l'amiral à Kiel.
Ce à quoi j'ai répondu que je savais cette satisfaction partagée de notre côté.

Le Premier ministre bâilla, avant de s'étirer. Il avala une gorgée de brandy et reprit sa lecture.

L'ambassadeur m'a ensuite fait part en privé, d'un ton très grave, de l'inquiétude et du pessimisme qui régnaient à Berlin. Le meurtre de l'archiduc Franz Ferdinand avait suscité en Autriche, me disait-il, de très vives réactions antiserbes. Il tenait pour certain, sans en connaître tous les détails, que les Autrichiens allaient certainement entreprendre quelque action, peut-être sous forme militaire, contre la Serbie.

Le Premier ministre leva la tête. Dix jours s'étaient écoulés depuis que l'héritier du trône d'Autriche-Hongrie et son épouse avaient été abattus par un nationaliste serbe à Sarajevo. À ce drame avait succédé un tel calme qu'il avait chassé l'assassinat de son esprit. Il eut l'impression d'avoir buté soudain sur un obstacle en pleine rue. Il reposa son verre, reprit sa lecture avec un intérêt redoublé.

Je lui ai demandé s'ils avaient l'intention d'envahir une partie de la Serbie.

L'ambassadeur a répondu que tel n'était pas le cas, car ils n'auraient su qu'en faire. Leur idée, disait-il, était d'obtenir une sorte de compensation, en infligeant une certaine humiliation à la Serbie.

Une autre cause d'inquiétude et de pessimisme à Berlin était liée à l'impression que donne en Allemagne le comportement de la Russie, surtout si l'on songe au récent renforcement de la puissance militaire de ce pays... Il dispose à présent d'un million d'hommes sur le pied de paix.

L'ambassadeur est même allé jusqu'à dire que le sentiment prévalait en Allemagne d'une crise probable, et qu'il était par conséquent préférable de laisser faire l'Autriche pour que cette crise se produise le plus vite possible.

La note lue, il regarda un long moment, par la fenêtre, les réverbères qui bordaient Horse Guard Parade. Sa principale qualité en tant que Premier ministre – certains parlaient même de génie, bien qu'il juge le compliment excessif – résidait dans sa capacité à absorber et à analyser des problèmes le plus souvent non corrélés, à concevoir des solutions multiples et à les garder à l'esprit en attendant le moment idéal pour passer à l'action ou s'en abstenir, ce qui était souvent la décision qui s'imposait – s'il fallait en croire son expérience. Les problèmes ne se résolvaient-ils pas d'eux-mêmes, la plupart du temps ? « Attendre et voir venir » : telle semblait être sa devise, cible de bien des moqueries. Et pourtant, elle lui paraissait, au contraire, des plus raisonnables. Mais qu'allait-il faire de cette dépêche ? Elle était peut-être sans importance. Ou bien elle annonçait tout simplement l'apocalypse. Pour l'heure, il n'y pouvait pas grand-chose. Il aurait tant aimé que Venetia soit restée à Londres ! Son avis, que nul intérêt particulier ne venait biaiser, lui était particulièrement précieux. Mais elle embarquait dans quelques heures pour l'Écosse à bord du yacht de l'Amirauté en compagnie de Winston et Clemmie Churchill. Cette semaine-là, il n'y aurait pas de promenade en voiture le vendredi. Il détestait ces moments sans elle.

Il parcourut les autres dépêches et finit son brandy avant de se rendre dans sa chambre. Après avoir fait sa toilette et enfilé sa chemise de nuit, il se mit au lit et lut un chapitre de *Notre ami commun*, avant de sentir ses yeux se fermer ; bientôt, il s'était endormi.

Le lendemain matin, un mardi, Deemer reçut l'ordre de retourner aux affaires ordinaires. L'officier répartiteur du 1er district de la police métropolitaine, qui semblait prendre un malin plaisir à le remettre à sa place après sa mission spéciale pour Quinn, l'envoya enquêter sur une série de cambriolages perpétrés à Pimlico. Quel ennui, cette séance de porte-à-porte ! « Avez-vous entendu ou vu quoi que ce soit d'inquiétant ? » Un agent en uniforme s'en serait aussi bien acquitté. Lorsqu'il rentra enfin au bureau, un message l'attendait : Quinn souhaitait le voir au plus vite. Quelques minutes plus tard, il se retrouva devant le bureau du superintendant, et il ne fut pas prié de s'asseoir.

Le chef des Services spéciaux était un homme chétif, d'une soixantaine d'années, les joues creuses et velues, les sourcils noirs, broussailleux ; son menton, étroit et pointu, était orné d'une fine barbichette argentée. Il avait l'allure d'un jockey amateur issu d'une bonne famille, profitant de sa retraite dans la douceur du comté de Mayo. Il feuilletait de ses mains fines le rapport de Deemer.

« Je ne pensais pas que vous creuseriez l'affaire à ce point, dit-il après avoir émis l'un de ses curieux claquements de langue. Personne n'a besoin de tous ces détails. »

Au grand effroi de Deemer, il secoua la tête. Ses traits exprimaient une certaine nervosité, peut-être même de la colère.

« Votre nom figure dans le registre des missions. Ce qui signifie qu'il se trouve également sur la liste des personnes qui témoigneront demain lors de l'audience publique. Vous irez.

— Bien, monsieur.

— Cependant, vous ne témoignerez de rien. Si le coroner vous convoque à la barre, vous déclarerez que vous n'avez aucun élément matériel à ajouter à ce qui vient d'être dit. Je ne souhaite pas que vous vous parjuriez : présentez donc les choses dans les termes que je viens de vous indiquer. Vous m'avez compris, sergent ?

— Oui, monsieur.

— Si cette affaire de pari et d'excès de boisson est rendue publique, elle n'aura pour effet que d'ajouter à la douleur des Anson et à l'embarras des autres témoins. »

Il fit glisser le rapport de Deemer dans sa corbeille à papier.

« Est-ce clair, sergent ?

— Oui, monsieur.

— Vous pouvez vous retirer. »

Avant que Deemer sorte du bureau, le superintendant Quinn ajouta ceci :

« Excellent travail, par ailleurs. »

Deemer eut du mal à dormir et se leva dès l'aube. Il se rasa, s'habilla avec encore plus de soin que d'habitude et arriva à Lambeth avant 8 heures.

Les bureaux du coroner et la morgue étaient situés côte à côte, dans deux banales bâtisses en briques. Deemer montra sa carte professionnelle à l'entrée de la morgue. Les cadavres des noyés avaient été disposés dans des cercueils par des agents des pompes funèbres. Celui d'Anson était en acajou, avec des poignées de laiton. Celui de Mitchell en pin, bien plus simple. Les deux étaient ouverts. Ils avaient l'air terriblement jeunes, presque enfantins, dans leurs beaux costumes. Ils auraient pu être frères. Le nez d'Anson portait quelques légères estafilades. Deemer se pencha sur les fleurs dont le cercueil était orné. L'un des bouquets, roses blanches, œillets rouges et muguet, portait ce message : « De la part du Premier ministre et de Mrs Asquith ». Personne n'avait fleuri le musicien.

Deemer sortit dans la cour pavée. Six ou sept photographes de presse s'étaient attroupés près de l'entrée. Les témoins, leurs soutiens moraux et les familles des morts ne tardèrent pas à faire leur apparition, hommes et femmes en noir des pieds à la tête : robes, chapeaux, gants, parasols, costumes et hauts-de-forme. Il reconnut quelques-uns des naufragés du quai. Le comte Benckendorff, qui approchait seul à grands pas, lady Diana Manners en compagnie d'une vieille dame à l'allure de dragon qui devait être la duchesse de Rutland, Raymond Asquith, flanqué de deux hommes de loi en frac, dont le célèbre F. E. Smith, avocat et parlementaire unioniste. Et sir Herbert Beerbohm-Tree, comédien et directeur de théâtre, venu soutenir Iris

Tree, sa scandaleuse progéniture. Les lampes au magnésium des photographes crépitaient sans répit.

Deemer attendit la fin de ce cortège avant d'entrer dans les locaux du tribunal. L'endroit n'était guère plus grand qu'une salle de classe, avec un plancher sans ornement et des murs blanchis à la chaux, et déjà étouffant en ce matin de juillet, bien que les fenêtres soient ouvertes. Il réussit à trouver un peu de place au fond de la salle bondée : des membres des autorités, des jurés, des témoins, des spectateurs, des journalistes, des avocats... Seigneur, et pas n'importe lesquels ! Ce devait être la première fois que le petit tribunal de Lambeth en voyait autant. Deux conseillers du roi, qui pesaient largement plus de dix mille livres par an : F. E. Smith, déjà nommé, qui représentait les passagers du vapeur, et Ernest Pollock, autre député unioniste, recruté par les Anson. Et ces deux ténors du barreau ne cessaient de chanter les louanges posthumes de l'héroïque et malheureux Mitchell, et de promettre, au nom de leurs clients, que la subsistance de sa veuve et de son petit garçon de dix-huit mois serait toujours assurée.

Ces déclarations donnèrent le *la* aux suivantes : Deemer eut rapidement la sensation d'assister non pas à une enquête de coroner, mais à une représentation théâtrale, mise en scène, qui sait, par Mr Beerbohm-Tree en personne. Tous les personnages s'en tenaient scrupuleusement au texte qui leur avait été confié, y compris et surtout le coroner, qui annonça d'emblée qu'il ne voyait pas l'intérêt de révéler au public la liste complète des invités, qu'il n'avait aucunement l'intention de commenter l'affaire et qu'il se contenterait d'exposer les faits au jury, pour que ce dernier puisse rendre son verdict.

Le capitaine White fut le premier à monter à la barre. Ses passagers, confirma-t-il, étaient tous parfaitement maîtres de leurs gestes.

« Gais, certes, mais sobrement. »

L'avocat de la famille Anson se leva.

Pollock : « Diriez-vous de sir Denis qu'il était simplement de bonne humeur ? »

White : « Oui. »

Pollock : « Je suis content de vous l'entendre dire, car j'aimerais que vous insistiez sur ce point et me confirmiez que les rumeurs courant sur son état d'ébriété sont dénuées de tout fondement. »

White : « C'est exactement le cas. »

Pollock : « Il était tout bonnement joyeux, plein de vie, et se comportait comme nous aimerions tous que nos fils se comportent ? »

White : « Oui, monsieur. »

Le second confirma les dires de son supérieur.

« Aucun des passagers n'était en état d'ébriété. »

Le comte Benckendorff déclara avec fermeté qu'Anson était « complètement sobre », qu'il « voulait simplement distraire les invités » ; Mr Duff Cooper ajouta que « sir Denis avait bu un peu de champagne, mais n'était aucunement ivre » ; Mr Claud Russell était du même avis.

Le coroner : « L'avez-vous vu confier sa montre à qui que ce soit avant de plonger ? »

Russell : « Oui, juste avant de sauter. "Voici ma montre", a-t-il dit, et il l'a remise à quelqu'un qui se trouvait là. »

Le coroner : « Pensez-vous qu'il y avait danger à sauter ? »

Russell répondit « Oui », après une légère hésitation.

« Je vous remercie, conclut le coroner, sans chercher à pousser son enquête plus loin. Vous pouvez vous rasseoir. »

Puis il balaya la foule du regard.
« Sergent Deemer ? »
Le cœur du sergent se mit à battre plus fort. Il lui sembla qu'il lui fallut des heures pour traverser la salle jusqu'à la barre : il remonta l'allée latérale et passa devant les avocats, évitant de justesse les jambes étendues de F. E. Smith. Il sentait le poids de leur regard, et la tension soudain lui parut plus intense – ou bien n'était-ce qu'un effet de sa nervosité ?
« Sergent Deemer, vous étiez présent sur le quai de Westminster quelques minutes après le drame, et c'est à vous que l'enquête a été confiée. Avez-vous quoi que ce soit à ajouter à ce que vous venez d'entendre ? »
Deemer embrassa du regard les silhouettes noires au premier rang. Plus tard, il s'en voulut de n'avoir pas eu le courage de répondre : « Oui, tout à fait, bien des choses. Ce n'est pas du tout ce qu'il s'est produit cette nuit-là. Je... »
Au lieu de quoi il s'entendit tranquillement dire :
« Je n'ai aucun détail à ajouter à ce qui a déjà été déclaré.
— Je vous remercie, sergent. Vous pouvez vous rasseoir. »
Il évita soigneusement les regards en retrouvant sa place. Les visages dans la foule lui paraissaient tous flous. Il se sentait humilié, le cœur broyé par la honte. Le coroner en était déjà aux conclusions préliminaires. Il n'avait appelé à la barre ni Raymond Asquith, ni lady Diana Manners.
« Messieurs les jurés, l'affaire vous a été exposée dans ses moindres détails. Rien n'a été omis. C'est une histoire courte, aussi simple qu'elle est triste. Sir Denis Anson, semble-t-il, était un jeune homme d'un caractère joyeux, qui n'avait peur de rien : une audace qui confinait à la témérité. Rien ne prouve qu'il

ait agi sous l'effet de la boisson, ni ne le suggère... Malheureusement, ce drame a provoqué la mort d'un autre infortuné, dont la femme est désormais veuve et le fils orphelin. Cet homme a payé d'un prix suprême son acte de courage. Je suis certain que vous avez, comme moi, été heureux d'entendre ce qui s'est dit entre ces murs quant à l'assistance que cette femme et cet enfant recevront. »

Les jurés ne se retirèrent même pas pour délibérer. Après un bref conciliabule, le président du jury rendit le verdict d'une voix ferme :

« Dans les deux cas, décès accidentel par noyade. »

Il était à peine 11 heures du matin.

Le coup de marteau du coroner mit fin à l'audience publique. Les spectateurs se levèrent tous. Deemer se plaqua contre le mur pour laisser passer leur sombre cortège : les dames d'abord, dans un nuage écœurant d'eaux de toilette accompagné du froissement des jupes de soie noire, du frémissement de leurs éventails et de murmures de soulagement – ah, enfin, elles en avaient fini, elles allaient pouvoir échapper à cette étuve, oublier ces considérations morbides et retrouver, reconnaissantes, le grand air, la lumière du jour. Venetia Stanley, constata Deemer, n'était pas du nombre.

***

Le lendemain, lorsqu'il arriva au bureau, il trouva dans son casier un message lui demandant de passer voir le superintendant Quinn. Sans trop savoir à quoi s'attendre, il monta immédiatement aux Services spéciaux.

« Asseyez-vous, sergent, dit Quinn, qui signait des courriers. Je ne vous retiendrai pas longtemps. »

Une demi-douzaine de journaux étaient étalés en arc de cercle sur le bureau, tous ouverts et soigneusement repliés à la page mentionnant l'enquête sur la double noyade du *King*. Deemer se surprit à vouloir déchiffrer les gros titres à l'envers. Quel traitement allait lui être réservé ? La carotte ou le bâton ? Lorsque Quinn, enfin, reposa son porte-plume, il gratifia Deemer d'un long regard par-dessus ses lunettes en demi-lune. Puis :

« Que savez-vous des Services spéciaux, sergent ? lui demanda-t-il sans détour.

— Presque rien, monsieur.

— Parfait. C'est préférable. Je vais vous en parler, moi. Nous ne sommes pas nombreux : cent quatorze officiers de police, très exactement, moi compris. Contrairement au reste du personnel de la police métropolitaine, nous sommes conduits parfois à agir en dehors de Londres, sur tout le territoire. Nous sommes responsables des allées et venues des suspects dans les ports, les gares ; nous surveillons les étrangers présents sur le sol national, nous protégeons les membres de la famille royale et les ministres. Nous sommes également chargés, en coordination avec une division du ministère de la Guerre dont l'existence n'est pas officielle, d'interpeller les saboteurs, les espions et tous ceux qui représentent une menace pour la sécurité de la nation. Ce sont de lourdes tâches pour une petite équipe comme la nôtre. Êtes-vous marié, sergent ? Avez-vous des enfants ?

— Je suis célibataire, monsieur.

— Très bien. C'est un avantage. Les journées de travail sont longues. Les horaires ne sont pas gravés dans le marbre. Parfois, il vous arrivera d'être en déplacement pendant des jours, des semaines même, et vous ne pourrez parler à personne de vos missions. Cela peut être difficile à supporter, dans un couple. Vos parents sont encore de ce monde ? Vous avez des frères et sœurs ?

— Mes parents sont morts tous les deux, monsieur.

— Tous les deux ? Vous m'en voyez navré. Quand les avez-vous perdus ?

— Ils ont péri il y a sept ans dans un accident de train, monsieur. J'ai un jeune frère, qui est militaire.

— Quel régiment ?

— Middlesex, Duke of Cambridge's Own.

— Vous savez vous servir d'une arme à feu ?

— Je n'ai jamais essayé.

— Bah, ça n'est pas grave. Nous y remédierons sans tarder. Avez-vous des questions ? »

Des dizaines, et qui lui brûlaient la langue, mais avant même qu'il ouvre la bouche, Quinn déclara :

« Parlez-en avec mon secrétaire. »

Et sur cette injonction prit fin son entretien d'embauche.

- 5 -

Au même moment, Venetia se trouvait à bord du yacht officiel de l'Amirauté, l'*Enchantress*, en chemin vers l'Écosse sur une mer calme et sous des cieux cléments.

Si elle n'avait guère pensé à l'enquête, pas plus le jour du verdict que ceux qui avaient suivi, c'était essentiellement parce qu'elle n'avait pas eu une seconde à elle. Sa cousine Clemmie Churchill, dont elle avait été la demoiselle d'honneur, était enceinte de six mois. Venetia ne tarda pas à comprendre qu'elle avait été conviée pour seconder la nourrice auprès de la progéniture déjà présente : Randolph, minuscule démon aux cheveux roux, et Diana, cinq ans bientôt, dont elle devait organiser la fête d'anniversaire. Quand elle ne courait pas après le jeune Randolph pour l'empêcher de monter sur les rambardes, elle devait trouver des distractions aux deux petits : lectures à haute voix, dessins à superviser, parties de cache-cache à lancer, tandis que Clemmie gisait dans sa cabine, rideaux tirés, en proie à l'une de ses migraines nerveuses. Winston avait du travail, et un discours à écrire, motif de son voyage en Écosse. Il n'apparaissait qu'au moment des repas pour leur infliger de longs monologues stratégiques. Voilà donc mon destin, songea-t-elle, étendue, épuisée, sur son lit. Je suis la tante célibataire, la cousine sans enfants, qui doit payer ses invitations en nature. Elle avait rêvé d'un avenir plus joyeux. Et pourtant : un mariage avec enfants ne serait-il pas une servitude tout aussi écrasante ?

Lorsqu'ils mirent pied à terre à Dundee, le jeudi matin, une lettre du Premier ministre l'attendait, à sa grande joie (*Ma chérie – tu m'es plus chère que je ne peux l'exprimer. Écris-moi – que je t'aime*) ; elle en reçut une autre le lendemain, à Queensferry (*Nous avons un temps merveilleux : j'aimerais, plus que tout, être avec toi sur l'*Enchantress *!*) Le samedi soir, sur le chemin du retour, ils jetèrent l'ancre le long de la côte de Norfolk, à Overstrand ; il vint une troisième lettre, plus longue et se plaignant de lord Northcliffe, le propriétaire du *Times* et du *Daily Mail*, qui soutenait les unionistes de l'Ulster. (*Je déteste ce bonhomme et ses affaires, je ne lui fais aucunement confiance, mais il ne faut pas dire cela à Winston... Je n'abuse pas trop de ta patience, mon amour ? Tu m'as demandé de ne pas avoir de secrets pour toi : il y a une seule chose que je ne sais pas dire, mais tu sais ce que c'est.*)

Lorsqu'elle leva les yeux, elle se rendit compte que le même Winston la regardait fixement. Bien sûr, songea-t-elle, il a reconnu l'écriture du Premier ministre. Sans s'émouvoir, elle replia la lettre et la glissa dans son enveloppe. Il lui sourit, l'œil complice.

« J'ai l'impression d'être un amant jaloux, dit-il de sa voix légèrement zézayante. J'aimerais bien qu'il m'écrive avec cette fréquence. »

H. M. Y. Enchantress

Overstrand, dimanche 12 juillet.

Merci, mon chéri, pour ta divine lettre, qui m'attendait à notre arrivée. J'ai honte d'être en vacances, tandis que tu es aux prises avec la question irlandaise, bien que je puisse t'assurer que les petits Churchill sont aussi exigeants que les unionistes et Northcliffe réunis.

Le Pearl Tree Cottage – la maison que les C. louent à Cromer pour l'été – est adorable ; pour l'anniversaire de Diana, nous avons passé la soirée sur le rivage. Elle est charmante, très mignonne, comme sa mère, alors que Randolph est un Winston en miniature (effroyable vision, n'est-ce pas ?). Ce matin, nous sommes allés sur la plage et W. a enfilé un drôle de vieux costume de bain, rouge & blanc, trop grand, & il s'est mis à construire tout un réseau de forteresses & de murailles, prétendument pour les enfants, mais en vérité pour lui-même. Il a pris autant de plaisir à l'ériger qu'à le voir ensuite détruit par les vagues & nous a fait un long discours sur la folie des hommes qui pensent dompter la nature, etc. Il est irrésistible ! J'ai commis l'erreur de lui demander quelle était la différence entre un dreadnought & un super-dreadnought[1]*. Mardi, quand nous irons nous promener en voiture, tu pourras tester mes connaissances à ce sujet.*

Je vais confier cette lettre à Clemmie, qui la postera ; nous la laissons avec les enfants & repartons plus tôt, Winston & moi, pour qu'il puisse être à Chatham dans la matinée.

À toi, pour toujours.

Elle se réveilla tôt, le lendemain matin, et monta sur le pont. La brume de mer était intense, réfrigérante. Les chaises longues humides de rosée. Elle dut

1. Le *dreadnought* (abréviation de *which dreads nought*, « qui ne redoute rien ») est le type prédominant de cuirassé au XXe siècle. Ses canons mesuraient à l'origine douze pouces. Au début de la Première Guerre mondiale, les Américains et les Britanniques adoptèrent le quinze pouces (381 mm). Ces navires furent désormais dénommés « *super-dreadnoughts* ».

redescendre dans sa cabine pour prendre un châle. Le ciel ne se découvrit pas avant l'arrivée dans l'estuaire de la Tamise. Elle vit alors paraître au-dessus de sa tête six ou sept aéroplanes, qui volaient bas. Le vacarme des moteurs était tel que Winston, réveillé, rejoignit Venetia sur le pont, coiffé d'une casquette d'officier de marine, une paire de jumelles autour du cou.

« Ce sont les Bristol Scouts, annonça-t-il après avoir observé les avions aux jumelles, qu'il tendit ensuite à Venetia. Ils viennent du camp aéronaval d'Eastchurch. Les guerres de demain se dérouleront aussi bien dans les airs que sur terre et sur mer. »

Pendant quelques minutes, ils regardèrent les appareils évoluer dans le ciel, montées, loopings, piqués.

« C'est incroyablement excitant, tu ne trouves pas ? Malheureusement, Clemmie m'a interdit de remonter dans un avion. Je le lui ai promis. C'est trop dangereux, dit-il.

— Winston, j'aimerais tant voler !

— C'est vrai ? répondit-il, intrigué. Tu voudrais essayer ?

— Tu pourrais m'arranger ça ?

— Si je peux t'arranger ça ? Je pense bien ! Je ne suis pas Premier lord de l'Amirauté pour rien, Vinny ! »

Deux heures plus tard, elle se retrouvait sanglée sur le siège passager d'un biplan, un blouson de cuir sur les épaules, des lunettes de pilotage sur le nez, derrière l'aviateur de la Royal Navy. L'appareil s'élança en cahotant sur la pelouse de l'aérodrome de Chatham – *Oh, mon amour, c'était un tel bonheur ! Promets-moi de ne pas reprocher à Winston d'avoir organisé cet essai !* Et que dire de l'accélération soudaine, à vous briser les os, et de ce creux à l'estomac qui la saisit lorsque l'appareil s'éleva dans le ciel, que dire de l'extase à l'idée de pouvoir échapper à la si lourde terre, de voir les paysages familiers s'éloigner puis se renverser sur leur axe et devenir complètement autres, singuliers : champs jaunis par la chaleur de l'été constellés de vaches minuscules, fins chemins bruns et sinueux, flèches des églises, attelages-jouets... Enfin la mer, immense, grise, mouchetée de vagues blanches, les rubans d'écume bordant sur des kilomètres la côte de l'Essex – le souffle du vent contre son visage, le fracas du moteur, l'odeur de l'essence, le danger jamais loin, les perspectives offertes, la *liberté*...

Ce soir-là, en dînant avec ses parents, à Mansfield Street, elle dut revenir sur terre. Bien qu'il ne s'agisse que d'un repas de famille, qu'ils prenaient rassemblés à une extrémité de la grande table, ils étaient tous les trois en tenue de soirée.

Après avoir poliment écouté la description enflammé e du premier vol de sa fille, lady Sheffield attendit la fin du repas pour lui annoncer qu'ils quitteraient Londres dès la fin de la semaine suivante pour Penrhos, au pays de Galles, où ils passeraient les vacances. Après quoi, Venetia devait suivre sa mère en Inde et en Australie où son frère aîné, Arthur, venait d'être nommé gouverneur de l'État de Victoria : au total, trois mois loin de la capitale.

Il fallut un certain temps à Venetia pour retrouver sa langue.

« Maman, où suis-je censée trouver un mari ? Dans les montagnes de l'Himalaya ou dans le désert australien ?

— Nous serons rentrées à temps pour Noël, que nous passerons à Alderley. »

Lord Sheffield, assis entre les deux femmes, fumait un cigare qu'il ôta de ses lèvres le temps de répondre :

« Ma chérie, vois cela comme ton Grand Tour. »

C'était, elle le comprit immédiatement, un complot destiné à l'éloigner de ses fréquentations de Londres – la Coterie, de toute évidence, mais aussi, sans doute, le Premier ministre. Il était réputé pour l'attention qu'il portait aux jolies jeunes femmes, et ses parents l'avaient souvent vu en compagnie de Venetia. Son attitude l'avait probablement trahi : son insistance à s'installer près de leur fille, à tapoter le canapé pour la faire asseoir près de lui après les repas, pour une conversation privée. Mais de là à ce qu'ils puissent soupçonner et craindre une relation plus intime ! Venetia ne s'y attendait pas.

Elle parvint à esquisser un pâle sourire.

« J'imagine ne pas avoir mon mot à dire ?

— Les cabines sont déjà réservées pour les traversées, dit sa mère en lui décochant un aimable sourire. Et puis ce n'est pas comme si tu avais autre chose à faire. »

Elle dévisagea ses parents, l'un après l'autre. Les Stanley étaient des intellectuels peu respectueux des conventions, excentriques à l'occasion. Lyulph, son père, âgé déjà de soixante-quinze ans – il aurait pu être son grand-père –, avait siégé au Parlement sous l'étiquette libérale ; membre du conseil d'administration du Balliol College, à Oxford, il avait été contraint à la démission après avoir rendu publique son apostasie. Le titre de Sheffield lui était échu à la mort de son frère aîné Henry, qui, après sa conversion à l'islam, avait été le premier musulman à siéger à la Chambre des lords. Son frère cadet, Algernon, homme replet et mondain, était évêque catholique ; le neveu de cette étonnante fratrie n'était autre que le philosophe Bertrand Russell. Quant à Maisie – lady Sheffield –, qui ressemblait, à la lueur des bougies, à une comtesse du XVIIIe siècle, avec son opulente chevelure blanche, ses yeux et ses sourcils de braise, elle avait l'esprit assez vif pour leur tenir tête à tous. Et pourtant, même chez ces originaux, il y avait des limites à ne pas franchir ; la liaison d'une jeune femme de vingt-six ans avec un Premier ministre deux fois plus âgé qu'elle faisait partie de ces tabous. Venetia savait qu'il était inutile de contester leur décision.

« Oui, en effet, comme vous le savez, je n'ai rien d'autre à faire. »

Et dès le lendemain matin, l'inévitable missive du 10 Downing Street, rédigée dans la nuit, fut glissée dans la boîte ; une fois de plus, Venetia parvint à la subtiliser avant que les femmes de chambre s'en emparent et alla la lire dans le sanctuaire de sa chambre à coucher.

Je suis tellement heureux de n'avoir pas su à l'avance que tu t'étais fait pousser des ailes, et que tu volais : Winston ne faisait pas le fier ; il s'est même excusé en me racontant tes exploits sur le banc... J'ai eu deux entretiens éclairants, bien que fort peu revigorants. Le premier (sous le sceau du plus grand secret) avec lord Northcliffe, figure-toi... J'ai hâte de discuter de cela & d'autres sujets avec ma plus précieuse conseillère. Nous avons le choix entre demain (Ma.) & Mer. (Il y aura dans l'après-midi un concert vocal à la maison.) Quelle est ta préférence ? Nous pourrions nous absenter de 17 à 18 h 50. Donne-moi vite ta réponse... Écris-moi, mon amour. Je t'aime.

Elle s'installa devant sa coiffeuse, porte-plume à la main. Pour la première fois, elle ressentait dans son ampleur tout ce que cette longue séparation allait impliquer. Elle ne le verrait pas, elle ne pourrait plus le toucher, ne pourrait plus être caressée par lui. Leur correspondance serait réduite à un maigre filet de lettres, qui mettraient des semaines pour les relier l'un à l'autre. La fenêtre qu'elle avait pu ouvrir sur le monde du Premier ministre – ce vaste univers animé par la politique et les grands événements – allait se refermer. Elle perdrait toute influence sur lui. Il se trouverait une nouvelle confidente, c'était certain. Elle se savait dernière en date d'une longue procession. Il lui vint une douleur aiguë qu'elle identifia avec épouvante : la jalousie.

Situation intolérable !

L'esprit rebelle des Stanley se réveilla en elle. Après quelques minutes de réflexion, elle se mit à écrire.

Mon chéri, de mauvaises nouvelles, je le crains. Maman a décidé de me traîner à Penrhos en août, & veut après cela m'emmener trois mois en Inde et en Australie. Mes protestations sont inutiles. Alors voyons-nous deux fois ! Veux-tu bien me retrouver à l'endroit habituel à 17 heures, aujourd'hui ? Et je viendrai demain au concert chez vous. Nous devons saisir toutes les occasions, tant que la chose est possible. Tu me manques.

Elle posta elle-même cette lettre.

***

Elle était si désireuse de « saisir les occasions » et il avait une telle soif de sa présence qu'en dépit de l'imminence de la conférence qui devait se tenir à Buckingham sur la situation irlandaise, ils purent se voir six fois dans les dix jours qui suivirent : une promenade de quatre-vingt-dix minutes jusqu'à Marlow, sur la Tamise, le mardi même, au cours de laquelle il lui montra un télégramme de leur ambassadeur à Berlin décrivant l'humeur belliqueuse de sa nation d'accueil, avant de le déchirer en mille morceaux qu'il jeta par la vitre de la Napier ; un concert vocal à Downing Street, le mercredi – mais comme Margot et lady Sheffield étaient présentes, ils ne purent guère échanger que des plaisanteries ; une autre promenade de deux heures en voiture le vendredi, cette fois-ci vers Goring-on-Thames, où il lui remit la copie au carbone d'un autre télégramme confidentiel émanant de leur ambassadeur à Vienne : les Autrichiens se préparaient à assigner le gouvernement serbe, qu'ils accusaient de complicité « dans la conspiration qui a conduit à l'assassinat de l'archiduc ».

« Le pensent-ils vraiment ? demanda-t-elle en lui rendant le document.

— Peut-être, oui. Il faut surveiller cette affaire de près. »

Cette fois-ci, il roula la copie du télégramme en boule et la jeta par la vitre, ce que Venetia trouva curieusement désinvolte, sentiment dont elle ne lui fit pas part.

Le lundi de la semaine suivante, veille de la conférence sur l'Irlande, elle lui rendit visite au n° 10, en fin d'après-midi ; ils se rendirent à St James's Park en passant par le jardin et s'y promenèrent un bon moment ; elle ne résista pas au plaisir de lui prendre le bras. C'était la fin d'une des brûlantes journées de cet été à l'incroyable splendeur. Les chaises longues étaient prises d'assaut ; les gens se couchaient sur l'herbe jaunie. Les fonctionnaires rentraient chez eux après une journée de travail. Ils croisèrent quelques parlementaires en route vers leurs clubs respectifs. Ces gens-là reconnaissaient immédiatement le Premier ministre. Il saluait les messieurs d'un signe de tête et soulevait son chapeau sur le passage des dames.

Un orchestre jouait près du lac. Il vint soudain cette idée à Venetia :

« Pourquoi ne pas dîner ensemble ce soir, toi et moi ? Ce serait la première fois. Nous pourrions trouver un endroit tranquille... L'occasion ne se représentera peut-être pas.

— Ce serait merveilleux, dit-il, non sans réticence, en regardant autour de lui. Mais il faut que je prépare mes arguments pour demain.

— Oh, je comprends. »

Elle s'écarta de lui.

« Allons jusqu'au Mall, marmonna-t-il, contrit. Je te trouverai un taxi. »

Elle comprenait, elle comprenait vraiment. Le Premier ministre se devait d'être prudent. Ce qui ne l'empêcha pas de se sentir blessée, sur le moment et de nouveau le lendemain, lorsqu'elle reçut un bref message d'excuse du 10 Downing Street.

J'ai dû faire preuve d'abnégation, ma chérie, lorsque tu m'as fait cette proposition de dîner avec moi. La simple idée des rumeurs qui pourraient courir sur nous me révolte.

Ils se revirent une cinquième fois dans l'après-midi de cette même journée, lorsqu'il passa la prendre à Portland Place. Il venait directement de Buckingham Palace, au sortir de la conférence irlandaise, et elle comprit immédiatement, à le voir tassé au bout de la banquette, que les débats avaient tourné court. Tandis qu'ils se dirigeaient vers Regent's Park, il lui raconta d'une voix lasse et monocorde le déroulement de la journée. Lloyd George et lui représentaient le gouvernement ; Bonar Law et Lansdowne, les unionistes ; Redmond et Dillon, les nationalistes irlandais ; Craig et Carlson, les gens de l'Ulster. Après l'intervention du roi leur enjoignant de trouver un accord, il y avait eu des discussions sans fin, devant ces fichues cartes déployées sur la table, et pas un seul pas en avant. Pas de compromis, pas de concessions, l'entêtement de part et d'autre, sans pour autant qu'aucun veuille quitter les négociations et porter seul la responsabilité de l'échec.

« Ma chérie, il y avait une sorte d'emportement, de folie dans l'air. Je te le garantis : après les avoir tous regardés dans les yeux, je suis persuadé que c'est la guerre qu'ils veulent. Dans ces conflits tribaux, il y a un instinct de destruction qui échappe à tous les arguments rationnels, dit-il en lui prenant la main. Et le pire, dans tout cela, c'est que tu ne seras pas là pour me soutenir. »

Une inspiration vint à Venetia tandis qu'elle lui baisait la main.

« Si je ne peux pas être à Londres, pourquoi ne pas me rendre visite, ne serait-ce qu'un jour ou deux ?

— Te rendre visite à Penrhos ? »

Son visage, enfin, s'illumina.

« Ce serait merveilleux. Penses-tu que tes parents m'inviteraient ?

— Il faut que tu le leur suggères. Ils pourront difficilement refuser.

— Alors je leur en parlerai jeudi, à la garden-party. Quand il s'agit de te revoir, je n'ai aucun scrupule. »

Il semblait avoir chassé l'Irlande de son esprit.

« Tu es une magicienne ! s'écria-t-il, joyeux. Mais tu en es pleinement consciente, je crois... »

L'invitation, adressée à lord et lady Sheffield et l'Hon. Venetia Stanley, leur était parvenue un mois plus tôt. Ce devait être le clou de la saison.

Mrs Asquith
Aura le plaisir de vous recevoir
De 15 à 17 heures
Le jeudi 23 juillet 1914
Au 10 Downing Street Londres S. W.

Margot mettait un point d'honneur à convier Venetia à toutes ses réceptions. De toute évidence, elle avait conclu que la méthode la plus sage était, comme avec les précédentes amies de son mari – « le harem », comme elle les avait collectivement baptisées –, de la garder à portée de main afin de surveiller ses manigances. Il lui arrivait même d'avoir avec sa jeune rivale des discussions confidentielles sur « Henry », comme s'il avait été un projet commun aux deux femmes : se portait-il bien, ne buvait-il pas trop, ne subissait-il pas des pressions excessives, et que pouvaient-elles faire pour alléger son fardeau ? À d'autres moments, elle traitait Venetia avec un dédain glacial. En ces occasions, Venetia se retournait parfois pour voir rivé sur elle le regard acéré de Margot, les paupières plissées dans son visage d'épervier, les traits figés par le dégoût. Laquelle de ces deux Margot l'accueillerait à la garden-party ?

À son arrivée au 10 Downing Street, Venetia comprit immédiatement que la question était inutile. Margot, qui ne faisait jamais les choses à moitié, avait invité, comme de coutume, plus de sept cents personnes. Le grand vestibule, les salons, la terrasse et le jardin étaient envahis par une foule de parlementaires et de ministres que complétaient les quatre cinquièmes du corps diplomatique et la moitié de la bonne société de Londres, tout ce monde transpirant, le visage cramoisi, dans la touffeur de l'après-midi.

Quoi d'étonnant à ce qu'elle ne reconnaisse pas, dans cette cohue, le sergent Deemer, qu'elle n'avait croisé qu'une fois, et qui, de surcroît, avait ordre de se montrer aussi discret que possible ? Il attendait dans le couloir, en compagnie de cinq autres officiers des Services spéciaux chargés de la protection des invités au milieu desquels ils devaient évoluer telles des ombres. Lui, cependant, l'identifia immédiatement, dans cet océan de visages pour lui pratiquement tous anonymes. D'instinct, il la suivit jusqu'aux portes-fenêtres.

Le Premier ministre et son épouse se tenaient sur la pelouse, au bas de l'escalier, accueillant personnellement tous les invités. Il embrassa Venetia sur la joue, un amical baiser, et Margot fit de même.

« Chère Maisie ! dit-il à lady Sheffield. Il fallait justement que je te parle. Je dois prononcer un discours à Chester, vendredi...

— Je n'étais pas au courant », l'interrompit sèchement Margot.

Venetia n'avait aucune envie d'entendre le reste de l'échange.

« Si vous voulez bien m'excuser... Je viens de voir Winston, je veux le remercier de nouveau pour mon équipée.

— Ne t'éloigne pas trop, lui rappela sa mère. Il faut que nous soyons à Euston à 17 heures. »

Le Premier lord de l'Amirauté était en grande discussion avec sa propre mère, lady Jennie, l'ambassadeur d'Allemagne, le prince Lichnowsky – Venetia les connaissait tous deux – et deux autres personnes qu'il lui présenta, un comte allemand du nom de Kessler et une languide comtesse française du nom de Greffulhe, laquelle rafraîchissait ses joues poudrées à l'aide d'un fragile éventail à décor chinois. La conversation portait sur la conférence de Buckingham, dont les participants s'étaient de nouveau réunis le matin même, avant la dernière séance du lendemain.

« J'ai cru comprendre que cela ne s'était pas bien passé, dit Winston. Est-ce également ton impression, Venetia ? Il faut savoir, prince Lichnowsky, que miss Stanley est au courant de tout, ajouta-t-il d'un ton de conspirateur en se tournant vers l'Allemand.

— C'est absolument faux, répondit-elle avec un grand sourire.

— Mais si les négociations échouent, demanda l'ambassadeur, que se passera-t-il ?

— Le sang va couler, répondit Winston. Le sang va couler ! »

Elle les écouta un moment avant de s'éloigner.

Deemer la suivit, sans jamais se laisser distancer. Mais n'était-il pas particulièrement voyant, dans son vieux costume gris sombre, qu'il lui fallait garder soigneusement boutonné en dépit de la chaleur ? Deux semaines à peine s'étaient écoulées depuis son entrée dans les Services spéciaux. C'était sa première mission de protection rapprochée, la première fois aussi qu'il se déplaçait avec une arme. Et la bosse que formait le Webley dans son étui d'épaule ne passait certainement pas inaperçue – du moins pas aux yeux des personnes informées. Dans ses déambulations, Venetia se retourna une fois vers lui, et leurs regards semblèrent se croiser : mais sans doute ne le vit-elle pas réellement. Il lui trouva le teint pâle, l'air souffrant.

Il n'avait pas tort. Son chemisier et sa veste de soie jaune citron avaient beau ne pas peser à Venetia, le soleil et la chaleur lui donnaient le vertige. Elle se fit servir du thé par un domestique, se réfugia à l'ombre d'un arbre, au coin du jardin, sa tasse à la main. Sir Edward Grey, le ministre des Affaires étrangères, se tenait non loin, en grand conciliabule avec les ambassadeurs de France et de Russie. Son visage émacié par le veuvage, déjà passablement mélancolique en des temps plus heureux, arborait une expression sépulcrale qu'accentuaient encore des verres fumés, rendus nécessaires par une maladie ophtalmique.

Venetia se rendit compte qu'elle était au bord de l'évanouissement – et cela, sous le toit de Margot !

Elle se pencha précautionneusement, posa la tasse et la soucoupe sur la pelouse, puis releva sa jupe et s'assit au pied du mur. Après quoi, elle ôta son chapeau à la trop pesante décoration, s'adossa au lierre et sirota lentement son thé. Les yeux fermés, elle entendait le brouhaha strident des conversations, toutes mêlées. Dans le vacarme général, il fallait parler de plus en plus fort pour se faire entendre. Lorsqu'elle rouvrit les yeux, ce fut pour voir le Premier ministre se dresser devant elle, nimbé de soleil. Elle porta la main à son front, en visière, pour le regarder.

« Ne te lève pas, dit-il. J'aimerais mille fois mieux rester avec toi, mais il faut que j'aille parler à tous ces gens horribles. C'est réglé – je peux passer la fin de la semaine à Penrhos. Le prix à payer est modeste : un discours à la Croix-Rouge de Chester !

— Merveilleux !

— Mais oui.

— Comme j'ai hâte !

— Alors, à samedi prochain, ma chérie.

— À samedi prochain. »

Elle l'observa tandis qu'il traversait la pelouse, suivant la progression en crabe du politicien qui s'arrête tous les deux mètres pour échanger quelques mots, se souvenir d'un nom, décocher des sourires. Puis il disparut dans la foule.

Diable, diable, songea Deemer, qui feignait d'examiner un rosier tout proche, dépourvu de tous ses pétales. Il n'aurait su donner un sens à la scène à laquelle il avait assisté, n'ayant pu entendre un mot de l'échange. Mais scène il y avait eu, indubitablement.

À la même heure, l'ambassadeur de l'Empire austro-hongrois frappait à la porte du ministère des Affaires étrangères de Serbie, à Belgrade, pour y déposer l'ultimatum de son gouvernement.

Deuxième partie

LA GUERRE

Du 24 juillet au 4 août 1914

Deuxième partie

LA GUERRE

- 6 -

Il avait tant œuvré sur le dossier irlandais, était tourmenté par de si terribles visions de guerre civile et la crainte d'une chute du gouvernement qu'il lui fallut un certain temps – et ce manque de réactivité était assez rare chez lui – pour saisir l'importance de ce que le ministre des Affaires étrangères lui annonça au téléphone, le lendemain matin.

« J'ai ici le texte de l'ultimatum autrichien, dit Grey. Leur ambassadeur vient de nous l'apporter.

— Et qu'en pensez-vous ? »

Il se trouvait dans le bureau de son secrétaire particulier, l'œil sur sa montre. Margot était au lit avec la migraine – conséquence directe des efforts occasionnés par la garden-party. La Napier était devant la porte du 10 Downing Street, prête à l'emmener à Buckingham. Et cinq cents kilomètres le séparaient de Venetia. Quel accablement ! Si cela n'avait pas été Grey, il aurait refusé de répondre au téléphone.

« J'ai dit à l'ambassadeur que c'était l'ultimatum le plus terrifiant qu'un État puisse adresser à un autre.

— Pire que prévu ?

— Infiniment pire. »

À présent, la signification de cet événement lui apparaissait dans toute son importance. L'impeccable système de classement de son cerveau de juriste se mit enfin en branle et la crise européenne changea de corbeille, d'« Affaires courantes » à « Grandes urgences ».

« Vous pouvez apporter le texte au Cabinet, cet après-midi ? Pour l'heure, je vais devoir vous quitter : il faut que je m'occupe de nos propres fauteurs de troubles, même s'ils sont plus mineurs. »

Il tendit le téléphone à son secrétaire particulier en chef, Maurice Bonham Carter, se coiffa de son haut-de forme et s'en fut en compagnie dudit secrétaire jusqu'au perron du 10 Downing Street. Horwood, qui l'attendait devant la Napier, ouvrit la portière arrière. Un journaliste solitaire le photographia tandis qu'il montait dans l'habitacle désert.

Venetia était arrivée à Penrhos la veille au soir, à la nuit tombée, après un trajet de cinq heures en train ; elle ne s'était pas couchée avant minuit. Elle aurait dormi plus longtemps, si elle n'avait pas été réveillée par les cris stridents d'un paon, juste en dessous de sa fenêtre.

Elle écarta les draps, se leva et traversa la chambre immense pour ouvrir les rideaux. Après ce début d'été à Londres, quel choc que ce calme : pas un bruit d'automobile, pas un être humain en vue. Il n'y avait que le doux silence du nord du pays de Galles, la grande terrasse dallée où le paon exhibait sa queue magnifique à des spectateurs inexistants, puis la vaste pelouse, les bois environnants et, loin derrière les arbres, la mer d'Irlande, scintillant au soleil.

Elle enfila rapidement le costume de bain préparé par Edith, des chaussures de toile et un épais peignoir, avant de sortir de sa chambre. Il lui fallut longer les armures vides, les portraits d'ancêtres moroses, et descendre l'escalier aux marches grinçantes. Des cuisines montaient le son bruissant des conversations en gallois et le fumet du petit déjeuner, bacon frit et harengs grillés, qui lui fit comprendre à quel point elle avait faim. Hors de question, cependant, de changer ses habitudes. Le premier matin à Penrhos, rituellement, elle se baignait avant toute chose. Elle appela Huck, son épagneul, sortit sur la terrasse par les portes-fenêtres et traversa l'herbe blanche de rosée vers la forêt.

Penrhos House était une immense propriété – le vaste manoir, aux murs de pierre grise, aux grandes baies, se donnait des airs de château avec ses tours et tourelles, ses remparts crénelés. Il était agrémenté d'un jardin clos, de serres, de vergers, de cours, d'étables, d'écuries et de fermes : en tout, trois mille hectares de terres. N'était-ce pas ridicule d'avoir autant de richesses, autant de monde au travail toute l'année, pour entretenir une seule famille pendant deux mois en été ? Son père en avait hérité l'année des seize ans de Venetia : à cette époque, elle ne s'en émouvait guère.

Une petite porte gothique, au fond du jardin clos, se perdait sous les broussailles. Adolescente, elle avait voulu y voir un passage secret vers un monde enchanté peuplé de chevaliers : ces désirs lui revenaient parfois, comme en ce matin de juillet. L'étroit sentier la conduisit dans les bois silencieux. Les rayons du soleil filtraient à travers les hautes branches et voilaient de leur gaze translucide les fougères et les rhododendrons. Deux minutes plus tard, Huck sur ses talons, elle parvenait au bord d'une plage déserte, croissant de sable blanc au bord de la forêt.

Elle aperçut à droite la longue et plate ligne de la côte d'Anglesey, à gauche le port de Holyhead. En dépit de ces voisinages, elle aurait pu, ce matin-là, être seule au monde. Elle ôta son peignoir et avança dans les vagues.

La mer était trop froide pour y nager longtemps. Après quelques brasses, elle se mit à la recherche du pingouin qu'elle avait acheté dans une ménagerie, quelques années plus tôt, à Liverpool, dans le vague espoir de le voir fonder une colonie. Elle avait possédé pendant quelque temps un ourson, suivant l'exemple de lord Byron, mais l'animal, une fois adulte, s'était mis à poursuivre les invités ; son père en avait fait don à un zoo. Le pingouin, lui, était toujours là, et l'attendait, juché, solitaire, sur un rocher. Lorsqu'elle voulut s'en approcher, il plongea et disparut vers le large.

Sur le chemin du retour, elle ramassa quelques brins de verveine. Dans la matinée, après avoir pris un bain et son petit déjeuner, elle s'installa sur la terrasse pour écrire sa missive quotidienne au Premier ministre.

Mon grand chéri, voici quelques feuilles de verdure, pour te rappeler ce qui t'attend à Penrhos. Je réforme mon âme en lisant Pepys au soleil & en profitant de cette dernière journée de calme. Demain, Sylvia & Anthony, puis Blanche & Eric vont arriver tous les quatre, avec leurs enfants : fin de la paix. Ces derniers mois en ta compagnie ont été si idylliques ! Je crains de te paraître bien sotte dans l'expression de mes sentiments. Mais j'aimerais tant que tu sois ici, près de moi, & j'attends samedi avec impatience. Je t'envoie tout mon amour...

***

Il creusa son sillon toute la journée, un navire dans la houle, sans plus d'ambition que de survivre et d'en voir la fin.

Il lui fallut d'abord traiter avec le roi, qui n'avait pu retenir ses larmes en prononçant son court discours à la fin de la conférence irlandaise (« Adieu ! J'en suis navré, et je vous remercie ») ; puis il était rentré à Downing Street avec Lloyd George, avait essayé d'attendrir les nationalistes irlandais en leur promettant de promulguer la loi sur la Home Rule la semaine suivante ; comme il était également ministre de la Guerre en exercice et qu'il lui fallait s'assurer de la loyauté des armées, il avait dû en passer par un déjeuner au Marlborough Club, avec divers généraux et colonels ; après quoi, il était rentré à Downing Street pour assister à une réunion du Cabinet : dix-huit messieurs assis à une longue table dans la torpeur de l'été, déterminés pour la plupart à donner leur avis sur la crise irlandaise, bien qu'aucun d'eux n'ait de proposition nouvelle. Il les écouta patiemment et nota chacune de leurs contributions. Avec cela, l'ultimatum des Autrichiens aux Serbes ne fut pas abordé avant 16 heures. Le Premier ministre gardait l'œil sur la pendule de la cheminée : à 17 heures, il devait faire une déclaration sur l'Irlande à la Chambre des communes.

« Monsieur le ministre des Affaires étrangères ?

— Monsieur le Premier ministre, il serait peut-être utile que je lise l'ultimatum à haute voix... ? »

Par la suite, chaque fois que cette scène se rejoua dans son esprit, il eut le sentiment que l'air s'était raréfié pendant la lecture de lord Grey, que le soleil s'était assombri, que la rumeur de la circulation de ce vendredi après-midi s'était atténuée. La voix sèche et précise du ministre énonça les exigences de l'empereur : censure par le gouvernement serbe de tous les journaux hostiles à Vienne, dissolution des associations subversives, renvoi immédiat de tous les officiers et de tous les fonctionnaires opposés à l'empereur, frontières ouvertes aux forces de sécurité impériales afin qu'elles puissent traquer en Serbie même l'assassin de l'archiduc et ses complices...

« L'Autriche-Hongrie, conclut lord Grey, attend une réponse demain samedi, à 18 heures. »

Il reposa son dossier sur la table.

Le silence, pour une fois, eut raison des ministres, qui durent chasser de leur esprit les paroisses du comté de Tyrone pour laisser place à cette crise d'une autre ampleur.

« Lord Grey, quelle sera, à votre avis, la réponse du gouvernement serbe ? demanda le Premier ministre.

— Ils s'efforceront sans doute d'honorer certaines de ces demandes. Mais pas toutes. Aucune nation n'en serait capable.

— Et donc ?

— Dans le pire des cas, ce sera l'invasion par l'Autriche-Hongrie. La Russie viendra en aide à ses frères serbes. L'Allemagne se mobilisera contre la menace russe. Et la France se rangera du côté de la Russie : elle y est contrainte par les traités. En bref, une guerre généralisée à toute l'Europe, telle que nous n'en avons pas vécu depuis Napoléon. »

Nouveau silence, que Lloyd George rompit par cette question :

« Pour en avoir le cœur net... Si la guerre est déclarée, sommes-nous légalement obligés de nous ranger du côté de la France ?

— Légalement, non.

— Mais la France est notre alliée ! tonna Churchill. Si elle part en guerre, comment pourrions-nous rester neutres sans perdre notre honneur – et ce, quel que soit l'avis des juristes sur cette question ? »

Le chahut revint sur-le-champ, dans une explosion de désaccords, mains levées au ciel et vociférations scandalisées : « Mais non ! » « C'est absurde ! »

Le Premier ministre embrassa les membres du conseil du regard et nota quelques noms. Une partie non négligeable de son travail reposait sur l'arithmétique. Une bonne moitié de ses ministres défendaient avec ferveur la neutralité. Il faudrait y mettre rapidement bon ordre.

« Nous devons tous nous accorder sur ce point : cette guerre généralisée sur le continent ne peut être qu'une catastrophe. Notre position dans l'immédiat est tout aussi évidente : nous allons tout faire, tout tenter pour l'empêcher.

— À ce sujet, dit Grey, j'ai prié l'ambassadeur d'Allemagne de me rendre visite ce soir pour que nous discutions de la mise en place d'un groupe constitué par nous-mêmes, l'Allemagne, la France et l'Italie, visant à faire pression sur l'Autriche et la Serbie, afin d'éviter l'escalade.

— Fort bien. Je dois maintenant vous laisser pour me rendre au Parlement. Dans l'intervalle, je vous demande de prendre grand soin de ne rien dire en public qui puisse susciter une panique générale. Montrons un front uni, messieurs. »

Il quitta la salle du conseil non sans soulagement.

Il avait tant besoin du grand air pour retrouver les idées claires qu'il décida de parcourir à pied les six ou sept cents mètres qui séparaient Downing Street du Parlement. La plupart des ministres l'imitèrent, seuls ou en petits groupes, cortège ténu le long de Whitehall. Churchill le rattrapa.

« Vous savez, ce n'est peut-être pas qu'une mauvaise nouvelle.

— Que voulez-vous dire ?

— Cela détournera l'attention de l'Irlande et forcera les tories à prendre leurs responsabilités. Ils peuvent difficilement nous pousser à la guerre civile en Irlande si l'Europe est au bord du gouffre.

— Je n'en suis pas aussi sûr que vous.

— La première et la deuxième flotte sont encore à Portland, après les manœuvres d'été. Je pourrais annoncer que nous ne les séparons pas encore, pour constituer une force commune – simple mesure de précaution, bien sûr. Mais cela pourrait convaincre les Allemands de rester à leur place. »

Si le Premier ministre n'appréciait guère ces calculs, il en comprenait la logique. Et les tories, évidemment, seraient pris dans cet étau.

« Parlez-en à Grey. Mais il faut y aller sur la pointe des pieds. Les enjeux sont capitaux. »

Il baissa la tête, le front plissé, pour mettre fin à la conversation ; au bout de quelques secondes, Winston accéléra le pas pour rejoindre Grey, tout en faisant des moulinets avec sa canne, le menton en l'air, presque réjoui.

Les voilà, nos va-t-en-guerre, songea le Premier ministre.

Il fut accueilli à la Chambre par les tièdes applaudissements des députés libéraux. Les membres du Cabinet s'entassèrent sur le banc du gouvernement, derrière lui. Leurs graves physionomies ne passèrent pas inaperçues ; un frisson glacial s'empara de la Chambre. Le regard du Premier ministre se posa sur Bonar Law, qu'il méprisait depuis sa trahison dans la crise irlandaise. Le chef des tories lui sembla inhabituellement évasif. Sans doute avait-il eu vent de l'ultimatum autrichien.

« Déclaration du Premier ministre », annonça le speaker.

Le Premier ministre se leva et annonça en quelques phrases l'échec de la conférence et l'intention du gouvernement de présenter au Parlement la loi sur la Home Rule en Irlande dès le mardi suivant. Bonar Law se leva à son tour et prit acte de la déclaration, sans autre commentaire. Ainsi s'acheva la séance : l'un des plus remarquables non-événements du Parlement britannique. Elle n'avait guère duré plus de quatre minutes.

Il resta assis pendant que les bancs de la Chambre se vidaient lentement, suivant des yeux les parlementaires qui s'égaillaient avant leur pause de la fin de semaine. Il était chef du gouvernement depuis six ans. Il avait dû, à ce poste, mécontenter plus d'alliés qu'il n'en avait promu. Il remarqua la manière dont ceux de son camp le considéraient : avec obséquiosité, souvent, ou jalousie, ou hostilité, mais jamais avec affection. Il fut saisi soudain de la mélancolie qui accompagnait souvent ses accès de fatigue. Il se força à se lever, à se rendre dans son bureau de la Chambre, derrière le siège du speaker.

Il s'installa à la longue table, assez grande pour accueillir vingt personnes, et trouva de quoi écrire. Oh, chère, si chère Venetia, songea-t-il, bien qu'il ne puisse se risquer à l'écrire. Comme j'aurais voulu que nous partions nous promener en voiture tous les deux, comme d'habitude.

C'est un jour à marquer d'une pierre noire, tout d'abord et essentiellement parce que « la lumière s'est éteinte », ce qui, comme tu le sais, signifie que ce sur quoi j'en suis venu à compter le plus a été éloigné de moi, et que j'ai l'impression d'être un naufragé auquel on ôte sa bouée.

Il écrivait sans s'arrêter, l'imaginant avec lui dans ce bureau et lui décrivant les événements de la journée, l'échec de la conférence irlandaise, l'ultimatum des Autrichiens.

Nous nous trouvons à présent à une distance mesurable, ou disons concevable, d'un Armageddon bien réel, qui remettrait à leur petite place les Volontaires d'Ulster & les nationalistes. Fort heureusement, il n'y a pas de raison pour que nous soyons, dans cette affaire, autre chose que de simples spectateurs. Mais cette situation a de quoi vous glacer les sangs, non ? Mon adorée, je voudrais pouvoir te dire à quel point tu as été, continues d'être et seras, pour moi, un roc. Je me demande comment ton voyage s'est passé. As-tu retrouvé Huck, & le Pingouin ? & quelle robe porteras-tu ce soir ? & des dizaines de choses. Écris-moi longuement. Je t'aime, mon ange.

Il adressa l'enveloppe et la déposa dans la boîte du vestibule central. Puis, constatant qu'il était seul, et faute d'une occupation plus fructueuse, il s'aventura dans les passages souterrains au-dessous de Westminster ; s'y trouvait un barbier, chez lequel il se rendit. Il s'installa dans le fauteuil, face au miroir, découragea le coiffeur d'entamer la conversation en ne lui répondant que par monosyllabes civiles, et se soumit à l'ennuyeuse corvée de la coupe de cheveux. Elle aimera sûrement, songea-t-il. En dépit des catastrophes à venir, il se croyait encore en mesure de lui rendre visite à Penrhos, la semaine suivante.

Il quitta Downing Street à bord de la Napier le lendemain matin en compagnie d'Arthur, surnommé Oc, son troisième fils. Il était heureux que ce soit lui, justement, et non pas un de ses trop intellectuels aînés, Raymond ou Beb. Oc avait quitté Oxford sans diplôme avant de décrocher un poste de fonctionnaire au Soudan. Puis il s'était reconverti dans les affaires et commerçait désormais avec les Argentins. Cher vieil Oc : avec lui, on était certain de ne pas discuter des Serbes. Ils déjeunèrent au Skindles, à Maidenhead, avec le ministre de l'Intérieur, Reggie McKenna, et sa femme Pamela. Après quoi ils allèrent jouer au golf tous les quatre à Huntercombe, près de Henley-on-Thames. Le Premier ministre ne parlait jamais politique sur les greens. Il progressait à grands pas sur le parcours sinueux du terrain, le vent dans la figure. Il réussit deux ou trois longs putts jouissifs ; ils battirent les McKenna à deux et un. Après la partie, Oc et lui se rendirent en automobile dans la maison de campagne de Margot, à Sutton Courtenay, près d'Oxford, pour une soirée familiale prévue de longue date.

Rien de majestueux dans cette petite villa qui portait le nom de The Wharf, « le quai ». Simplement, la Tamise passait au fond du jardin, formant une série de canaux et de lacs qui donnaient du charme au lieu. L'intérieur avait été rénové dans le style Arts and Crafts : briques à nu, tapis tissés à la main sur des parquets en bois. Le Premier ministre y disposait d'une petite chambre pourvue d'un bureau où il pouvait se retirer pour travailler. Margot occupait une dépendance à elle seule réservée, une grange aménagée de l'autre côté du fleuve, à laquelle on accédait par une passerelle. Raymond était déjà là, de même qu'Herbert – « Beb » –, avocat tenté par les lettres, et que l'aînée des filles du Premier ministre, Violet, qui descendit l'escalier quatre à quatre pour l'embrasser.

Il faisait encore chaud à la nuit tombée. Les portes étaient ouvertes sur le jardin, des pots de fleurs en guise de cales. Après un dîner animé, que le Premier ministre présida avec son mélange coutumier de bonhomie et de flegme, Raymond et Beb s'assirent sur la pelouse pour jouer aux échecs. Le reste de la famille s'installa dans la bibliothèque pour une partie de bridge : le Premier ministre et Violet contre Margot et Oc. La belle-fille et la belle-mère se lancèrent des piques, comme toujours. Tout leur servait de prétexte : les règles du jeu, le peu de lumière et les nombreux courants d'air. Elles allaient, songea le Premier ministre, son verre de brandy à portée de main, lui faire regretter les réunions du Cabinet. Oc, de l'autre côté de la table, lui adressa un clin d'œil compatissant.

Le téléphone sonna juste après 22 heures.

Le Premier ministre finit son pli et attendit que la femme de chambre, qui avait décroché le combiné, vienne le chercher. Il avala une gorgée d'alcool et la suivit dans le vestibule.

« Premier ministre ? »

C'était la voix de Bonham Carter, son secrétaire particulier.

« Oui, Bongie ? »

Il ne savait d'où provenait ce ridicule surnom, mais le prononcer lui donnait toujours le sourire. Il préférait l'inconséquence de la jeunesse aux rites des vieillards. Ses enfants et leurs amis l'avaient surnommé « Premier », et cela l'amusait tout autant.

« Navré de vous déranger, monsieur. Je vous appelle du bureau et voulais vous faire savoir que nous venons de recevoir un télégramme de notre ambassadeur à Budapest.

— Et donc ?

— Les Autrichiens ont épluché la réponse des Serbes à leur ultimatum et, tout en reconnaissant que certaines de leurs demandes ont été acceptées, ils se déclarent insatisfaits.

— Il fallait s'y attendre. Ne vous tuez pas au travail. Appelez-moi si vous avez du nouveau. »

Il retourna à sa partie de bridge.

« Que se passe-t-il ? s'enquit Margot.

— Rien qui vaille que nous nous interrompions. C'est à toi de distribuer, il me semble. »

Un peu plus tard, juste avant minuit, le téléphone sonna de nouveau. Le Premier ministre reposa ses cartes d'un geste las et repartit vers le vestibule.

« Désolé, monsieur.

— Que se passe-t-il, cette fois-ci ?

— On nous signale par divers canaux que les Autrichiens ont ordonné à leur personnel diplomatique de quitter Belgrade et qu'ils ont commencé à rappeler les réservistes. Nous avons également des nouvelles de notre ambassadeur en Serbie.

— Que dit-il ?

— Il parle de mobilisation. »

Après avoir raccroché, il contempla le mur pendant quelques secondes. La machine s'était donc mise en branle ! Et pourtant, rien de tout cela ne lui semblait réel. Le feu s'était déclenché quelque part dans la maison, la fumée filtrait par volutes du bas de la porte, mais personne ne bougeait – parce que personne n'y croyait. Une suite logique d'événements catastrophiques défila sous son crâne avec une atroce et inexorable clarté.

Lorsqu'il réapparut dans la bibliothèque, Raymond et Beb avaient rejoint les autres, cigare aux lèvres, pour prendre des nouvelles. Il contempla ses fils, ses chers garçons dans leur habit de soirée, trois jeunes hommes en pleine santé, ayant à peine dépassé la trentaine – tous mobilisables. Et dire qu'il avait promis à leur mère, sa première épouse, avant que la mort l'emporte, qu'il veillerait toujours sur eux...

« Tout va bien, Premier ? l'interpella Raymond.

— Oui, oui, marmonna-t-il. Simplement, il y a cet épineux problème dans les Balkans...

— On dirait qu'ils n'ont que cela à faire, ces gens-là, dit Margot d'un ton sec. Ce n'est pas de notre ressort. Une partie de piquet ? »

Le dimanche matin se déroula dans une appréciable sérénité. Il retourna jouer au golf. Dans l'après-midi, Bongie Bonham Carter gara son automobile flambant neuve devant The Wharf. Il apportait tout droit de Downing Street une boîte à dépêches débordant de papiers officiels. Le Premier ministre l'en délesta avec un soupir.

« Vous restez dîner, j'espère ?

— J'en serais ravi, monsieur. »

Violet les rejoignit dans le vestibule et proposa une promenade en forêt à Bongie, lequel dut quêter du regard l'approbation du Premier ministre.

« Oui, bien sûr, allez-y. Je n'ai pas besoin de vous pour ça. »

Il emporta la précieuse boîte rouge dans sa chambre, la posa sur le bureau et regarda les deux jeunes gens partir main dans la main vers la passerelle et l'autre rive de la Tamise : Bongie mince et grave, vieilli par sa calvitie prématurée, Violet sculpturale, avec son long cou de cygne – elle s'était, à l'approche des trente ans, révélée étonnamment belle. C'était, de sa nombreuse progéniture, celle dont il se sentait le plus proche, et cela depuis la mort de sa propre mère. À présent, il la contemplait en se demandant si elle n'était pas destinée à épouser Bongie. Pour le meilleur ou pour le pire ? Difficile à dire. Margot, bien sûr, serait ravie de voir la fille de son époux quitter enfin le nid familial.

Il se rassit à son bureau et ouvrit la boîte pour en examiner le contenu.

Il s'agissait pour l'essentiel de copies au carbone de télégrammes du ministère des Affaires étrangères : on les appelait des « pelures », en raison de la finesse extrême du papier sur lequel ils étaient dactylographiés. Le carbone épaississait le trait ; certains mots en devenaient presque illisibles. Les lettres en boucle – les a, les e, les o, les p, les d – n'étaient parfois plus que des taches noires. Il fallait les déchiffrer patiemment à la lumière de la lampe de bureau. Chacun portait en référence la date et l'heure de l'expédition, et celles de leur décodage à Londres. Le premier était arrivé le vendredi soir ; très long, il provenait de l'ambassade britannique à Saint-Pétersbourg. *Le ministre russe des Affaires étrangères a exprimé l'espoir que le gouvernement de Sa Majesté manifeste sa solidarité avec la France et la Russie. Il a affirmé que le comportement des Autrichiens était « immoral et provocateur ». Si la guerre était déclarée, nous serions tôt ou tard forcés d'y prendre part ; mais si nous ne nous alliions pas d'emblée avec la France et la Russie, nous faciliterions tout bonnement son déclenchement.*

Le matin même, il était arrivé un autre message, de l'ambassadeur britannique à Vienne : *On estime en Autriche que la guerre est imminente. L'enthousiasme est à son paroxysme ici. L'ambassade de Russie est protégée par les troupes, pour couper court aux manifestations hostiles.* Deux autres dépêches avaient suivi, de Norvège, où le Kaiser passait ses vacances, en croisière dans les fjords : *La flotte allemande, qui comprend vingt-huit grands bâtiments, a reçu l'ordre de converger en un seul lieu, au large de la côte norvégienne.* La précision suivante était tombée une demi-heure plus tard : *L'empereur Guillaume a quitté Balestrand à 6 heures hier soir pour rentrer directement à Kiel.*

Partout en Europe, songea le Premier ministre, les acteurs de cette tragédie future se mettaient en mouvement ; et tous allaient dans la même direction – le précipice. Le monde avait perdu la tête.

Il sortit de la poche intérieure de sa redingote la lettre qu'il avait reçue de Venetia juste avant de quitter le 10 Downing Street. Il l'avait déjà lue et relue, il récidiva. *Ces derniers mois en ta compagnie ont été si idylliques...* Il fit glisser les feuilles de verveine sur le bureau, en frotta une entre le pouce et l'index, inhala son parfum suave. Il se vit dans les bois de Penrhos, marchant à son côté, de la maison à la petite plage. Il avait envie de tout lui raconter, de ne rien lui cacher du poids des responsabilités, de se faire plaindre aussi. Il tria les pelures, sélectionna les plus intéressantes et décapuchonna son stylo.

Ma chérie, avant mon départ de Londres, hier...

Et sa plume courut, jusqu'à ce qu'il ait tout exposé. Un scrupule lui vint. Il lui avait déjà fait parvenir des extraits de correspondance, mais rien qui relève officiellement du secret d'État. Et cependant... Pourquoi pas ?

Dans l'intervalle, personne ne peut dire ce qui va se passer à l'est de l'Europe. Le télégramme ci-joint, qui provient de notre Amb. à Pétersbourg, arrivé Ven. soir, t'intéressera sûrement, car il montre le point de vue des Russes & la manière dont, même à ce stade, ils essaient de nous entraîner dans la tempête.

Une pelure d'oignon contre une feuille de verveine : elle perdait au change, mais il n'avait pas d'autre bouquet à lui offrir. Et quelle plus belle preuve de son amour, de sa dévotion, de l'absolue confiance qu'il mettait en sa loyauté et en sa discrétion pouvait-il lui donner ? Il plia le télégramme, le glissa dans sa lettre et cacheta l'enveloppe.

- 7 -

La lettre du Premier ministre fut, comme toute la correspondance de Sutton Courtenay, extraite de la boîte du village dans l'après-midi, convoyée jusqu'au centre de tri d'Oxford, confiée au train postal quelques minutes avant 17 h 30 ; une fois à Londres, elle passa par un nouveau centre de tri, celui de Clerkenwell, et, avec dix minutes d'avance, prit le train de la poste irlandaise qui partait tous les soirs d'Euston à 20 h 45. Elle fut déposée à Holyhead à 2 h 20. Quelques heures plus tard, un peu avant le petit déjeuner de ce lundi de la fin juillet, le facteur remonta à bicyclette la longue allée qui conduisait à Penrhos House, transportant le précieux pli dans sa sacoche ; Venetia montait la garde dans le vestibule pour l'intercepter.

Elle l'ouvrit dans la solitude de sa chambre. Dès qu'elle eut déplié son mystérieux contenu, d'une douceur de papier de soie, elle comprit que cet envoi n'était pas tout à fait comme les autres.

Urgent.

Sir G. Buchanan à sir Edward Grey.

Le ministre russe des Affaires étrangères m'a appelé ce matin pour...

Elle ne poursuivit pas sa lecture.

Il s'était trompé, certainement. Avait joint par mégarde ces papiers officiels, mélangés à sa correspondance intime. Puis en reprenant la lettre, elle comprit toute la portée de l'envoi. *Le télégramme ci-joint... t'intéressera sûrement.* Plus d'une fois, pendant leurs promenades en voiture, il lui avait montré de ces télégrammes confidentiels. C'était la première fois qu'il lui en confiait un.

Assise sur le bord de son lit, dans le grand silence de Penrhos, tenant d'une main la dépêche et tripotant machinalement son collier de perles de l'autre, elle lut alors la lettre jusqu'au bout, tout d'abord électrisée par cet aperçu du monde secret de la diplomatie, puis fascinée, puis envahie par une légère appréhension – parce que la perspective de la guerre était en soi effrayante, et parce qu'elle se faisait ce simple constat : elle était sans doute la seule femme de ce pays à être informée en même temps que les grands de ce monde de la crise européenne.

Elle resta perdue dans ses pensées un long moment, à méditer sur ces révélations et sur leurs implications ; puis le gong la tira de sa transe, convoquant à la table du petit déjeuner tous les occupants de la maison. Elle replia la lettre et le télégramme et les fourra dans l'enveloppe, qu'elle glissa dans la poche de sa jupe avant d'aller rejoindre le reste de la famille.

Personne ne leva les yeux lorsqu'elle entra dans la salle à manger. Ils étaient tous absorbés dans la lecture des journaux du matin : son père, sa mère, ses trois grandes sœurs et leurs époux respectifs. Ses jeunes nièces déjeunaient dans la chambre des enfants, à l'étage, et ne se joindraient pas aux adultes avant la fin de la matinée. Venetia s'approcha du long comptoir qui occupait une bonne moitié du mur et contempla la profusion des plats d'argent, chargés de homards aux épices, de côtes d'agneau, de rognons, d'œufs brouillés, de pommes de terre, de boudin, de tomates et de champignons grillés, grésillant dans la chaleur prodiguée par les chauffe-plats aux flammes vacillantes.

Elle n'avait pas d'appétit, pour une fois. Elle se servit une tasse de thé et prit une tranche de pain, pour en être aussitôt délestée par un valet qui attendit ses instructions. Elle lui montra une chaise vide près de sa mère. En passant derrière cette dernière, elle jeta un coup d'œil aux gros titres du *Times* : LA PAIX EST DANS LA BALANCE, LES RELATIONS SONT ROMPUES, FIÈVRE MARTIALE À VIENNE. Le quatrième retint son attention : NOUVELLES INSTRUCTIONS POUR LA MARINE BRITANNIQUE. Le Premier ministre n'en parlait pas dans sa lettre.

En prenant place à table, elle posa la question à la cantonade :

« Y a-t-il des précisions sur ces instructions à la marine ?

— Winston a annoncé hier soir qu'il maintenait la première et la deuxième flotte à Portland, répondit sans lever les yeux de son journal le plus âgé de ses beaux-frères, Bill Goodenough, capitaine dans la Royal Navy.

— Tu penses que c'est une décision significative ?

— Cela peut faciliter la mobilisation. Ce qui ne veut pas dire que nous allons intervenir.

— Pourquoi faciliter la mobilisation, si nous n'intervenons pas ?

— C'est une simple mesure de précaution. Rien d'inquiétant », dit-il, avant de revenir à sa lecture.

Les Stanley n'avaient aucune tradition militaire, si bien qu'ils s'étonnaient encore que leurs trois filles aînées aient épousé des officiers d'active : Margaret était l'épouse de Bill ; Sylvia s'était unie à Anthony Henley, major et fonctionnaire au ministère de la Guerre, et Blanche à Eric Pearce-Serocold, commandant de l'école militaire de Camberley. Venetia les scruta tout en beurrant son pain grillé. Ils semblaient parfaitement indifférents à ces nouvelles alarmantes, carrés dans leurs fauteuils : trois solides gaillards moustachus qui se préparaient à passer une journée agréable au bord de la mer.

« Mais ne finirons-nous pas par être entraînés dans le conflit, reprit-elle, que nous le voulions ou non ?

— Comment cela ? Et par qui ? soupira Bill en secouant son journal.

— Par les Russes et les Français.

— Ma chérie, dit son père, ce n'est pas exactement la manière dont fonctionne la diplomatie, comme tu ne tarderas pas à le constater. Elle se soumet à des traités : nous n'en avons aucun qui nous oblige à partir en guerre pour le bien des Russes ou celui des Français. »

Son ton était aussi ferme qu'affable, signifiant clairement à sa fille que le débat était clos. Elle finit par se lever de table. Elle avait besoin de prendre l'air, expliqua-t-elle.

« Vinny, lui rappela Sylvia, souviens-toi que tu as promis de jouer avec les petites dans la matinée ! »

Le temps qu'elle arrive à la crique, la marée était basse. Les huîtriers-pies arpentaient la laisse encore humide. Les courlis piaillaient sur les bancs de vase. Il y avait quelque part une photographie qui la montrait creusant le sable avec Winston pour ramasser des crabes : c'était à l'été 1910, sur cette même plage. Quatre ans plus tôt : ce n'était rien, et pourtant le monde semblait avoir changé de fond en comble.

Elle ôta ses chaussures, remonta sa jupe et se dirigea vers le hangar à bateaux, évoluant avec précaution entre les flaques et les roches glissantes. Un vieux youyou, pourri jusqu'à la moelle de ses planches, gisait sur le flanc, enchaîné au débarcadère comme un prisonnier oublié par le temps. Elle étala sa veste sur une pierre plate, sortit de sa musette son nécessaire à écrire. Puis elle se mit à regarder la mer. L'odeur du sel et des algues, venue du large, était si dense qu'on l'avait sur la langue.

Mon chéri, je suis descendue au hangar à bateaux pour répondre en toute tranquillité à ta lettre & me trouver un endroit où je peux réfléchir. Personne ne m'importune ici – personne ne me demande à qui j'écris, n'exige que je m'occupe des enfants ou que j'aille compléter un double au tennis. Il n'y a que la mer & les rochers & les cris des oiseaux. La planète des diplomates & des armées semble très loin, mais tu écris si bien les choses que j'ai pratiquement l'impression d'être là-bas avec toi.

Un plant de bruyère blanche qui poussait dans une crevasse du rocher attira son attention. Elle en cueillit un brin et la porta à ses narines.

Oh, mon aimé ! Tu sais combien de fois, te voyant accablé, je t'ai dit que je souhaitais prendre ta place, échanger un mois de ma routine contre une heure de ta vie. Je renonce aujourd'hui à ce caprice ! La crise européenne rejette l'Irlande dans l'ombre. Tu dis que son seul avantage est de détourner l'attention de l'Ulster. Oui, peut-être, mais à quel prix : c'est se couper la tête pour ne plus avoir la migraine !

Ici, personne ne semble véritablement inquiet. Ce matin, j'ai dû me retenir de parler, sachant ce que je sais. Mais s'il te plaît, méfie-toi de Winston et de la flamme qui s'allume dans ses yeux bleus dès qu'il est question de guerre. Et quelle ironie du sort, que je sois si loin de toi en ce moment crucial. Tu es cependant avec moi, ici, dans mes pensées

– et je t'envoie un peu de bruyère blanche que je viens de cueillir dans les rochers, pour que tu ne m'oublies pas, que tu n'oublies pas ce lieu, et pour te porter chance.

Elle écrivit encore une ou deux pages, lui rapportant de menus incidents domestiques, ce dont il était friand. Puis elle embrassa la bruyère, la glissa dans l'enveloppe qu'elle ferma, et sur laquelle elle écrivit son titre et son adresse. Ils semblaient bien plus incongrus ici qu'à Londres.

Il lui fallut une bonne demi-heure pour arriver, par le sentier côtier, puis le pont du chemin de fer et la rue bordée de maisons mitoyennes en briques, à la poste de Holyhead. À 11 heures, elle rentrait à Penrhos, où ses nièces vinrent à sa rencontre en courant sur la pelouse.

La lettre suivante arriva, comme toujours, à la première tournée, le lendemain matin. Elle contenait, comme la précédente, des fragments de dépêches diplomatiques sur papier pelure, légers comme des pétales blancs. Lorsqu'elle sortit les feuillets de l'enveloppe, ces morceaux s'en échappèrent avant de se poser, frémissants, sur le tapis. La première partie de la lettre, écrite à 11 heures du matin, décrivait la terrible fusillade de Dublin : le dimanche soir, les troupes avaient tiré sur des manifestants nationalistes à Bachelors' Walk, tuant trois personnes.

Nous bridgions bien tranquillement au Wharf quand j'ai été avisé par un message téléphonique de la terrible affaire de Dublin. Je suis immédiatement rentré avec Bongie, à bord de son auto neuve, et nous sommes arrivés ici vers 1 heure du matin, mais il n'y avait pas de nouvelles plus récentes.

Il avait repris la plume à 4 heures de l'après-midi.

Hier soir, dans mon lit, j'ai calculé qu'en gros, depuis la première semaine de décembre, je t'ai sans doute écrit pas moins de 170 lettres. Je n'ai jamais autant écrit à qui que ce soit dans un aussi court laps de temps, & ne me suis jamais confié, très loin de là, sur ce qui m'est le plus intime. N'est-ce pas singulier ? Comment l'expliques-tu ?

Voici 2 ou 3 petits extraits des télégrammes étrangers, car tu ne les trouveras pas dans les journaux. Nous sommes tout au bord.

Dans quelques minutes nous avons une réunion du Cabinet, & je dois m'arrêter là.

Elle ramassa les fragments de télégrammes. L'un provenait de l'ambassade à Vienne (*L'ambassadeur de Russie pense que le gouvernement austro-hongrois est décidé à faire la guerre, et que la Russie ne peut pas rester muette*), le deuxième du consulat d'Odessa (*pied de guerre décidé pour les Chemins de fer Sud-Ouest ici, tous les congés révoqués pour les fonctionnaires et employés*) et le troisième d'Oslo (*Les bâtiments allemands ont tous embarqué des tonnes de charbon et devraient lever l'ancre à 8 heures ce matin... Quatre d'entre eux se dirigent apparemment vers le sud, à 40 kilomètres au sud de Stavanger, peut-être pour escorter l'empereur...*).

Elle fit les cent pas entre le lit et la fenêtre. Quel crève-cœur c'était de devoir rester enfermée ici, à Penrhos, alors que les événements se précipitaient ! S'il avait jamais eu réellement besoin d'elle, c'était bien en ce moment. N'y avait-il pas moyen de trouver un prétexte pour rentrer à Londres ? Non, cela éveillerait immédiatement la méfiance de ses parents. Quant à leur expliquer la vraie raison... La plus vague des allusions les aurait déjà scandalisés. Il était impensable que quiconque apprenne qu'il lui envoyait des morceaux de télégrammes confidentiels. D'ailleurs, qu'était-elle censée en faire ? Elle hésitait à les détruire : c'étaient des documents officiels, qu'il lui réclamerait peut-être un jour. Mais prendre le risque qu'ils soient découverts, ici ou ailleurs…

Elle avait dissimulé derrière ses boîtes à chapeaux une serviette en cuir où elle gardait toutes ses lettres, dans leur enveloppe. Cette serviette l'accompagnait dans tous ses déplacements d'une maison à l'autre. Elle la descendit de son étagère et y rangea la dernière en date. La sacoche était si pleine qu'elle avait du mal à clore le fermoir. Tandis que, juchée sur la pointe des pieds, elle poussait ce trésor dans le renfoncement du placard, il lui vint l'idée qu'il faudrait tôt ou tard trouver une cachette plus sûre. Pour l'heure, elle n'avait aucune autre solution. D'ailleurs, le gong sonnait pour la convier à un nouveau petit déjeuner pour ogres.

- 8 -

Il courait dans la nuit – une vraie course panique, à en perdre le souffle – dans les rues de Londres, lugubres, avec leurs rangées interminables de maisons identiques, briques sales, lampadaires blanchâtres – cherchant, frénétique, la seule qui pourrait lui servir de refuge. Portes fermées à double tour... fermée aussi, celle-ci... fermée... fermée... jusqu'à ce qu'il parvienne à s'engouffrer dans un vestibule, avant de monter un escalier étroit, tortueux, où il lui fallait se frayer un chemin au milieu d'une foule d'inconnus. Il entra enfin dans une chambre obscure, au parquet nu : se trouvait là une armoire branlante. Il lui suffisait d'y entrer pour retrouver le chemin de sa maison, retrouver sa mère, son père...

L'espace d'une seconde, il les aperçut dans un jardin, main dans la main, lui souriant. Puis ils disparurent.

Il se réveilla en hurlant.

La porte de sa chambre était entrouverte. Une silhouette se découpait dans la lumière du couloir – celle de George Wicks, son valet de chambre, apportant, comme de coutume, une théière pleine, les journaux et le courrier du matin. L'efficace Wicks posa tout cela sur la table de chevet, tira les rideaux et se retira dans la salle de bains pour faire couler l'eau dans la baignoire.

Le Premier ministre resta couché, les yeux au plafond, attendant que son cœur retrouve son rythme placide. Depuis ses douze ans, il était poursuivi par ce cauchemar, sous ses diverses formes : cette année-là, son père était mort et il avait dû quitter le Yorkshire pour aller vivre en pension à Pimlico, chez des gens qu'il ne connaissait pas, et fréquenter une bonne école de la capitale. Quel tourment pour un homme de son âge que de devoir revivre ces paniques enfantines, liées à la perte de repères et à l'abandon ! Il n'avait pas vraiment besoin d'un professeur Freud pour lui en expliquer le sens. Il se demanda si George l'avait entendu crier.

Une fois qu'il se fut rasséréné, sa première réaction fut de passer son courrier en revue, dans l'espoir d'y trouver une lettre d'elle. C'était devenu son rituel matinal. Il ne fut pas déçu : l'enveloppe était bien là, avec son cachet de Holyhead et l'écriture si reconnaissable de Venetia.

« Bonjour, George ! s'exclama-t-il.

— Bonjour, Monsieur », répondit la voix étouffée de Wicks.

Il se redressa contre la tête de lit et ouvrit l'enveloppe. Le brin de bruyère blanche tomba sur la couverture. Il le porta à ses narines, reconnut le parfum ténu des bois moussus de Penrhos. Il lut la lettre du début jusqu'à la fin, la première fois avec avidité, la seconde plus lentement, savourant le goût de chaque mot. Il apprécia particulièrement sa réflexion sur la crise européenne comme dérivatif au problème irlandais : *c'est se couper la tête pour ne plus avoir la migraine.* Sa pique envers Winston le fit sourire.

George refit son apparition. Ce jeune homme à peine trentenaire le servait depuis cinq ans au 10 Downing Street. S'il l'avait entendu crier, il était trop discret pour y faire allusion.

« Votre bain est prêt, Monsieur, et j'ai préparé votre costume dans le petit salon.

— Je vous remercie, George. »

La porte se referma.

Lorsqu'il était à Londres, il s'embarrassait rarement de la cérémonie du petit déjeuner. Margot prenait toujours le sien dans sa chambre, et il détestait manger seul. Il se versa une tasse de thé, regarda le reste du courrier – rien qui retienne l'attention – et ouvrit le *Times* à la page 8. *LES ANGLAIS PLAIDENT POUR LA PAIX, LES PROPOSITIONS DE SIR EDWARD GREY, LA BOURSE EST INQUIÈTE.*

Oui, songea-t-il, et elle le serait encore plus avant la fin de la journée. La veille, il y avait eu une lueur d'espoir dans l'après-midi, lorsque l'ambassadeur d'Allemagne, Lichnowsky, avait confié à Grey que son pays participerait à la conférence des quatre. Nouvelle qui avait, selon Grey, fortement peiné Winston : « Diable, c'est donc qu'on va vers une fichue paix ! » À minuit, cependant, alors que le Premier ministre quittait la Chambre après une séance houleuse consacrée à la fusillade de Dublin, Grey lui avait pris le bras pour lui montrer une dépêche de Berlin. Les Allemands avaient changé d'avis – ou Lichnowsky s'était mépris la veille sur ses instructions. Quoi qu'il en soit, il n'y aurait pas de conférence. Les unes des journaux étaient déjà obsolètes. Il n'y avait plus aucun obstacle sur le chemin de la guerre.

Il entra dans la salle de bains, ôta sa chemise de nuit et se laissa glisser dans la baignoire avec un gémissement.

Il passa la matinée dans la salle du Cabinet, assis à la longue table. Chaque fois qu'un secrétaire lui apportait un papier à signer, il levait la tête, impatient. En vain : aucune nouvelle, ni de Berlin, ni de Vienne, ni de Paris, ni de Pétersbourg. Au-dessus de la cheminée, la grosse pendule égrenait avec bruit les minutes. Ce boucan, depuis combien d'années le subissait-il ? Derrière les hautes fenêtres, les feuillages des arbres, d'un vert poussiéreux, lui adressaient des clins d'œil complices dans les courants d'air ensoleillés. Il y avait de l'ironie dans ce trop bel été.

Un Premier ministre est avant tout une machine à prendre des décisions. Il approuva le retrait du territoire irlandais des Scottish Borderers, le régiment dont étaient issus les responsables de la fusillade de Bachelor's Walk. Il nomma sir John French inspecteur général de l'armée. En dépit des objections du whip en chef des libéraux, il maintint au jeudi suivant le vote sur la Home Rule irlandaise, qui avait déjà été retardé en conséquence de l'incident de Dublin. Et dans les moments de répit entre ces décisions, il poursuivit la missive qu'il avait commencé à écrire à Venetia dans la matinée – *les perspectives sont assez sombres à cette heure, ce qui a sûrement pour effet de remonter le moral de Winston* –, s'interrompant lorsque Bongie ou son autre secrétaire particulier, Eric Drummond, faisaient leur apparition dans la salle ; la lettre à Venetia était alors prudemment glissée sous la paperasse.

L'après-midi, après un déjeuner ennuyeux organisé par Margot avec des convives qu'il n'avait aucune envie de voir, il alla à pied jusqu'au Parlement, posta la lettre à Venetia et se présenta devant les représentants pour répondre à diverses questions : réforme de la justice, impôts sur le revenu, Chambre des lords, et taxe levée sur l'ordination des évêques. Sujets absurdes – et dans le même temps, quel réconfort que d'examiner ces motions comme si tout allait bien ! Bonar Law finit par aborder le sujet de la crise européenne – le Premier ministre avait-il des nouvelles ? Aucune, répondit-il en toute sincérité. Ce fut sans doute, à y repenser, la dernière séance normale de la Chambre.

À peine s'était-il faufilé derrière le fauteuil du speaker pour réintégrer son bureau qu'une imposante silhouette se détacha de la foule des parlementaires avec une telle soudaineté qu'ils se percutèrent.

« Désolé, Premier ministre ! Vraiment ! Infiniment ! Il fallait que je vous voie avant que vous quittiez la Chambre.

— Par tous les dieux, Montagu ! »

Et le sourire, comme toujours, lui vint aux lèvres. Montagu avait été un temps son secrétaire particulier au Parlement : maladroit, dévoué et fort drôle, dans la veine lugubre. Il était devenu au fil des ans un membre officiel de la famille du Premier ministre. Le fait qu'il ait deux fois – lui qui était juif ! – proposé le mariage à Venetia ajoutait à son côté burlesque. Dans l'intimité, elle et le Premier ministre le surnommaient l'Assyrien.

« Où diable est l'urgence ?

— Lord Rothschild souhaite vous voir le plus vite possible.

— À quel sujet ?

— Il vous le dira lui-même. »

Montagu avait été nommé secrétaire financier au Trésor au début de l'année, une promotion qu'il devait au Premier ministre.

« Bon. Allons l'écouter, si c'est si important que cela. Où est-il ?

— Il préférait ne pas être remarqué. J'ai pris la liberté de le faire attendre dans votre bureau, directement. »

Intrigué, il emboîta le pas à Montagu.

Le vieil homme trapu, aux favoris épais et grisonnants, avait choisi de ne pas s'asseoir ; il se tenait au milieu de la vaste pièce, son haut-de-forme impeccablement brossé posé sur la grande table. Le banquier le plus influent de Londres, autrefois fidèle allié, soutenait à présent la cause unioniste. Ce n'était plus un ami du gouvernement libéral. Ils ne s'embarrassèrent ni de poignées de main ni de bavardages préliminaires.

« Merci de me recevoir, Premier ministre. Je serai bref. Je vous parle sous le sceau du secret, mais il est de mon devoir de patriote de vous prévenir que j'ai reçu ordre de notre maison française de vendre une grande quantité d'obligations du Trésor détenues par le gouvernement français et les caisses d'épargne.

— Une grande quantité ? C'est-à-dire ?

— De quoi provoquer un effondrement du marché. »

Le Premier ministre ne put s'empêcher de frémir. Ces obligations, ou fonds consolidés, constituaient la base de la dette souveraine du Royaume-Uni – un capital de sept cents millions de livres.

« Voilà qui, par les temps qui courent, et étant donné les nouvelles qui ne cessent d'affluer, me paraît... (il opta pour l'adjectif le moins inquiétant qui lui vienne à l'esprit)... peu souhaitable. Merci de m'avoir prévenu. Est-il possible pour vous de les en dissuader ?

— Je suis parvenu à retarder la vente de vingt-quatre heures, en leur expliquant qu'elle était techniquement impossible, car ils ne disposent pas d'acheteurs en nombre suffisant. Malgré tout, ils ont besoin de cet argent pour la guerre, qui leur semble imminente. Je crains donc que tôt ou tard... L'atmosphère à Paris est... »

Il ne finit pas sa phrase. Cet homme généralement si détaché, si flegmatique, semblait en proie à de puissantes émotions. Il lui fallut un certain temps avant de retrouver ses esprits.

« Je ne pensais pas vivre assez longtemps pour voir cela, Premier ministre, mais je crois, hélas, que nous allons assister à la fin de la civilisation européenne. »

L'hyperbole fit tiquer son interlocuteur au tempérament équanime.

« Allons, lord Rothschild, nous n'en sommes pas encore là. Je vous assure que nous faisons le nécessaire pour rester à l'écart.

— Personne ne le pourra, Premier ministre. Pas si le système des finances internationales s'effondre. Les échanges commerciaux vont s'arrêter. Des révolutions vont ravager l'Europe. Je vous conseille, dans un premier temps, d'interdire les transactions avant l'ouverture de la Bourse, demain matin. »

Un coup sec se fit entendre à la porte, précédant l'arrivée de Bongie. Le Premier ministre dévisagea lord Rothschild, stupéfait.

« Oui ? Que se passe-t-il ? demanda-t-il, sans se retourner.

— L'Autriche vient de déclarer la guerre à la Serbie. »

Lorsqu'il se retrouva seul, après le départ de Montagu et de Rothschild, il se rendit dans le cabinet de toilette qui jouxtait son bureau et se passa de l'eau sur le visage. Tout en s'essuyant, il étudia son reflet dans le miroir.

L'expérience lui avait enseigné que pour réussir, un Premier ministre doit tout d'abord être un efficace gestionnaire. Et qu'il doit faire montre d'optimisme. Oui, d'optimisme. À quoi bon céder au désespoir ? C'est gâcher son énergie, brouiller son intelligence, contaminer ses collègues et ses subordonnés, ne plus rien pouvoir résoudre, et aggraver les crises. Certains prenaient son égalité d'humeur pour de la complaisance.

Peu lui importait : c'était lui, le Premier ministre. Pas eux.

Si bien que lorsque, quelques minutes plus tard, le major Hankey, secrétaire du comité de défense impériale, fit son entrée sur les talons de Bongie et déposa sur la grande table le registre relié de cuir bleu et rouge que l'on appelait le Livre de la guerre, le Premier ministre l'ouvrit avec une moue dubitative.

« Coordination des actions entre départements de l'État en cas de crise diplomatique et d'entrée en guerre », annonçait la page de garde de l'épais volume. Hankey, visage sec, impeccablement vêtu – il ressemblait au professeur de gymnastique de son enfance, songea le Premier ministre – avait passé l'essentiel de sa vie adulte à concevoir et rédiger ce chef-d'œuvre bureaucratique.

« Si vous voulez bien me rappeler le fonctionnement...

— Le ministre des Affaires étrangères prévient officiellement le Cabinet qu'il pense imminent le risque pour ce pays d'entrer en guerre ; cela met la machine en mouvement. Onze départements de l'État envoient des télégrammes d'alerte dans tout l'empire : dans les ports, les gares, les postes, les quartiers généraux de l'armée, les commissariats de police, les mairies et ainsi de suite, lançant de ce fait la phase préventive du processus. Les récipiendaires ont déjà reçu la liste des mesures à prendre. Ils savent donc quelle est la marche à suivre à réception du télégramme.

— Et que dit-il, ce télégramme ? »

Hankey lui montra le formulaire.

DANS L'ÉVENTUALITÉ D'UNE ENTRÉE EN GUERRE DE LA GRANDE-BRETAGNE CONTRE ________, SUIVEZ LA MARCHE QUI VOUS A ÉTÉ INDIQUÉE.

« Il suffit d'ajouter "l'Allemagne".

— Combien de télégrammes allez-vous envoyer ?

— Je n'en connais pas le nombre exact. Plusieurs milliers.

— Non, c'est prématuré, répondit le Premier ministre en refermant le Livre de la guerre.

— C'est un processus purement défensif, Premier ministre. Un simple rodage de la machine, au cas où la situation viendrait à se détériorer subitement.

— Major, c'est peut-être l'impression que vous en avez. Mais si la chose s'ébruite, ce qui ne manquera pas d'arriver, ces mesures ne pourront que sembler bellicistes. L'opinion publique n'est pas prête à nous voir entrer en guerre. »

Hankey était à peine reparti que Winston fit irruption dans le bureau qu'il se mit à arpenter, le torse bombé, les mains serrées sur les revers de sa redingote, les pouces dressés, comme en plein meeting électoral – tout cela sous le regard imperturbable du Premier ministre, qui ne s'était pas levé.

« Premier ministre, il va y avoir un conflit généralisé en Europe. L'Autriche a annoncé la couleur : elle va envahir la Serbie. La guerre est inévitable. Et je vous le dis avec toute l'insistance dont je suis capable : si le gros de nos forces navales reste coincé à Portland, avec le risque pour la suite de ne pouvoir l'en sortir qu'en passant par une Manche infestée de sous-marins allemands, nous allons vers une catastrophe de très grande ampleur, susceptible d'affecter l'existence même de l'Empire britannique ! Nous pourrions perdre cette guerre avant même de l'avoir commencée.

— Que proposez-vous ?

— Que nos deux flottes combinées – ce qui représente plus de vingt-cinq kilomètres de dreadnoughts, de croiseurs et de contre-torpilleurs – se rendent, sous couvert de la nuit, sans feux et à grande vitesse, sur les positions de défense de la mer du Nord.

— Quand cela peut-il être effectué ?

— Demain soir, à la tombée de la nuit, si nous en donnons l'ordre aujourd'hui. »

Le Premier ministre procéda à un rapide calcul mental. C'était une étape qu'il ne souhaitait pas encore franchir. Il était tenu, constitutionnellement, d'en référer au Cabinet. Lequel serait partagé sur la question. Ils perdraient une journée. De plus, et comme toujours, les arguments de Winston portaient.

Sans répondre par oui ou par non, il leva le menton et se contenta d'un grognement.

Dans cette mer déchaînée, son phare, ou sa boussole, avait plus que jamais pour nom Venetia, qu'il allait peut-être revoir le samedi. Il s'éclipsa quelques minutes pour lui envoyer un télégramme du vestibule central. SITUATION COMPLIQUÉE ESPÈRE ENCORE VENIR PENRHOS FIN DE SEMAINE. De retour dans son bureau, il lui écrivit une lettre, lui rapportant les événements de l'après-midi et la visite de lord Rothschild, à laquelle il mit le point final juste avant 18 heures. *Voilà – je dois m'arrêter là, après t'avoir donné largement de quoi lire en une séance. Mon ange – ma tant aimée.*

Après l'avoir postée, il sortit par la grande porte de St Stephen et contourna Parliament Square, dans la douceur du crépuscule, jusqu'à Downing Street. Il avait confié à sa fille Violet le soin d'inviter quelques vieux amis pour le dîner, que suivraient des parties de bridge, pour se distraire un moment de l'Irlande et de la Serbie. Hélas ! Il apprit dès son retour que Margot avait pris la main sur l'organisation de la soirée et invité Winston – quelle catastrophe –, ainsi que l'ambassadeur de Russie, le comte Benckendorff, et l'épouse de ce dernier.

« Seigneur ! gémit-il.

— Je suis navrée, papa. Je lui ai bien dit que tu avais certainement eu ton compte de politique pour une seule journée, mais tu la connais ! Elle aime se sentir impliquée.

— Oui, je la connais. »

Dans les premiers temps de son gouvernement, Margot avait pris l'habitude de se désigner sous le nom de « Première ministre ». Il avait dû lui faire la leçon : ce n'était pas très sage, et suscitait de vives jalousies chez ses collègues.

« Ma très chère, tu sais quelle immense valeur je donne à tes conseils, mais il est préférable de ne m'en faire part qu'en privé. L'opinion publique n'est pas tendre avec ce qu'on appelle le gouvernement des jupons. »

Elle avait renoncé au titre, mais continuait d'écrire aux ministres dans le dos de son époux et les convoquait même de temps à autre en conseil privé. Elle était fine mouche, mais conservatrice d'instinct, et détestait les radicaux tels que Lloyd George. Il avait parfois l'impression d'avoir épousé le volubile responsable de la rubrique politique du *Morning Post*. Ce qui n'avait pas que des inconvénients, se dit-il en s'habillant pour le dîner : au moins, ce soir, pourrait-il réfléchir tranquillement pendant qu'elle monopoliserait la conversation.

Ils furent huit à table. Violet s'assit à sa gauche ; Sophie von Benckendorff, la mère du héros de la Tamise, très belle encore à cinquante ans passés, prit place à sa droite. À l'autre extrémité de la table, Margot avait fait main basse sur Winston et sur le comte au monocle scintillant. Il la regarda s'adresser tour à tour à l'un et à l'autre, parlant bien plus qu'elle n'écoutait : avec

Winston, cela relevait de la prouesse. Cet arrangement était complété par deux élégants célibataires aux manières affectées, Eddie Marsh, le secrétaire particulier de Winston, et Harold Baker, dit « Bluey », un secrétaire d'État de second rang.

La comtesse Benckendorff discutait avec Eddie ; Violet avait jeté son dévolu sur Bluey : pendant quelques précieuses minutes, le Premier ministre put jouir d'une tranquillité bienvenue. Son cauchemar du matin le troublait encore un peu, lui collant à l'esprit comme la palpitation bénigne qui suit une piqûre d'ortie ou une décharge électrique. Il buvait son champagne à petites gorgées, explorant du regard les boiseries sombres, les portraits aux reflets lumineux de ses prédécesseurs. Qu'auraient dit ses parents devant une telle scène ? Pas grand-chose, sans doute, en sévères protestants du Nord qu'ils étaient, même s'ils auraient certainement été fiers de leur fils. Certainement ? Enfin, cela restait à voir. Peut-être auraient-ils estimé qu'il se « haussait un peu trop du col ». Il avait parfois cette impression lui-même de n'être pas tout à fait à sa place. Le roi, paraît-il, avait déclaré un jour qu'il n'était « pas un gentleman ». Il leva sa coupe de champagne devant le chandelier et étudia les fins chapelets de bulles dorées. Certains tories le surnommaient « Perrier Jouet ». Très drôle, en vérité. Et se pouvait-il que cette société raffinée qui avait fait de lui, fils de marchand d'une ville industrielle du Yorkshire, le chef du gouvernement de Sa Majesté, puisse être menacée de ruine parce qu'un fanatique avait tué un archiduc ? La civilisation occidentale était-elle au bord du gouffre, comme le pensait le vieux Rothschild ? Non, il se trompait, bien sûr. Rothschild ! Tenir des propos pareils !

Il vida son verre, aussitôt rempli par un valet de pied.

Après dîner, les femmes se retirèrent ; Benckendorff alla téléphoner à l'ambassade de Russie, en quête de nouvelles. Il leur apprit à son retour – « sous le sceau du secret » – que trente-trois divisions étaient à présent en position sur le front sud.

« Premier ministre, il n'y a plus qu'une solution pour éviter la guerre. Il faut que le gouvernement britannique déclare au plus vite qu'il apporte son soutien à mon pays et à la France. Il me semble que cela devrait faire réfléchir les Allemands et les Autrichiens, et qu'ils reculeront.

— Vraiment ? L'Allemagne prétend le contraire, bien sûr. Si nous restons neutres, vous et la France n'oserez pas les combattre. »

Il écrasa son cigare.

« C'est l'heure du bridge. »

Deux tables avaient été dressées dans le salon. Il affronta Winston et Violet, allié à la comtesse. Margot et l'ambassadeur jouaient contre Eddie et Bluey. Des valets servaient du porto et du brandy. D'ordinaire, il parvenait à se perdre dans la précision du jeu, à jouir tranquillement de la couleur des cartes et de la table vert émeraude, du fragile équilibre entre la chance et l'habileté, du flirt aimable avec sa partenaire, de l'esprit de compétition et du désir de l'emporter – pendant quelques heures, le monde se réduisant, ô joie, à un mètre carré de feutrine. Ce soir-là, il lui fut plus difficile de lâcher prise et il ne fut pas mécontent d'entendre Winston, qui avait joué avec son extravagance coutumière, annoncer qu'il devait retourner à l'Amirauté. Il était 11 heures du soir. Les Benckendorff en profitèrent pour prendre congé.

Il les raccompagna jusqu'à leur automobile. L'ambassadeur prit sa main dans les deux siennes.

« Demain sera une journée sans doute décisive, murmura-t-il, profondément ému. Je vous en prie, pensez à ce que je vous ai dit. »

Le Premier ministre salua leur départ d'un geste. La Rolls-Royce tourna dans Whitehall au bout de la rue. Le ciel était criblé d'étoiles – la nuit tiède, silencieuse, la température si douce qu'il avait le sentiment de se fondre dans l'air de Londres. Il fuma son cigare, debout sur le perron. De l'autre côté de la chaussée, des bougies luisaient aux fenêtres du Foreign Office. Il traversa la rue, franchit la haute grille de fonte et gravit le perron aux longues marches de pierre. Il gratifia le portier de nuit d'un hochement de tête et monta jusqu'au bureau du ministre, dans lequel il entra sans frapper.

Grey était affalé sur le canapé de cuir marron, les pieds sur la table basse ; lui faisait face, dans un fauteuil, Haldane, le lord-chancelier, secrétaire d'État à la justice. Les blanches volutes des cigares flottaient sous l'immense plafond en strates épaisses. Sur la table trônait une carafe de brandy à moitié vide.

« Ah, soupira le Premier ministre. Je savais bien que j'allais vous trouver là. Vous me faites une place ? »

Grey tapota le dossier du canapé avant de se pencher vers la carafe.

Haldane et Grey étaient ses plus vieux compagnons en politique, une amitié qui datait de plus de trente ans, née à l'époque où ils n'étaient qu'un trio de jeunes parlementaires du parti libéral, également ambitieux, également modérés dans leurs opinions. Il n'était pas aussi proche de Grey, trop patricien, avec son amour de la pêche et de l'observation ornithologique, que du cérébral Haldane. Quand Raymond et Beb étaient enfants, Haldane venait souvent à Hampstead jouer au cricket dans le jardin.

Cependant, l'amitié véritable n'existe pas en politique. Quand on est Premier ministre, il ne peut y avoir de confiance absolue. Même avec ces deux-là en compagnie desquels, à minuit passé, il s'efforçait de trouver un moyen d'échapper au chaos, il prenait soin de ne pas s'ouvrir complètement. Ce n'était qu'en présence de Venetia qu'il pouvait tout dire. Haldane connaissait mieux l'Allemagne que quiconque dans le gouvernement. Il parlait couramment la langue, y avait étudié, jeune homme, la philosophie, avait essayé, à l'époque où il était secrétaire d'État à la guerre, de nouer des relations plus fortes avec ce pays. Il était même allé jusqu'à dire que l'université de Göttingen était « son foyer spirituel ». Cela n'avait servi à rien. Il avait au fond du cœur l'amertume d'un amant éconduit. La guerre était inévitable à ses yeux.

« S'ils l'avaient voulu, ils auraient empêché les Autrichiens d'aller plus loin. Le fait qu'ils les soutiennent ne laisse aucun doute sur leurs intentions.

— Quelle sera l'étape suivante, pour eux ?

— Oh, je pense qu'ils vont mettre en œuvre le plan que le maréchal Schlieffen a conçu il y a des années : commencer par attaquer les Français par le flanc ouest et en venir rapidement à bout puis se retourner vers l'est et s'occuper des Russes. Pour y parvenir suivant leur calendrier, il faut qu'ils passent par la Belgique. Et si les Belges nous demandent de l'aide, nous pouvons difficilement ne pas intervenir.

— Effectivement, dit Grey. C'est impensable. Et nous avons également donné en privé des garanties aux Français. Si les Allemands leur déclarent la guerre, nous ferons tout ce qui est en notre pouvoir pour les soutenir.

— En privé, intervint le Premier ministre. Mais sans traité. C'est ce qu'objecteront Lloyd George et les autres. À mon sens, les trois quarts de nos parlementaires s'opposeront à la guerre.

— Un traité, nous en avons un avec la Belgique, dit Grey, pour garantir sa neutralité. Imaginons un instant que nous le rompions et que les Français soient vaincus. Si nous laissons l'Allemagne dominer seule l'Europe, nous perdrons notre statut de grande puissance. Notre importance stratégique sera menacée ; l'autorité morale que nous exerçons sur l'empire, remise en doute. Et pour ne rien vous cacher de ma position personnelle – je suis navré d'allonger la liste de vos soucis, Herbert, mais je ne veux pas vous mentir –, l'honneur me forcera à démissionner si nous ne respectons pas la parole donnée aux Français. »

Suivit un long silence. Il entendait si rarement ses amis prononcer son prénom ! Il fallait que l'heure soit grave. Il sentait ses réserves d'optimisme s'épuiser – le fuir en volutes, se désagréger dans les airs comme la fumée de leurs cigares. Mais la situation devenait plus claire : si Grey démissionnait, il serait contraint d'en faire autant, il n'en doutait pas une seconde. Le gouvernement tomberait. Les tories prendraient le pouvoir. Et la guerre éclaterait tout de même. Il s'agissait à présent de sa survie politique : au moins, cette sorte de combat-là lui était familière.

Il extirpa de la poche intérieure de sa redingote la liste des noms qu'il avait griffonnée le vendredi précédent pendant la réunion du Cabinet. Il avait placé dix de ses membres – Lloyd George, Morley, Beauchamp, Simon, Harcourt, Pense, Samuel, McKinnon Wood, Runciman et Burns – dans la colonne de ceux qui refusaient toute intervention. Il pouvait en convaincre certains, une fois qu'ils auraient mesuré la gravité de la situation. Mais les autres démissionneraient quoi qu'il advienne. Quelle fichue calamité !

« Grey, il faut que demain vous alertiez officiellement le Cabinet de l'imminence, à votre sens, de notre implication dans un conflit. Cela ne veut pas dire que nous avons choisi notre camp : c'est un simple constat, que les moins bellicistes de nos collègues ne peuvent rejeter. Mais cela nous permettra d'ouvrir le Livre de la guerre, d'envoyer ces milliers de télégrammes et de passer à la phase préparatoire.

— Et ensuite ?

— Ensuite, il nous faudra prier pour qu'un miracle survienne. »

Il était 1 heure du matin lorsqu'il sortit du bureau de Grey et rentra au 10 Downing Street, de l'autre côté de la rue. Il prit soin de fermer la porte à clef et traversa la maison endormie. Il n'eut pas le courage de souhaiter bonne nuit à Margot, sous la porte de laquelle de la lumière filtrait encore. Il se déshabilla, se brossa les dents, alla se coucher. Il aimait bien écrire quelques mots à Venetia au crayon à papier, au lit, pour lui raconter les événements de la soirée. Il en fut incapable, même s'il avait tant à lui confier. Il tombait de fatigue. Il glissa sous l'oreiller le brin de bruyère porte-bonheur qu'elle lui avait envoyé, éteignit la lampe de chevet et, comme il en avait l'habitude depuis sa tendre enfance, tira la couverture sur son menton. Pourvu que la poste du matin lui apporte une lettre de Venetia. Pourvu qu'il dorme sans rêver.

- 9 -

Le lendemain, mercredi 29 juillet 1914, Paul Deemer se réveilla tôt et alla chercher le *Times* et le *Daily Telegraph* à l'épicerie du voisinage. Il était rare qu'il n'aille pas travailler, mais c'était bien le cas. Il entamait la seconde moitié de sa semaine annuelle de congé.

De retour chez lui, il s'assit à la table de la cuisine, se servit une tasse de thé et ouvrit les journaux tandis que la petite chatte noire se frottait contre sa cheville.

L'Autriche déclare la guerre
La Bourse est en crise
Le sort de l'Europe est en jeu

D'ordinaire, il ne lisait pas la presse. Mais avec tout le temps libre que lui laissait cette permission – loisir qu'il avait peine à occuper –, il avait suivi avec attention les nouvelles internationales, découvrant avec une appréhension croissante l'enchaînement des événements. En parcourant les articles, il se souvint des politiciens et des diplomates croisés à la garden-party de Downing Street : le Premier ministre, le ministre des Affaires étrangères, les ambassadeurs de Russie et d'Allemagne.

Ils avaient semblé pleins d'une si nonchalante confiance... De flegmatiques maîtres du monde. La presse les montrait sous un autre jour : des créatures impuissantes, blessées, presque pitoyables, emportées par la lame de fond de la crise. Il se demanda s'il ne devrait pas aller au bureau, vacances ou non : là-bas, au moins, il aurait de la compagnie. Puis il y renonça : c'était une idée stupide, les collègues se moqueraient de lui. Ses principes étaient simples en la matière : il ne fallait se soucier que de ce dont on était maître. Il décida donc de s'en tenir à son plan initial : passer la journée dans son jardin. Il replia les journaux et enfila ses vêtements de travail.

Au nord de Londres, le sol était aride et ne valait guère mieux que la terre des chemins. Peu après son installation, cependant, Deemer avait enrichi celle de son jardinet au crottin de cheval. Peu à peu, il avait réussi, en dépit d'un mois de juillet presque entièrement sec, à faire revivre ses massifs de fleurs. À la fin de la matinée, il avait discipliné la glycine, taillé les géraniums et débarrassé delphiniums et digitales de leurs fleurs mortes. Ces tâches simples lui occupaient l'esprit. Elles assouvissaient son goût de l'ordre. Et surtout, elles l'empêchaient de penser à ce qu'annonçaient les journaux, et plus particulièrement à ce que cela pourrait signifier pour son jeune frère, militaire de carrière.

À quelques kilomètres de là, au cœur de Londres, les allées de St James's Park n'avaient jamais été aussi désertes depuis le début de l'été. Les canards du lac n'étaient plus nourris par les passants, les chaises longues restaient inoccupées en dépit du soleil. Des foules s'étaient rassemblées devant le Parlement, le ministère des Affaires étrangères et l'Amirauté, le long également de Downing Street, comme si la proximité avec ces lieux où le destin serait tranché leur permettait, d'une certaine façon, de comprendre ce qui se passait. Lorsque les ministres arrivèrent pour le conseil extraordinaire convoqué à 11 heures, ils durent traverser une marée humaine immobile et silencieuse.

À 2 heures de l'après-midi ce même jour, des dizaines d'employés portant des piles de chemises en papier brun sortirent de leurs ministères et administrations respectifs pour se déverser dans les rues et prendre d'assaut les trois grandes postes du quartier, à Whitehall, sur le Strand et sur Parliament Street. Ils réquisitionnèrent tous les télégraphistes présents, firent fermer l'accès aux guichets, éconduisirent les usagers, pour se consacrer ensuite à l'envoi des cinq ou six mille télégrammes d'alerte que prévoyait le Livre de la guerre.

Le plan conçu par le major Hankey et ses aides était si précis et si détaillé que l'opération ne dura pas plus d'une demi-heure.

Deemer, le dos cassé après ses efforts, la chemise collée à la peau par la transpiration, remplissait son arrosoir à la citerne presque vide, tout en se demandant s'il ne finirait pas la journée à l'Albion, pour boire une bière et se frotter à une compagnie plus enrichissante que celle du petit chat noir. Ce fut alors qu'il entendit claquer le clapet de la boîte aux lettres. Il n'était pas tout à fait 18 heures.

Il traversa la cuisine, remonta le vestibule jusqu'à la porte d'entrée. Deux enveloppes brun clair – deux télégrammes – avaient fait leur apparition sur son paillasson. Deemer plissa le front. Un seul l'aurait déjà passablement inquiété. Mais deux ? Pour une raison qu'il ne s'expliquait pas, il songea immédiatement à son frère. Il apporta les deux enveloppes dans la cuisine et se frotta les mains, couvertes de terre séchée, avant d'ouvrir le premier, une circulaire.

Le commissaire adjoint de Scotland Yard informait le destinataire du pli que tous les congés étaient suspendus jusqu'à nouvel ordre en raison de la situation internationale. Les officiers étaient priés de se présenter à leur poste dès le lendemain matin.

Le second télégramme émanait du commandement des Services spéciaux. Paul Deemer était attendu par le capitaine Holt-Wilson au troisième étage de Watergate House, 13 York Buildings, sur le Strand, à 9 heures, le jour suivant.

La suspension des congés signifiait clairement que la situation était encore plus délicate que les journaux ne l'annonçaient. Le nom du capitaine et l'adresse des bureaux où il était convoqué n'éveillèrent aucun souvenir chez Deemer. Sans doute était-ce cette « section du ministère de la Guerre qui n'existe pas officiellement » à laquelle Quinn avait fait allusion lorsqu'il l'avait recruté pour les Services spéciaux. Il allait, c'était certain, devenir un rouage de cette machine immense et bien huilée qui s'ébranlait presque sous ses yeux. Il comprit également que s'il voulait voir son frère avant que le ciel, ou Dieu sait quoi d'autre, leur tombe sur la tête, il fallait faire vite : c'était peut-être sa dernière chance.

Il rangea l'arrosoir, changea de chemise, enfila son veston et sortit de chez lui. De la porte du pub s'échappaient quelques notes de piano. Il tourna le dos à l'Albion et s'en fut d'un pas rapide dans l'autre sens. Un quart d'heure plus tard, il était dans une rame de métro, à destination de Mill Hill, au nord de la ville.

Il avait six ans de plus que son frère, et cette différence d'âge avait pesé sur leur relation, surtout après la mort accidentelle de leurs parents. C'était Paul qui avait consacré l'essentiel de leur petit héritage à l'éducation de Fred, quatorze ans ; Paul qui avait récupéré le garçon après sa fugue du respectable internat ; Paul qui avait loué un appartement où il pouvait garder l'œil sur Fred et déniché pour lui un poste d'apprenti dans un garage ; Paul encore qui, l'apprentissage délaissé, Fred fréquentant des voyous et se mettant à dos la police, lui avait conseillé en désespoir de cause de rejoindre l'armée, alors en pleine restructuration sous la houlette du nouveau secrétaire d'État à la guerre, Haldane. Plus exactement, il l'avait pris par le bras et traîné jusqu'aux bureaux de recrutement de Hounslow, qu'il n'avait pas quittés avant que Fred ait signé. Cette fois-là, apparemment, ses efforts avaient été couronnés de succès : cinq ans plus tard, Fred était encore à l'armée.

Le métro était plein de soldats en permission : jeunes gens bruyants, hilares, se donnant des bourrades, se volant leurs casquettes et les faisant passer de main en main dans le wagon. Ils sortirent tous à Mill Hill, et il les suivit. De l'autre côté de la rue s'étendait un vaste ensemble de baraquements en briques rouges, des bâtiments récents qui ressemblaient plus à des usines qu'à des installations militaires. Plus les soldats s'en approchaient, moins ils chahutaient. Près du portail de fonte, un panneau indiquait : « Middlesex Regiment (Duke of Cambridge's Own) ». La sentinelle laissa passer les soldats et héla Deemer.

« Pas de visites.

— C'est bien la première fois ! Depuis quand est-ce interdit ?

— Une heure. »

Deemer montra son insigne.

« Il faut que je parle au soldat Fred Deemer.

— Vous êtes de la police ? Il est recherché ?

— C'est mon frère.

— Ah, dans ce cas... Et vu que vous êtes représentant de la loi... »

La sentinelle disparut dans la guérite, consulta ses registres et montra à Deemer les grands dortoirs qui se trouvaient à l'autre bout du champ de manœuvres.

Partout dans la garnison régnait une activité fiévreuse.

Parvenu aux dortoirs, Deemer héla un soldat.

« Vous savez où je peux trouver Fred Deemer ?

— Je vais voir s'il est là. Qui le demande ?

— Son frère. »

En attendant, il eut tout loisir d'observer l'animation qui régnait dans la caserne, les soldats en uniforme répétant des manœuvres sur l'immense terrain, ceux en maillot de corps exécutant des tours de piste au pas de charge. Les camions chargés et déchargés de robustes caisses en bois, sans doute des munitions. Dans le lointain, les crépitements des détonations sur quelque champ de tir. Lorsqu'il avait traîné Fred à Hounslow, le pays était en paix depuis si longtemps qu'il ne lui était jamais venu à l'esprit que son frère puisse combattre un jour. Il avait pris l'armée pour un havre.

« Oh, mais c'est Paulie ! »

Il se retourna sur un jeune homme en uniforme kaki coiffé d'une casquette, cigarette à la main. Il ne l'aurait pas reconnu s'il l'avait croisé dans la rue. Peut-être s'étaient-ils déjà trouvés ensemble dans la joyeuse cohue du métro.

« Salut, Fred, dit-il en lui tendant la main. Ça faisait un moment. »

Fred coinça son mégot entre ses lèvres, gratifia son frère d'une solide poignée de main et le regarda droit dans les yeux.

« Oui, depuis Noël, au moins.

— Tant que ça ? Non !

— Mais si. »

C'était toujours la même voix et la même lueur dans ce regard bleu clair, vaguement ironique, comme s'il se délectait de quelque plaisanterie dont son aîné était la cible. Mais pour le reste, quelle métamorphose ! L'épaisse moustache, l'ample carrure, l'étau de sa main calleuse...

« Bon, et donc... Tu étais dans le coin ?

— Non, je suis venu spécialement pour te voir. Tu lis les journaux ? Dieu sait ce qui nous attend.

— Ne t'en fais pas pour moi. Ce n'est plus la peine. Nous sommes bien entraînés. S'il faut se battre, on est prêts. »

Il tira une brève bouffée de sa cigarette. Il la tenait entre le pouce, l'index et le majeur, plaquée contre la paume. Sans doute était-il interdit de fumer sur le champ de manœuvres. Deemer fut curieusement rassuré par ce petit écart de conduite, si caractéristique de son frère.

« Tu vois toujours cette fille ? demanda Fred.

— Non.

— Elle a ouvert les yeux, c'est ça ?

— Oui, si on veut. Et toi ? Tu...

— Moi ? Diable non. Pas encore. Et pas avant longtemps ! »

Suivit un bref silence. Fred regarda le champ de manœuvres, puis son frère.

« Écoute, Paulie, c'est gentil d'être venu, et ça me fait vraiment plaisir, mais ils ont suspendu toutes nos permissions, et dans cinq minutes, on a un passage en revue.

— Il faut que tu y ailles ?

— Ça ne t'embête pas ?

— Bien sûr que non. »

Son propre soulagement lui faisait honte.

« Il faudrait qu'on se voie plus souvent. »

Il inscrivit son adresse sur une page de son carnet qu'il déchira et tendit à Fred.

« Tu as déménagé ?

— Oui. C'est une maison, d'ailleurs. Petite, mais...
— Mais... Une maison, c'est bien. »
Fred plia le bout de papier en huit, déboutonna sa poche de poitrine et l'y glissa.
« Si tu es mobilisé, Fred, écris-moi. Dis-moi comment ça se passe, donne-moi une adresse où je peux te répondre.
— Je n'y manquerai pas. »
Fred se lécha les doigts avant d'éteindre ce qui restait de sa cigarette et de la fourrer dans son autre poche de poitrine.
« Eh bien, bon vent, alors.
— Prends soin de toi, Fred.
— Toi aussi. »
Et Fred s'en fut vers les baraquements, gaillarde silhouette roulant des épaules – ce fut sous cette apparence, par la suite, que Deemer le garda en mémoire –, passant de la lueur dorée du soir à la pénombre du dortoir.

Dans le jardin de Penrhos House, à l'ombre de plus en plus longue du grand hêtre – planté, disait-on, sous le règne de Charles II, il commençait tout juste à pourrir sur pied –, une partie de croquet prenait fin. Venetia, vêtue d'une jupe de coton blanc qui lui découvrait les chevilles, se campa, les jambes bien écartées, et souleva son maillet. Sa balle bleue percuta avec un agréable claquement celle, rouge vif, d'Anthony Henley, qui alla se perdre à vingt bons mètres de là.
« Enfin, Vinny ! gémit-il. Avais-tu vraiment besoin de frapper si fort ? »
Elle s'approcha de l'arceau et, d'un petit coup de maillet, expédia sa balle sur le piquet.
« Joli coup, dit Eric, son partenaire. Bien joué.
— Encore une partie, réclama Anthony. Qu'on puisse au moins être à égalité. »

Blanche et lui n'en avaient remporté que deux ; les autres, trois. Il détestait perdre, surtout contre Venetia.

« Non. On avait prévenu : au meilleur des cinq manches. »

Le maillet à l'épaule, elle se dirigea vers la terrasse, sur laquelle le reste de la famille s'était installé. Les trois autres joueurs lui emboîtèrent le pas. C'était l'heure tranquille, entre la fin de l'après-midi et la soirée. Les enfants étaient allés se coucher, sous la surveillance de leurs nourrices. L'une des femmes de chambre débarrassait le service à thé. De la cuisine, une brise tiède apportait les arômes du dîner à venir. Ainsi passait le temps à Penrhos : sitôt un repas terminé, un autre suivait, banquet sans fin. Tandis que Venetia s'approchait des portes-fenêtres, Jones, le majordome, en émergea, portant un plateau d'argent qu'il présenta à lord Sheffield. Ce dernier en examina le contenu par-dessus ses lunettes.

« Télégrammes ! claironna-t-il.

— Y en a-t-il un pour moi ? s'enquit-elle en montant d'un pas vif les quelques marches qui conduisaient à la terrasse.

— Pas aujourd'hui, répondit-il en se levant, les enveloppes à la main. Anthony, voici pour vous. Celui-ci est pour Eric et le troisième, pour Bill.

— Seigneur ! » soupira lady Sheffield tandis que ses trois beaux-fils décachetaient les télégrammes.

Et elle se mit à rire, signe chez elle d'une certaine anxiété.

« Que c'est drôle ! On dirait un jeu de société. »

Les officiers comparèrent leurs missives – permissions supprimées, retour immédiat à la garnison – pendant que leurs épouses se lamentaient à voix basse : « Mais c'est affreux ! », « Quelle plaie », « C'est idiot ! », comme s'il n'était question que de vacances gâchées.

« Eh bien, dit Eric, le plus âgé et le plus gradé, pour ce qui me concerne, vous me voyez soulagé. Il est temps que notre pays prenne position. Et rien de mieux qu'une guerre pour faire comprendre la vraie valeur des choses.

— Entièrement d'accord, renchérit Bill.

— Vous allez quand même rester pour le dîner ? s'interposa lady Sheffield. Nous ne sommes pas à quelques heures près, tout de même.

— La guerre ! gronda lord Sheffield. Quelle totale absurdité ! »

Venetia lança un regard à son père. Presque couché sur sa chaise longue, il secouait la tête.

« Tu avais raison, Venetia. Nous allons être entraînés dans ce désastre. »

Elle ne s'attendait pas à recevoir quoi que ce soit le lendemain. Sans doute était-il trop pris pour lui écrire. Et pourtant, la lettre arriva, plus ponctuellement que jamais. Edith la lui apporta dans sa chambre. Elle entendait ses beaux-frères au rez-de-chaussée finir leurs préparatifs de départ.

« Merci, Edith. Dites aux autres que je les rejoins dans quelques minutes. »

Elle attendit que la porte se referme pour décacheter l'enveloppe. Il avait profité du déjeuner pour lui écrire une description détaillée de ses activités.

J'ai été plus ému que je ne saurais l'exprimer par ce brin de bruyère blanche & ce que tu m'en disais... Comme toi, je compte les heures jusqu'à samedi... Nous venons d'avoir une longue réunion du Cabinet... Nous en sommes arrivés à la décision suivante qui a été d'envoyer cet après-midi ce que l'on appelle en langage officiel un « télégramme d'avertissement »... Je vais me rendre au ministère de la Guerre pour veiller à ce que l'« avertissement » porte...

La seconde partie était moins diserte :

6 heures. Je viens de présider un conseil militaire – entièrement consacré à ce qu'il nous faut mettre en place pendant la « période d'observation ». Non sans intérêt, car cela permet de comprendre quelles sont les étapes d'une véritable entrée en guerre. Tu penseras à moi demain, mon amour, veux-tu ? Je porterai ton brin de bruyère contre mon cœur. La lettre doit être postée – même si j'aurais tant à ajouter. Je t'aimerai toujours.

Elle glissa la lettre dans la poche de sa jupe. *Les étapes d'une véritable entrée en guerre...* Ces mots avaient quelque chose de glaçant. Et pourtant, il semblait déterminé à les rejoindre à Penrhos en fin de semaine. Chose impossible, sûrement...

Elle descendit. Les valets transportaient déjà les bagages de leurs maîtres dans la voiture.

« Où sont mes parents ? Et les autres ?

— Dans le salon, Mademoiselle. »

Il n'y avait plus guère trace de la surprenante jovialité du dîner : les trois officiers n'étaient-ils pas sur le point de s'embarquer dans une excitante aventure ? Cependant, les voir en uniforme rendait la perspective d'un conflit plus tangible. L'atmosphère était plus grave. Venetia les embrassa les uns après les autres : d'abord Eric, son préféré, puis Bill, qui n'avait jamais cru à la guerre, pour finir par Anthony, qui la prit par la taille et lui souffla ceci à l'oreille :

« Et si je suis tué avant que nous puissions faire l'amour ? »

Elle recula d'un pas et lança un regard à Sylvia, qui semblait n'avoir rien remarqué.

« Que tu es théâtral, Tony ! Tu seras sûrement de retour d'ici une semaine. Ce n'est qu'un télégramme d'avertissement.

— Comment sais-tu cela ? »

Il travaillait au ministère de la Guerre – grâce à elle, qui lui avait obtenu le poste, et le Premier ministre avait ajouté cette responsabilité dans son escarcelle. Quelle gaffe ! Elle aurait mieux fait de se taire, songea-t-elle.

« Par les journaux, je pense.

— Mais les journaux n'en parlent pas, répondit Anthony avec un sourire déplaisant. C'est une opération confidentielle. »

Il semblait ravi d'avoir démasqué sa belle-sœur.

« Mais bien sûr, il ne te cache rien. Tout le monde le sait.

— J'ignore de quoi tu parles.

— C'est un vieux bonhomme. Je me demande ce que tu peux lui trouver – excepté l'évidence.

— Tu devrais aller prendre congé de Sylvia. »

Elle s'écarta de lui. Ses mains tremblaient. Il lui fallut quelques instants pour recouvrer son calme, se forcer à sourire et survivre aux minutes qui suivirent en prenant soin de ne pas croiser le regard de son beau-frère tandis que tous quittaient le salon pour le vestibule, puis pour le perron. Elle, ses parents et ses trois sœurs saluèrent à grands gestes les officiers, dont la voiture traversa lentement le parc aux chevreuils par la longue allée, avant de bifurquer vers la route de Holyhead et de disparaître aux regards.

Deemer s'était donné plus de temps qu'il n'en fallait pour trouver Watergate House, laquelle se révéla être un immeuble de bureaux de construction récente, solide bâtisse en briques rouges et pierres gris clair au fond d'une petite rue en impasse qui joignait le Strand aux jardins de Victoria Embankment.

Il traîna le long de la grille des jardins pendant une dizaine de minutes et fit semblant de lire le journal, tout en épiant les employés qui commençaient leur journée. D'apparence fort banale, pour la plupart : des courtiers en assurances, des comptables, sans doute. Il remarqua également deux ou trois hommes plus âgés, portant des mallettes – des soldats à la retraite, à en juger par leurs épaules carrées et leur pas martial.

À 8 h 55 précises, il fourra son journal dans une poubelle, traversa la chaussée et entra dans Watergate House. Le vestibule de marbre et d'acier, froid, impersonnel, menait à un escalier. Rien qui sorte de l'ordinaire au premier et au deuxième étage : par les portes entrouvertes il entendait des téléphones, des machines à écrire, des conversations de couloir. Au troisième étage, le silence régnait. Il resta un instant immobile, l'oreille dressée, puis essaya d'ouvrir la porte la plus proche. Elle était fermée à clef. Un judas, aucune plaque. Il parcourut le couloir dans toute sa longueur et tenta sa chance, sans succès, avec toutes les portes. Il venait de rebrousser chemin lorsqu'une femme apparut, qui l'observa sans rien dire.

« Bonjour, dit-il en s'approchant d'elle. Je cherche le capitaine Holt-Wilson. »

Elle était grande, les épaules larges, plus de la cinquantaine, impressionnante dans sa redingote de drap brun. Elle l'attendait les mains sur les hanches, pour l'empêcher de passer.

« Et vous êtes ?

— Le sergent Deemer.

— Puis-je voir votre insigne ? »

Il le lui tendit. Elle l'examina à la lumière du couloir avec une moue soupçonneuse, le retourna comme si elle avait douté de son authenticité, avant de le lui rendre.

« Entrez donc. »

Elle le précéda dans un petit bureau dont elle referma la porte après lui.

« Attendez-moi ici. »

Elle disparut dans la pièce voisine dont elle ferma aussi la porte, une précaution qui rappela à Deemer celles que l'on prenait dans les prisons. Elle aurait fait une excellente geôlière, se dit-il. Il en avait connu quelques-unes, dans le temps.

« Le capitaine va vous recevoir. »

Holt-Wilson se leva pour l'accueillir. La quarantaine, noueux, chauve, les oreilles décollées, un nez protubérant, aquilin, surmontant une moustache raide. Son visage semblait n'avoir pour but que de se projeter dans cet immense nez, véritable trompe, saillant comme une proue de navire. Il portait une cravate aux couleurs de son régiment, bleu foncé et cramoisi. Il se pencha par-dessus le bureau pour serrer la main de Deemer.

« C'est donc vous, Deemer ? »

Et sa voix avait quelque chose de nasillard, en dépit de ses inflexions traînantes d'officier bien né.

« Oui, monsieur.

— Asseyez-vous. »

Deemer obtempéra, non sans remarquer d'un coup d'œil les dossiers empilés sur le bureau, les murs nus, l'énorme coffre-fort dans un des coins de la pièce.

« Vous êtes jeune. Quel âge ?

— Vingt-neuf ans.

— Vous savez pourquoi vous êtes convoqué ?

— Non, monsieur.

— Vous savez ce qui se passe en ce moment, j'imagine ?
— Oui, monsieur.
— C'est la raison de votre présence. Nous sommes une petite équipe, trop réduite, en vérité, pour la tâche qui nous est confiée. Il faut que nous recrutions très vite. D'ici à demain, littéralement. J'ai demandé au superintendant Quinn quelques noms de jeunes agents susceptibles de nous convenir, et le vôtre faisait partie du lot. Êtes-vous désireux de nous rejoindre ?
— Oui, monsieur.
— Très bien. Mais avant de vous embaucher, je dois vous faire signer ceci. »

Holt-Wilson lui mit un formulaire et un porte-plume sous les yeux.

« C'est une annexe à la loi de 1911 sur les secrets d'État. En la signant, vous vous engagez à garder le secret sur vos activités professionnelles et prenez acte du fait que vous pouvez être poursuivi en justice si vous violez ce serment. »

Il signa l'annexe sans la lire et la rendit au capitaine, qui lui décocha un bref sourire. « Bienvenue au club », comprit Deemer.

« Nous sommes intégrés au ministère de la Guerre, mais vous resterez un employé de la police métropolitaine. Notre tâche la plus urgente est d'arrêter les espions allemands. Comme vous êtes officier de police, vous en avez la capacité judiciaire, ce qui n'est pas mon cas ni celui de la plupart de mes collègues. Nous avons déjà une liste comprenant une trentaine de noms d'agents ennemis, qu'il faudra interpeller dès que la guerre sera déclarée. »

Il reprit son souffle.

« Vous me suivez ? Je ne suis pas trop rapide ?
— Non, monsieur.

— Désolé de vous faire sauter immédiatement dans le grand bain, mais le temps est compté et la menace est imminente. Voici l'homme sur lequel vos efforts vont porter dans les jours qui viennent. »

Le capitaine lui montra une photographie floue.

« Karl Gustav Ernst. Quarante-trois ans. Un sale porc. Il a un salon de coiffure sur Caledonian Road, tout près de Pentonville. Vous vous rendez compte ? Il coupe même les cheveux du directeur et de l'aumônier de la prison ! Il habite au-dessus de la boutique. C'est un agent actif de l'espionnage allemand : il transmet les messages, il recrute. Nous le suivons depuis des années.

— Que dois-je faire ?

— Pour le moment, simple surveillance. L'essentiel est de vous assurer qu'il habite encore Caledonian Road. Surveillez aussi ses clients, si la chose est possible. Sans vous faire remarquer. Il ne faudrait pas qu'il prenne peur, qu'il se volatilise ou qu'il prévienne les autres. Compris ? L'adresse est au dos de la photographie. »

Il sortit sa montre.

« J'ai encore cinq minutes à vous consacrer pour vous montrer les bureaux. Des questions ?

— Oui, si je puis me permettre, monsieur, répondit Deemer en empochant la photographie. Pour qui, exactement, travaillons-nous ?

— Techniquement, pour le MO5(g) – tel est le nom de la section. Mais personne ne vous posera la question : c'est sans importance. La correspondance écrite nous parvient par le biais du Kelly's Letter Bureau, Shaftesbury Avenue. Vous avez déjà croisé Mrs Summer, notre concierge. Et notre cerbère »

Il fit entrer Deemer dans une pièce plus vaste, aux murs bordés de meubles-classeurs ; au beau milieu de cet espace, quatre tables avaient été rassemblées.

Autour de cet îlot, quatre élégantes jeunes femmes tapaient à la machine.

« Je vous présente miss Westmacott, miss Newport, miss Holmes et miss Bowie. Elles sont chargées d'enregistrer chaque information qui nous parvient, ce qui constitue le cœur de notre dispositif. Mesdemoiselles, voici le sergent Deemer, qui rejoint notre équipe dès ce matin. »

Elles levèrent toutes les yeux vers lui, souriantes. Il leur adressa un vague signe de la tête. Jolies filles. Il aurait bien aimé échanger quelques mots avec elles, mais Holt-Wilson avait ouvert la porte suivante.

« Et voici le poste de contrôle. Ce sera votre port d'attache. Je vous ferai faire une clef. Vous entrerez directement par le couloir. »

La salle était grande et la vue sur les jardins publics, agréable ; une porte-fenêtre donnait sur un balcon à la rambarde en fonte. Il s'y trouvait d'autres bureaux, d'autres visages, des noms dont il faudrait se souvenir, mais cette fois-ci, uniquement des hommes.

« Capitaine Booth, capitaine Brodie, capitaine Fetherston. »

Ceux-là lui lancèrent à peine un regard.

« Et ces messieurs (Holt-Wilson désigna deux vieux bonshommes d'allure martiale) sont des anciens de Scotland Yard à la retraite : le sergent Regan et le sergent Fitzgerald. Ces quatre portes, là-bas, donnent sur les bureaux de nos supérieurs : le colonel Haldane, le major Drake, le superintendant Melville et le major Kell, chef de la section. Je vous l'aurais volontiers présenté, mais je crois qu'il est en ce moment même au téléphone avec le ministre de l'Intérieur. »

Il se retourna vers sa nouvelle recrue.

« La visite est terminée. Vous allez vite vous y faire. Certes, il nous manque encore des bras pour défendre notre pays contre la menace allemande, mais nous avons un avantage décisif.

— Lequel, monsieur ? »

La question sembla surprendre le capitaine.

« Nous sommes britanniques, bien sûr. »

- 10 -

Contre tout espoir, le Premier ministre se cramponnait encore à la perspective de revoir Venetia à la fin de la semaine. Assis à la table du Cabinet, ce matin-là, le brin de bruyère blanche glissé sous sa chemise, cartes et tableaux statistiques sous les yeux, il rédigeait l'allocution sur la Home Rule irlandaise qu'il devait faire à la Chambre des communes plus tard dans la journée. C'était un labeur éprouvant, ennuyeux : rien de nouveau à dire, trop d'inquiétudes par ailleurs – à l'échelle du monde, ces soucis-là paraissaient si dérisoires ! De temps à autre, il s'arrêtait d'écrire et se rafraîchissait l'esprit en relisant la dernière lettre de Venetia.

Penrhos House

Me. 29 juillet 14

Mon chéri, quand tu recevras cette lettre, cela fera exactement une semaine que nous ne nous sommes pas vus, depuis cette garden-party si bruyante, où nous avons à peine échangé un mot. Qui aurait pu, alors, prévoir le changement que le monde a subi pendant ces quelques jours ? S'il y a une leçon à en tirer, c'est qu'il est capital de vivre dans l'instant & de jouir de tous les plaisirs possibles, car nul ne sait ce que l'avenir nous réserve.

J'aimerais tant faire quelque chose. Tu ne peux pas savoir à quel point il est frustrant d'être une femme en des temps semblables : devoir rester inactive quand les hommes se démènent de par le monde, racontent n'importe quoi et nous conduisent au désastre. Je suis sûre que nous ferions mieux qu'eux.

Inutile de te dire – tu le sais, ô mon très cher Premier – que je serai bien triste de ne pas te voir samedi & que la perspective de tout un week-end avec toi m'est une oasis dans cette chaleur désertique (mon malheureux Pingouin en souffre, lui aussi & nous sommes restés assis un long moment sur son rocher, aujourd'hui, à nous réconforter l'un l'autre). Mais je t'en supplie, ne songe plus à ce si long voyage, quand tu as tant à faire...

Oh, mais il y songeait, il y songeait tellement que lorsque Bongie entra dans la salle du conseil pour lui rappeler qu'il faudrait certainement annuler sa visite à Chester, le lendemain – pas moins de quatre heures de train, à l'aller et au retour, pendant lesquelles il ne pourrait être joint de Londres –, le Premier ministre lui répondit sèchement.

« Je ne comprends pas pourquoi il faudrait y renoncer. »

Quel enfant gâté il faisait ! Conscient de son inconvenance, il ajouta :

« C'est important, ce que fait la Croix-Rouge. Je ne veux pas les décevoir. »

Le fait est qu'un événement inattendu vint alléger la pression qui pesait sur lui. À 11 heures, Bonar Law laissa un message téléphonique : le Premier ministre pouvait-il se rendre chez lui, à Kensington, pour discuter en privé d'une « affaire importante » ?

Le chef des tories envoya même son chauffeur, ce que le Premier ministre trouva impertinent : le scélérat ne voulait sans doute pas se présenter au 10 Downing Street devant la foule qui s'y réunissait à présent tous les jours. Ne fallait-il pas refuser l'invitation et continuer à travailler sur son discours ? La curiosité cependant l'emporta. Il sortit dans la rue, sous un soleil éclatant, ignora les regards intrigués des badauds et grimpa sur la banquette arrière de l'automobile de Bonar Law. Était-ce bien la sienne, d'ailleurs ? Peut-être venait-il de se livrer à des Volontaires de l'Ulster désireux de le prendre en otage. Ç'aurait été amusant.

Un quart d'heure plus tard, l'automobile fit halte devant une villa de la banlieue aisée, au sud de Kensington High Street. Le Premier ministre y retrouva Bonar Law et Edward Carson, qui lui proposèrent, « en patriotes », de reporter les débats sur la Home Rule irlandaise jusqu'à la fin de la crise internationale. Il les écouta dix minutes, fit de son mieux pour dissimuler son soulagement et se leva avec toute la dignité dont il était capable.

« Je vous remercie de cette offre. Je vais en discuter avec mes collègues et vous ferai tenir la réponse d'ici une heure. »

De retour dans la salle du Cabinet, il fit un tas des fichues cartes de l'Ulster, des rapports statistiques et du brouillon de son discours et déposa le tout sur le bureau de Bongie.

« J'ai l'impression d'être Cicéron le jour où il donna sa liberté à l'esclave venu lui annoncer que son discours du jour avait été reporté.

— Vous m'affranchissez, Premier ministre ?

— Diable non, mon cher garçon ! Vous gardez vos chaînes. »

Il se sentait si joyeux ! Il se voyait marcher sur la plage avec Venetia.

« Attendez encore vingt minutes et appelez Bonar Law pour lui dire que nous acceptons sa proposition. »

Il convoqua Lloyd George et Grey pour les tenir au courant, et pria Grey de rester déjeuner. Margot avait de son côté invité Waldorf Astor, Ettie Desborough et les Gladstone. Il y avait de l'allégresse dans l'air. Ils ne parlèrent pas politique. Au bout d'une heure et demie, Grey donna le signal du départ : il fallait qu'il retourne au ministère. Vingt minutes plus tard, il traversa la rue en sens inverse, le souffle court, brandissant le dernier télégramme en date de l'ambassade britannique à Berlin. Le chancelier allemand, Bethmann Hollweg, leur tendait la main : si la Grande-Bretagne acceptait de ne pas entrer en guerre, l'Allemagne s'engageait à n'annexer ni la Belgique, ni les Pays-Bas, ni la France – hors les colonies de cette dernière, toutefois.

« Le procédé est très grossier, dit le Premier ministre.

— Grossier ? »

Grey, d'ordinaire si flegmatique, se mordait la lèvre de rage.

« Pour quelle sorte de nation nous prennent-ils ? Ils nous demandent, ni plus ni moins, d'être complices de leurs crimes !

— Que répondre à cela, selon vous ?

— Que c'est hors de question. Et il faut répondre maintenant. Plus nous attendons, plus ils sont susceptibles d'interpréter notre silence comme une carte blanche à l'invasion. Puis je… ? »

Grey désigna la table du conseil.

« Bien sûr. »

Le ministre des Affaires étrangères s'assit et disposa les pans de sa redingote de chaque côté du siège, comme un pianiste avant le concert. Puis il se mit à écrire, sous le regard de son collègue. S'il partageait sa colère, le Premier ministre se méfiait des décisions prises sous le coup de l'émotion. Il prenait soin de considérer les problèmes sous plusieurs angles avant toute entreprise irrévocable. Dernier passage en revue, vieille habitude de juriste. Ce qui le conduisit à cette question : et s'ils se trompaient du tout au tout ? La France avait été écrasée par les Allemands en 1870 : pour autant, le monde avait continué de tourner, et cela sans qu'aucun soldat britannique perde la vie. Quelle importance que les Allemands entrent en Belgique s'ils promettaient de s'en retirer ensuite ? Cette pensée lui donna un vertige soudain. Mais lorsqu'il voulut réfléchir à la manière dont il allait s'éloigner du bord du gouffre, il ne trouva plus le chemin.

« Premier ministre ? »

Il se rendit compte que Grey lui montrait le brouillon du télégramme destiné à leur ambassadeur à Berlin.

Vous informerez le chancelier allemand que sa proposition de nous en tenir à la neutralité dans les conditions qui sont les siennes n'est pas envisageable une seconde. Passer un tel marché avec l'Allemagne aux dépens de la France nous plongerait dans un déshonneur dont notre nation ne se relèverait jamais.

Il voyait Venetia sur la plage, en robe blanche, coiffée d'un chapeau de paille ; derrière elle les flots. Elle lui tendait la main, mais s'éloignait inexorablement de lui.

« Parfait, dit-il en rendant son brouillon à Grey. Envoyez-le. »

***

Caledonian Road s'étendait du nord au sud, non loin du quartier qu'habitait Deemer. C'était une rue commerçante, large, grise et sale comme la Tamise et bordée, là où vivait l'Allemand, de petites boutiques surmontées d'appartements.

Le salon de coiffure de Karl Ernst se trouvait au bas d'un pâté de tristes bicoques toutes semblables, coincé entre un marchand des quatre-saisons et une quincaillerie, à l'ombre d'un pont ferroviaire. Le poteau rouge et blanc symbole de sa profession était fendu et la vitrine, barbouillée de peinture vert bouteille : impossible de voir ce qu'il s'y passait. La porte, en dépit de la chaleur, était fermée, contrairement à celles des échoppes voisines. Deemer longea à deux reprises le salon sans croiser un seul client. Il préféra s'abstenir d'un troisième passage.

Il avisa, de l'autre côté de la chaussée, à quelques maisons sur la gauche, un café italien. Il acheta le journal, entra dans le café et s'installa près de la fenêtre. Un rideau en résille recouvrait la partie inférieure de la vitrine, dissimulant Deemer aux regards. Dans le brouhaha des conversations, il entendit toutes les langues – polonais, russe, allemand, yiddish, français. Chaque fois qu'un train franchissait le pont, sa cuiller se mettait à cliqueter sur la soucoupe.

Il s'attarda autant qu'il put, commanda un plat dont il n'avait aucune envie, toucha à peine au gratin de macaronis figé dans sa graisse, repoussa avec persistance les assauts du serveur qui voulait débarrasser son assiette, tout en gardant l'œil sur la devanture du coiffeur. Six ou sept individus firent leur entrée dans le salon ; il nota l'heure de leur arrivée ainsi qu'une brève description des visiteurs dans la marge de son journal. Trois d'entre eux étaient certainement des clients ; les trois autres ne restèrent pas bien longtemps et leur chevelure, ou ce qu'il en vit de son poste de guet, semblait vierge de toute intervention. Ernst devait se trouver dans son salon, mais comment s'en assurer ? Peut-être avait-il un complice ?

Il était plus de 16 heures quand il régla enfin l'addition. Il glissa son journal dans sa poche et sortit. Le salon fermerait d'ici une heure à peine, et il ne savait toujours pas à quoi Ernst ressemblait réellement. Le jeu en valait la chandelle. Il traversa la chaussée et se dirigea d'un pas prudent vers la vitrine verte. Le panneau OUVERT pendait encore à la poignée de la porte. Il lança un bref regard alentour et poussa la porte. Une clochette tinta.

Le salon était vide. Il le considéra rapidement : le fauteuil tournant en cuir pourvu d'un repose-pied, le grand miroir au cadre massif, les dizaines de flacons sur les étagères, la bassine dans un coin, près de laquelle s'élevait un tas de cheveux, l'unique ampoule électrique et son applique en verre rose, l'odeur sucrée de la brillantine. Ce fut alors que le rideau qui dissimulait le fond de la boutique s'ouvrit sur un homme en veste blanche. Ils échangèrent un regard.

« J'allais fermer », dit Ernst.

Ce ne pouvait être que lui : l'accent, le visage large, les cheveux blonds clairsemés, le nez sans doute cassé autrefois, fracture jamais réparée.

« Votre panneau dit que c'est ouvert. »

Pourquoi cette réponse ? Il avait ce qu'il voulait. Il aurait dû repartir.

« Bon, alors... dit l'Allemand en haussant les épaules. Il n'est pas tard. »

Il scruta Deemer.

« Mais vos cheveux... Vous êtes allé chez le coiffeur il y a peu, je vois.

— Je voulais seulement me faire raser. Si vous êtes fermé, ce n'est pas grave. Je ne faisais que passer.

— Ce n'est pas un problème. »

Ernst s'approcha de la porte et retourna le panneau.

« Donnez-moi votre veston. »

Le comique de la situation n'échappa pas à Deemer. Aucun des deux ne voulant éveiller les soupçons, ils se trouvaient à présent dans la même situation – faire quelque chose dont ils n'avaient pas la moindre envie : Deemer ôtant sa veste et la confiant à l'Allemand, en priant pour que ce dernier ne remarque pas les annotations sur le journal ; Ernst faisant pivoter le fauteuil pour que son client s'installe, lui nouant une serviette sous le menton et le retournant vers le grand miroir. Puis il disparut derrière la tenture pour remplir la bassine d'eau bouillante. Deemer entendait-il des voix, ou Ernst avait-il réellement parlé tout bas à quelque acolyte ? Bientôt, il revint faire mousser son savon.

« Vous êtes du quartier ? demanda-t-il à Deemer.

— Plus ou moins. J'habite à cinq minutes à pied. »

Ernst baissa un levier et le fauteuil se renversa en arrière, si bien que Deemer se retrouva quasiment à l'horizontale. L'Allemand le dominait de toute sa taille, un rasoir aiguisé à la main. Son haleine tiède avait une odeur fétide, épicée.

« Et que faites-vous dans la vie, si je peux poser la question ?

— Oh, un peu de tout. J'ai plusieurs cordes à mon arc.

— Des cordes à mon arc, répéta Ernst. C'est une expression utile. Très locale. Ne bougez pas, s'il vous plaît. »

Il y avait dans le fait de confier sa gorge à un inconnu une vulnérabilité que Deemer ne goûtait guère en règle générale. Mais se retrouver dos à terre avec un Allemand qui vous raclait le cou de sa lame était particulièrement déplaisant. Il s'agrippa aux accoudoirs.

Fort heureusement, Ernst s'était visiblement lassé de la conversation ; la séance se poursuivit en silence. Dix minutes plus tard, après avoir payé un shilling et promis de revenir, Deemer regagnait l'air libre, content de retrouver la chaleur et les bruits de la circulation, et passant la main sur une joue inhabituellement lisse.

Le lendemain matin – c'était un vendredi –, Venetia reçut comme toujours un message de Downing Street, mais plus court que d'ordinaire. Rédigé à la fin de la journée, il rapportait les tout derniers événements, y compris la visite confidentielle à Bonar Law et la périlleuse offre allemande. Quel poids sur ses épaules, songea-t-elle.

Les perspectives sont plus que sombres, aujourd'hui. Le Cabinet se réunira de nouveau demain matin à 11 heures. Le respect de mon engagement de Chester (qui n'est pour moi qu'un moyen, pour le reste je ne désire pas y aller) dépendra largement de la situation. Mais il faudrait que le sort soit bien cruel pour m'empêcher de venir samedi te voir ; tu porteras peut-être ta nouvelle robe à rayures, et pas le « péril jaune » – tu dis que tu serais « très déçue », si je ne venais pas : je voudrais avoir les mots pour te décrire mes sentiments le cas échéant ! Ma très chère, tout mon amour.

Elle replia la lettre, le regard dirigé vers la fenêtre, absent. Oui, bien sûr, elle aurait dû se sentir flattée par cette question sur ses robes – mais dans un moment aussi crucial ? Elle-même avait été bien incapable d'y songer une seconde. De toute façon, cette idée de voyage était devenue absurde. Elle s'inquiétait qu'il ne paraisse pas le comprendre.

Le Cabinet se réunit à 11 heures ; il apparut très vite au Premier ministre que la possibilité de se rendre à Chester pour discourir sur la Croix-Rouge était réduite à néant. Il actionna le bouton placé sous la table, qui servait à faire venir le secrétaire particulier. Bongie se présenta : le Premier ministre lui donna ordre d'annuler Chester et de lui apporter un indicateur de chemins de fer. Tandis que ses ministres se disputaient sur la neutralité de la Belgique et les obligations morales de la Grande-Bretagne envers la France, il consulta les horaires pour les Londres-Holyhead du samedi. Il y en avait un à midi qui le conduirait à Penrhos à temps pour le dîner. Il sentit le regard de Lloyd George peser sur lui, intrigué, rendit l'indicateur à Bongie et concentra toute son attention sur le débat.

Les équilibres n'avaient pas changé : une moitié des ministres s'opposaient à l'intervention britannique, les autres la jugeaient inévitable ; parmi ceux-là, Winston était le plus va-t-en-guerre. Il mit bientôt fin à la discussion avec la proposition suivante, à ses yeux satisfaisante : la Grande-Bretagne continuerait d'attendre, tout en rejetant la demande que les Français lui faisaient d'afficher publiquement son soutien dans le cas d'une invasion allemande. Cela, pour l'heure, mettait fin aux velléités de démission.

Après le conseil, il sortit par le portail du jardin et traversa Horse Guard Parade en compagnie de Winston, pour aller déjeuner à l'Amirauté avec lord Kitchener de Khartoum, le consul général d'Égypte. Ce grand homme venait de passer un mois en Grande-Bretagne, au cours duquel le roi l'avait élevé au rang de comte. Le maréchal était, comme le Premier ministre s'y attendait, d'humeur belliqueuse, raison sans doute pour laquelle Winston avait organisé ce déjeuner. (« Si nous sommes incapables de défendre la France quand elle est en grave danger, nous perdrons nos prérogatives de grande puissance. ») Belliqueuse, certes, mais fataliste. (« Les Allemands vont pénétrer dans les lignes françaises comme dans du beurre. ») Du haut de son mètre quatre-vingt-huit, Kitchener dominait le petit Winston. Ses longues années en Inde, en Afrique et au Moyen-Orient lui avaient si bien tanné la peau que son visage semblait taillé dans du granit rouge. Sa moustache était noire ; ses yeux, d'un bleu extraordinairement brillant, un peu fixes – séquelle d'une ancienne blessure – et perçants comme ceux d'un hypnotiseur. C'était un célibataire endurci. Rien d'étonnant à la fascination qu'il exerçait sur l'opinion publique, songea le Premier ministre. Une idée lui vint.

« Quand repartez-vous au Caire ?

— Lundi.

— Pouvez-vous retarder votre départ ?

— Impossible, je le crains. »

À tout autre que Kitchener, il aurait intimé l'ordre de rester. Au lieu de quoi il lui fit cette supplique placide :

« Si vous aviez l'obligeance d'indiquer à mon secrétariat où l'on pourra vous trouver dans les jours qui viennent, en cas de besoin. »

Il traversa, pensif, la vaste étendue de gravier de la Parade jusqu'au n° 10, où un message urgent du roi l'informait qu'il était attendu au palais le plus vite possible. Le temps lui manquait pour cette visite, qu'il ne pouvait cependant pas refuser. Il emmena Bongie. Horwood les conduisit, manœuvrant parmi la foule qui entourait Buckingham aussi bien que Downing Street. Ils se garèrent dans la cour. Bongie attendit au rez-de-chaussée, tandis qu'il montait dans le salon royal. George V était un personnage bourru, sans subtilité, d'un tempérament peu intellectuel ; il n'avait jamais eu une seule idée originale de son existence. Le Premier ministre aimait à dire que lorsqu'il avait envie de savoir ce que pensait l'homme de la rue, il allait discuter avec le roi.

« C'est bien gentil à vous d'être venu, Premier ministre. Je viens de recevoir un télégramme personnel du Kaiser qui m'inquiète profondément. Tenez. Qu'en pensez-vous ? »

Le « fidèlement tien, Willie » se plaignait en anglais à son « cher Georgie » de leur cousin commun, « Nicky », occupé à mobiliser ses forces tout en continuant de négocier : quelle duplicité ! Le ton de l'empereur allemand était boudeur, grandiloquent, morose : il ne supporterait pas cela longtemps, il pouvait très bien en faire autant, d'ailleurs, et ce serait la guerre, et le monde verrait bien que ce n'était pas de son fait... Georgie, Willie, Nicky : le Premier ministre imagina brièvement trois petits garçons en costume de cérémonie jouant aux soldats dans l'immense nursery d'un palais.

« Cela n'augure en effet rien de bon, dit-il.

— Il est tellement étrange, le Kaiser. Mon père ne pouvait pas le supporter. Bien sûr, c'est une communication privée, mais je voulais vous la montrer. Si vous souhaitez que je lui réponde, vous pourriez peut-être me rédiger un brouillon ?

— Je vous en suis très reconnaissant, monsieur. Avec votre autorisation, je vais prévenir le ministre des Affaires étrangères. »

Il sortit subrepticement sa montre. Bientôt 16 heures. Il était attendu au Parlement pour y faire le point sur la situation européenne. Il demanda congé au roi, s'en fut avec une révérence et remonta le tapis rouge jusqu'à l'immense escalier qu'il descendit en regardant les portraits des George de Hanovre, emperruqués et replets – tous des Allemands, bien sûr –, avant de s'engouffrer dans la Napier. Cinq minutes plus tard, il pénétrait dans l'enceinte de Westminster.

À peine s'était-il installé dans son bureau de la Chambre que William Tyrrell, le secrétaire particulier de Grey, lui apportait une déclaration officielle du chancelier allemand, remise au ministère des Affaires étrangères un quart d'heure plus tôt par le baron Schubert, de l'ambassade d'Allemagne. Le baron avait tenu à la lire à haute voix, debout, épongeant son front perlé de sueur. La Russie avait mobilisé son armée et sa flotte, et l'Allemagne, en conséquence, déclaré la loi martiale ; si la Russie ne renonçait pas sous douze heures à la mobilisation, l'Allemagne mobiliserait à son tour.

Le Premier ministre encaissa le choc sans émotion.

« On y est donc.

— J'en ai bien peur. »

À 17 heures, il entra à la Chambre et se dirigea vers les boîtes d'expédition, près du banc des ministres. Le brouhaha des voix s'interrompit rapidement.

« Nous venons d'apprendre, non par Saint-Pétersbourg, mais par les Allemands, que la Russie a décidé une mobilisation générale de son armée et de sa flotte. »

Une rumeur gronda, pour se taire aussitôt lorsqu'il leva la main.

« Dans ces circonstances, je préférerais ne répondre à aucune question avant lundi prochain. »

Il passa derrière le fauteuil du speaker, conscient du vacarme des conversations qui s'était ranimé dès qu'il avait tourné le dos. Il les reverrait le lundi suivant ? Mais ce serait un jour férié, le premier lundi du mois d'août !

À 17 h 30, il griffonna quelques mots pour Venetia.

La situation est décidément très sombre, et je crains fort ce qu'il va se passer demain. Je te télégraphierai dans la matinée. Si je viens, ce sera par le train qui arr. à Holyhead à 6 h 45. Si je ne peux pas, télégraphie-moi, écris-moi, je t'en prie, mon aimée, avec tout ton amour, & dis-moi ce que tu comptes faire. Je dois absolument te voir. À toi tout mon amour.

Il posta la note en rentrant au 10 Downing Street, où l'attendaient Lloyd George, Montagu et les directeurs de la Banque d'Angleterre. Jusqu'ici impériaux dans leur mépris des politiciens, les grands argentiers avaient les visages chagrins d'écoliers perdus dans la forêt. La City avait perdu confiance. Il y avait des files d'attente devant la Banque d'Angleterre. C'était la première fois depuis les guerres napoléoniennes qu'elle suspendait le rachat d'or. Les taux d'intérêt avaient déjà été doublés, de 4 à 8 %. La Banque souhaitait les faire monter à 10 %. Le système financier était au bord de l'effondrement.

Le Premier ministre, jadis ministre des Finances, s'efforça d'instiller une sérénité qu'il était très loin de ressentir.

« La situation financière s'apaisera dès que les enjeux seront plus clairs. L'économie était florissante la semaine dernière, elle le redeviendra dans dix jours. Vous avez pris les mesures qui s'imposaient, messieurs. Nous allons survivre à cette tempête. »

Une fois les banquiers et Lloyd George repartis, il monta dans son bureau avec Montagu, s'affala dans le fauteuil le plus proche et demanda au secrétaire financier au Trésor de leur servir un brandy à tous deux. L'économie peut bien être en pleine forme, ça ne sert à rien si nous perdons nos partenaires commerciaux, songeait-il.

Il n'y eut pas de dîner à table, ce soir-là. Margot avait organisé un buffet dans la salle à manger. Les invités allaient et venaient, se servaient, s'installaient par petits groupes, parlaient à voix basse. Winston passa, de même que Grey. Bongie et Drummond apportèrent des télégrammes. Après cela, la soirée se fit plus confuse. Il but un certain nombre de verres de brandy. Il était content de la présence de Montagu. Un ami, un vrai. Et Venetia l'aimait bien. Il fallait qu'il lui trouve une place au Cabinet, un de ces jours. Un petit ministère.

« J'espère pouvoir rendre visite à Venetia demain, dit-il.

— Je ne savais pas qu'elle était à Londres.

— C'est qu'elle est encore à Penrhos », dit-il.

Puis, ayant perçu la surprise de Montagu, il marmonna :

« Les trains sont très commodes. Je serai de retour dimanche soir. »

Il comprit qu'il en avait trop dit et détourna la conversation.

Montagu rentra chez lui à pied vers minuit. La plupart des invités s'étaient déjà égaillés. Margot était montée se coucher. Il se sentait encore parfaitement réveillé, électrisé, nerveux, comme à la fin d'un discours important. À 0 h 30, Tyrrell arriva du ministère des Affaires étrangères, porteur d'un nouveau télégramme de l'empereur. Bongie et Drummond les rejoignirent. Ils lurent ensemble la prose du Kaiser. C'était une version plus formelle du message adressé au roi – si personnel, si boudeur : les fauteurs de troubles, c'étaient le tsar Nicolas et sa mobilisation.

Quel étrange sentiment que d'avoir dans les mains, au milieu de ce salon à présent désert, les mots d'un empereur qu'ils imaginaient comme eux incapable de dormir, à Berlin.

« Que cherche-t-il avec ces déclarations ? demanda le Premier ministre.

— Il veut faire porter l'entière responsabilité de la guerre aux Russes, dit Tyrrell.

— C'est seulement cela ? Vous ne pensez pas qu'il a soudain pris peur, et qu'il voudrait bien trouver une échappatoire ? »

Les secrétaires particuliers semblaient sceptiques.

« Si l'on pouvait convaincre les Russes de renoncer à la mobilisation, les Allemands en feraient peut-être autant. Il faut agir. Cela vaut la peine. Bongie, trouvez-moi un taxi.

— Pour aller où, monsieur ?

— À Buckingham. Eric, si vous pouvez appeler le secrétaire privé du roi et lui annoncer mon arrivée... En attendant, nous allons rédiger le brouillon d'une supplique du roi au tsar – de cousin à cousin, en bref. »

À 1 heure du matin, le Premier ministre, avec un quart de bouteille de brandy dans le sang, monta d'un pas incertain sur la banquette arrière d'un taxi dont le chauffeur, ébahi, le laissa devant le palais de Buckingham. Il refusa d'être payé et salua le Premier ministre d'un « Dieu vous bénisse » admiratif.

Et de nouveau, les George : I, II, III, IV dans le grand escalier, et V dans le salon, en chemise de nuit, robe de chambre marron et pantoufles, le regard ensommeillé, quelques mèches clairsemées se hérissant sur son crâne.

« Merci d'avoir la bonté de me recevoir, Votre Majesté. Nous aimerions vous faire envoyer immédiatement un télégramme personnel au tsar. Puis-je vous le lire ?

— S'il le faut.

— Il commencera ainsi : "Mon gouvernement a reçu du gouvernement allemand le message suivant", puis nous citerons en entier le télégramme du Kaiser, et vous pourriez dire quelque chose comme : "Je ne peux pas m'empêcher de penser que l'impasse où nous nous trouvons résulte d'un malentendu..." »

Après quelques phrases vagues, cette conclusion :

« “Je sais que vous tenez autant que moi à ce que tout soit tenté pour sauvegarder la paix du monde.”

— C’est tout ? »

Le roi semblait dubitatif, ce que le Premier ministre, à la relecture, trouva parfaitement justifié. Le ton était mou : simples banalités, qu’il se voyait lancer sur une armée en marche, un raz de marée d’un million d’hommes fusil à l’épaule.

« Oui, c’est tout.

— Parfait. Donnez-moi un stylo. »

Il ajouta un « Cher Nicky » soigneusement calligraphié en haut de la page, puis un « Sincèrement, Georgie » à la fin du message, qu’il rendit au Premier ministre.

« Et maintenant, si cela ne vous ennuie pas, je retourne au lit. »

***

Je suis rentré chez moi vers 2 heures du m. et n’ai pas pu trouver tout de suite le sommeil, comme disent les romanciers, mais je n’ai pas mal dormi quand même, et dans ces intervalles entre sommeil & veille, Dieu merci, ces images de toi flottaient autour de moi et me procuraient le repos et la paix.

- 11 -

Le samedi matin, lorsque Venetia évoqua au moment du petit déjeuner la lettre qu'elle avait reçue du Premier ministre – rédigée la veille, elle mentionnait la possibilité de son arrivée par le train de 6 h 45 –, l'incrédulité fut unanime.

« Ne lit-il donc pas la presse ? »

Lord Sheffield montra la première page du *Times* à sa fille.

L'EUROPE EN ARMES
MOBILISATION GÉNÉRALE EN RUSSIE
LOI MARTIALE EN ALLEMAGNE
PREMIERS INCIDENTS AUX FRONTIÈRES

« Margot l'accompagne-t-elle ? s'enquit lady Sheffield d'un ton soupçonneux. Ou compte-t-il venir seul ?

— Si tant est qu'il vienne, je pense qu'il se contentera d'un des secrétaires particuliers. Bongie, sans doute. Mais il ne viendra pas. Ce n'est qu'un mirage, qu'il convoque pour se distraire de la crise.

— Bon sang ! tonna lord Sheffield. Qu'il puisse songer un instant à quitter Londres dans un moment pareil...

— Pourtant, c'est évident, intervint Sylvia en dévisageant sa sœur, assise de l'autre côté de la table. Ma chérie, il ne peut pas rester un jour sans te voir. Et quand on pense que tu es là depuis plus d'une semaine...
— Venetia, reprit lord Sheffield. Est-ce vrai ?
— C'est absolument faux ! Sylvia cherche simplement à semer le trouble, répondit Venetia en lançant un regard assassin à sa sœur. Franchement, *ma chérie*, tu devrais t'occuper de tes affaires avant de te mêler des miennes. »
Sylvia sursauta.
« Enfin, Venetia ! protesta leur mère.
— J'ai mal au crâne, dit-elle en se levant, avant de déposer sa serviette sur son assiette. Je monte. »
Le Premier ministre télégraphia plus tard dans la matinée.

MALHEUREUSEMENT CAUSE CRISE INTERNATIONALE DOIS RESTER LONDRES. MILLE EXCUSES. ENVERRAI TÉLÉGRAMME LADY SHEFFIELD. LETTRE SUIT.

Elle en fut soulagée, surtout après les échanges du petit déjeuner. Il fallait bien qu'il écoute la voix du devoir. Elle fut surprise pourtant de constater l'ampleur de sa propre déception.

Penrhos House
Holyhead
Sam. 1er août 1914
Chéri, je viens de recevoir ton télégramme. Quelle amère déception ! Elle a à peine commencé que je déteste déjà cette guerre infâme. Si tu parviens à nous l'épargner, tu pourras peut-être venir le week-end prochain à Penrhos, et si tu n'y arrives pas, j'espère au moins que cet horrible voyage en Inde & en Australie sera annulé, & que je pourrai revenir à Londres & te voir.

Elle écrivit deux ou trois phrases creuses de plus, se sentit céder au sentimentalisme. Pourquoi ne pas aller se promener au bord de la mer, pour se débarrasser de cette ennuyeuse humeur ? Mais à peine avait-elle traversé la forêt et s'approchait-elle du rivage qu'elle aperçut quelque chose dans les vagues toutes proches, dos noir, ventre blanc. Pourvu, pria-t-elle, que ce soit un poisson mort poussé vers les sables. Elle savait pourtant, avec une certitude grandissant à chaque pas, que cette pauvre chose était son pingouin.

Elle entra dans la mer, sans ôter ses chaussures ni relever sa jupe. De l'eau jusqu'aux genoux, elle attrapa l'oiseau par l'une de ses courtes ailes et le tira jusqu'à la plage. Il était si pathétiquement léger ! Lorsqu'elle s'agenouilla pour le prendre dans ses bras, comme un bébé, la tête de la créature retomba en arrière ; ses petits yeux noirs avaient perdu tout éclat, en dépit du soleil. Tout le monde avait prédit cette fin à Venetia et pendant deux ans, le pingouin avait défié les pronostics, jusqu'à cet été maudit, si anormalement chaud. Pourquoi fallait-il qu'elle gâte tout ce qu'elle touchait ? Pourquoi ne provoquait-elle que des catastrophes ? Elle se mit à pleurer, sur le sort de l'oiseau et sur le sien. Il lui semblait soudain qu'ils avaient au moins un point commun : ni l'un ni l'autre ne menait une existence conforme à sa nature.

Cet accès d'auto-apitoiement, qui ressemblait si peu à Venetia, dura cinq bonnes minutes et prit fin aussi brusquement qu'il avait commencé.

C'était tellement ridicule !

Elle déposa le petit cadavre sur un rocher, près de la forêt. Puis elle alla chercher une pelle à Penrhos House.

Mon bien-aimé, je suis navrée d'ajouter du chagrin à ta peine, mais mon pauvre Pingouin n'est plus. Ce n'était qu'un oiseau, mais tu l'aimais bien, toi aussi. Il est mort de chaleur, je pense. Avec les petites, nous sommes descendues en cortège sur la plage ; il – ou était-ce elle ? Je n'ai jamais su – a eu les funérailles solennelles qui seyaient à son rang. J'ai creusé une tombe dans le sable, à un endroit où il a vue sur la mer, & je lui ai construit un cairn avec quelques pierres ; ni Huck ni les renards ne pourront le déterrer. Quand tu viendras, je te la montrerai.

J'espère que ce jour est proche, mais il faut que la situation soit moins chaotique & que tu puisses t'éloigner sans manquer à Londres, sans quoi cela va jaser. Sylvia (quel culot !) m'a fait une remarque déplaisante au petit déjeuner, il faut que nous restions prudents. Je t'aime & tu me manques plus que je ne peux l'exprimer.

Elle alla à pied à Holyhead poster sa lettre. À l'approche du village, elle entendit de la musique, au loin, mais ce ne fut pas avant d'avoir traversé le pont ferroviaire et vu des hordes de promeneurs sortir de la gare qu'elle se souvint : c'était un long week-end, avec un lundi férié. La fanfare de Holyhead jouait devant le beffroi. Les gens faisaient la queue pour acheter des coques et des saucisses ; le port exsudait une odeur de vinaigre et d'oignons frits. Des oriflammes aux couleurs de l'Union Jack claquaient au-dessus des rues dans la brise tiède venue de la mer.

Elle remonta la rue jusqu'au bureau de poste juché sur une éminence et acheta des timbres, même si, selon l'employée, il n'y aurait pas de courrier le lendemain, à cause du lundi férié. Cela n'empêcha pas Venetia de déposer sa lettre dans la boîte. Puis, du haut de la colline, elle contempla le paysage, le grand ferry de Dublin à quai dans le port, les bateaux de plaisance qui évoluaient dans le bassin, le train qui entrait en gare suivi de son panache de fumée, les passagers aux fenêtres. Elle aurait bien aimé se trouver dans l'un de ces compartiments bondés. C'était une de ses manies, que ses parents et sa famille jugeaient absurde : quand elle voyageait seule, c'était toujours en troisième classe. Elle en aimait les odeurs, le spectacle de la vie ordinaire, comparée à la sienne : la fumée de cigarette, les regards francs, le langage relâché, la proximité des corps – la vitalité.

Le Cabinet que présida ce matin-là le Premier ministre fut le plus turbulent auquel il ait jamais assisté. Il tourna en plus d'une occasion au pugilat – on se serait cru dans un pub de l'East End ! Winston, qui s'appropriait le temps de parole avec ses harangues sans fin, réclamait le droit de mobiliser la flotte, tandis que la majorité de ses collègues le lui refusaient. Le camp des ultra-pacifistes était mené par John Burns, président de la chambre de commerce et représentant de Battersea, fils d'ouvrier, socialiste et abstinent. Il s'était aligné sur le *Guardian* de Manchester, exigeait une déclaration officielle promettant que la Grande-Bretagne se tiendrait à l'écart du conflit. Grey, qui avait recommencé à se mordre les lèvres, annonça, blême de rage, qu'il démissionnerait si tel était le choix du Cabinet. À midi, le Premier ministre lança un regard songeur à la pendule, en pensant au train de Holyhead qui venait juste de quitter Euston.

« Je vous propose un ajournement des discussions jusqu'à demain. »

Dans l'après-midi, il y eut une curieuse et frustrante accalmie. Sans aucun doute, les incidents se multipliaient sur le continent, mais le Premier ministre constata qu'il lui était impossible de recevoir des informations précises. Les télégrammes des ambassades étant transmis par des opérateurs publics, ils arrivaient tout d'abord dans les bureaux de poste, où ils étaient récupérés par des employés du gouvernement et réexpédiés dans les ministères pour y être décodés. Ce ne fut pas avant 20 heures qu'il apprit que la France mobilisait. Un peu avant minuit, alors qu'il buvait un dernier verre avec Grey et Haldane dans le salon, à Downing Street, il reçut un câble laconique de l'ambassadeur du Royaume-Uni à Saint-Pétersbourg :

MINISTRE RUSSE DES AFFAIRES ÉTRANGÈRES REÇU DE L'AMBASSADEUR D'ALLEMAGNE DÉCLARATION FORMELLE DE GUERRE CE SOIR 7 HEURES.

« Clac, clac, clac, dit le Premier ministre en tendant le bout de papier à Grey. Une vraie machine. Il y a quelque chose de fascinant dans la manière dont ces alliances se mettent en place.

— Malheureusement, ladite machine est si complexe qu'on ne peut pas l'arrêter une fois qu'elle est en marche. La voilà qui accélère le désastre qu'elle était censée empêcher. »

Le lendemain, aucune lettre de Venetia au réveil. Il resta couché dans son lit, regard fixé au plafond, pendant que sonnaient les carillons dominicaux de Westminster Abbey et de St Margaret. La journée, il le savait, serait décisive. Il était fort possible – et même très probable – que s'il ne se montrait pas d'une suprême habileté, il lui faudrait avant la fin de la journée se rendre à Buckingham pour y remettre sa démission. Il lui était parfois arrivé, quand il était fatigué, quand rien n'allait comme il le voulait, de se dire qu'il renoncerait sans regret à son poste. À y repenser, ce jour-là, il comprit qu'il se mentait et ne le ferait jamais qu'avec la plus grande réticence.

Après s'être habillé, il passa voir Margot. Vêtue de gris sombre, elle se préparait à aller à l'église.

« J'irai à St Paul, annonça-t-elle, avec Frau et Rolf. »

Frau était leur ancienne gouvernante allemande. Restée à leur service, elle avait épousé un compatriote,

Rolf Meyer. Margot lança un regard de défi au Premier ministre.

« Cela ne t'ennuie pas ?

— Pas du tout, répondit-il en lui posant un baiser sur la joue. C'est cette témérité, tu le sais, qui m'a fait te demander ta main. »

L'ambassadeur d'Allemagne passa le voir, pour le supplier – « en tant qu'ami, en tant qu'être humain » – de tout faire pour que la Grande-Bretagne ne se mêle pas de la guerre ; à la fin de l'entrevue, il éclata en sanglots, au grand embarras du Premier ministre. L'ambassadeur reparti, il s'installa à la table du Cabinet et travailla jusque vers 11 heures. Puis il entendit les ministres arriver les uns après les autres dans le couloir, de l'autre côté de la porte. Bongie émergea du bureau des secrétaires particuliers.

« Monsieur, ils sont tous là. Puis-je les faire entrer ?

— Laissez-moi une ou deux minutes. »

Il alla à la fenêtre regarder le jardin.

Anthony, son jeune fils de onze ans, surnommé Puffin, jouait avec Megan, la fille des Lloyd George, lesquels habitaient la maison voisine. Les deux enfants le virent à la fenêtre et lui firent un signe ; il leur répondit de la même manière. Au diable le Cabinet, songea-t-il. Qu'ils attendent un peu. Qu'ils comprennent que je peux les faire patienter tout le temps que je veux, que leurs maroquins dépendent entièrement de mon bon vouloir. C'était un chef de gouvernement apaisant, conciliant, mais de temps à autre il fallait faire claquer le fouet. Il attendit cinq minutes avant d'ouvrir la porte et d'inviter les ministres à entrer, d'un ton sec. Quand ils furent tous assis, il demanda au ministre des Affaires étrangères de faire un point sur la situation.

« Je crains, dit Grey, qu'elle ne se soit détériorée depuis notre précédente réunion, confirmant nos appréhensions. La France mobilise. L'Allemagne a déclaré la guerre à la Russie. Nous avons reçu ce matin des informations sur la progression des troupes russes : elles sont déjà en Allemagne et les combats ont commencé. Il n'y a pas moins de huit corps d'armée allemands positionnés le long de la frontière avec la France. Il semble qu'il y ait déjà eu des incursions et des escarmouches. Je comprends fort bien le souhait de certains de mes collègues de rester en dehors de tout cela mais, que nous décidions ou non de nous battre, il faut qu'ils sachent que la menace qui pèse à présent sur les côtes françaises de la Manche nous concerne également. Je souhaite par conséquent que le conseil me permette d'assurer au gouvernement français que nous ne permettrons pas aux Allemands de déployer leur flotte dans la Manche.

— Et comment pouvons-nous les en empêcher ? demanda Burns.

— C'est bien simple, répliqua Winston. Il faut leur dire, à ces bougres, qu'on les fera couler dès qu'ils viendront pointer leur nez.

— Autant leur déclarer la guerre tout de suite. »

Et la discussion s'enflamma, comme d'habitude. Le Premier ministre resta les bras croisés. Morley, Simon, Harcourt et Lloyd George soutenaient Burns – Lloyd George avec une vigueur toute particulière : à quoi jouait-il ? Grey, Winston et lui-même étaient partisans de la guerre. Entre les deux camps, Crewe, McKenna et Samuel. Quant à Haldane, mystère. Les autres finiraient par former une meute – dans l'intimité, il les appelait « les bassets » – et se rallieraient à la majorité.

Un peu avant 13 heures, Drummond apporta un télégramme à Grey, qui dut l'approcher de ses verres fumés pour le déchiffrer. Il profita d'une accalmie dans les débats pour prendre la parole.

« Avec votre permission, Premier ministre, je voudrais vous faire part de cette information provenant de notre ambassade à Bruxelles. Les troupes allemandes ont envahi le Luxembourg ce matin. »

Le silence se fit. Une occasion que le Premier ministre ne pouvait pas laisser passer.

« Eh bien, cela a au moins le mérite de clarifier la situation. Notre devoir essentiel, en tant que gouvernement, est de garantir l'intégrité des frontières de notre pays. Lord Grey ? À la lumière de ces informations, je crois qu'il vous faut dire aux Français que nous protégerons la Manche de toute tentative de domination allemande, tant pour leur sécurité que pour la nôtre.

— Avec tout le respect que je vous dois, Premier ministre, je ne pense pas que cela corresponde aux souhaits du conseil, intervint Burns.

— Et avec celui que je vous retourne, Mr Burns, il est de ma responsabilité constitutionnelle d'arrêter nos délibérations et de faire part au roi de notre décision.

— Il faudrait voter.

— Il n'y a jamais de vote au Cabinet. C'est l'usage.

— En ce cas, je le crains, je ne puis que vous remettre ma démission.

— Vous m'en voyez navré. »

D'un regard de défi, il passa en revue les membres du conseil. Qui oserait parler ? Lloyd George ouvrit la bouche avant de se raviser.

« Nous sommes dans un kaléidoscope qui ne cesse de tournoyer. Ne parlons pas pour l'heure de démission. Je vous propose de nous revoir en fin d'après midi, à 18 h 30. Nous aurons peut-être de plus amples informations. »

Il monta travailler dans son bureau, étalant ses dossiers entre sa ménagerie de cristal et ses petites bergères en argent. Il y avait une foule immense dans la rue, en contrebas, qu'il entendait hurler de joie chaque fois qu'un ministre sortait.

Dans l'après-midi, Drummond lui apporta le dernier télégramme en date de l'ambassade britannique à Paris. *Situation en Allemagne. Importants mouvements de troupes. Toutes leurs relations par télégraphe, téléphone et train avec les pays voisins coupées, sauf avec l'Autriche...*

De la gare centrale de Cologne, semblait-il, une centaine de trains militaires s'étaient ébranlés à partir de 6 heures du matin, en direction de la frontière belge.

La nouvelle la plus inquiétante provenait de Bruxelles même : le gouvernement venait de recevoir un ultimatum des Allemands, qui voulaient faire passer leur armée sur son territoire. Réponse exigée dans les douze heures.

À 18 heures, et malgré de constantes interruptions, il commença à écrire sa missive quotidienne à Venetia.

L'Allemagne est donc entrée en guerre contre la Russie & la France en même temps & a violé la neutralité du Luxembourg : nous attendons de voir si la Belgique va subir le même sort...

Heureusement, je fais très exactement la part des choses dans cette affaire. Je vais te l'expliquer en quelques phrases.

Pour ce faire, il fallait, étant donné la complexité du problème, qu'il commence par y voir plus clair. C'était l'un des plaisirs de la conversation avec elle, soit en privé, soit par lettre. Il en fit de nouveau l'expérience : surgirent six ou sept principes lumineux, qui semblaient soudain montrer la voie dans le brouillard.

À peine avait-il fini de les rédiger que Bongie passa la tête par la porte en tapotant sa montre. La deuxième réunion du Cabinet allait commencer dans cinq minutes. Il se hâta de conclure :

C'est tout ce que je puis dire pour le moment. Si seulement tu pouvais être à Londres, ma bien-aimée ! Tu me manques affreusement, en cette heure fatidique. Pense à moi, aime-moi & écris-moi. Chaque jour, je t'aime & te bénis un peu plus.

Lorsqu'il entra dans la salle du Cabinet, les ministres s'étaient déjà installés. C'était la première fois dans l'histoire du pays qu'un de leurs conseils se tenait le dimanche soir. Et jamais il n'avait vu aux fenêtres une lumière si dorée.

« Avant que nous commencions, je me demande s'il n'est pas utile que je vous rappelle six éléments des plus factuels sur lesquels, je crois, nous pourrons nous accorder, et qui guideront nos décisions... »

Il les leur exposa, prenant soin de leur laisser après chaque phrase la possibilité d'y répondre. Premièrement, la Grande-Bretagne n'avait aucune obligation de venir en aide à la France et à la Russie. Deuxièmement, il n'était pas question d'envoyer des troupes en France pour l'heure. Troisièmement, la France était une amie proche, une alliée. Quatrièmement, il était contraire aux intérêts de la Grande-Bretagne que la France puisse être écrasée et perde son statut de grande puissance. Cinquièmement, l'Allemagne ne devait pas se servir de la Manche pour y déployer sa flotte dans un but de guerre. Sixièmement, la Grande-Bretagne avait l'obligation d'empêcher l'Allemagne d'envahir la Belgique.

Personne ne prit la parole, même après cette dernière assertion. Bien sûr, les débats auraient pu s'éterniser, une fois de plus, sur les responsables de la crise – la Serbie, l'Autriche, la Russie, l'Allemagne, la France, le capitalisme, l'impérialisme, le nationalisme. Mais les faits étaient là : en ce dimanche soir, un seul belligérant avait franchi la ligne fatidique – envahir un pays neutre – et se préparait à la franchir une seconde fois. En quelques heures, l'ambiance du Cabinet avait changé : il le sentait, de la même façon que l'approche d'un anticyclone ou d'une tempête. Burns, têtu comme une mule, réitéra son désir de démissionner ; les autres se taisaient, sidérés. À 20 heures, le Premier ministre eut gain de cause : le lendemain, Grey préviendrait les Allemands qu'en cas d'atteinte grave à la neutralité des Belges, le gouvernement britannique serait contraint de prendre les mesures qui s'imposaient. Le conseil approuva la motion, à l'exception de cinq de ses membres.

Il put clore la séance quelques minutes plus tard, non sans une fierté tranquille. Il avait assuré la cohésion de son gouvernement. Mais la politique n'est-elle pas l'art de remplacer un problème par un autre ? À présent, il lui fallait traiter cet autre léger souci – la guerre qui s'annonçait.

Il dîna avec Reggie et Pamela McKenna dans leur maison de Smith Square. Le ministre de l'Intérieur et son épouse étaient de vieux amis : c'était exactement ce dont il avait besoin après cette rude journée. Il s'y rendit en compagnie d'Edwin Montagu, de Violet, de Cyril – Cys était le plus jeune des fils qu'il avait eus avec sa première femme – et d'Elizabeth, surnommée Bouton, dix-sept ans, et dont la mère était Margot.

Les grandes fenêtres à guillotine étaient ouvertes, pour laisser passer la brise légère du soir. Un dîner simple – côtelettes d'agneau et glaces – suivi de quelques parties de bridge. Certains journaux avaient eu vent de la fermeté grandissante du Cabinet, et leurs premières éditions du matin s'en faisaient l'écho. Au cours de la soirée, le brouhaha des foules qui erraient autour de Buckingham enfla, de plus en plus sonore – rugissement lointain et quelque peu déroutant où l'on distinguait par moments « God Save the King ».

« Le gouvernement est au summum de sa popularité, dit Montagu en regardant par-dessus ses cartes. À les entendre, nous avons déjà gagné.

— Je n'aime pas trop cela, dit le Premier ministre. Je me rappelle cette réflexion de Walpole avant la guerre contre l'Espagne : "Aujourd'hui les cloches carillonnent ; demain ce sera le glas." »

Lorsqu'il rentra à pied au n° 10 avec ses enfants, vers 1 heure du matin, les clameurs n'avaient pas cessé.

Il faisait incroyablement clair : la lune, aux trois quarts pleine, s'était levée et les réverbères étaient tous allumés autour de Parliament Square. Ils commençaient à remonter Whitehall quand un badaud se campa en face de lui et, l'ayant dévisagé avec insistance, s'écria : « Bon sang, mais c'est lui ! » Il se retrouva aussitôt encerclé par plusieurs dizaines de passants, dont certains étaient passablement ivres. Mais leur humeur était plutôt joviale ; ils le félicitèrent bruyamment et entonnèrent même « For He's a Jolly Good Fellow », ce qui amusa fort ses enfants. Contrairement à Winston et à Lloyd George, il n'avait jamais cherché à se rendre populaire ; ce bon accueil le déconcerta. Au carrefour avec Downing Street, sur le conseil de Violet, il s'arrêta un moment et souleva son haut-de-forme, non sans réticence. Il s'inclina à droite, puis à gauche, se recoiffa d'un geste ferme et retrouva en toute hâte la quiétude de son vestibule.

Venetia ne se baigna pas longuement le lundi matin. Même début août, la température de la mer d'Irlande dépasse rarement les 12 ou 13 °C. Après un trop long séjour dans l'eau, le froid pénétrait si profondément les os qu'il fallait la journée pour le chasser. Elle revint sur le rivage, s'emmitoufla dans sa serviette, s'assura que la plage était vide avant d'ôter son costume de bain et de se rhabiller. Pour une fois, elle prit son temps : il n'y avait pas, en ce matin de jour férié, de courrier à intercepter.

Elle détacha son chignon, secoua la tête et marcha un moment le long de la plage. À l'extrémité du promontoire se trouvait une ruine de pierre grise, dont les origines se perdaient dans le temps ; elle était connue dans la région sous le nom romanesque de « siège du roi Arthur ». Venetia s'y était abritée, l'année précédente, durant une tempête, et dans les bras du Premier ministre. En remontant d'un an encore, c'était là qu'Edwin Montagu lui avait proposé le mariage – démarche si surprenante, touchante et vouée à l'échec. Elle l'avait éconduit le plus gentiment possible.

« J'ai bien peur de ne jamais pouvoir vous dire oui.

— Est-ce parce que je suis juif ?

— Non, bien sûr. Ce n'est pas mon genre.

— Il faut que vous sachiez qu'au cas où vous changeriez d'avis – ce que j'espère sincèrement –, je serai déshérité si j'épouse une femme non juive. Ce sont les termes du testament de mon père.

— C'est-à-dire ? Si je vous épouse, nous serons pauvres ?

— Oui, sauf si vous vous convertissez. »

Elle avait éclaté de rire, en dépit de ses efforts.

« Mon Dieu, quelle idée d'aller épouser un Juif pauvre ! »

Puis elle avait remarqué l'expression de son visage et lui avait immédiatement pris la main.

« Oh ! Je suis navrée. C'est stupide, je n'aurais pas dû dire cela. Je vous aime beaucoup, Edwin. Comme ami, pas autrement.

— Vous me trouvez laid ?

— Cher Edwin ! Comme tout le monde !

— Oh, Seigneur, c'est effectivement le cas. Laid à faire peur ! »

Et ç'avait été à son tour de rire, la tête rejetée en arrière, exhibant son affreuse denture et le dessous de sa moustache, drue et noire. Elle l'avait imité puis, cette crise d'hilarité passée, il avait retrouvé son sérieux.

« Mais je vous aime vraiment, Venetia. Je n'ai jamais aimé et n'aimerai jamais personne autant que vous.

— Pourquoi donc ? demanda-t-elle, avec une perplexité sincère.

— Je pense... bafouilla-t-il. Mais non, je ne voudrais pas vous blesser.

— Je vous en prie, poursuivez.

— Je pense que c'est parce que vous avez un esprit d'homme dans un corps de femme.

— Oh, mais c'est une remarque très féminine, si je puis dire. Peut-être est-ce parce que vous, vous avez un esprit de femme dans un corps d'homme ?

— C'est bien le cas ! Je suis névrosé, je déteste la compagnie des hommes, n'apprécie aucune de leurs distractions... J'aime mieux choisir des tissus. Vous voyez bien : nous sommes faits l'un pour l'autre. »

Jamais elle n'épouserait Montagu, mais cette confession avait renforcé son affection pour lui. Elle n'avait pas pris ombrage de sa remarque, qui renfermait une part de vérité.

Elle ne rentra pas directement, escalada la grille cadenassée qui marquait la limite des terres familiales et suivit le chemin côtier plutôt que de passer par la forêt. La marée se retirait, mettant à nu les rochers noirs, formant des flaques le long du rivage. Les huîtriers picoraient la vase. Elle passa devant une ferme déserte aux murs blanchis à la chaux puis retrouva la route qui longeait la propriété à l'ouest. Elle était sur le point de franchir le grand portail de Penrhos lorsque le facteur déboucha en sens inverse sur sa bicyclette et se mit à pédaler en direction de Holyhead.

Elle pressa le pas ; il y avait le parc à traverser. Peut-être le facteur n'avait-il apporté qu'un télégramme ? Mais lorsqu'elle fit son entrée dans la salle à manger, sans être passée par sa chambre, elle trouva les Stanley à table, le petit déjeuner presque fini, l'attendant, de toute évidence ; près de son assiette étaient posées deux lettres – deux lettres du Premier ministre.

Elle sentit tous les regards se poser sur elle – chevelure humide, col défait, tenant à bout de bras sa serviette et son costume de bain.

« Tu es en retard, lui dit sa mère.

— Désolée.

— Eh bien, dit Sylvia en désignant les lettres d'un geste du menton, tu ne les ouvres pas ?

— Bien sûr, quand je serai prête. »

L'instinct lui commandait de s'en emparer pour courir les lire dans sa chambre, mais l'instinct, songea-t-elle, était un être pathétique et dépourvu de courage. Elle se força à relever ses cheveux, à empiler dans son assiette du bacon et des œufs brouillés froids, à s'asseoir pour les avaler machinalement. Elle leva enfin les yeux. Son père l'épiait, par-dessus son journal.

« Quelles sont les nouvelles, Père ?

— Comment veux-tu que je le sache ? C'est toi, il me semble, qui as accès aux meilleures sources. C'est à toi de répondre à cette question.

— Très bien. Je vais voir ce qu'il me dit. »

L'une des enveloppes avait été cachetée le samedi soir, l'autre le dimanche soir. Elle ouvrit celle du samedi avec son couteau à beurre et la parcourut rapidement.

« Ne nous laisse pas dans l'incertitude, dit Sylvia. Lis-la-nous à haute voix !

— Oui, c'est ce que je vais faire. Attends un peu. »

Le premier paragraphe l'aurait trahie (*tes conseils, ta compréhension, ta compassion & ton amour... Ma chérie, sans toi, je frémis à l'idée de ce qu'il serait advenu de moi...*) La suite était plus factuelle ; elle put la lire d'un ton détaché, comme s'il n'y avait rien de plus naturel au monde que partager le récit, par le principal intéressé, de la visite du Premier ministre au roi, en pleine nuit (*l'une de mes plus singulières expériences, & comme tu le sais j'en ai eu ma part*), suivi d'un conseil des ministres (*si nous entrons en guerre, je suis certain – que cela reste entre toi & moi – que nous aurons des factions au Cabinet. Bien sûr, si Grey part, j'en ferai autant, et il n'y aura plus de Cabinet*).

Les autres étaient tout ouïe. À la lecture succéda un silence respectueux.

« Bonté divine, Venetia, dit sa mère. Il se confie vraiment à toi.

— C'est bien plus politique que ce que je pensais, dit son père en désignant l'autre lettre. Crois-tu, ajouta-t-il avec une pointe de déférence, que nous allons apprendre ce qu'il s'est passé hier soir ? Si tant est, bien entendu, que cela ne lui paraisse pas indiscret.

— Oh, je suis sûre qu'il n'y verrait aucun inconvénient. »

Elle ouvrit dimanche d'une main tremblante. Il avait collé deux timbres sur l'enveloppe, ce qui expliquait sa distribution un jour férié.

« Ne saute pas le début, ordonna Sylvia. Lis-nous tout.

— Si tu le demandes... “*Après tout il n'y a pas eu comme je pensais & espérais une distribution ce dimanche ; je n'ai donc pas eu de lettre de toi ce matin & c'est la plus triste lacune de ma journée.*” »

Elle inclina la page vers sa sœur.

« Tu vois ? C'est ainsi qu'il commence.

— C'est tellement gentil », dit Blanche.

Il était heureux pour Venetia que le Premier ministre ait été trop pressé par le temps pour exprimer, comme d'habitude, son amour et sa tendresse. Elle lut à haute voix son récit de la visite de l'ambassadeur allemand (*il était très nerveux, pauvre homme, a même pleuré*) et du Cabinet du matin (*il serait scandaleux que nous cédions aux dissensions en un pareil moment*), poursuivit avec les six principes qui guideraient sa politique. Elle parcourut rapidement les lignes suivantes – *ma chérie... manque tellement... tout mon amour...* – et mit abruptement fin à la lecture.

« Nous ne connaîtrons la suite qu'au prochain épisode, comme dans tous les bons romans, dit-elle en rangeant la lettre dans son enveloppe. À présent, et si votre curiosité est rassasiée, j'aimerais assez pouvoir me changer ; je suis trempée. »

Sitôt remontée dans sa chambre, elle lui écrivit.

Mon chéri. Ne t'inquiète pas, mais je n'attendais pas tes si charmantes lettres de fin de semaine si bien qu'alors que j'étais à la plage, elles ont été subtilisées ce matin par la famille & j'ai dû choisir entre risquer une « scène » ou bien lire une partie de leur contenu & c'est ce que j'ai fait, tout s'est bien passé, ils étaient très impressionnés, mais cela nous rappelle que nous devons prendre garde & qu'il ne suffit pas de ne jamais utiliser nos noms...

***

Le Premier ministre avait passé la matinée à essayer de mettre la main sur lord Kitchener. Avant d'assister à une nouvelle réunion du Cabinet – encore une –, il donna l'ordre à ses secrétaires particuliers de retrouver sa trace. Le maréchal semblait avoir fui Londres. Le majordome de sa propriété de Broome Park, près de Canterbury, finit, cédant aux injonctions des envoyés du Premier ministre, par révéler que Sa Seigneurie venait de partir pour Douvres, où il espérait prendre le vapeur de 13 heures, destination Calais.

Bongie fit irruption dans la salle du Conseil pour glisser ceci à l'oreille de son patron :

« Il est en route pour l'Égypte.

— Eh bien ! Dites-lui que j'ai besoin de le voir dans les plus brefs délais. »

Une heure plus tard, Bongie réapparut : il avait télégraphié au capitaine du port de Douvres et à la compagnie des vapeurs ; le ferry n'avait pas eu l'autorisation de quitter la rade ; il avait pu discuter au téléphone avec l'un des secrétaires de Kitchener ; le maréchal ne souhaitait pas débarquer ; il voulait retourner au Caire.

« Eh bien ! Dites-leur de rappeler au maréchal que je suis ministre de la Guerre, qu'il est militaire en activité, et que je lui ordonne de rentrer à Londres. »

Il lui paraissait singulier – et il aurait pu user d'un adjectif plus mordant – qu'à la veille de la plus vaste guerre que le monde ait jamais connue, l'officier le plus célébré de l'armée britannique puisse avoir envie de repartir presque clandestinement en Égypte. Dans les vingt-quatre heures qui allaient suivre, hors de question cependant de méditer sur cette étrangeté. Il avait tant à faire ! Mobiliser l'armée et la marine, remplacer les quatre démissionnaires de son gouvernement – Burns, Morley, Simon et Beauchamp –, répondre au refus des autorités belges de céder à l'ultimatum allemand et à la demande d'aide envoyée par le roi Albert de Belgique à George V. À 14 h 30, il lui fallut partir pour la Chambre des communes, où se tenait une session extraordinaire. Il s'y rendit dans la Napier, exposé derrière les immenses vitres aux regards insistants de la foule, comme un fauve dans sa cage – lente progression parmi les hourras et les cris de joie, au terme de laquelle il avait trouvé une Chambre si bondée qu'on avait dû ajouter des chaises dans l'allée centrale. Il y avait eu ensuite la déclaration de Grey sur la crise, de plus d'une heure. Le Premier ministre en avait redouté l'impact, car Grey était un mauvais orateur, embrouillé, au timbre monocorde. Mais le discours avait remporté un tel triomphe que les parlementaires du parti libéral, dont les trois quarts avaient jusqu'ici milité pour la paix à tout prix, poussaient à présent le gouvernement à déclarer la guerre à l'Allemagne.

Il scruta ces visages distordus, métamorphosés, le blizzard des papiers secoués à bout de bras, éprouva soudain un curieux détachement. Il avait l'impression de flotter dans les hauteurs de la Chambre et d'observer cette agitation de très loin, près des galeries, comme si le monde lui était devenu un lieu étranger, regorgeant de passions furieuses et de certitudes absolues, choses absolument étrangères à sa nature.

Avec toutes ces réunions, ces entrevues, tous ces télégrammes, ces ordres à donner, toutes ces décisions à prendre, ces lettres à lire et à écrire, il n'eut pas la possibilité de rencontrer Kitchener avant l'après-midi suivant. Cela se produisit enfin, dans le salon d'apparat de Downing Street.

« Je vous remercie infiniment d'être revenu à Londres.

— Au vu des circonstances, j'ai eu le sentiment qu'on ne me laissait guère d'autre choix.

— J'imagine que vous vous doutez de la raison pour laquelle je tenais à vous rencontrer si rapidement.

— Pas vraiment. »

Le visage du maréchal, à demi recouvert par ses monstrueuses moustaches, avait la rigidité d'un masque que perçaient ses yeux, scintillants et fixes comme des gemmes. Quel entêté ! Autant vouloir engager la conversation avec une tête de l'île de Pâques. Le Premier ministre était sur le point de renoncer à son plan. Puis il s'accorda une dernière chance.

« Il se trouve que nous avons informé ce matin le gouvernement allemand qu'à moins qu'il ne s'engage dès minuit à retirer ses troupes de Belgique et de France, nous considérerons que la guerre est déclarée entre nos deux nations.

— Je vois.

— Ces quatre derniers mois, j'ai assumé la direction du ministère de la Guerre, en plus de mes fonctions. Dans les circonstances actuelles, cela ne peut durer, de toute évidence. Je voudrais proposer à Sa Majesté que vous me remplaciez. »

Les yeux rivés sur le maréchal, il attendit sa réaction.

« C'est une mauvaise idée, je pense, finit par dire l'intéressé.

— Pourquoi ?

— Parce que je ne suis pas un politique.

— Justement ! Et je ne souhaite surtout pas que vous le deveniez. C'est votre force. Vous pourriez exercer sur l'armée, pour cette raison, une autorité sans égale ; le reste du pays et notre opposition seraient rassurés de vous voir siéger au gouvernement.

— Je préférerais tout de même rentrer en Égypte.

— Ce jour viendra, je vous en donne ma parole, dès que la guerre sera finie. Le consulat vous sera réservé.

— Cela prendra des années.

— Oh, sûrement pas tant que cela. De toutes parts, on me dit qu'à Noël, elle devrait avoir pris fin.

— C'est absurde.

— Vraiment ? Et combien de temps durera-t-elle, à votre avis ? »

Kitchener leva la main pour la baisser aussitôt.

« Qui sait ? Pour ce qui me concerne, je pense qu'elle est susceptible de durer jusqu'en 1917.

— En 1917 ? s'exclama le Premier ministre en reculant légèrement. C'est incroyablement pessimiste.

— Pour vaincre les Allemands, il nous faut une armée d'au moins deux millions d'hommes. Pour recruter ces hommes, leur donner des fusils et les former, il faut trois ans. Donc, nous ne pourrons gagner au plus tôt qu'en 1917.

— Mes conseillers militaires pensent qu'elle sera bien plus courte.

— Avec tout le respect que je vous dois, Premier ministre, changez de conseillers. »

Kitchener se tut un long moment. Puis :

« Vous comprenez, Premier ministre, que le coût en vies humaines sera colossal ?

— Oui, je sais. Il va falloir nous préparer à de terribles heures.

— Le précédent le plus éclairant pour ce qui nous attend, c'est la guerre de Sécession, où six cent mille soldats ont perdu la vie. Il faut se souvenir que cette guerre-là était confinée à un seul pays – et à une seule région de ce pays, ce qui n'est rien comparé à une guerre embrasant toute l'Europe, une guerre généralisée. Et puis, la guerre de Sécession date de cinquante ans. L'artillerie et les armes légères ont fait d'immenses progrès depuis. Si cette guerre dure trois ans, les morts se compteront par millions. »

Le Premier ministre essaya de se représenter ce qu'« un million » voulait dire. Le désespoir de chacun doublé, quadruplé, décuplé et plus encore par les parents, les grands-parents, les frères, les sœurs, les tantes, les oncles, les amis, les enfants... Mais comment s'imaginer une telle quantité de larmes ? C'était insondable, impensable. Il comprenait à présent pourquoi Kitchener avait tellement tenu à rentrer au Caire.

« Raison de plus pour que vous restiez à Londres et fassiez votre devoir, maréchal. »

Nouveau silence.

« Je voudrais prendre le temps d'y réfléchir. »

Il va accepter, songea le Premier ministre. Il n'a pas le choix.

« Je peux vous laisser jusqu'à demain matin. La guerre aura déjà commencé. »

Il était pressé de toutes parts, à tel point qu'il ne trouva le temps de lire la lettre de Venetia qu'en fin d'après-midi. Le premier paragraphe l'atterra. Il essaya de se rappeler le contenu de sa propre lettre, mais il s'était passé tant de choses depuis que le flou régnait dans son esprit. Enfin, selon elle, il n'y avait pas péril en la demeure. Mais tout de même...

Je m'inquiète malgré tout de l'ardeur des tiens à découvrir le contenu de mes lettres & suis certain que tu as soigneusement choisi ce que tu leur lisais (& ne leur lisais pas) : je présume (et j'espère) que la situation était exceptionnelle, puisque causée par le retard de la distribution en ce jour férié. Tu as eu peur, je pense, que j'oublie le timbre supplémentaire ! Tu ne me connais pas encore très bien – même après tout ce temps... Winston arbore toutes ses peintures de guerre et ne souhaite rien tant qu'une bataille navale aux premières heures de la journée. Et tout cela me remplit de tristesse. Nous sommes à la veille de grandes atrocités.

***

L'ultimatum britannique aux Allemands devait expirer à minuit, heure du Continent, soit 23 heures en

Grande-Bretagne. Dans tout le pays, on préféra ne pas se coucher ; on attendait, comme au réveillon, le départ de la paix et l'arrivée de la guerre ; on sortait de chez soi pour se retrouver entre voisins. À Londres, une foule joyeuse s'était répandue dans Trafalgar Square et dans le Mall, jusqu'au palais de Buckingham, brandissant l'Union Jack et le drapeau tricolore de la France.

À Penrhos, pas un bruit. Ils s'étaient tous installés dans le salon. Ils avaient dîné en grande pompe – lord Sheffield en frac, sa femme et ses filles en robes de soirée –, même s'ils ne recevaient pas. Lord Sheffield surveillait l'heure sur sa montre de gousset. Les trois sœurs de Venetia se tenaient les mains, assises sur l'immense canapé, à quelque distance de leur père. Elle, elle faisait les cent pas. Lorsque l'heure fut proche, elle se campa devant la porte-fenêtre et regarda les arbres, immobiles dans le soir sans vent, leurs silhouettes nimbées par le clair de lune. Elle pensa à ses côtés – où était-il ? que faisait-il ? – et regretta de ne pas être à ses côtés.

« Plus qu'une minute », dit son père.

Une bonne moitié du conseil s'était retrouvé au 10 Downing Street, dont Grey, Lloyd George et McKenna ; ministres et fonctionnaires ne cessaient d'entrer et de sortir ; la plupart des ministres cigarette ou cigare aux lèvres, verre à la main – whisky et soda, brandy et soda – ; ils arrivaient, ils s'affalaient dans les grands fauteuils en cuir raide, ou se tenaient près de la cheminée ; les fenêtres étaient ouvertes pour que la fumée s'échappe et l'on entendait les hurlements de la foule qui s'aventurait parfois vers St James's Park : on aurait dit le fracas d'une guerre lointaine. Margot, seule femme dans cette marée d'hommes, était assise dans un coin ; cigarette à la main, elle infligeait l'un de ses discours au leader[1] de la Chambre des lords, le vicomte Crew. Le Premier ministre était debout près de la fenêtre, songeant à Venetia – quand donc pourraient-ils se voir ? Et cela lui donnait une sorte de délicieuse douleur au creux de l'estomac, une faim qu'il cultivait mais ne pourrait jamais assouvir, un désir qui semblait croître en intensité à chaque journée sans elle. Plus que jamais il avait besoin d'elle. Il remarqua à peine les onze coups de Big Ben, et l'entrée triomphale dans le salon de Winston, radieux, un énorme cigare à la bouche.

Deemer avait pris place, Caledonian Street, sur le siège avant de la petite automobile de Holt-Wilson, à côté de ce dernier – lequel ne quittait pas sa montre des yeux. Les sergents Regan et Fitzgerald s'étaient entassés sur la banquette arrière. Une demi-heure plus tôt, la lumière s'était éteinte dans l'appartement qui surmontait le salon de coiffure. La cloche d'une église proche se mit à sonner.

« C'est l'heure, dit le capitaine en faisant claquer le couvercle de sa montre. On y va. »

Deemer referma la portière sans un bruit, ouvrit le coffre de l'auto et en tira un bélier de fonte, qu'il hissa sur son épaule avant de traverser, le premier, la rue. Des agents en uniforme sortirent d'un fourgon garé devant le café italien. Les quatre officiers du MO5(g) parvinrent devant la vitrine du salon de coiffure. Trois d'entre eux s'immobilisèrent, le quatrième, Regan, s'engouffra dans l'allée qui séparait la rangée de boutiques du talus de la voie de chemin de fer.

1. Ministre du gouvernement chargé des relations avec la Chambre des lords.

Dès qu'ils l'eurent perdu de vue, Fitzgerald dégaina son pistolet.

Deemer regarda le capitaine, qui venait d'en faire autant. Holt-Wilson hocha la tête. Deemer empoigna le bélier et cogna fort : le frêle chambranle céda immédiatement et le verrou sauta ; il leur suffit de pousser le battant pour entrer, Deemer menant l'assaut. Ils traversèrent le salon de coiffure, puis la tenture ; il faisait trop sombre pour qu'on puisse voir grand-chose. Deemer avait posé le bélier contre un mur et cherchait à tâtons l'interrupteur, quand une lumière fut allumée à l'étage, leur indiquant le chemin. Il se rua dans l'escalier, ses collègues sur ses talons : Ernst était sorti sur le palier, en maillot de corps et caleçon blancs d'une propreté douteuse. Il se mit à crier quelque chose en allemand puis, avisant les pistolets, leva immédiatement les mains en l'air. En moins d'une minute, Fitzgerald lui avait passé les menottes et lui faisait descendre l'escalier.

« Bien joué, Deemer, déclara Holt-Wilson en lui tapant dans le dos. C'est comme ça qu'on pince les espions allemands. »

Le cœur de Deemer battait à toute allure. Il crut entendre non loin un chien qui aboyait, puis le grincement strident d'un sifflet de policier provenant de la petite allée. Il échangea un regard intrigué avec le capitaine et entra dans la pièce d'où Ernst était sorti. Sa chambre, visiblement : le lit était en désordre ; les vêtements de l'Allemand, y compris sa veste blanche, étaient disposés sur une chaise. Après quoi, Deemer se rendit dans la seconde chambre. Inhabitée, à présent, mais quelqu'un venait de dormir dans ce lit, dont les draps étaient encore légèrement tièdes. Sur la table de chevet, la flamme d'une bougie vacillait dans le courant d'air venant de la fenêtre grande ouverte.

Troisième partie

ENQUÊTE

5 août-6 septembre 1914

- 12 -

Quiconque aurait surveillé Paul Deemer durant les deux premières semaines d'août aurait été bien en peine de deviner sa profession. Tous les matins à 7 heures, il sortait de chez lui, en costume de confection et chapeau melon, pour revenir presque toujours après minuit. Il se rendait à pied à Angel, où il prenait le métro. Avant de descendre sur le quai, il achetait le *Times*, dont il lisait les pages consacrées à la guerre dans le wagon bringuebalant, en évitant soigneusement de croiser les regards de ses voisins. Il changeait à Euston et retrouvait le grand jour à Charing Cross, comme des centaines d'autres employés de bureau. Dix minutes plus tard, il déverrouillait la porte de la salle de permanence du MO5(g), au troisième étage de Watergate House, et franchissait la frontière entre la normalité et son nouveau monde secret.

À cette terre étrangère, il ne s'était, en dépit de ses efforts, toujours pas acclimaté. Les Booth, Brodie, Fetherston n'étaient pas son genre d'hommes, et réciproquement : des officiers qu'on avait extraits de leurs régiments de province, et dont la conversation bruyante, lorsqu'elle n'était pas professionnelle, portait sur la chasse, le ski, le polo ou le tennis. Ils prenaient un plaisir enfantin à utiliser les surnoms secrets dont ils avaient affublé tout le personnel du MO5(g) : le capitaine Drake, des Staffordshires, chef du contre-espionnage, était « Duckie » ; Holt-Wilson, fils de pasteur, « Holy Willy » ; et le discret Deemer, « le Dreamer ». Les jeunes filles bien élevées qui tenaient le registre se montraient polies à son égard, mais elles n'avaient décroché ces emplois que parce que leurs parents faisaient partie du cercle du chef de département, le major Kell. Deemer n'était pas à son aise en leur présence. Enfin, les deux vétérans de Scotland Yard gardaient leurs distances.

Et puis il y avait la nature même de leur travail. Dès les premiers jours de la guerre, le MO5(g) avait procédé à l'arrestation de vingt-deux espions allemands présumés. Deemer était considéré comme trop novice pour prendre part à leurs interrogatoires. Il avait reçu pour mission d'enquêter sur les dizaines de signalements reçus par Scotland Yard de la part de simples citoyens : des serveurs allemands d'un restaurant de Maidstone accusés de fomenter des actes de sabotage visant les trains du Kent ; des pêcheurs de la Manche envoyant des messages à des sous-marins. Un officier avait dénoncé lord Haldane, le lord-chancelier, l'accusant de cacher un récepteur sans fil dans un placard de sa chambre à coucher. Le Premier lord de la Mer, le prince Louis de Battenberg, était né en Autriche, ce qui le rendait d'emblée suspect. Une Allemande du nom de Frau Anna Meyer, employée par le Premier ministre, continuait d'habiter Downing Street et lui volait des documents. Les dénonciateurs n'étaient pas des fous, mais de respectables membres de la classe moyenne, aux idées sensées, qui s'attendaient à ce que leurs élucubrations soient prises au sérieux. Ces visites incessantes aux informateurs et ces accusations délirantes n'amélioraient en rien l'opinion de Deemer sur ses concitoyens. Du jour au lendemain, le pays avait succombé à la paranoïa. « C'est la folie des espions », disait-on.

Entre deux vérifications infructueuses, il passait son temps libre au bureau de l'enregistrement, prenait des notes sur les vrais espions et se familiarisait avec les complexités des réseaux de renseignement allemands, dans l'espoir notamment d'identifier l'homme qui leur avait échappé pendant l'arrestation du coiffeur, Ernst. Était-ce le capitaine Kurt von Weller, ancien officier de l'armée prussienne, interpellé quelques jours plus tard ? Ou Harold Dutton, un employé de bureau à l'état-major qui avait recopié des informations sur le système de défense de Portsmouth ? Ou bien même Marie Kroener, veuve de l'agent allemand Wilhelm Kroener ? Ou encore un individu si rusé qu'il n'était pas fiché au registre ? Quelle que soit son identité, il ou elle avait été assez agile pour échapper au sergent Regan dans les ténèbres et fuir par l'allée, puis par la voie de chemin de fer.

Une fois qu'il eut consulté toutes les fiches portant sur des espions connus, il passa à celles des citoyens allemands et autrichiens, dont le nombre ne cessait de croître. Les bristols étaient agrémentés d'une double initiale notant leur degré de loyauté, de AA (« Complètement anglicisé », sûrement loyal) à SB (« Sale boche » : sûrement hostile), en passant par AB (« Anglo-boche », sans doute loyal) et BA (« Boche-anglo », probablement hostile). « Sale boche ! » Ce vocabulaire de cour d'école le faisait grimacer.

Ce fut alors qu'il était plongé dans cette partie du registre, le lundi 17 août au matin, treize jours après la déclaration de guerre, que Holt-Wilson le surprit à la tâche. L'immense nez du capitaine était rouge et dégoulinant, conséquence d'un fâcheux rhume d'été.

« Deemer ! Bonjour ! Je savais bien que je vous trouverais ici. »

Il éternua dans un grand mouchoir blanc avant de poursuivre :

« Le chef a quelque chose pour vous. Il aimerait que vous y jetiez un œil.

— Bonjour, monsieur, répondit Deemer, reprenant espoir. Qu'est-ce que c'est ?

— Oh, des signalements non dénués d'intérêt qui nous ont été transmis par le public. Venez, il vous expliquera. »

Ravalant sa déception, Deemer suivit Holy Willy dans le bureau de Kell. Le chef lui avait, lors de son embauche, adressé quelques brèves paroles de bienvenue, mais c'était la première fois que Deemer mettait les pieds dans son antre. Il y avait un lit pliant dans le coin, impeccablement fait – Kell restait souvent travailler le soir – et des portes-fenêtres qui donnaient sur un balcon, au-dessus de la Tamise. Le major les reçut derrière son bureau. La petite quarantaine, des lunettes rondes, des cheveux coiffés en arrière révélant un haut front, un costume en tweed : il ressemblait plus à un directeur d'école qu'à un militaire de carrière. Les capitaines l'appelaient « Kelly » – entre eux, bien sûr, et dans son dos. Il passait pour très intelligent, parlait six langues, d'après la rumeur, et c'était un partisan de la discipline la plus stricte.

« Asseyez-vous. Vous vous faites à la maison ?

— Oui, monsieur, je crois. Merci.

— Tenez, j'ai une mission pour vous. Un vrai casse-tête. Regardez. »

Il poussa vers Deemer une petite boîte en carton dont il avait ôté le couvercle. S'y trouvaient quelques morceaux de papier, au premier abord sans grand intérêt, fragments de lettres sur pelure d'oignon souillés et déformés par les intempéries. Ils avaient été répartis en trois liasses, retenues par un trombone et agrémentées d'une petite étiquette. Deemer y déchiffra les indications suivantes : « SJP », « M » et « G ».

Il interrogea Kell du regard.

« Ce sont des télégrammes confidentiels du ministère des Affaires étrangères, envoyés juste avant la déclaration de guerre. Ils ont été retrouvés en trois lieux distincts de la capitale : à St James's Park, sur la rive de la Tamise à Marlow, et dans un champ près de Goring-on-Thames.

— Retrouvés par des passants ?

— Exactement, et qui n'ont aucun lien entre eux. Ces télégrammes ont été remis à divers commissariats au cours de ces dix derniers jours, lesquels commissariats les ont transmis à Scotland Yard. On nous demande de les expertiser. Le premier réflexe est de se dire qu'il y a un agent allemand au ministère des Affaires étrangères, mais cela ne paraît pas avoir grand sens. Un agent étranger ne s'amuserait pas à répandre ces précieux papiers sur le sud du territoire britannique. Ce ne sont pas des confettis.

— C'est un mystère à la Sherlock Holmes, commenta Holt-Wilson.

— Ce qui m'inquiète le plus, c'est que des messages aussi sensibles que ceux-là ont sûrement été codés. Deux d'entre eux proviennent de nos ambassades à Berlin et à Vienne, et il est donc certain que leurs versions chiffrées ont été interceptées par les Allemands et les Autrichiens. Si jamais l'ennemi prend connaissance des textes décodés, il sera en mesure de découvrir nos méthodes de cryptage.

— Un vrai mystère, insista Holt-Wilson, avant de se moucher et d'inspecter ses mucosités. Le responsable de ces fuites devrait être poursuivi.

— La première chose à faire, dit Kell, est d'obtenir des informations claires du Foreign Office. J'en ai référé à William Tyrrell, le secrétaire particulier de sir Edward Grey, lui ai expliqué l'affaire et promis que nous lui ferions porter les télégrammes ce matin. C'est vous qui allez vous en charger ; vous les lui montrerez personnellement et en discuterez avec lui. Je tiens à ce qu'ils ne mettent pas ce dossier sous le tapis parce qu'il est embarrassant ; nous allons enquêter, et ils doivent coopérer avec nous jusqu'à complète élucidation. »

Il referma la boîte et lança un regard impérieux à Deemer.

« Eh bien, qu'attendez-vous ? Vous savez ce qu'il vous reste à faire. »

Deemer longea l'Embankment jusqu'au Foreign Office, la boîte en carton sous le bras. Que disaient-ils donc, ces télégrammes ? Kell ne lui avait pas proposé de les lire, mais il ne le lui avait pas interdit. La curiosité l'emporta tandis qu'il passait devant Whitehall Gardens.

Il trouva un banc désert, loin des regards, et souleva précautionneusement le couvercle. Le temps avait été si beau ces dernières semaines que les textes étaient encore parfaitement lisibles. La pluie aurait certainement eu raison de l'encre, si ce n'est du papier. Le télégramme ramassé à Goring émanait de l'ambassadeur britannique à Vienne : deux pages intactes, rapportant la préparation de l'ultimatum autrichien à Belgrade. Il manquait un morceau au document déniché à Marlow, qui décrivait l'opinion publique à Berlin, les attaques répétées de la presse allemande contre la Serbie. Le télégramme le plus récent avait été découvert dans St James's Park deux dimanches plus tôt : provenant de l'ambassade britannique à Paris, il détaillait les assurances secrètes du gouvernement espagnol à la France. En cas de guerre, les Espagnols afficheraient une neutralité bienveillante ; Paris pouvait retirer sans crainte les troupes protégeant la frontière des Pyrénées.

Il referma la boîte. Certes, il n'était sans doute qu'un garçon de courses dans cette affaire – mais un garçon de courses chargé d'un message capital.

Il entra par le grand vestibule du ministère, expliqua au portier qu'il était envoyé par le ministère de la Guerre, qu'il avait rendez-vous avec Mr William Tyrrell. Cette information fut rapportée à un messager en uniforme. Un troisième employé fit bientôt son apparition, qui fit monter à Deemer un vaste escalier, avant de le conduire dans une salle de la taille d'un court de tennis.

« Attendez. »

Deemer s'assit sur le bord d'un canapé de cuir rouge, la boîte sur les genoux, son chapeau melon posé à côté de lui, et explora la pièce du regard. Tout y était démesuré : l'océan de tapis, l'immense plafond, les hautes fenêtres, les portraits monumentaux d'ambassadeurs et de soldats de l'empire, avec leurs cadres dorés de trente centimètres de large – jusqu'au tic-tac de la pendule réverbéré à l'infini entre les murs. Lorsque la porte s'ouvrit enfin, il pensait voir entrer un titan, mais la seule chose qui fût un peu volumineuse chez Tyrrell était sa tête, trop grosse pour sa mince silhouette.

À la mention des télégrammes, il se contenta de pincer les lèvres.

« Ils ont été retrouvés dans des champs, dans des parcs, dites-vous ?

— Oui, monsieur. J'imagine qu'ils sont authentiques ?
— Oui. Ce sont des copies carbone, dit Tyrrell en opinant du chef. Des pelures d'oignon, dans notre jargon.
— Puis-je vous demander combien de personnes ont pu en prendre connaissance ? s'enquit Deemer, qui avait sorti son carnet.
— Très peu. À ce niveau de confidentialité, les télégrammes font le tour de quelques ministères dans des coffrets fermés à clef.
— Combien de ministères ?
— Cinq.
— Lesquels ? »
Tyrrell baissa les yeux sur le carnet de Deemer.
« Je ne suis pas certain d'être en mesure de vous répondre, dit-il après un moment d'hésitation.
— Pourquoi ?
— C'est une information confidentielle.
— Comme ces télégrammes ?
— *Touché** ! concéda Tyrrell avec un demi-sourire. Pour votre seule gouverne, les cinq ministres automatiquement destinataires des télégrammes de nos grandes ambassades sont le Premier ministre, le ministre des Affaires étrangères, le Premier lord de l'Amirauté, le secrétaire d'État à la Guerre et le ministre des Colonies. »
Deemer griffonna la liste.
« Je crains qu'il ne faille tous les interroger. »
Cela lui valut un regard incrédule de Tyrrell, suivi d'un bref éclat de rire.
« Je crains que vous n'en ayez pas le loisir ! Allons ! Pensez-vous vraiment que Winston Churchill ou lord Kitchener puissent se détourner une seconde des tâches capitales qui leur incombent en temps de guerre pour vous parler ? »

Il referma la boîte en carton et la glissa sous son bras.

« Laissez-moi faire. J'en parlerai à lord Grey.

— Il me semble que notre département devrait conserver ces documents, pour l'heure, reprit Deemer, l'œil fixé sur la boîte. Ce sont des pièces à conviction. Le major Kell tient à tirer cette affaire au clair.

— Ce ne sera pas possible, j'en ai bien peur. Remerciez le major Kell d'avoir eu la bonté de nous les apporter, et dites-lui que je me chargerai désormais de l'enquête les concernant. Vous connaissez le chemin, je pense ? »

Deux minutes plus tard, Deemer, ébahi, délesté de sa boîte, se retrouvait dans la cour, devant l'immense bâtisse. Ces gens, bon sang ! Ils appartenaient à la même catégorie que ceux qu'il avait côtoyés lors de la tragédie de la Tamise. Ils se croyaient au-dessus des lois, au-dessus du commun des mortels, et faisaient disparaître tout ce qui pouvait les gêner.

Et les choses auraient pu en rester là, du moins en ce qui concernait Deemer, si, à son retour à Watergate House, tandis qu'il accrochait son chapeau melon à la patère de la salle de permanence, Mrs Summer, la concierge, ne lui avait pas apporté une enveloppe sur laquelle Holt-Wilson, parti déjeuner au Travellers Club avec Kell, avait agrafé ce message : *Sgt Deemer ! Encore un télégramme ! Celui-ci a été déposé au commissariat de Roehampton samedi. À inclure au reste des pièces pour enquête. E. H. W.*

« Je vous remercie, Mrs Summer. Je m'en occupe. »

Il ouvrit l'enveloppe une fois qu'elle eut le dos tourné. Il y trouva une de ces feuilles de papier pelure d'oignon qu'il reconnaissait à présent sans peine. Le télégramme, daté du 4 août, premier jour de la guerre, émanait de l'ambassade britannique à Berlin.

Mon entrevue avec le chancelier a été des plus douloureuses. Il ne pouvait, disait-il, que juger insupportable que les Anglais leur tombent dessus, au nom de la neutralité de la Belgique, alors qu'ils pouvaient difficilement faire autrement, la survie de leur empire étant en jeu. L'Angleterre, selon lui, était entièrement responsable de ce qui allait suivre. Je lui ai demandé pourquoi il refusait de comprendre notre position : il aurait été déshonorant pour nous de ne pas faire de notre mieux pour préserver une neutralité dont nous étions garants. « Mais à quel prix ! » m'a-t-il dit.

La pelure d'oignon était à peine froissée. Elle n'avait même pas dû passer une nuit au grand air – la rosée aurait laissé des traces. Sans doute avait-elle été très rapidement découverte. Et quarante-huit heures seulement s'étaient écoulées depuis ce moment. La piste était peut-être encore tiède. Il regarda autour de lui. Personne n'avait semblé remarquer son manège. Il glissa le télégramme dans l'enveloppe, l'enveloppe dans la poche intérieure de son veston, récupéra son chapeau melon et ressortit au grand jour.

Pour se rendre à Roehampton, dans la grande banlieue sud-ouest de Londres, il fallait prendre un bus, puis un train jusqu'à la gare de Barnes. Il arriva un peu après 14 heures et emprunta la route de campagne pour parvenir au centre du village. Il n'était pas désagréable de sortir de la ville, ce qui ne lui était pas arrivé depuis de longues semaines. Des familles piqueniquaient à l'ombre des arbres, les femmes en jolie robe d'été et capeline, les hommes en veston – l'air frais vibrait du chant des oiseaux. On pouvait tout à fait oublier, pendant quelques minutes, que le pays était en guerre.

Il montra sa carte professionnelle au sergent de permanence au commissariat et fit état de sa requête : pouvait-il obtenir, par le biais du registre, des informations sur la personne qui avait trouvé et rapporté un document du gouvernement ? Le sergent se rappelait parfaitement l'incident. Il était en service ce jour-là. C'était en fin de matinée, se souvint-il en tournant les pages. Oui, voilà, 11 h 45. Le citoyen méritant était un certain Albert Hardy, de Medfield Street, un monsieur d'âge mûr, toujours à se mêler de ce qui ne le regardait pas, toujours à se plaindre – les ordures, les chiens errants, les comportements déplacés dans Putney Heath. Le sergent n'avait guère été ému par la trouvaille de Mr Hardy, contrairement à l'inspecteur.

« Medfield Street, marmonna Deemer. C'est facile à trouver ?

— Oui, quand vous sortez, continuez sur la route pendant six ou sept cents mètres, et prenez sur la gauche, dans Roehampton Lane. C'est joli, par là-bas, il y a une belle vue sur Putney Heath. C'est important, cette affaire ? »

Le sergent croisa les bras et se pencha vers son interlocuteur, espérant quelques informations en retour.

« Je ne peux rien dire, hélas.

— Foutu Scotland Yard », marmonna le sergent tandis que Deemer poussait la porte.

Medfield Street était un joli coin, en effet, avec sa rangée de villas proprettes de style rustique, deux étages, briques rouges, donnant toutes plein sud sur Putney Heath, où les herbes folles étaient aussi hautes, aussi dorées qu'un champ de blé avant la moisson. La porte de la maison de Mr Hardy, simple et massive, était en bois de chêne clouté ; Deemer souleva le heurtoir de fonte et frappa à trois reprises. Un chien aboya de l'autre côté du battant – qui s'ouvrit sur son propriétaire, lequel tenait le chien en question, un petit terrier, par son collier.

« Mr Albert Hardy ?

— Lui-même.

— Je suis le sergent Deemer, de la police métropolitaine. Désolé de vous déranger, mais... »

Mais Mr Hardy était visiblement ravi d'être dérangé. Il n'avait de toute évidence rien d'autre à faire qu'épier, de son idyllique refuge, les allées et venues alentour. Il tint à faire entrer Deemer, l'emmena dans le salon et lui prépara du thé. Il avait habité cette maison avec son épouse – « trente ans de mariage, sergent » – mais il était veuf à présent, et seul. Il y avait toute une bibliothèque d'ouvrages de mathématiques dans le salon : il avait enseigné cette matière jusqu'à la retraite. Il entreprit de raconter sa carrière, jusqu'à ce que Deemer remette poliment sur le tapis sa trouvaille du samedi.

« Ah, oui, le télégramme. »

C'était le samedi matin, il promenait son chien, et venait tout juste de sortir du bosquet pour revenir sur Roehampton Lane lorsqu'il avait vu arriver dans sa direction « une automobile très chic, avec chauffeur, et deux personnes à l'arrière, un homme et une femme... et soudain, par la vitre, j'ai vu jaillir un bout de papier, lancé très volontairement par l'un des passagers ». C'était pour lui un acte inqualifiable de pure dégradation, trop fréquent hélas sur ce segment de la route. Il avait brandi sa canne en direction de l'auto et avait ramassé le bout de papier, comme il le faisait toujours, pour le jeter dans la poubelle appropriée. La texture du papier, particulièrement fin, l'avait cependant intrigué. Il l'avait ouvert et, à sa grande surprise, avait déchiffré les mots fatidiques de « secret », « Berlin » et « chancelier ».

Deemer nota tout cela avec une excitation croissante. Le voyage n'avait pas été inutile : il tenait un témoin direct, qui avait vu le coupable de ses yeux. Il ne s'attendait pas à cette aubaine.

« Pouvez-vous décrire les passagers du véhicule ?

— Je crains que non. Il allait trop vite.

— Étaient-ils jeunes ou vieux ?

— J'ai eu le sentiment que la femme était plus jeune que l'homme, mais je n'en jurerais pas.

— Ils rentraient à Londres, selon vous ?

— Non, ils allaient vers la campagne.

— Et quelle sorte d'automobile était-ce ?

— Oh, je ne connais rien aux voitures. Elle était de belle taille, très impressionnante.

— C'est un détail important en soi », le rassura Deemer.

Seigneur, songea-t-il. Un véhicule de bonne taille, avec chauffeur : ce pouvait être un représentant haut placé de l'un des cinq ministères. Il avait hâte de rentrer au bureau.

« Vous m'avez été grandement utile. »

Il glissa son carnet dans sa poche et vida sa tasse. La solitude du vieux Mr Hardy commençait à lui peser. Je serai peut-être comme lui dans trente ans, se disait-il.

« Il faut que je vous laisse.

— Je peux vous montrer où cela s'est passé, si vous voulez.

— Oh, ce ne sera pas nécessaire, merci. »

Il était sur le point de franchir le seuil lorsque Mr Hardy s'exclama :

« Si cela peut vous être utile, j'ai noté le numéro de la plaque d'immatriculation.

— Ma foi, oui, répondit Deemer, qui pivota sur ses talons et ressortit son carnet.

— C'est A3141, affirma le vieux monsieur, en détachant clairement les chiffres.

— Comment diable vous en êtes-vous souvenu ?

— Rien de plus facile : c'est le début du nombre pi. »

Comme il aimait la routine de ce travail d'enquêteur ! Son côté solitaire, dépourvu d'héroïsme, ses longues marches d'un endroit à un autre, ces questions, ces vérifications, ces méditations, ces notes dans le carnet reconstituant le squelette de l'affaire, os par os, fait par fait, pour dissiper enfin son mystère. Il fut de retour en ville dans le milieu de l'après-midi et se rendit à Spring Gardens, près de Trafalgar Square, où il grimpa l'escalier du somptueux immeuble du London County Council.

A3141 était une immatriculation londonienne, ce qu'indiquait la lettre A. Le County Council détenait un registre de tous les véhicules immatriculés sur son territoire depuis 1903, mentionnant notamment le fabricant et le modèle de l'automobile, le nom et l'adresse du propriétaire. La police avait accès à cette liste ; Deemer ne s'en étant jamais privé, c'était un familier des lieux. Il attendit, assis comme toujours sur la dure banquette en cuir du couloir, face à une fresque décrivant des scènes de l'histoire de Londres. Il se souviendrait encore longtemps du visage de l'employé auquel il avait confié le numéro de la plaque.

« Sergent, vous vous fichez de moi ?

— Pas du tout. Que voulez-vous dire ? »

En guise de réponse, l'autre lui tendit une bande de papier bleu clair sur laquelle étaient inscrites les informations réclamées. L'automobile était une 45 chevaux six cylindres Napier de type 23, et son propriétaire, le Right Honourable Herbert Henry Asquith, domicilié au 10 Downing Street, Whitehall S. W.

Il demanda à s'entretenir avec Kell dès qu'il fut rentré à Watergate House. Le chef écouta son rapport enfoncé dans son fauteuil, sans rien dire, joignant le bout de ses doigts. La lumière du jour se reflétait sur les verres de ses lunettes, rendant son expression indéchiffrable. Le silence qui suivit les explications de Deemer dura au moins une minute.

« Durant les cinq premières années de ce département, finit-il par dire, j'ai entendu des histoires stupéfiantes. Je dois dire que celle-ci les surpasse toutes. Le Premier ministre du Royaume-Uni parcourant la campagne en voiture et jetant des télégrammes confidentiels par les vitres ? Tout en partageant la banquette arrière avec une *femme* ? Et qui diable est-elle ?

— Mrs Asquith, je suppose ?

— Ce qui n'a rien de rassurant, hélas. C'est une des commères les plus chevronnées de la capitale. Et puis, votre témoin n'a-t-il pas cru voir une femme plus jeune ? Je ne suis pas certain que cela corresponde à Mrs Asquith. Mais quel désastre ! Quel insupportable désastre ! »

Son visage n'était plus qu'un masque rigide, les lèvres si fort pincées qu'on ne les voyait plus. Il frappa le bureau de ses paumes, se leva d'un bond, ouvrit les portes-fenêtres et se précipita sur le balcon, laissant Deemer sans voix. Il s'était attendu à quelques éloges sur la si prompte résolution de l'affaire : quelle naïveté ! Ce qu'il avait offert à Kell avait tout du cauchemar politique.

Le major revint quelques minutes plus tard, ferma la porte-fenêtre et se rassit à son bureau, rasséréné.

« J'aurais préféré en rester là, mais c'est hors de question. Quel risque représente-t-il pour la sécurité du pays ? Plus spécifiquement : qui est cette femme qui l'accompagnait dans le véhicule ? C'est ce qui m'inquiète le plus. S'il s'agissait de cette gouvernante allemande, Frau Meyer, qui réside encore au nº 10, d'après nos informations ? C'est peu probable, mais comment en être certain ? Il nous faut connaître l'identité de cette passagère avant d'aller plus loin. Pouvez-vous vous charger de l'établir en toute discrétion ?

— Je vais essayer, monsieur. »

Il n'avait pas la moindre idée de la manière dont il allait procéder.

« Et que faisons-nous du télégramme de Roehampton ?

— Je ne pense pas qu'il faille en parler au ministère des Affaires étrangères. Du moins, pas tout de suite. Si nous le leur apportons, il sera escamoté, comme les autres. Je vais le garder dans le coffre, ici. D'ailleurs, pas un mot de ce que vous venez de me dire à qui que ce soit, y compris le capitaine Holt-Wilson. »

Il fit pivoter son fauteuil vers la fenêtre ; le reflet du ciel sur ses lunettes vint de nouveau voiler l'expression de son regard.

« Que cette affaire reste entre vous et moi, pour le moment. »

- 13 -

Le matin suivant, le Premier ministre travaillait dans la salle du Conseil lorsque Bongie vint lui apporter une boîte à dépêches rouge, en provenance du Foreign Office. Celle-ci, plutôt petite – trente centimètres de long pour quinze de large –, était pourvue d'une unique poignée de laiton ; les trois lettres GRV étaient gravées sur le couvercle. Elle était fermée à clef, ne pouvant être ouverte que par les ministres les plus haut placés du gouvernement.

« Voulez-vous que je m'en charge ? » s'enquit Bongie, plein d'espoir.

Le jeune homme n'aimait guère qu'on lui cache des choses.

« Non, laissez-la-moi, c'est préférable. »

Il signa quelques circulaires, referma la chemise et la tendit à Bongie par-dessus son épaule, sans même se retourner.

« Que ceci parte immédiatement au ministère de la Guerre. »

Il lui fallait à présent prendre des décisions de plus en plus nombreuses, de plus en plus lourdes de conséquences. Il avait par exemple dû réclamer au Parlement un vote pour un emprunt de cent millions de livres destiné au recrutement de cinq cent mille hommes : ils seraient envoyés au front au printemps. Il avait autorisé le déploiement sur le sol français de quatre-vingt-dix mille soldats du corps expéditionnaire, dont la plupart avaient déjà franchi la Manche dans le secret le plus absolu. Il avait également été amené à trancher entre l'état-major, qui voulait ces hommes près de Maubeuge, le long de la frontière franco-belge, et Kitchener, qui les pensait trop exposés à cet endroit, susceptibles d'être balayés par les troupes allemandes, et préconisait Amiens, au nord de Paris. Le Premier ministre avait fini par se ranger du côté de l'état-major, tout en redoutant les conséquences de son choix : tous ces jeunes gens, bientôt livrés à la lame de fond de l'armée allemande... Cette inquiétude lui venait de la nécessité dans laquelle il se trouvait de prendre des décisions sur des sujets qu'il connaissait mal. Malgré tout, il battait des records de popularité ! Le premier dimanche de la guerre, alors qu'il s'était rendu seul à l'abbaye de Westminster, pour l'office du soir, escomptant que les hymnes le rasséréneraient, il avait été reconnu à la fin de la messe et raccompagné chez lui par une foule nombreuse et enthousiaste. Des bons à rien, s'était-il dit en pressant le pas.

Dès que Bongie eut quitté la salle du Conseil, le Premier ministre sortit son trousseau de clefs de la poche de son pantalon et ouvrit la boîte rouge.

À faire circuler, mardi 18 août 1914
De : Ministre des Affaires étrangères
À : Premier ministre
Premier lord de l'Amirauté
Ministre de la Guerre
Ministre des Colonies

Les télégrammes diplomatiques ci-joints ont été récemment découverts par des promeneurs dans St James's Park, et dans deux villages des environs de Londres, Marlow et Goring-on-Thames. Comme nous sommes les cinq seuls ministres destinataires de copies de ces télégrammes, je crains que l'un d'entre nous ne se soit rendu coupable d'un grave manquement à la confidentialité. La divulgation du contenu de ces documents peut nuire grandement à la sûreté du pays, mais il y a plus inquiétant encore : le risque de voir éventées les techniques de chiffrement de notre ministère.

Je ne puis insister assez sur la nécessité de protéger nos documents confidentiels, surtout en temps de guerre, où il nous faut être particulièrement vigilants vis-à-vis des agents ennemis. Je vous serais reconnaissant de bien vouloir répondre à cette note en me disant, en toute franchise, s'il vous est possible de jeter quelque lumière sur cette affaire.

E. Grey

Le Premier ministre effleura le fin papier du bout de l'index, examina ces pièces à conviction avec un rictus de dédain. C'était beaucoup de bruit pour rien, songea-t-il. Ridicule ! Le contenu des télégrammes n'avait plus aucune importance. Grey se figurait-il donc vraiment que les espions allemands passaient leur vie à arpenter les rues des petits villages à la recherche d'hypothétiques documents confidentiels ?

Le Premier ministre s'était doté depuis longtemps d'un système de défense qui consistait à ne pas se souvenir de ce qu'il était préférable d'oublier, dispositif essentiel à la survie d'un politicien. Ce qui lui permettait de se persuader que cette affaire n'avait rien à voir avec lui. D'ailleurs, il n'y avait aucune preuve. Il avait effectivement montré un télégramme à Venetia, le samedi précédent, alors qu'ils se promenaient en voiture dans le Surrey ;

il l'avait ensuite jeté par la vitre. Mais la pelure en question ne se trouvait même pas dans la boîte rouge ! Il écrivit « Non coupable, H. H. A. » à la suite de son nom sur la liste des destinataires, reposa la note de Grey dans la boîte rouge, la ferma à clef et l'apporta dans le bureau de Bongie, pour qu'il l'adresse au destinataire suivant, soit Winston, à l'Amirauté.

Une fois revenu dans la salle du Conseil, il commença à rédiger sa lettre quotidienne à Venetia. Bien sûr, il allait lui parler de cette absurde histoire. Elle en serait sûrement amusée.

Venetia était encore au lit, le mercredi matin, lorsque Edith lui apporta la lettre du Premier ministre, fichée dans le porte-toast du plateau de son petit déjeuner.

C'était la première fois depuis le début de l'été qu'elle le prenait au lit. D'ordinaire, elle se levait bien plus tôt. Mais la dizaine de jours qu'elle avait passés loin de Penrhos l'avaient épuisée, une sensation peu fréquente chez elle. Après un week-end à Londres et de joyeuses retrouvailles avec le Premier ministre, elle s'était rendue chez les Horner, à Mells, dans le Somerset, pour passer une semaine avec Edward, Raymond, Katharine et quelques autres membres de la Coterie. Elle n'y avait pas pris le plaisir espéré. Dans ce monde bouleversé, que leur cynisme désinvolte lui paraissait vulgaire ! Edward voulait s'engager, ce qui avait déclenché les railleries de Raymond. Ce dernier avait jugé plus amusant de rejoindre la London Volunteer Defence Force : tous ses amis s'y trouvaient déjà. Ladite force, du reste, n'existait pas ; d'ailleurs, aucun de ses membres ne pouvait périr avant Goodwood[1] 1915.

1. La « Glorious Goodwood » est une course de chevaux célèbre qui se déroule chaque année en juillet-août.

Après quoi, elle était redescendue à Londres, avait accompagné le Premier ministre chez les Jekyll pour leur réception à Munstead, près de Godalming. Ils avaient même pu se promener plusieurs fois tous les deux dans les forêts de sapins du Surrey, main dans la main. Elle était partie l'après-midi suivant en automobile chez les Wemyss, à Stanway House dans le Gloucestershire, pour une autre réception. La fille des Wemyss, Cynthia, était la femme de Beb Asquith. Puis ç'avait été le retour à Anglesey. Quel périple ! Au moins mille cinq cents kilomètres. Et combien de longs repas, de parties de bridge, de tennis, de charades, combien de soirées, de discussions sur la guerre ? C'était un soulagement d'avoir enfin retrouvé le silence de Penrhos.

Elle attendit qu'Edith soit sortie de la chambre pour ouvrir l'enveloppe.

Ma chérie – bien sûr, pas de lettre de toi ce matin, comment aurait-ce été possible, quand tu as passé la journée dans une automobile ? (Beb me dit qu'il t'a vue à Stanway.) Il n'empêche : cette absence m'a causé une sensation de vide, et j'ai hâte d'être à demain.

Te souviens-tu de m'avoir grondé parce que j'avais jeté par la fenêtre la boule de papier que j'avais faite avec la « pelure », samedi, à Roehampton ? Les seules personnes qui aient accès à ces pelures secrètes, en plus de Grey, ce sont moi, Winston, Kitchener et Harcourt. Il semble que la police ait découvert d'autres morceaux dans St James's Park, dans l'Oxfordshire près de Goring et dans un ou deux autres villages de campagne. Ils ont été patiemment collectés et Grey nous les a fait passer ce matin dans une boîte, avec un sévère rappel à l'ordre sur les dangers que ces négligences font courir au chiffrement du Foreign Office ! J'ai la conscience parfaitement tranquille en ce qui concerne St J Park & Goring ; j'ai donc écrit « non *coupable » – & notre petite boulette ne figurait pas au nombre des* pièces à conviction* *: sinon, ton témoignage m'aurait valu les pires ennuis !*

Elle eut un sourire de soulagement : ils avaient évité un sérieux désagrément. Puis elle relut le paragraphe et l'inquiétude prit le dessus. L'implication de la police n'avait rien de rassurant. Il y avait eu une enquête officielle, laquelle était peut-être encore en cours. Et que voulait-il dire, avec sa « conscience parfaitement tranquille » ? Qui d'autre que lui avait pu se montrer aussi désinvolte ? Ce n'était pas la première fois qu'elle le prenait sur le fait : il vivait parfois dans un monde parallèle.

Elle se leva, alla dans sa garde-robe et, en se haussant sur la pointe des pieds, récupéra la sacoche qu'elle avait cachée derrière ses boîtes à chapeaux. Elle y avait rangé tant de lettres qu'il lui fallut la sortir avec précaution, par les deux poignées, de peur de tout renverser. Elle la posa sur le tapis et, à genoux, se mit à chercher le télégramme de l'ambassadeur britannique à Moscou, qu'il lui avait fait suivre avant la guerre. Lorsqu'elle l'eut retrouvé, elle poussa un soupir de soulagement. Celui-là au moins ne s'était pas égaré. Une pensée inquiète lui traversa l'esprit : le fait d'avoir un document de cet ordre en sa possession n'était-il pas un délit passible de poursuites ? Qu'arriverait-il si un domestique le trouvait, la dénonçait à la police ? Ce n'était pas la prison qu'elle craignait – les gens comme elle n'y étaient jamais condamnés – mais un scandale qui pourrait les anéantir tous deux.

Elle plia la pelure et la glissa dans son sac à main avant de faire réintégrer sa cachette à la sacoche. Puis elle sonna sa femme de chambre.

« Vous pouvez débarrasser le petit déjeuner, je n'ai plus faim, merci. Et pourriez-vous me préparer la robe bleu clair ? Et voir si je puis disposer de la voiture pour une heure, ce matin ? Il faut que j'aille à Holyhead. »

Il y avait une quincaillerie en ville, où elle se procura un coffret en bois, un cadenas, quelques bocaux de peinture et des pinceaux. Elle demanda au chauffeur de transporter ses emplettes dans la chambre des enfants et, pour le restant de la journée, au grand soulagement de leurs mères, s'amusa à décorer le coffre avec les petites. Le matin même, pour la première fois, les journaux avaient fait allusion aux mouvements du corps expéditionnaire britannique. Eric y combattait. Anthony faisait partie de l'état-major de son commandant en chef, sir John French. L'escadrille de Bill était déployée en mer du Nord. Ses sœurs avaient bien mérité un peu de répit, entre maris absents et enfants turbulents. À la fin de l'après-midi, le coffre était entièrement peint d'une profusion bigarrée de fleurs, d'animaux, d'oiseaux et de papillons.

« Et maintenant, dit Venetia, il faut que ça sèche.

— Qu'est-ce que tu vas en faire, tante Vinny ? demanda Rosalind, sept ans, la fille aînée de Sylvia, les joues barbouillées de peinture.

— Je vais l'emporter dans ma chambre, pour ranger mes jouets.

— Mais les adultes n'ont pas de jouets.

— Oui, la plupart. Mais moi, j'en ai. »

Au nº 10 de Downing Street, le Premier ministre s'était enfermé dans la salle du conseil avec lord Kitchener et une carte à grande échelle du nord de la France et de la Belgique, que le maréchal avait apportée de son ministère. Le Premier ministre aimait déchiffrer les cartes. Elles lui rappelaient les Baedeker de son enfance, les vacances en famille, à l'étranger :

il prenait toujours le commandement des opérations et conduisait ses troupes dans les musées les plus riches, les plus belles églises.

« La progression de l'armée allemande se poursuit exactement de la manière que j'avais prévue, dit Kitchener. Ils traversent avec des troupes considérables la Belgique et prévoient d'entrer en France à cet endroit (il posa le doigt sur la carte), c'est-à-dire entre Maubeuge et Lille, là même où notre corps expéditionnaire se regroupe. »

Le Premier ministre fut déconcerté par les certitudes de Kitchener. Le maréchal ne débattait jamais : il délivrait des oukases. Les employés de son ministère commençaient déjà à s'en plaindre. Les réunions en sa présence, disait-on, c'était « le premier cercle de l'enfer ». Mais le Premier ministre préféra faire preuve d'optimisme.

« Les Français ne sont pas d'accord avec vous. Ils pensent que l'attaque aura lieu plus au sud, par ici (il esquissa un geste vague de l'index).

— Ce n'est pas ce que nous disent nos services de renseignement. Pour l'heure, ce sont environ sept cent cinquante mille Allemands qui se déversent en Belgique. Ma crainte est qu'ils fondent sur nos troupes avant même que ces dernières aient pris leurs positions.

— Eh bien, mais les Français disent que la résistance de l'armée belge freine la progression des Allemands... »

Les Français ne sont pas d'accord... Les Français disent... il était conscient de répéter, tel un perroquet, ce que l'état-major lui avait expliqué.

« Je vous rappelle également la présence des forts de Namur et de Liège, qui se trouvent sur leur chemin. Ils vont certainement tenir des semaines, non ?

— Peut-être que oui, répondit Kitchener avec un sombre sourire, peut-être que non. Il faut attendre, et voir ce qu'il se passe. »

Deemer, dans l'intervalle, n'avait pas été inactif. Avec la bénédiction de Kell, il avait imaginé une couverture pour son enquête, sous la forme d'une étude qu'il avait pompeusement intitulée « Rapport sur la protection des déplacements des ministres en temps de guerre ». Par le truchement des Services spéciaux, il avait sollicité une entrevue avec le chauffeur du Premier ministre. Un coup d'épée dans l'eau, peut-être ? Et pourtant, dès le lendemain, le secrétariat privé du n° 10 lui avait répondu. Mr Horwood serait à sa disposition le jeudi 20 août à 11 heures.

« Pour l'amour du ciel, pas d'imprudence, l'avertit Kell avant son départ. N'oubliez pas de qui il s'agit. »

Deemer arriva avec cinq minutes d'avance. La Napier était garée devant le n° 10, avec deux autres véhicules de même taille. Il ne s'y arrêta pas, fit taire ses appréhensions et s'en fut droit vers la grande porte verte. Il s'empara du heurtoir de bronze, qu'il abattit avec force sur le battant. Un homme d'un certain âge lui ouvrit.

« Je viens voir Mr Horwood. »

L'homme hocha la tête et, sans même lui demander sa carte professionnelle, lui fit traverser le vestibule et un long couloir qui conduisait à un escalier.

À l'entresol, c'était un ballet de domestiques en livrée. Le déjeuner venait tout juste de finir. Il fut surpris par la pléthore de femmes de chambre et de valets chargés de vaisselle, le vacarme, la chaleur, les plafonds bas, le dédale de couloirs et de petites pièces malpropres. Il finit par trouver le chemin de la cuisine, demanda à une cuisinière aux joues suantes et rouges, qui préparait un plateau de petits-fours, où trouver Mr Horwood. Du menton, le regard noir, elle désigna un homme en costume sombre qui lisait son journal à la grande table, imperturbable au milieu du chaos.

« Mr Horwood ? Je suis le sergent Deemer. Voici mon insigne. Pourrions-nous trouver un endroit plus tranquille ?

— Oui, s'il le faut vraiment... »

Le chauffeur replia son journal sans enthousiasme et conduisit Deemer dans le bureau du majordome, minuscule recoin occupé pour l'essentiel par deux chaises et un secrétaire à cylindre couvert de piques sur lesquelles étaient empalées des factures. Il ferma la porte.

« J'espère que ça ne durera pas trop longtemps. Le Premier ministre m'attend à 14 h 30.

— Oh, j'ai deux ou trois questions, pas plus.

— Eh bien ! Qu'est-ce que vous attendez ? »

Deemer détestait rarement les gens au premier coup d'œil, réaction selon lui peu professionnelle. Il lui fut cependant difficile de se retenir avec Horwood, la quarantaine, un visage de furet barré d'une petite moustache, les cheveux séparés par une raie centrale. Le chauffeur affectait une hauteur qu'il jugeait digne du rang de son employeur, défaut commun chez les domestiques, songea Deemer. Ses réponses étaient laconiques, désinvoltes. Oui, il conduisait le Premier ministre depuis sept ans. Non, il ne se déplaçait que rarement avec un agent de police, sauf au moment de l'absurde crise des suffragettes, un an plus tôt (« Mais si vous êtes des Services spéciaux, vous êtes sûrement au courant, non ? » ajouta-t-il, soupçonneux) ; l'essentiel des déplacements du Premier ministre se situaient dans le périmètre de la capitale, avec quelques incursions dans sa maison de campagne, près d'Abingdon, ou quelque terrain de golf.

« Lui arrive-t-il de se promener à la campagne, pour son plaisir ?

— Que voulez-vous dire ?

— Eh bien, vers Marlow, Henley, Goring, ce genre d'endroits...

— Oui, parfois, mais je ne vois pas en quoi ça vous regarde.

— Et travaille-t-il en voiture ? Emporte-t-il des dossiers ?

— Il faudrait le lui demander. Moi, je suis sur la banquette avant, au volant. Où voulez-vous en venir, avec toutes vos questions ? »

Le ton du chauffeur était de plus en plus désagréable. Deemer était allé aussi loin qu'il le pouvait. Il empocha son carnet et demanda à jeter un regard au véhicule.

Dès qu'ils furent sortis du n° 10, Horwood se fit plus chaleureux. Ce fut plein d'un orgueil presque paternel qu'il montra la Napier à Deemer. Et c'était en vérité une splendeur, ce dont même Deemer pouvait se rendre compte, lui qui ne conduisait pas ni ne s'intéressait aux automobiles : carrosserie lustrée, gris anthracite, ornée de filets de métal argenté, de la même teinte que la grille du radiateur. Horwood souleva le capot et lui montra le moteur : c'était un modèle rapide, précisa-t-il. D'ailleurs, une Napier similaire avait remporté récemment le record national de vitesse sur le circuit de Brooklands, en roulant pendant plus de vingt-quatre heures à cent six kilomètres par heure en moyenne.

« Le Premier ministre prend-il parfois le volant ?

— Seigneur, non, s'esclaffa le chauffeur. Quelle idée ! Il faudrait évacuer les rues. »

L'habitacle était capitonné, assez haut pour qu'un passager puisse y conserver son haut-de-forme. Une épaisse vitre sur laquelle on pouvait tirer un rideau séparait les deux banquettes. Le chauffeur n'avait pas de rétroviseur intérieur, ce que remarqua Deemer ; les instructions lui parvenaient par le truchement d'une console. Les vitres des portières étaient également garnies de rideaux. Ce n'était pas tant une automobile qu'un salon privé sur roues.

« Arrive-t-il au Premier ministre d'utiliser la voiture en compagnie d'autres personnes ? »

Le sourire s'éteignit sur les lèvres de Horwood.

« Je suis son chauffeur, sergent, répondit-il d'un ton sec, et j'en suis fier. S'il y a d'autres passagers, ce n'est pas mon affaire. Et même si je les connaissais, je ne vous donnerais pas leurs noms. Maintenant, si ça ne vous dérange pas, je dois m'occuper du moteur. Le Premier ministre ne va pas tarder. »

Deemer marcha jusqu'au carrefour de Whitehall, puis se retourna discrètement. Horwood était penché sur la manivelle. Sa réponse avait trahi l'embarras, plus encore que l'indignation. Il y avait quelque chose dans les déplacements de son patron qui le chiffonnait. Le moteur s'alluma, émit quelques hoquets avant de se mettre à gronder. Où allait donc le Premier ministre, ce jour-là ?

N'écoutant que son instinct, Deemer fit quelques mètres sur Whitehall et arrêta un taxi qui venait du Parlement. Le chauffeur baissa la vitre.

« Bonjour, monsieur. Où allons-nous ?

— Je ne le sais pas encore. Vous pouvez attendre un petit moment ?

— Bien sûr. C'est vous qui payez. »

L'homme mit le compteur en marche.

Deemer s'installa sur la banquette arrière. Quelques minutes plus tard, il entendit un puissant rugissement, annonçant le passage de la Napier. Assis dans son salon ambulant, le Premier ministre était parfaitement visible. Le menton sur la main, le regard dans le vide, il semblait perdu dans ses pensées. Horwood laissa passer un bus avant de s'engager sur Whitehall, en direction de Trafalgar Square.

« Si cela ne vous ennuie pas, nous allons suivre cette voiture. »

Le chauffeur de Deemer lui lança un regard perplexe dans le rétroviseur, sourcils en accent circonflexe, moue déconcertée. Puis il lâcha le frein à main et ils emboîtèrent le pas à la Napier. Elle traversa Trafalgar Square, contournant la colonne de Nelson en une courbe majestueuse, puis fila vers Regent Street. Cinq minutes plus tard, elle se garait sur Oxford Street, devant un magasin surmonté d'une imposante enseigne noir et or. « J. & E. Bumpus Ltd, Libraires de Sa Majesté le roi ».

« Arrêtez-vous un peu plus loin », ordonna Deemer au chauffeur.

Ils dépassèrent la Napier et s'arrêtèrent à peu de distance, le long du trottoir. Deemer vit dans le rétroviseur Horwood ouvrir la portière et le Premier ministre descendre de voiture. Il resta un long moment devant la vitrine, coiffé de son haut-de-forme, les mains croisées dans le dos, avant d'entrer. Deemer régla la course et se dirigea vers la Napier, le chapeau melon tiré sur le front, le visage détourné de peur qu'Horwood ne le voie. Mais ce dernier, assis au volant, avait le nez dans son journal.

Bumpus était une immense librairie – la plus grande de Londres, s'il fallait en croire une pancarte posée sur le comptoir. Cinq niveaux : les livres d'occasion au sous-sol, les ouvrages rares et la bibliophilie au rez-de-chaussée et au premier étage, les ouvrages neufs au deuxième et au troisième. Il faisait trop chaud ce jour-là pour s'enfermer dans une librairie, et le magasin était presque vide. La poussière dansait lentement dans les rayons du soleil ; le fumet somnolent du vieux papier flottait dans les airs. Le Premier ministre était campé devant les rayonnages du rez-de-chaussée, inspectant quelques livres les uns après les autres. Deemer s'empara du premier volume venu – un roman français du XVIIIe siècle – et feignit un intérêt profond pour son contenu tout en épiant le Premier ministre du coin de l'œil. Ce chef d'un pays engagé dans une guerre d'ampleur planétaire semblait avoir tout le temps devant lui. Deemer se demanda s'il attendait quelqu'un. Ce n'était cependant pas le cas : il était absorbé dans sa tâche, tout simplement.

Au bout d'un quart d'heure, il se décida enfin à repartir avec un petit volume à la main ; au lieu de l'apporter au comptoir, il monta au premier étage. Deemer attendit quelques instants avant de le suivre par l'escalier en bois. Il le trouva assis dans un fauteuil, un livre sur les genoux, deux autres posés sur un guéridon, à portée de main. Son menton ne cessait de s'affaisser sur sa poitrine. Il finit par s'endormir pour de bon, puis se réveilla en sursaut, redressa la tête et regarda alentour, craignant peut-être qu'on l'ait remarqué. Il se leva, non sans effort, rassembla ses trois livres et passa devant Deemer, qui descendit quelques marches et l'épia de l'escalier tandis qu'il allait régler ses emplettes à la caisse. Il échangea quelques mots avec le jeune employé, lui montra quelque chose dans un des volumes. Puis, après une nouvelle discussion, il inscrivit quelques mots dans un registre, sortit son portefeuille, en tira une liasse assez épaisse de billets de banque qu'il tendit au jeune homme avant de se diriger vers la sortie. L'employé rangea les livres sous le comptoir. À travers la porte de verre, Deemer vit le Premier ministre remonter dans la Napier, qui démarra presque aussitôt.

Il se présenta à la caisse et montra son insigne.

« Ce monsieur qui vient de partir, avez-vous la moindre idée de son identité ?

— Non, aucune, dit le jeune homme, que la présence du policier impressionnait, et qui faisait de son mieux pour lui venir en aide.

— C'est un habitué ?

— Oui, il vient souvent. Un fin connaisseur. Un vrai bibliophile. Il est... coupable de quelque chose ? Il a l'air si respectable !

— Puis-je vous demander ce qu'il a acheté ? »

L'employé se pencha pour récupérer les ouvrages, qu'il déposa sur le comptoir. Quatre livres, tous joliment reliés en maroquin rouge.

« *Le Critique*, de Sheridan, 1779, et les trois volumes d'*Oliver Twist*, 1838. Dans les deux cas, l'édition originale.

— Ils ont l'air assez chers.

— Ils le sont. »

Le jeune homme blêmit soudain.

« Seigneur ! Ce monsieur est un criminel ? Il a payé avec de faux billets ?

— Non, rien de tel. Pourquoi vous les a-t-il laissés ?

— Nous nous chargeons également des expéditions. Ce sont des cadeaux d'anniversaire. Il nous a demandé de les envoyer.

— Pouvez-vous me dire à qui ? »

Le jeune homme sembla hésiter.

« Si vous le souhaitez, je peux en discuter avec votre supérieur.

— Il n'est pas là pour l'instant.

— Dans ce cas... »

Le libraire ouvrit un de ses registres et le retourna sur le comptoir, pour que Deemer puisse mieux déchiffrer l'écriture du Premier ministre :

« Hon. Venetia Stanley, Penrhos House, Holyhead, Anglesey ».

De retour à Downing Street, le Premier ministre écrivit à Venetia. Il ne cessait de l'imaginer ouvrant le colis, découvrant les livres. Il avait tellement envie de pouvoir la regarder.

On ne devrait pas se plaindre, en des temps comme ceux que nous vivons, de ce que la vie est mal faite. Parfois, à des moments inattendus, j'ai des rêves, des visions, j'imagine des conditions extraordinaires qui, si elles se produisaient, nous faciliteraient l'existence en levant les barrières trop strictes du temps et de l'espace, annulant les distances... Je me prends à souhaiter de toute mon âme, à tout moment, toute la journée et une bonne partie de la nuit, que Penrhos se retrouve à une heure de Londres... Je donnerais plus que je ne peux l'écrire ici pour... Il est des phrases qu'il vaut mieux ne pas finir.

***

Ce soir-là, Deemer rencontra Kell, à la demande de ce dernier, non pas à Watergate House mais au club du major, qui se trouvait dans Pall Mall. Ils s'installèrent dans de profonds fauteuils couverts de chintz près d'une fenêtre, dans un recoin discret. Kell alluma sa pipe et commanda un whisky et soda, avant de demander à Deemer ce qu'il voulait boire. Deemer imita son supérieur. Il attendit que le serveur se soit éloigné avant d'ouvrir son carnet et de rapporter le résultat de ses investigations au n° 10.

« Horwood a confirmé *de facto* qu'il avait conduit le Premier ministre dans les endroits où les papiers ont été découverts ; lorsque je lui ai demandé si son employeur était parfois accompagné pendant ses promenades, il s'est visiblement renfrogné et a refusé de me répondre. J'ai eu l'impression qu'il en savait plus qu'il ne voulait en dire. J'ai donc décidé de le suivre.

— Vous avez suivi Horwood ?

— Non, j'ai suivi le Premier ministre. »

Kell ôta la pipe de ses lèvres, ébahi.

« Vous avez pris le Premier ministre en filature ? Jusqu'où ? »

Deemer raconta sa visite chez Bumpus.

« Et vous pensez donc que la femme qui accompagne le Premier ministre dans ces promenades, et à laquelle il a montré ces télégrammes, n'est autre que Venetia Stanley ?

— Je crois la chose très probable. Elle est plus jeune que lui, ce qui correspond à la description qu'en a faite Mr Hardy, à Roehampton. Mais ce n'est pas tout.

— Je vous écoute.

— Il se trouve que je l'ai interrogée au début de l'été, à la suite de cette double noyade dans la Tamise – vous vous souvenez peut-être de ce drame. Le fils et la belle-fille du Premier ministre étaient à bord du vapeur.

— Mon Dieu, elle fait partie de cette clique ? Comment s'appellent-ils, déjà ? La Coterie ?

— Oui. Cela dit, il faut lui rendre justice : miss Stanley, elle, n'est pas montée à bord. Elle a changé d'avis, je ne sais pas pour quelle raison. Ce qu'il y a, c'est que je l'ai revue deux semaines plus tard, alors que j'assurais la sécurité à Downing Street, pour leur grande garden-party. Elle discutait avec le Premier ministre et j'ai eu le sentiment qu'il y avait un lien particulier entre eux. Ce qui doit être en effet le cas, s'il prend une heure entière dans l'après-midi pour aller lui choisir un cadeau d'anniversaire aussi coûteux. »

Le garçon étant réapparu avec leurs whiskies, ils se turent. Puis :

« Je dois dire que je n'aime pas du tout la tournure que prend cette histoire, dit Kell. Que savons-nous de cette femme ? Est-elle mariée ? Quel âge a-t-elle ?

— Je suis à peu près certain qu'elle est encore célibataire, monsieur. Elle vit chez ses parents. Elle a vingt-six ou vingt-sept ans, si mes souvenirs sont bons. Son père est lord Sheffield. Il possède une grande maison de ville près de Portland Place, une propriété familiale dans le Cheshire et une autre au pays de Galles, où elle se trouve en ce moment.

— Elle n'a pas trente ans, le Premier ministre a dépassé les soixante... Bon sang, elle est assez jeune pour être sa fille ! »

Kell se carra dans son fauteuil et tira avec bruit sur sa pipe, tant et si bien que son visage disparut dans un nuage de fumée.

« Il est complètement fou. Sans même mentionner d'autres considérations, il s'expose aux pires maîtres chanteurs. Bien sûr, et vous le savez sans doute, Deemer, les gens ne sont pas avares de rumeurs à son sujet. Son goût pour l'alcool et la compagnie des jeunes femmes...

— Non, monsieur, je n'étais pas au courant.

— Et pourtant... Ça n'a pas filtré jusque dans la presse, mais ce sont des choses qui se murmurent. S'il est encore au n° 10, c'est grâce aux Irlandais et aux socialistes. Il faut avouer qu'il est d'une infernale habileté sur le plan politique. Il y a un mois, personne ne donnait cher de son gouvernement. Ce qui l'a sauvé, c'est la guerre. »

Il but une gorgée de son whisky. Deemer en fit autant et profita de ce silence pour explorer le salon du regard. Des messieurs dans leurs fauteuils lisant les journaux du soir. Deux ou trois officiers en uniforme discutant au bar.

« J'ai eu des nouvelles de Tyrrell ce matin, reprit enfin Kell. Le ministère a bouclé son enquête. Les cinq ministres ont nié toute responsabilité : par conséquent, c'est réglé pour le Foreign Office. Affaire classée. Inutile de poursuivre. Mais moi, Deemer, j'aimerais bien aller plus loin. À quoi sert un département de la Sécurité intérieure s'il n'investigue pas sur ce qui pourrait être la pire entorse à la... sécurité intérieure, justement, jamais commise ? Et en tout état de cause, il faut en savoir plus sur cette miss Stanley. Qui sait ? Elle est peut-être acquise au camp allemand. Mais cela exige du tact. Que diriez-vous d'aller enquêter à Holyhead quelques jours ?

— Que cela en vaut la peine. Si je pars maintenant, j'attraperai le train du soir. Je serai là-bas dès demain matin.

— Vous n'avez pas les deux pieds dans le même sabot, vous. J'aime ça, dit Kell en consultant sa montre. Mais pour ce soir, il est trop tard. Partez demain matin. Ne repassez pas au bureau. Je dirai à Holt-Wilson que je vous fais travailler. »

Il sortit trois billets de cinq livres de son portefeuille.

« Voilà qui devrait suffire à couvrir vos frais », poursuivit-il en tendant les billets à Deemer.

Mais quand ce dernier fit mine de les attraper, l'autre les ramena brièvement à lui.

« Attention, Deemer : il me faudra les reçus.

— Bien sûr, monsieur. »

Deemer n'avait aucun goût pour ce genre de taquineries, destinées sans doute à lui rappeler qui était le maître du jeu.

Il plia soigneusement les trois billets et les glissa dans son carnet.

Quand il rentra chez lui, ce soir-là, il trouva une lettre de son frère. Écrite sur une carte pré-imprimée, elle ne mentionnait ni adresse ni date.

Salut, mon vieux, ces quelques lignes pour te dire que je suis en France. Je ne peux pas te dire où, mais je crois que tu liras les détails dans le journal un de ces jours. Les gars et moi, on a tous bon moral : ne t'inquiète pas, on se reverra bientôt. Fais attention à toi. Ton frère qui t'aime. PS : Ci-joint de quoi te rappeler ma sale trogne.

Dans l'enveloppe, Deemer trouva une photographie sépia de Fred en uniforme, debout devant un décor de colonnes doriques envahies par le lierre, la main sur le dossier d'une chaise en bois.

Il l'étudia longuement. Fred semblait apprêté, mal à l'aise devant l'objectif – ce n'était pas vraiment lui. Deemer posa la photographie sur la cheminée et sortit dans le jardin en passant par la cuisine. L'été tirait à sa fin. Le soleil s'était déjà couché derrière les maisons qui bordaient son jardin et ceux de ses voisins. Par-delà les toits en dents de scie, le ciel se parait d'écarlate et de pourpre, comme si la ville était en feu. Deemer arrosa ses plantes en songeant à son frère : dans quel coin de France dormirait-il ce soir ? Serait-ce sous la tente, dans une ferme réquisitionnée, ou dans un champ ? Il avait du mal à le croire : son petit frère allait combattre les Allemands ! Rien de tout cela ne lui semblait réel.

Il versa un peu de lait dans une soucoupe pour la chatte noire et traversa la rue pour aller au pub. Les clients commençaient à en sortir – bien sûr !

Les pubs maintenant devaient fermer à 21 h 30, en application de la loi sur la défense du royaume. Il l'avait oublié. Il n'avait plus guère le choix que d'aller se coucher. Mais le souci qu'il se faisait pour Fred, sa mission à venir à Holyhead, le souvenir qu'il gardait de la conversation entre le Premier ministre et Venetia Stanley dans le jardin du n° 10 – tout cela dansait la sarabande sous son crâne, et il ne trouva pas le sommeil avant de longues heures.

- 14 -

Penrhos House
Holyhead
Vendredi 21 août 1914

Mon chéri, ta lettre vient d'arriver. Quel malheur que nous ne puissions pas nous retrouver pour mon anniversaire ! Le seul cadeau que je souhaite est celui de ta présence. Je chéris les si belles paroles que tu as eues sur les barrières trop sévères du temps & de l'espace, la nécessité de supprimer les distances. Connais-tu le Sonnet n° 44 de Shakespeare ?

Si mon être grossier était fait de pensée,
Et non de lourde chair, je me transporterais
Malgré l'espace, au point où tu te trouverais ;
Et ma marche par rien ne serait menacée.

Je serais près de toi lorsque je foulerais
La terre qu'aucun pied humain n'aurait pressée ;
Tout mont serait franchi, toute mer traversée
Par mon désir sitôt que je l'éprouverais.

Mais ce qui, loin de toi, mine mon existence,
C'est de ne pouvoir pas abolir la distance,
Et que, tel que je suis, formé de terre et d'eau

J'aie à subir du Temps la volonté hautaine.
Aussi bien de ce corps ne sort-il qu'un ruisseau
De pleurs, symbole amer de notre double peine[1].

Cela résume mes sentiments, mon chéri, & bien mieux de surcroît que je ne puis jamais espérer le faire.

Le seul train direct pour Holyhead du vendredi matin partait d'Euston à 8 h 30 ; à en juger par la foule qui se massait à l'entrée du quai, la moitié de Londres désirait le prendre. Dès que les barrières furent ouvertes, Deemer se joignit au troupeau et courut le long du train jusqu'à ce qu'il trouve un compartiment de troisième classe vide. Il hissa sa petite valise sur le porte-bagages et s'installa près de la fenêtre, dans le sens de la marche, avant qu'une bruyante famille irlandaise l'y rejoigne pour occuper les sièges restants – grands-parents et parents tenant sur leurs genoux plusieurs enfants et un bébé. Il comprit rapidement qu'ils rentraient en Irlande par le ferry de Holyhead : il lui faudrait donc supporter leur compagnie pendant les six heures que durait le trajet.

Le train partit à l'heure et traversa tout d'abord lentement les quartiers nord de Londres, avec leurs usines, leurs maisonnettes aux murs noircis par la suie. Il n'était pas facile de garder son journal ouvert, avec les sursauts du train, encore moins de se concentrer, avec les conversations de ses voisins, mais ce qu'il put

1. William Shakespeare, *Sonnets*, traduction de Fernand Henry, Paris, Ollendorff.

lire ne le rassura pas. Sur la carte de la Belgique publiée par le *Times*, le front était indiqué par une ligne d'épais pointillés. Et bien que l'armée belge fasse preuve d'un courage jugé admirable face au rouleau compresseur allemand, il était clair qu'elle reculait. Bruxelles était occupée par l'ennemi. Entre les Allemands et le nord-est de la France ne se dressaient plus que les forts de Liège et de Namur.

Il finit par renoncer à sa lecture, proposa son journal au patriarche irlandais et se contenta pendant les deux ou trois heures qui suivirent de regarder le paysage qui défilait sous ses yeux, villes et villages, interminables West Midlands défigurés par les usines et les mines. N'aurait-il pas dû préparer un plan d'action pour sa mission à Holyhead, un prétexte qui puisse expliquer son intérêt pour miss Stanley ? Il ne parvenait pas à y réfléchir. Lorsque le train entra en gare de Crew, à 11 h 30, Deemer se prit même à regretter d'avoir entrepris le voyage.

Cette sombre humeur cependant se dissipa peu à peu. Ils arrivaient au pays de Galles : aux champs grisâtres succédèrent de lointaines montagnes, des collines verdoyantes ; en début d'après-midi, la voie se mit à longer la mer d'assez près pour qu'il puisse voir les vagues déferler sur le rivage, les dunes désertes, les plages bondées, les jetées, les roulottes de bain et les tentes, et même de petits bateaux à pédales aux couleurs vives. Le train s'arrêta à Rhyl puis à Colwyn Bay ; les passagers descendirent par dizaines. Depuis combien de temps n'avait-il pas vu la mer – la vraie mer, bleu azur, étincelant sous le soleil ? Il n'aurait su le dire.

Le train s'engagea sur le long pont qui enjambe le détroit de Menai jusqu'à Anglesey, puis après cela, la digue qui relie Holy Island au continent. Il vit d'immenses nuées d'oiseaux sur les bancs de vase, et des forêts impénétrables. Cinq minutes plus tard, le train s'arrêtait en gare de Holyhead. Il aida ses compagnons de voyage à descendre leurs bagages, porta même une de leurs valises tout le long du quai bondé jusqu'à l'embarcadère des ferries, leur serra à tous les mains, y compris aux enfants, leur souhaita bon voyage et sortit enfin de la gare pour se retrouver sur une place dominée par un beffroi – vision incongrue que ce policier de la grande ville en costume noir et chapeau melon poussiéreux, accompagné à présent par le hurlement des mouettes et une fraîche brise de mer qui semblait lui promettre les joies de l'aventure.

Le village était bâti à flanc de colline, donnant au nord-est sur la gare et le port. Un énorme hôtel de construction récente se dressait à mi-chemin. Sans doute était-il rempli de voyageurs de retour de Dublin ou désirant s'y rendre : ce n'était pas ce qu'il lui fallait.

Il se promena dans Holyhead pendant une demi-heure, passa devant un bâtiment communal du nom de Stanley House et un pub du nom de The Stanley Arms, parcourut une Stanley Street, longea un Stanley's Sailors' Hospital et un hospice Stanley pour indigents. Seul Dieu était ici plus omniprésent, avec les multitudes de chapelles et d'églises plantées sur la colline, leurs cimetières hérissés de stèles et de monuments aux hommes perdus en mer. La plupart des maisons étaient blanchies à la chaux, les rues étaient pavées. Au nord de la ville, il trouva une rue bordée de grandes villas bâties dans les années 1880 : des pensions de famille, pour l'essentiel, offrant toutes des chambres. Il en choisit une au hasard. Bay View disposait d'un petit jardin protégé par un muret en briques, d'un porche surmonté d'un balcon à la rambarde de fonte, et de rideaux en dentelle à toutes les fenêtres. Mr Griffith, son replet propriétaire, était ravi de pouvoir proposer à Mr Deemer la chambre en demi-pension pour quinze shillings par jour, petit déjeuner à 7 h 30, dîner à 18 h 30. Deemer paya deux nuits d'avance et monta sa valise dans sa chambre. Laquelle se trouvait au dernier étage de Bay View, sous les toits. Une fenêtre donnait effectivement sur la baie – mais la vitre était incrustée de sel et la vue diablement floue. Il ouvrit sa valise sur le petit lit et se changea rapidement : vieux pantalon, veston en tweed plus rapiécé encore, avec ses coudières en cuir, casquette. Il compléta cet accoutrement par un mouchoir rouge noué à la gorge, qu'il rentra sous le col de sa chemise, et se regarda dans le miroir de la coiffeuse. Il pouvait à la rigueur passer pour un maître d'école ou le gratte-papier d'un cabinet d'avocat venu de Londres pour jouir de quelques jours au bord de la mer.

Il retourna en ville, y trouva un magasin de vélos et, moyennant un dépôt de cinq livres et cinq shillings par jour, loua une bicyclette ; il lui fallait aussi, insistaxle commerçant, une chaîne et un cadenas. À Holyhead, on volait les vélos. Il se procura une longue-vue et un sac à dos chez le marchand de fournitures pour bateaux, un guide ornithologique et une carte des environs à la librairie. Pour chacune de ces emplettes, il demanda un reçu : la somme que lui avait remise Kell était déjà bien entamée. Il remonta la colline, vélo à la main. Au détour d'un carrefour, il aperçut une file de jeunes gens qui patientaient devant une porte. Un cabinet d'assurances avait été transformé en centre de recrutement pour l'armée, comprit-il en s'approchant. Un caporal, campé sur le trottoir, le héla au passage :

« Et toi, mon gars ? Tu ne veux pas te battre pour ta patrie et pour ton roi ? »

Il poursuivit son chemin, tête baissée, sans prendre garde aux huées.

Une fois dans sa chambre, il étala la carte de Holy Island sur la table de toilette. Penrhos n'était pas loin : deux kilomètres environ à l'est de la ville. Pour ce qui le concernait, le manoir aurait bien pu se trouver sur la lune, tant étaient réduites ses chances de pouvoir y entrer. Il s'étendit sur son lit et réfléchit.

À 18 h 30, il descendit dîner dans la petite salle à manger. Les autres estivants étaient déjà installés : deux couples, l'un jeune – en pleine lune de miel, se tenant la main sous la table –, l'autre dans la cinquantaine. Ceux-là venaient tous les ans marcher. Après un échange poli – « Bonsoir », « Quel bon vent vous amène ici », à quoi Deemer répondit qu'il venait observer les oiseaux du rivage, tout en espérant qu'aucun des vacanciers ne soit ornithologue –, la conversation générale cessa ; les couples se parlèrent entre eux et Deemer étudia sans enthousiasme son guide des oiseaux du pays de Galles ; il identifiait tout juste les merles et les moineaux. Il dînera d'une salade de pamplemousse, d'un ragoût de mouton et d'un pudding au gingembre confit, repas cuisiné par Mrs Griffith et servi par son mari. Il profita de l'arrivée de la femme de chambre, venue débarrasser, pour s'éclipser.

La soirée était douce, l'air cristallin, la route déserte ; le soleil n'était pas encore couché. Il retourna en ville. Le premier pub devant lequel il passa était petit, bruyant et enfumé. En entrant, il entendit clairement qu'on y parlait anglais. Puis il sentit les regards se poser sur lui et, lorsqu'il parvint au comptoir, ne lui vint plus aux oreilles que la mélodie du gallois. Il commanda une demi-pinte de bière locale, la but debout, seul, ignoré de tous, et ressortit aussitôt.

Le pub suivant était plus spacieux, et moins fréquenté. Cette fois-ci, Deemer opta pour la pinte entière et s'installa à une petite table, non loin du bar. Il ouvrit son guide ornithologique et feignit d'en lire quelques pages, tout en lançant des regards vers les autres tables, dans l'espoir d'attirer l'attention. Un homme d'un certain âge, en vareuse, tout aussi seul que lui, sembla enfin répondre à son attente. Il pencha la tête pour voir ce que lisait Deemer, et ce dernier souleva l'ouvrage pour satisfaire sa curiosité.

« Ah, dit l'homme, vous venez pour les oiseaux ?

— Oh, je ne suis qu'un débutant. Je cherche encore les bons endroits.

— Ma foi, si ce sont les oiseaux de mer qui vous intéressent, vous avez bien choisi.

— Venez donc à ma table, proposa Deemer en désignant la chaise vide face à lui. Je vous offre quelque chose ? »

Cinq minutes plus tard, il avait réussi à détourner la conversation sur Penrhos.

« C'est le plus beau site de l'île, dit le pêcheur. Vous allez y trouver non seulement des huîtriers et des courlis, mais aussi des cormorans, des pluviers argentés, des aigrettes... Et même des bernaches cravants, avec un peu de chance.

— Et c'est facile d'accès ?

— Il suffit d'aller jusqu'à la digue. Après, il y a une petite route le long du rivage.

— Et par les bois ?

— Ah, ça non, ils sont privés, attachés au manoir. Vous pouvez prendre les chemins qui montent de la plage, mais ne vous faites pas pincer. Penrhos House appartient à lord Sheffield, et ces gens-là tiennent à leur tranquillité. C'est qu'ils reçoivent du beau monde.

— C'est-à-dire ? »

Le vieux pêcheur baissa la tête, et la voix.

« Le Premier ministre, par exemple. On dit qu'il vient régulièrement.

— Eh bien, dit un client plus jeune, assis au comptoir. Mais qu'est-ce que tu racontes encore, Dafydd ?

— J'explique simplement à notre ami ici que le Premier ministre vient souvent à Penrhos House.

— Ce ne sont pas des choses à dire à des gens qu'on ne connaît pas. Tu ne sais donc pas qu'on est en guerre ? Ton ami, ça pourrait être un espion allemand. »

Le mot d'espion fit se retourner des têtes.

« Mais non, déclara Deemer. Je ne suis pas un espion allemand, je suis un espion anglais. »

Le jeune homme le dévisagea en secouant la tête.

« C'est pire ! »

Deemer se mêla à l'hilarité générale et lui offrit une pinte, à lui aussi. Le reste de la soirée fut jovial. Il glissa son guide dans la poche de son veston et prit soin de ne pas reparler du manoir. La discussion porta sur la ville, la pêche, la guerre, les jeunes gens qui avaient déjà devancé l'appel.

« Ils sont complètement fous, ceux-là, dit le jeune homme, qui s'appelait Gethin et travaillait pour la compagnie des ferries. Ils ne savent pas ce qui les attend. »

S'ensuivit un débat animé sur la guerre. Dafydd était partisan de donner une bonne leçon au Kaiser (« un sale bonhomme bouffi d'orgueil ») mais Gethin se disait socialiste : ce qui causait les guerres, c'était l'impérialisme ; ce qui causait l'impérialisme, c'était le capitalisme.

« Mais c'est peut-être l'inverse, non ? » ajouta-t-il, non sans perplexité. Il était sérieusement ivre.

Le propriétaire des lieux les mit à la porte à 21 h 30.

Ils se serrèrent la main, se donnèrent des tapes sur les épaules dans la rue, et s'en furent chacun leur chemin ; les deux Gallois descendant vers le port et Deemer remontant la colline. Contrairement à ses nouveaux amis, il était sobre.

Il n'y avait pas de lune, peu de réverbères ; le silence régnait dans les rues, hormis quelques lointains aboiements. Il crut entendre à deux reprises des pas derrière lui, mais lorsqu'il se retourna, il ne put rien distinguer ; la nuit était trop noire. La sensation d'être épié ne le quitta pas pour autant, lui donnant la chair de poule. Il fut soulagé de reconnaître bientôt les grandes villas victoriennes de sa rue. Il y avait de la lumière au rez-de-chaussée de Bay View. Il lui fallut frapper et attendre que Mrs Griffith lui ouvre. C'était une femme maigre au visage pointu, le contraire de son sphérique époux, et elle lui fit comprendre, par une moue de ses minces lèvres et un léger mouvement de la tête, qu'elle n'appréciait guère les clients qui rentraient tard et sentaient l'alcool.

Il lui souhaita bonne nuit et monta sur la pointe des pieds jusque dans sa chambre où, épuisé par sa journée, rempli de forte bière galloise et de bon air marin, il s'étendit sur le lit sans même se déshabiller et, pour une fois, s'endormit immédiatement.

- 15 -

Le samedi matin, il quitta Bay View après le petit déjeuner et alla chercher sa bicyclette dans le jardin, derrière la villa : Mr Griffith lui avait donné l'autorisation de l'y laisser la nuit. Il la poussa jusque dans la rue : il y avait bien longtemps qu'il n'était pas monté en selle. Il passa la jambe par-dessus la barre, inspira profondément et se lança. La roue avant vacillait sous le guidon et ne se stabilisa que lorsqu'il eut pris de la vitesse ; après quoi il traversa Holyhead bien trop vite à son goût, cramponné aux freins, les pieds effleurant les pavés aux carrefours pour pouvoir ralentir en cas de malheur. Enfin, il parvint sans dommage devant la gare.

Il longea ensuite une rangée de maisonnettes mitoyennes aux murs blanchis à la chaux, dans London Road – appellation quelque peu optimiste –, avant de rouler en rase campagne. La mer, pourtant toute proche, était invisible. Il pédalait contre une forte brise. Au bout de cinq minutes, les broussailles firent place à la forêt. Il passa bientôt devant deux poteaux en briques surmontés chacun d'un griffon en pierre, plantés en retrait de la chaussée et si bien dissimulés par la haie qu'il faillit ne pas les voir. Il freina brutalement et effectua un dérapage contrôlé sur le gravier avant de s'arrêter.

Puis il balaya London Road du regard : personne à droite, une charrette tirée par un cheval à gauche. Il souleva sa roue avant, la posa au milieu de l'allée et recommença à pédaler.

Le manoir ne s'offrit pas immédiatement à sa vue. Il fallut attendre que l'allée commence à monter et décrive une vaste courbe : et soudain, au bout de trois ou quatre cents mètres, Penrhos House apparut, majestueuse, presque aussi vaste qu'un palais, avec ses tourelles centrales et ses deux grandes ailes. Deemer descendit de selle et sortit sa longue-vue du sac à dos. Un fourgon rouge du Post Office était garé devant la porte, qui démarra sous son regard. Il se hâta de remiser la longue-vue, remonta sur son vélo et descendit l'allée jusqu'à la route. Lorsque le fourgon déboucha sur London Road pour repartir vers Holyhead, Deemer avait déjà quitté les terres des Stanley.

Les paquets furent transportés par un valet dans le salon, où Venetia avait pris place dans l'immense canapé, entourée de ses parents, ses sœurs et ses nièces. Depuis ses seize ans, la tradition n'avait pas changé : la famille était toujours là pour la voir ouvrir ses cadeaux.

Margaret lui avait offert un nécessaire à coiffure incrusté de nacre, Sylvia un caraco en soie rose de chez Somatoff, Oxford Street, et Blanche – oh, chère Blanche ! – lui avait tricoté une écharpe. Les petites filles lui avaient fait des dessins et cueilli des fleurs. De ses parents, elle reçut un ensemble de bagages frappés du monogramme BVS, pour Beatrice Venetia Stanley, son nom complet – sans doute commandés en prévision de l'expédition en Inde et en Australie, qui n'aurait plus lieu – et un chèque d'un généreux montant. Une fois tous les paquets familiaux ouverts avec les « Oh » et les « Ah » de rigueur, elle eut droit aux présents arrivés par la poste : les gants de soirée de Winston et Clemmie, le recueil de poésies courtoises envoyé par Maurice Baring (ce n'étaient fort heureusement pas des vers de sa plume) et un objet en verre filé, très laid et sans doute très cher, présent d'Edwin Montagu.

Elle lut la lettre du Premier ministre avant d'ouvrir son cadeau.

Demain, il se sera donc passé vingt-sept ans depuis que tu as ouvert les yeux sur ce monde impie & pas tout à fait trois ans depuis que j'ai eu le bonheur de découvrir ta vraie nature. Je me demande parfois, rétrospectivement, si tu n'aurais pas préféré que je n'aie pas cette chance ; alors, notre relation aurait continué d'être celle des tout premiers jours...

Elle se contenta de parcourir les paragraphes suivants avant de ranger la lettre dans son enveloppe, sous les regards muets et insistants du reste de la famille. Depuis la scène du petit déjeuner, ils faisaient de leur mieux pour ravaler leur curiosité. Sylvia pourtant y succomba.

« Je me demande ce qu'il a bien pu t'envoyer. »

Rien que de très respectable, avait compris Venetia d'après les quelques allusions contenues dans la lettre (*J'espère, mon amour, que tu les apprécieras : depuis que le monde est monde, ou du moins que l'on sait imprimer, aucun livre n'a mieux que ceux-là su porter message d'amour plus profond et plus sincère*).

« Eh bien, c'est ce que nous allons voir. »

Elle déchira l'épais papier brun et, bien qu'il n'y ait rien de très romantique dans le choix du Premier ministre, elle en fut touchée : en dépit de tous ses soucis, de toutes ses responsabilités, il avait pris le temps de se rendre dans une librairie, de choisir lui-même. Oh, doux et cher Premier !

« *Oliver Twist* ? s'étonna Sylvia. Mais c'est ce qu'on vous offre à l'école !

— Je trouve cela très attentionné de sa part, dit lady Sheffield avant d'aller se poster à la porte-fenêtre, les yeux au ciel. Oh, mais je vois que les nuages se dissipent. Nous allons pouvoir pique-niquer, en fin de compte. »

Il y avait toujours un pique-nique à Penrhos pour l'anniversaire de Venetia – encore une tradition familiale.

Deemer avait longé la propriété des Stanley jusqu'à la digue qui reliait Holy Island à Anglesey – que sa carte appelait « Digue Stanley », d'ailleurs. Quel paysage lugubre ! On se serait cru au premier jour de la Création, songea-t-il : une étendue informe et grise de vase et de flaques à perte de vue, couverte de nuées d'oiseaux qui cherchaient leur pitance sitôt la marée descendue.

Il roula lentement sur la route côtière bordée de murets de pierres et d'ajoncs jaune vif, jusqu'au portail cadenassé sur lequel une pancarte proclamait : DOMAINE STANLEY. PROPRIÉTÉ PRIVÉE. DÉFENSE D'ENTRER. Il descendit de son vélo, qu'il fit passer par-dessus le muret avant de le rejoindre. Il dissimula l'engin sous un tas de branches et s'enfonça dans les bois.

Le manoir n'était toujours pas en vue, mais il sentit bientôt sa présence. Un banc se trouvait au bord du chemin, puis se dressait un obélisque de pierre à l'inscription effacée par le temps. Un petit pont enjambait un ruisseau. Il le franchit, s'engagea sur le chemin qui suivait, aperçut derrière les broussailles un haut mur de pierres envahi par le lierre, au bas duquel s'ouvrait une petite porte gothique. De part et d'autre de celle-ci, le mur s'étendait encore sur cinquante mètres, finissant de chaque côté par une tourelle aux remparts crénelés – un château fort de livre d'enfant. Il fit tourner l'anneau de fonte de la porte, s'attendant à ce qu'elle soit fermée à clef : elle s'ouvrit sans difficulté. Il ne la franchit pas tout de suite, tendit l'oreille. Il n'entendit que les roucoulements rauques des pigeons ramiers et le *tac-tac-tac* d'un couple de piverts martelant un tronc lointain. Il passa sous l'arche. Le mur faisait plus d'un mètre d'épaisseur. De l'autre côté, des arbres, encore des arbres. Il poursuivit son chemin. La forêt devint moins dense – et le manoir apparut, à quelques centaines de mètres, à l'autre extrémité d'une vaste pelouse où poussaient de vénérables arbres, hêtres et cèdres. Pas une âme n'apparut. Il sortit sa longue-vue pour examiner la façade, de gauche à droite : deux étages, d'immenses fenêtres, d'imposantes cheminées, une grande terrasse avec des chaises longues et des tables, quelques marches pour parvenir à la pelouse. Le seul être vivant était le paon qui l'arpentait.

Il glissa la longue-vue dans sa poche. Que faire, à présent ? Que pouvait-il rapporter à Kell, hormis le fait que miss Stanley vivait dans un cadre des plus extraordinairement dispendieux ? La prudence lui conseillait de partir avant qu'on le repère. Au diable la prudence ! Il s'était donné déjà tellement de mal. Il s'assit au pied d'un arbre, le menton sur les genoux, et se mit à réfléchir.

Midi approchait. La brise de mer s'était apaisée ; le soleil était haut dans le ciel, accablant déjà. Il ôta sa casquette et s'épongea le visage. Des mouches bourdonnaient alentour, des fourmis lui mordaient les chevilles. Il se leva pour s'en débarrasser et constata qu'il y avait du mouvement sur la terrasse. Par la longue-vue, il put observer le lent cortège des domestiques en livrée qui sortaient de la maison, traversaient la terrasse, descendaient les marches dans sa direction... Oui, sept ou huit, peut-être même dix ou douze, portant des paniers en rotin, des couvertures, des tables et des chaises pliantes. Un des hommes grommela ; c'était du moins ce que son ton donnait à comprendre, même si ses paroles étaient inaudibles. Une femme à la voix plus distincte lui répondit que s'il n'était pas content, il n'avait qu'à s'engager dans l'armée ; « C'est ce que je ferai lundi », rétorqua l'homme alors qu'ils passaient devant la cachette de Deemer. Ils s'enfoncèrent dans les bois, vers la mer.

Il observa de nouveau la terrasse à la longue-vue. Il lui fallut attendre une demi-heure avant que les Stanley sortent à leur tour, vêtus comme à l'hippodrome d'Ascot. Il compta cinq dames en robes longues et grands chapeaux richement ornés, portant parasol, un homme plus âgé en redingote grise et haut-de-forme, deux petites filles, deux nourrices en uniforme bleu foncé, l'une poussant un landau et l'autre une poussette ; ce cortège était précédé d'un chien qui ne lui disait rien qui vaille. Il recula encore un peu plus dans les arbres et parvint enfin, même de là, à reconnaître Venetia, qui donnait la main à l'une des fillettes. Une fois qu'ils furent passés, il regarda de nouveau la maison. Elle devait être presque déserte à présent. Allait-il tenter le diable en y pénétrant ? Il y trouverait peut-être des indices. Mais s'il était pris sur le fait, identifié ? Ce serait la fin de tout. Il préféra s'abstenir.

Il laissa s'écouler quelques minutes avant de repasser par la porte dans le vieux mur, de franchir le pont et de marcher vers l'orée du bois. Il parcourut les derniers mètres à quatre pattes dans les broussailles. Devant lui, la plage : il ressortit sa longue-vue pour l'observer. Les domestiques avaient dressé le décor d'un somptueux pique-nique : deux tables sur tréteaux, couvertes d'une longue nappe ; des serviettes, de l'argenterie, des verres en cristal. Les Stanley s'y étaient installés, Venetia présidant le banquet, au milieu d'un ballet de valets et de femmes de chambre apportant les plats, remplissant les verres, le tout sur fond de mer scintillante. Et dire qu'on est en guerre, songea-t-il. Il resta un certain temps à les épier, puis rebroussa chemin à genoux, avant de repartir par les bois jusqu'au portail. Il dégagea son vélo, l'enfourcha et se mit à pédaler sur la route côtière, entendant le chant funèbre des courlis et se sentant tout petit et très seul dans ce paysage désolé d'aube du monde.

Le Premier ministre quitta Downing Street tard dans l'après-midi à bord de la Napier ; il se rendait à Lympne Castle, dans le Kent, pour une réunion familiale organisée par les parents de Margot, les Tennant. L'accompagnaient Violet et Oc, de même que l'inévitable Bongie. Margot était en Écosse, chez sa sœur.

Le Premier ministre était moins bavard que de coutume. Il s'était, comme toujours, installé dans le coin droit de la banquette arrière, le coude contre la portière, le menton appuyé sur la main, et regardait défiler sans les voir les rues de Londres. Kitchener venait de lui apprendre que l'armée britannique engagerait les combats contre les Allemands dès la fin de la journée.

Il avait pensé ne pas partir. Mais à quoi bon attendre les nouvelles à Londres ? Qu'y pouvait-il ? Tout... et rien. Responsable certes des événements en cours, mais non pas maître, puisqu'il n'en connaissait pas le détail. La plus inconfortable des positions.

Ses compagnons de voyage ne tardèrent pas à remarquer son mutisme.

« Tu sais ce qui te ferait du bien, Premier ? suggéra Oc. Une partie de golf. Demande à Horwood de se garer. »

Horwood arrêta la Napier le long du trottoir. Ils se trouvaient dans la banlieue du sud de Londres. Oc donna les instructions nécessaires au chauffeur. Deux heures plus tard, juste avant d'arriver au bord de la Manche, la Napier prit la route de Littlestone.

Le Premier ministre golfa fort mal ce jour-là, mais quelle importance ? Le ciel était si vaste au-dessus de Romney Marsh, le terrain magnifiquement plat, bordé par la mer. Quel bonheur de pouvoir oublier la guerre pendant une heure ! Ils réussirent à jouer sept trous avant que la nuit approche ; le soleil avait sombré dans un banc de nuages pourpres, duquel s'échappaient des gloires dorées qui venaient illuminer les marécages : on aurait dit un crépuscule de cathédrale. Il remercia une fois de plus le Seigneur de lui avoir donné un troisième fils doué d'un esprit si pratique, aux yeux duquel aucun problème n'était si difficile qu'on ne puisse le régler, au moins temporairement, par un peu d'exercice ou une partie de bridge.

Tandis qu'ils se préparaient à remonter en voiture, le Premier ministre demanda à Oc ce qu'il comptait faire dans les jours à venir.

« Je vais m'engager dans la marine.

— Vraiment ? Je ne te vois pas bien en matelot.

— Oh, je ne compte pas naviguer. Winston remue ciel et terre pour constituer un bataillon naval qui combattra sur terre.

— Winston se dote de son armée privée ! s'esclaffa le Premier ministre. Voilà qui promet ! »

Lympne Castle avait six cents ans, une relique du Moyen Âge. Le Premier ministre eut la joie au dîner d'être assis entre ses nièces, Dinah et Kakoo, jolies célibataires de vingt et quelques années. Il put discuter avec Frank, frère de Margot et propriétaire du château. Leur père avait été l'homme le plus riche d'Écosse. À sa mort, sa fortune s'élevait à trois millions de livres. Ses deux fils avaient hérité de quarante mille livres de rente annuelle, ses filles n'avaient rien eu. Frank comptait vendre le château, ou le prêter à l'État pour en faire un hôpital militaire. Cela rappela la guerre au Premier ministre, qui demanda à Bongie de téléphoner à Londres. Il n'y avait toujours aucune nouvelle des combats.

Le lendemain matin, alors qu'il n'était pas encore levé, Bongie lui apporta le courrier du dimanche : une courte lettre de Venetia le remerciant de ses cadeaux – *tu es si gentil ! Je les chérirai* –, une autre de Kitchener l'avertissant que la 4e division traversait la Manche pour débarquer en France, et que sir John French était satisfait de ses positions. Il ne signalait encore aucun combat.

Au même moment, curieux hasard, le Premier ministre vit par la fenêtre de sa chambre une escadrille, six navires de guerre et deux croiseurs, remontant lentement la Manche, pareils à d'immenses fantômes gris. Sans doute transportaient-ils les vingt mille hommes de la 4e division qui venaient d'embarquer à Southampton à destination du front. Cette vision l'émut. La veille, il avait écrit deux lettres à Venetia. Il reprit immédiatement la plume.

Ta chère petite lettre est arrivée à temps pour mon réveil : c'est si gentil à toi d'avoir pris la peine d'écrire aussi tôt. J'ai écrit à Kitchener que je souhaitais être informé le plus tôt possible des mouvements sur le front, et tu as peut-être envie de savoir ce qu'il m'a répondu.

Il décrivit ce qu'il voyait par la fenêtre, glissa les deux missives dans l'enveloppe qu'il cacheta avant de descendre la confier à Bongie, qui la posterait. Il voulait pouvoir tout partager avec elle.

Il resta toute la journée au château, à se promener dans le parc, à jouer au golf et au bridge. Il ne repartit qu'après dîner, avec Oc et Bongie. Romney Marsh disparaissait sous un épais brouillard venu de la mer.

La Napier roulait lentement sur les routes étroites ; la lumière de ses phares semblait rebondir sur un mur omniprésent d'un jaune malsain. Il se risqua à en plaisanter – « C'est donc cela, le brouillard de guerre » – mais le phénomène le mettait mal à l'aise. Il s'en voulut de n'être pas parti plus tôt. Ils furent à deux reprises contrôlés par la police du Kent, qui traquait espions et saboteurs, et il dut ronger son frein tandis qu'Horwood expliquait aux agents qu'il ramenait le Premier ministre à Londres. À deux reprises, il fut examiné à la lueur aveuglante d'une lampe torche. Il regardait droit devant lui, raide comme la justice. Le brouillard ne se leva pas avant Maidstone ; ils arrivèrent au n° 10 vers 1 h 30 du matin. Margot les attendait mais, n'ayant aucune envie de l'entendre raconter ses chasses en Écosse, il monta immédiatement se coucher.

Il fut réveillé en plein rêve le lendemain à 7 heures par George, qui lui présenta sa robe de chambre et lui annonça que lord Kitchener l'attendait de toute urgence au rez-de-chaussée. Il enfila en hâte ses pantoufles et sa robe de chambre, dont il noua la ceinture dans l'escalier.

Le maréchal se trouvait dans la salle du Cabinet, en costume civil et chapeau melon – qu'il retira lorsque entra le Premier ministre. Puis il lui tendit une mince feuille de papier sans dire un mot. C'était un déchiffrage de télégramme, griffonné à la main par l'un des opérateurs et estampillé SECRET à l'encre rouge dans le coin supérieur droit.

De sir John French
À lord Kitchener
24 août

Mes troupes ont combattu toute la journée contre l'ennemi suivant une ligne d'est en ouest à la hauteur de MONS. *L'attaque a repris à la nuit tombée, mais nous n'avons pas cédé. Je viens de recevoir un message du général commandant la Ve armée française, qui vient de reculer ; le fort de* NAMUR *est tombé et ses troupes se replient sur une ligne de* MAUBEUGE *à* ROCROY. *J'ai donc ordonné de mon côté un repli sur la ligne de* VALENCIENNES *à* LONGUEVILLE-MAUBEUGE, *lequel est opéré à l'heure actuelle. Si l'ennemi reste au contact, ce mouvement ne sera pas facile. Je pense qu'il faut nous préoccuper d'urgence de la défense du* HAVRE. *Vous tiendrai pleinement informé.*

Le Premier ministre s'affala dans le premier fauteuil venu.

« Namur est tombé ?

— Et dire que le fort devait tenir des semaines, si ce n'est des mois, répondit Kitchener.

— Et les Français s'inquiètent désormais pour Le Havre ? reprit le Premier ministre après avoir relu le télégramme. C'est à plus de deux cents kilomètres du front ! Incroyable !

— French craint que les Allemands ne le débordent sur le flanc gauche et s'emparent de Dunkerque et de Calais. Il va falloir qu'il redouble d'habileté s'il ne veut pas que tous nos hommes soient pris dans la nasse. Je vous avais alerté sur ce risque. »

Kitchener pivota sur ses talons. Pendant quelques secondes, le Premier ministre eut l'impression qu'il allait repartir immédiatement. Mais il se contenta de traverser la salle pour se camper devant la fenêtre. Le Premier ministre se prit soudain à regretter d'être aussi négligemment vêtu. Il resserra la ceinture de sa robe de chambre. Lorsque Kitchener revint vers lui, il arborait de nouveau son masque de marbre rouge.

« Je vous l'accorde, une évacuation du territoire français serait un sérieux revers. Mais ces désastres sont le propre de la guerre. Au printemps, nous aurons levé une armée entièrement nouvelle de six ou sept cent mille hommes. »

Au printemps !

« La question, reprit le Premier ministre, étant de savoir si les Français peuvent tenir jusque-là.

— Ah, dit Kitchener en haussant les épaules, s'ils ne peuvent pas... »

Il ne finit pas sa phrase.

- 16 -

Deemer ce matin-là prit son petit déjeuner en lisant le *Times*. Si les reporters restaient résolument optimistes (*Namur est parfaitement en mesure de tenir au moins encore trois mois*), la carte du front racontait une autre histoire. Les lignes noires représentant l'avancée des troupes allemandes étaient de plus en plus menaçantes. Un mois plus tôt, il aurait pris les déclarations du gouvernement pour argent comptant. Il commençait désormais à penser que la situation était critique et que le gouvernement choisissait de ne pas tout dire.

Il examina du regard les clients de la pension – le couple d'âge mûr, équipé pour une journée de randonnée, les jeunes mariés souriants et le nouveau venu, un homme blond d'une quarantaine d'années, assis seul dans un coin de la salle à manger. Arrivé le dimanche après-midi, il ne frayait pas avec les autres. Deemer replia son journal et finit ses œufs brouillés au bacon.

Il avait fini par concocter un plan. La chose comportait des risques et une part de hasard, pour être franc, mais cela lui donnait un but.

L'idée lui était venue à la suite d'une conversation qu'il avait eue avec ses deux nouveaux meilleurs amis, Dafydd et Gethin, en sirotant des bières tièdes au pub, le samedi soir. Il avait décrit sa balade de l'après-midi, dans la baie, à la poursuite des oiseaux de mer. La discussion avait dévié tout naturellement vers les Stanley de Penrhos House. Et Deemer avait mentionné sans insister la scène du pique-nique en bord de mer.

« Cette guerre, dit Gethin, ça sera la fin pour ces gens-là et tout leur tralala, je vous le dis. »

Cette perspective le rendait visiblement joyeux.

« Qu'est-ce qui te fait dire ça, Karl Marx ? répliqua Dafydd.

— Toi, ça t'amuse peut-être, mais je te le répète, le capitalisme va en prendre un coup. Tout ce qui les soutenait, eux et le reste de l'élite, c'est en train de se casser la figure. »

Dafydd renâcla, penché sur sa pinte.

« Mais écoute-moi au lieu de ricaner. Le système est construit sur l'exploitation de travailleurs sous-payés, et ça, ça ne peut plus marcher. Les hommes vont gagner plus en s'engageant qu'en restant à l'usine ou aux champs. Quand ils rentreront, ils n'auront aucune envie de travailler pour les Stanley et autres, avec leurs salaires de misère.

— Ça n'arrivera jamais, ça.

— Mais regarde autour de toi, vieux ! C'est déjà ce qui se passe. Ils ont perdu la moitié de leurs domestiques, et ça ne fait pas trois semaines qu'on est en guerre. Tiens, rien que ce vendredi, trois de leurs jardiniers se sont engagés. Et puis il y a l'impôt. Il va falloir la payer, cette foutue guerre. Et qui est-ce qui a les sous ? Hein ? Qu'est-ce que tu en dis, Paul ?

— Oh, moi, je ne suis pas trop au courant de tout ça. Le spécialiste de la politique, c'est toi. »

Mais Gethin lui avait mis la puce à l'oreille.

Il finit son thé et alla récupérer son vélo. Vingt minutes plus tard, il franchissait le portail de la propriété des Stanley, remontait l'allée qui serpentait dans la forêt, jusqu'au manoir. Il descendit de vélo devant l'immense porche, poussa son engin le long de l'aile nord-ouest. Le chauffeur qui nettoyait minutieusement l'une des voitures des Stanley dans la cour lui conseilla de s'adresser à Mr Geddings, le jardinier en chef, qu'il trouverait dans le jardin clos.

Deemer passa devant plusieurs serres monumentales puis sous une pergola couverte de roses d'au moins vingt mètres de long ; le sol était jonché de pétales fanés qui ne demandaient qu'à être balayés. Le chemin débouchait sur une grille de fonte enchâssée dans un grand mur de briques rouges. L'immense jardin sur lequel elle donnait le pétrifia. C'était un monde en soi, sentiers serpentant entre de vastes massifs de fleurs, fontaine centrale et bassin où évoluaient des poissons, espaliers contre les murs où poussaient des arbres fruitiers : un monde protégé, dans la chaleur du soleil, la profusion des parfums et le silence que ne troublaient que les bourdonnements des insectes.

Un homme d'un certain âge, à genoux, désherbait un massif.

« Mr Geddings ? »

L'homme se retourna. Deemer ôta sa casquette et la tint à deux mains, en signe de respect.

« Je viens vous proposer mes services.

— Vous ne perdez pas de temps, dit Geddings en levant la tête. L'annonce n'est pas encore parue.

— J'ai entendu dire en ville que vous cherchiez du monde.

— Oh, ça n'est pas faux. Je suis pratiquement seul pour m'occuper de tout. Voyons à quoi vous ressemblez, ajouta-t-il en tendant la main à Deemer. Si vous voulez bien m'aider ? J'ai passé l'âge des acrobaties. »

Geddings se releva dans un concert de grognements et de grincements arthritiques. Il resta penché, les mains sur les genoux, tendant le cou pour examiner Deemer.

« Vous êtes anglais ?

— De Londres.

— De Londres ? »

Il n'aurait pas prononcé « Sodome et Gomorrhe » avec plus de dégoût.

« À Londres aussi, nous avons des jardins, Mr Geddings, même s'ils ne se comparent pas à ce que je vois ici.

— Inutile d'en rajouter, mon garçon ! »

Cependant, le compliment avait touché le vieil homme.

Deemer lui expliqua sa situation, un exercice qu'il avait répété plusieurs fois dans sa tête : alors qu'il était venu passer quelques jours de vacances à Holyhead, il avait appris son licenciement par la firme d'import-export pour laquelle il travaillait, celle-ci ayant vu son activité considérablement réduite par l'entrée en guerre. Il cherchait simplement à rebondir, ne comptait pas rester plus de quelques semaines à Holyhead.

« Je suis navré, mon garçon, dit Geddings en secouant la tête. J'aimerais vous donner un coup de main, mais j'ai besoin de jardiniers expérimentés.

— C'est mon cas.

— Vous êtes jardinier, vous ?

— J'ai déjà travaillé comme tel.

— Vraiment ? »

Le vieil homme se redressa lentement, une main sur la hanche, et montra du bout de sa truelle un massif de fleurs roses.

« Alors dites-moi : qu'est-ce que nous avons là ?

— Des pétunias.

— Et là ?

— Des dahlias.
— Et un peu plus loin ?
— Des géraniums.
— Hmm, grogna le vieil homme en se frottant le menton. Très bien, cela prouve au moins que vous faites la différence entre une fleur et une mauvaise herbe, ce qui est loin d'être le cas de tout le monde. Je vous prends à l'essai. Trois pence de l'heure. Mais deux ou trois jours, pour voir. Je ne vous promets rien. »

Trois pence de l'heure ! Rien d'étonnant à ce que les aides-jardiniers aient pris le chemin du bureau de recrutement.

« Vous avez peut-être un lit, quelque part ? À trois pence de l'heure, je ne peux plus me loger en ville.
— Et puis quoi, encore ? Vous me prenez pour un hôtelier ? »

Deemer craignit une volte-face pendant quelques secondes. Puis le vieil homme fit la grimace en se frottant les reins et lança un regard noir au massif.

« Le jeune Owen Parry avait de quoi dormir, au-dessus des étables. C'est peu, mais c'est tout ce que je peux vous proposer. Quand pouvez-vous commencer ?
— Cet après-midi, si ça vous arrange. Il faut juste que j'aille chercher mes affaires.
— Très bien. Cet après-midi. »

Ils se serrèrent la main.

« Au fait... Comment vous appelez-vous ?
— Merryweather, répondit Deemer. Paul Merryweather. »

Bay View était plongé dans le silence : les clients étaient tous partis pour la journée, la fille de cuisine balayait l'escalier. Il monta chercher sa valise, paya son dû et s'en fut en ville pour envoyer un télégramme à Kell, à l'adresse convenue : The Manager, Kelly's

Letter Bureau, Shaftesbury Avenue, Londres. *TROUVÉ UN EMPLOI AU DOMAINE. RAPPORT SUIT LE PLUS VITE POSSIBLE. M'ADRESSER TOUTE CORRESPONDANCE À HOLYHEAD, POSTE RESTANTE.*

Il fut de retour à Penrhos House dès 14 heures. Mr Geddings lui montra ce qui lui servirait de chambre, un grenier à foin au-dessus d'une étable vide, pourvu en tout et pour tout d'un matelas, d'une couverture crasseuse, d'une table et d'une chaise en bois, d'une bassine et d'un pot de chambre en métal émaillé. Un filet de lumière grisâtre filtrait par la minuscule fenêtre.

Geddings lui-même en paraissait gêné.

« Je t'avais prévenu, ce n'est pas le grand luxe.

— Ça m'ira très bien.

— Les nuits sont encore chaudes, c'est déjà ça. Il y a de l'eau à la pompe dans la cour. Pour dîner, la cuisine te donnera quelque chose à 18 heures. »

Puis ils revinrent dans le jardin clos et Geddings lui fourra une truelle dans les mains. C'était désormais à lui de désherber.

Il ne ménagea pas sa peine de tout l'après-midi, plongeant la truelle dans la terre dure et sèche, arrachant des centaines de racines, remplissant quatre brouettes de liserons et de pieds-de-chèvre qu'il alla déposer au fond du jardin, sur le tas de compost. Il n'osa pas s'interrompre une seconde. Son dos lui faisait mal, ses paumes étaient à vif. Mais cela n'avait pas été en vain : à 18 heures, Geddings le surprit à la tâche, inspecta les massifs et émit un grognement approbateur.

« Ça n'est pas mal. Tu ferais mieux de t'arrêter, pour aujourd'hui. »

Il héla deux autres aides-jardiniers pour les présenter à « Merryweather » : Coslett, trop jeune pour s'engager, et Elijah, trop vieux.

« Montrez-lui la cuisine. »

Ils sortirent du jardin clos, traversèrent la cour et descendirent un escalier qui les conduisit dans un passage souterrain de la longueur du manoir. Dans la cuisine, des domestiques en livrée, des deux sexes, dînaient en discutant bruyamment de part et d'autre d'une grande table de boucher. Une fille de cuisine lui donna une assiette avec du poisson et des pommes de terre bouillies, ainsi qu'une tranche de cake aux fruits. Puis il chercha du regard une chaise où s'asseoir.

« On n'a pas le droit de manger ici, vieux, dit Elijah, attendu qu'on est du personnel de dehors. »

Ils repartirent par le passage et revinrent à la surface de la terre, puis Elijah le conduisit dans un appentis en briques, tout proche du jardin.

La cabane servait à la fois de réserve et de refuge. On trouvait sur ses étagères des outils, des cannes, des filets, des bidons d'huile et de colle, des ustensiles divers. L'un des murs était orné d'un calendrier 1912 offert par un grainetier. Il y avait en outre une table branlante, quelques vieilles chaises en osier, un poêle Primus à paraffine, qui dégageait une puanteur suave, un buffet contenant des boîtes en métal pour le thé et le sucre, et une bouteille de lait. Coslett alluma le poêle et mit de l'eau à bouillir.

Deemer n'avait rien avalé depuis son petit déjeuner. Il vida son assiette rapidement et en silence, pendant que les deux autres parlaient en gallois – de lui, s'il fallait en croire les regards en coin qu'ils lui lancèrent une ou deux fois. Coslett se leva pour préparer le thé. Quand ils eurent fini de dîner, Elijah alluma sa pipe.

« C'est le dernier arrivé qui rapporte les assiettes », dit-il.

Deemer s'exécuta. Le temps qu'il revienne dans l'appentis, les deux Gallois avaient disparu.

Quand il ressortit, la cour et les jardins étaient déserts. Les jardiniers étaient sans doute rentrés chez eux et les Stanley se préparaient pour la soirée. Il alla chercher sa longue-vue dans le grenier.

Pendant l'heure qui suivit, il eut tout loisir d'explorer le domaine, les serres victoriennes regorgeant de lis au parfum pénétrant et d'orchidées aux senteurs plus délicates de cannelle et de vanille, le potager clos, la roseraie, le jardin d'aromatiques, le labyrinthe, le magnifique cadran solaire, le court de tennis sur herbe, le pavillon d'été, la pagode, les sentiers de gravier qui serpentaient entre les topiaires, avec leurs jolis bancs en fer forgé. Il parvint jusqu'au bosquet le plus proche de la mer d'où il avait, la veille, épié les Stanley sur la plage. Tout en observant la façade du manoir à la longue-vue, il entendait le ressac incessant des vagues.

Il était presque 8 heures du soir ; le soleil s'était couché et le ciel, couvert ; dans une des pièces du premier étage, des lampes s'allumèrent, des silhouettes se déplacèrent devant la fenêtre. Il était trop loin pour reconnaître qui que ce soit. Il décida de s'aventurer sur le terrain de croquet, le traversa d'un pas rapide, espérant n'avoir pas été remarqué. Au pied d'un immense hêtre mort, il braqua sa longue-vue sur la fenêtre éclairée. Quelques secondes plus tard, silencieuse et lointaine, irréelle, un fantôme de conte, Venetia Stanley apparut dans l'objectif. Elle portait une combinaison rose, les bras nus, à demi dévêtue. Elle se leva et son regard se posa en contrebas, sur le jardin – ç'aurait pu être droit sur lui. Il baissa aussitôt sa longue-vue. Il se sentait gêné, coupable – un vrai voyeur. Non sans précaution, il porta de nouveau la longue-vue à son œil droit. Venetia était encore devant la fenêtre. Soudain, une autre silhouette – mince, blonde, sa femme de chambre, sans doute – fit irruption derrière Venetia, tenant une robe à bout de bras, avant de s'éclipser. Venetia fit un pas de côté. Quelques secondes plus tard, la femme de chambre revint, tira doucement sur les épaules de la robe et aida sa patronne à y passer les bras. Après avoir ajusté et boutonné la robe, elle s'approcha de la fenêtre et ferma les rideaux. La vision disparut.

Il replia la longue-vue.

Lorsque Venetia rentra de la plage, le lendemain matin, Edith l'attendait, avec à la main la lettre du Premier ministre, datée de la veille.

À l'aube j'ai été réveillé par Kitchener qui m'apportait le télégramme de French, que je joins. Terribles nouvelles.

Elles l'étaient en effet. Elle pensa à tous ces gens qu'elle connaissait, amis, beaux-frères, prisonniers de cet enfer, et se mordit les phalanges. La présence d'Edith, venue récupérer ses vêtements de la veille, lui pesa soudain.

« Edith, ma très chère, pourriez-vous me laisser seule un moment ? Tout cela peut attendre. »

Lorsque celle-ci fut sortie, elle s'installa à sa toilette pour lire le reste de la lettre, qu'elle avait mise de côté pour consulter le télégramme du commandant en chef.

J'aimerais tant avoir un code que nous pourrions toi et moi utiliser par télégramme. Ce matin, par exemple, j'avais un tel désir de te parler de ces événements passés et présents – à toi, avant toute autre personne. Crois-tu possible un tel dispositif ? Tu pourrais peut-être y réfléchir & même l'inventer entre deux pêches aux crevettes. Nous pourrons nous en servir en de nombreuses occasions pour nous faire part de nos vrais désirs, de nos vraies pensées, & nous épargner tant d'inquiétude.

Mon amour, je t'aime : à quel point, je ne puis l'exprimer, mais tu le comprendras un jour.

Elle reprit le télégramme. Ces derniers temps, il lui envoyait de plus en plus souvent de ces documents confidentiels : une lettre manuscrite de la reine le jeudi précédent, une autre de lord Kitchener sur le déploiement des bataillons. Celui-ci était le plus extraordinaire de tous : estampillé secret, et révélant dans le détail les positions défensives du corps expéditionnaire – et il l'avait confié à la poste, sans autres précautions ! À quelle fin ? Elle pouvait difficilement lui donner des conseils de stratégie militaire.

Et en dépit de ses dénégations – *Kitchener n'est pas le moins du monde abattu, et moi non plus* –, elle percevait clairement le poids accablant de ses responsabilités. Ce partage quotidien avec elle était une manière d'alléger le fardeau. Curieusement, et sans exagérer son propre rôle – ce qui n'était pas dans sa nature –, elle savait que sa contribution la plus tangible à l'effort de guerre en cet instant était d'être le réceptacle de sa confiance. Plus que jamais, il fallait l'encourager, le soutenir, l'aimer.

Elle prit son stylo-plume.

Mon chéri...

Simplement, devait-elle reconnaître, il n'était plus si distrayant d'avoir accès à ces informations capitales, quand elle côtoyait toute la journée ses sœurs, rongées par l'angoisse. Que pouvait-elle leur dire ? Rien, décida-t-elle. Une fois la lettre écrite, elle irait la poster à Holyhead et lui enverrait un câble le priant de lui transmettre toute information sur les blessés et les morts, surtout si ses beaux-frères avaient le malheur d'être concernés. Qu'allait-il encore lui adresser, quels risques continuerait-il de prendre – et quant à elle, combien de temps encore lui faudrait-il mentir à ses proches, avant la fin de cette effroyable guerre ?

- 17 -

Il fallut à Deemer deux journées de patientes observations pour trouver le moyen d'entrer dans le manoir.

Il avait dès son embauche été accaparé par la tâche sisyphéenne du désherbage. Il n'avait pas sitôt fini de nettoyer un massif colossal que Geddings l'envoyait travailler sur le suivant. À genoux, la truelle à la main, il lançait des regards pensifs vers les toits et les cheminées de la vaste demeure, tout juste visibles par-dessus le grand mur. Le jardin clos était sa prison : il n'en sortait qu'en milieu de matinée et d'après-midi, quand les jardiniers avaient le droit de prendre une pause d'un quart d'heure, pour le thé, ou bien lorsqu'il poussait la brouette pleine jusqu'au tas de compost. Alors il pouvait lambiner quelques secondes, s'aventurer sur la pelouse pour épier la famille et ses invités installés sur la terrasse, ou parfois jouant au tennis ou au croquet.

Ce fut le mercredi après-midi, vers 17 heures, tandis qu'il rapportait sa brouette vide du tas de compost, qu'il vit, en passant devant l'une des trois immenses serres victoriennes, Geddings couper des lis au sécateur.

Il s'arrêta pour le regarder. Le jardinier en chef tapota sur la vitre et lui fit signe d'entrer.

« Tu me rendrais service, mon gars ? Va porter ces lis à la gouvernante. Madame aime avoir des lis fraîchement coupés pour la table du dîner. Entre par le grand vestibule, et demande Mrs Protheroe. »

Deemer disposa au fond de la brouette six douzaines de fleurs blanches, roses et jaunes et s'en fut vers le manoir. Une fois devant la grande porte, il leva la main vers la sonnette, puis se ravisa. Mieux valait entrer sans prévenir. Le hall était désert. Il prit les fleurs dans ses bras et franchit le seuil.

C'était une fort belle pièce aux murs couverts de tableaux. Une armure veillait au bas du grand escalier ; le gong côtoyait un guéridon de style gothique. Le sol était dallé, couvert de riches tapis ; le plafond haut, orné de moulures élaborées. Les portes étaient toutes fermées. Il entendit des voix – un rire de femme, de la musique de danse grésillant sur un phonographe. Il s'engagea dans le couloir qui menait vers le fond de la maison.

À peine avait-il fait quelques pas qu'il vit venir à lui une femme blonde, qui portait une robe sur le bras. C'était la femme de chambre aperçue à la fenêtre quelques jours plus tôt. Elle passa devant lui sans ralentir.

« Mademoiselle ? Excusez-moi ? »

Elle s'arrêta, pivota sur ses talons.

« Pouvez-vous me dire où trouver Mrs Protheroe ?

— Elle est dans la salle à manger.

— J'ai bien peur de ne pas savoir où est la salle à manger.

— Ah, vous êtes nouveau ici. Je vais vous conduire. »

Une pointe d'accent étranger – allemand, non ? Bonté divine ! Ils avancèrent de front.

Il essaya d'engager la conversation.

« Je n'ai commencé que lundi. Je m'appelle Paul Merryweather. »

Elle ouvrit la porte de la salle à manger et passa la tête par l'embrasure.

« Mrs Protheroe ? C'est un des jardiniers, qui vient avec les fleurs. »

Qui fient afec les fleurs... Elle s'écarta pour le laisser entrer.

« De très belles fleurs, dit-elle en lui souriant.

— Merci. Puis-je vous demander votre nom, mademoiselle ?

— Edith, répondit-elle en plissant légèrement les yeux. Edith Winter. »

Le lendemain, il fit en sorte de repasser à la même heure devant la serre, et Geddings, comme il se devait, lui confia la même mission. Mais même s'il traîna quelques minutes dans le vestibule avant d'être rappelé à l'ordre par un des valets, il ne croisa pas miss Winter cette fois-ci. Le vendredi, lorsqu'il se présenta de nouveau à la porte de la serre, le transfert des lis lui fut de nouveau confié : c'était devenu tacitement l'une de ses attributions. Il n'y eut pas plus de miss Winter ce jour-là que la veille.

Le samedi après-midi, il avait congé. À 13 heures, il toucha sa première paie de la main de Geddings – douze shillings en pièces comptées une à une. Il cacha la somme dans sa valise, avec le reste de son argent, et s'en fut à vélo à Holyhead. C'était la première fois depuis son embauche qu'il pouvait s'échapper du jardin clos aux heures actives de la journée. Il envoya un câble à Kell, de la poste : *DEMANDE URGENTE D'INFORMATIONS SUR MISS EDITH WINTER, ENVIRON 30 ANS, PEUT-ÊTRE CITOYENNE ALLEMANDE.*

Il avait enfin l'impression d'avoir progressé dans son enquête.

Il poussa son vélo dans les rues bondées de la ville, profitant du soleil et de la brise marine. Il venait tout juste de s'acheter une glace lorsqu'il vit une imposante automobile s'arrêter en face du cinéma L'Hippodrome. Venetia Stanley en sortit en compagnie d'Edith Winter. Elles traversèrent la chaussée et franchirent immédiatement le seuil. Il finit sa glace, attacha son vélo au réverbère le plus proche et les suivit.

Le temps qu'il arrive au guichet pour s'acquitter de ses quatre pence, elles avaient déjà disparu dans la salle, petite et presque pleine. Il les vit au sixième rang ; elles avaient ôté leurs chapeaux. Il s'installa au fond ; l'obscurité se fit ; le pianiste passa sans crier gare de Gilbert et Sullivan à de sombres accents. Les actualités commençaient. « Combats acharnés en France » ; le film tremblant montrait les troupes au départ de Southampton, des soldats marchant le long d'une route droite bordée de peupliers, des mitrailleuses tirant dans des nuages de fumée puis lord Kitchener en chapeau melon sortant d'un taxi et réglant sa course, avec ce panneau : « Plus de deux cent mille recrues pour Kitchener » – cette annonce fut saluée par des cris de joie. Les actualités se conclurent sur le Premier ministre à son bureau, secouant légèrement la tête, l'air grave. « Mr Asquith au Parlement : Nous ne regrettons rien. »

Le film au programme s'intitulait *Ma vraie femme*. Censé se dérouler dans les rues enneigées de Saint-Pétersbourg, il avait de toute évidence été tourné en Californie. Un homme emmenait en Russie une femme, qu'il faisait passer sans qu'on sache pourquoi pour son épouse. Cette ravissante créature était une terroriste venue assassiner le tsar. Le point culminant de cet absurde scénario était un combat naval filmé dans une baignoire. Au bout d'une heure, le supplice prit fin ; la lumière revint ; le pianiste joua l'hymne national et tout le monde se leva.

Il était peu probable que Venetia puisse se souvenir du policier qui l'avait interrogée deux mois plus tôt ; il préféra néanmoins s'éclipser rapidement, se frayant un chemin entre les sièges et les spectateurs alors que retentissaient les derniers accords de « God Save the King ». Il attendit dehors, sous l'auvent d'une boutique. Les deux femmes sortirent quelques minutes plus tard. Venetia remonta en voiture. Edith lui fit un signe de la main et s'en fut vers la gare, en bas du village.

Il récupéra son vélo et la suivit à pied. Son imagination bouillonnait : miss Winter allait rencontrer un agent de son réseau, ou tenter de dissimuler un paquet, un message. Elle dévala les rues de la ville sans s'arrêter devant la moindre boutique, n'entra pas dans la gare, s'engagea sur le pont ferroviaire. Il la suivait à une centaine de mètres.

Dédaignant également la route du manoir, elle descendit vers la mer, empruntant un sentier qui longeait une des plages. Le vent soufflait plus fort, blanchissant d'écume le haut des vagues, plaquant les plis de sa robe sur sa mince silhouette. Elle avait gardé la main sur son chapeau, de peur qu'il s'envole. Deemer comprit qu'il n'allait sûrement pas mettre fin seul aux activités d'un hypothétique réseau d'espionnage allemand. Il était certainement inutile de continuer à la suivre. Il enfourcha sa bicyclette et parvint à sa hauteur.

« Miss Winter ? »

Elle tourna la tête. Il freina, descendit de son engin.

« Désolé de vous interrompre ! Nous nous sommes rencontrés, l'autre jour. »

Elle le regarda sans comprendre.

« Mais si, avec les lis, à Penrhos.

— Ah, oui, je vois. Le nouveau jardinier.

— Je suis désolé... Je vous ai vue sur la route. Je peux vous accompagner un moment ? Ou préférez-vous marcher seule ?

— Comme vous voulez. »

Elle se remit en mouvement ; il lui emboîta le pas, vélo à la main, cherchant comment alimenter la conversation.

« J'étais en ville. Je suis allé au cinéma.

— Oui, moi aussi. Qu'en avez-vous pensé ?

— Oh, c'était distrayant.

— Vous trouvez ? Le film était stupide. »

Il se sentit brusquement accablé.

« Oui, aussi, probablement. Vous allez souvent au cinéma ?

— À Londres, oui. Pas ici.

— Ah, alors vous n'habitez pas toute l'année à Penrhos ?

— Ah non ! répliqua-t-elle, visiblement amusée.

— Vous suivez la famille ?

— C'est cela.

— Comme femme de chambre ?

— Oui.

— Et vous resterez encore longtemps cet été ?

— Que de questions ! Vous êtes policier ou jardinier ? »

Il rougit, ce qu'elle ne sembla pas remarquer.

« La maison est fermée pour l'hiver au début du mois d'octobre. Et nous rentrons soit à Londres, soit dans le Cheshire. »

De toute évidence, la compagnie de Deemer lui pesait déjà. Elle se tut, les yeux fixés sur l'horizon.

« Bonne journée, Mr Merryweather. Je vais descendre au bord de la mer.

— Bien sûr. Au revoir. »

Il repartit d'un coup de pédale. Une fois parvenu de l'autre côté de la baie, il s'arrêta et se retourna. Elle avait ôté ses chaussures et ses bas et se promenait sur la plage – silhouette menue et déterminée, courbée dans le vent.

Le dimanche matin, tôt, il revint à vélo à Holyhead. La ville était tranquille ; seules y sonnaient les cloches. Tout était fermé, sauf le marchand de journaux et le bureau de poste. Un télégramme y attendait Deemer, envoyé par Kell. *CITOYENNE SUISSE NÉE ZURICH 1884 RÉSIDENTE GRANDE-BRETAGNE 1906. ATTENDS VOTRE RAPPORT.*

Elle était suisse, la Suisse était un pays neutre, soit : cela ne faisait pas automatiquement d'elle une sympathisante du camp britannique. Et Kell visiblement s'impatientait, même si les Stanley restaient encore un mois à Penrhos. Lui non plus, il n'y tiendrait sans doute pas.

Quand il sortit du bureau de poste, il vit qu'une file s'était formée devant le marchand de journaux. Les gens parlaient entre eux, secouaient la tête. Il s'était produit quelque chose – quelque chose de grave. Il prit place dans la file. Quand son tour fut venu, il constata que le *Times*, qui ne sortait jamais le dimanche, avait publié une édition spéciale. Pas une publicité sur la première page : ce n'étaient que gros titres.

LA BATAILLE LA PLUS INTENSE DE L'HISTOIRE
LES TROUPES BRITANNIQUES SUBISSENT DE LOURDES PERTES
L'OFFENSIVE ALLEMANDE

Il acheta le dernier exemplaire disponible et le lut dans la rue.

Depuis mardi matin, la progression des troupes allemandes est d'une stupéfiante rapidité...

En rangs dispersés, l'ennemi sur ses talons, la 4e division, ou du moins ce qu'il reste de ses vingt mille magnifiques soldats, se retire vers le sud...

J'ai assisté à la débandade de nombreux régiments...

Il nous faut admettre que le corps expéditionnaire britannique a subi des pertes terribles et qu'il doit de toute urgence être puissamment renforcé.

Il resta un moment sur le trottoir, pétrifié, stupéfait, sourd aux conversations inquiètes des autres passants. Il essaya de réfléchir : le régiment de Fred faisait-il partie de cette 4e division ? Il n'en avait aucune idée. Tout ce qu'il possédait de son frère, c'était quelques lignes griffonnées sur une carte, une photographie qui ne lui ressemblait pas et l'image fugitive d'un jeune homme rentrant à la caserne un soir d'été.

***

Le Premier ministre n'eut pas vent de l'édition spéciale du *Times* avant qu'elle lui soit remise par un valet de Lympne Castle dans sa chambre, le dimanche matin – il passait de nouveau le week-end chez son beau-frère. À la stupéfaction initiale succéda la frayeur, tandis qu'il imaginait les réactions de milliers de ses concitoyens à la table du petit déjeuner. Il prit son bain, s'habilla en hâte et trouva Margot et Edwin Montagu penchés sur un autre exemplaire du journal.

« Henry, dit Margot d'une voix effroyablement calme, quelle tragédie.

— Oui ! Affreux, affreux, en effet... Des informations militaires confidentielles étalées à la une d'un journal, au vu et au su de tous ! Quelle mortelle angoisse, pour les familles de ces hommes !

— Mais est-ce exact ? demanda Montagu.

— Dans les grandes lignes, oui, ce qui rend les choses d'autant moins pardonnables.

— Que le *Times* se mette à publier des informations exactes vaut bien une édition spéciale », murmura Montagu.

Pour une fois, cependant, le Premier ministre n'était pas d'humeur à apprécier ses bons mots.

« Comment diable ont-ils pu déjouer la censure ? Essayez de joindre F. E. Smith, voulez-vous ? Et demandez-lui ce qui s'est passé, bon sang ! »

Il alla marcher autour du château. Il avait toujours trouvé réconfortante la vue de la terrasse, le jeu incessant de la lumière et des ombres sur les marécages qui s'étendaient jusqu'à la Manche. On se rassasiait de ce paysage depuis plus de mille ans, on en jouirait encore dans des siècles, alors qu'il aurait, avec ses tourments, succombé à l'oubli. Lorsqu'il remonta au château, il avait retrouvé son calme. Montagu avait pu téléphoner à F. E. Smith. Le député unioniste, qui avait assisté à l'audience d'enquête sur les noyés de la Tamise, en juin, dirigeait par ailleurs le bureau de presse du gouvernement. Smith avait non seulement autorisé la publication de ces informations, mais il se vantait même, avec sa morgue coutumière, d'avoir ajouté deux ou trois lignes de son cru pour encourager les jeunes gens à s'engager.

« Qu'avions-nous dans le crâne quand nous l'avons nommé à ce poste ? soupira le Premier ministre.

— C'est le meilleur ami de Winston. Et un proche de lord Northcliffe, bien sûr.

— Northcliffe ! »

Cette brute arrogante et vulgaire, qui ne connaissait que le langage de la force ! La seule mention de ce nom suffisait à le faire sortir de ses gonds.

Dans le courant de l'après-midi, Horwood les conduisit, Margot et lui, dans un vaste camp militaire des environs de Folkestone, pour rendre visite à des soldats blessés récemment évacués de France. Elle s'acquittait à merveille de ces devoirs-là, Margot, bien mieux que son époux : assise sur le bord du lit, parlant sans gêne aucune aux soldats comme aux gardes-chasses de la propriété familiale, en Écosse. Lui n'articula pas un mot. Le courage, l'humilité, la simplicité de ces hommes le bouleversaient. C'était pour eux qu'il avait voulu faire de la politique, pour eux qu'il avait remué ciel et terre afin d'instituer une pension de retraite universelle, qu'ils puissent finir leur vie en paix. Les soldats auxquels ils rendirent visite n'étaient que légèrement blessés ; les cas les plus graves étaient traités en France, dans des hôpitaux de campagne. Un colonel du 5th Lancers, atteint au mollet, lui déclara avoir rencontré Anthony Henley deux jours plus tôt, parfaitement indemne. Les salles empestaient le désinfectant. À la fin de la visite, il prit quelques minutes pour envoyer à Sylvia, du bureau de l'officier adjoint, un câble rassurant.

Le soir même, il quitta le château après le dîner pour rentrer à Londres en compagnie de Montagu. À la sortie de Maidstone, les phares de la Napier prirent dans leur faisceau une scène de désolation : une automobile en panne, ses quatre passagers attendant impuissants sur le bord de la route. Le Premier ministre donna l'ordre à Horwood de s'arrêter. Il alla en personne offrir de l'aide aux automobilistes. Un couple, deux enfants en larmes. Oui, clairement en larmes. Horwood sortit une corde du coffre de la Napier et remorqua l'autre auto jusqu'au village le plus proche. Les parents ne voulaient pas abandonner le véhicule ; le Premier ministre proposa de ramener les enfants chez eux. Le garçon avait douze ans ; la fillette, huit – si vive et si joyeuse, elle lui rappelait Violet au même âge. Elle s'installa sur ses genoux et lui raconta les vacances familiales à Margate. Ils habitaient au-dessus d'une épicerie, à Lewisham, et leur tante les attendait. Rassuré sur leur sort, il remonta en voiture.

« Les parents ne savaient pas du tout qui vous étiez, je pense, dit Montagu.

— J'espère que non.

— Nous devrions en parler à la presse, ne croyez-vous pas ? C'est une charmante anecdote.

— Quelle horrible idée ! Pourquoi ? Pour que Northcliffe puisse mettre cela dans son *Daily Mail* et vendre cent exemplaires de plus ? Il n'y a rien de plus laid à mon sens. »

Il ferma les yeux et n'échangea plus un mot avec Montagu. À minuit, ils étaient de retour au n° 10.

Le lundi fut épouvantable.

À commencer par un télégramme de sir John French qu'apporta Kitchener en personne : y était dépeinte une armée « anéantie » qu'il fallait d'urgence retirer du front et installer à La Rochelle.

« Mais c'est encore plus loin que Le Havre, protesta le Premier ministre. C'est à l'autre bout du pays, sur la côte atlantique !

— Il a perdu son courage, dit Kitchener, ou sa tête. Ou peut-être bien les deux.

— Nous ne pouvons pas décamper de cette manière. Ce serait une trahison sans précédent envers la France, un comportement de canaille. Il va falloir que je demande au Cabinet de rejeter sa requête. »

Lorsqu'il lut le télégramme de French au Cabinet, plus tard dans la matinée, les ministres, déjà éprouvés par les révélations du *Times* de la veille, explosèrent – de colère, mais aussi de consternation, de panique, et de volonté d'en découdre. Il les laissa donner libre cours à leurs émotions pendant une heure puis recommanda que le ministre de la Guerre réponde au commandant en chef des armées que sa proposition était insensée, qu'elle donnerait à penser au monde que la Grande-Bretagne laissait tomber la France et qu'il devait résister.

Il eut du mal à retrouver quelque sérénité dans les heures qui suivirent, la réponse de French se faisant attendre. Il décrivit à Venetia les événements de la journée (*tout cela est hautement confidentiel*) et lut avec soin les huit cents noms des morts et des blessés, craignant d'en découvrir des connus. Il déjeuna et dîna sans appétit, perdit une partie de bridge contre le président du conseil de l'Éducation, se forçant par politesse à entretenir la conversation. Un peu avant minuit, Bongie vint le trouver : le ministère de la Guerre avait appelé, French avait répondu. Kitchener devait venir en discuter.

Le Premier ministre posa ses cartes sur la table.

« Allez me chercher Winston, Lloyd George et McKenna et dites-leur que je les attends dans la salle du Cabinet. »

Il finit son brandy. Il était assez sobre pour se rendre compte qu'il avait trop bu. Il descendit lentement l'escalier, faisant halte sur le palier pour recouvrer ses esprits. Cramponné à la rampe, il se souvint des soldats qu'il avait vus à Folkestone, des milliers de vies en jeu. Ah, non, il ne fallait pas s'attarder à cela. Il ne fallait plus laisser parler son imagination. L'affaire était en cours, des hommes allaient mourir, il fallait la mener à son terme. Il se remit en route.

Winston arriva avant les autres, toujours aussi jovial. C'était l'homme de la situation, songea le Premier ministre, fait pour la guerre, y trouvant pleinement son plaisir, y compris dans les pires désastres. Suivirent

McKenna puis Kitchener, qui revenait en frac d'un dîner officiel dans la City. Il entra, le télégramme de French à la main, et fut visiblement irrité par la présence des autres ministres.

« Peut-on commencer ?

— Nous attendons le ministre de la Justice.

— Est-ce bien nécessaire ? Le temps est compté.

— Pourquoi ? Que dit sir John ?

— "Je ne vois pas pourquoi je devrais courir de nouveau le risque d'un complet désastre pour sauver les Français", lut Kitchener à haute voix, avant de faire glisser le télégramme vers le Premier ministre. Il refuse d'obéir.

— S'il était allemand, dit Winston, le Kaiser le ferait fusiller. »

Le Premier ministre lut le message de French – inadmissible, hystérique.

« Je suis d'accord avec Winston. Malheureusement, je ne suis pas le Kaiser.

— Si ce n'est fusillé, du moins démis.

— Je crains que démettre le chef des armées en un tel moment ne fasse qu'accroître le désespoir de nos concitoyens. Lord Kitchener, je pense qu'il vous faut aller en France pour l'aider à retrouver quelque esprit militaire.

— Avec joie.

— Quand pouvez-vous partir ?

— Il suffit que je passe chez moi me changer. Je serai prêt d'ici une heure.

— Je trouverai un croiseur qui vous embarquera à Douvres, maréchal », dit Winston.

Le Premier ministre sonna Bongie.

« Voyez si vous pouvez me dénicher un train spécial pour emmener lord Kitchener à Douvres.

— Quand donc, monsieur ?

— Ce soir, le plus tôt possible. Et la chose est secrète. Ne donnez pas de noms. »

Lloyd George fit enfin son entrée, son abondante chevelure grise en désordre, comme s'il sortait du lit. Kitchener et lui échangèrent un bref signe de tête : le Premier ministre s'était rendu compte que son ministre de la Guerre détestait parler stratégie avec les politiciens – et par-dessus tout avec Lloyd George, opposant historique à toutes les guerres coloniales menées par le maréchal. Ils consacrèrent une dizaine de minutes à régler quelques détails. Kitchener passerait par Paris pour rassurer ses homologues français sur les positions britanniques, puis retrouverait sir John et le remettrait sur les rails.

« Je porterai mon uniforme de maréchal, pour lui rappeler que je suis son supérieur. »

« Foutus militaires, dit Lloyd George une fois que Kitchener eut le dos tourné. S'ils mettaient autant d'ardeur à combattre les Allemands qu'à leurs chicanes, nous aurions déjà gagné la guerre. »

- 18 -

Le mardi, premier jour de septembre, Geddings annonça, obéissant peut-être à un almanach séculaire qu'il était seul à connaître, que Deemer allait désormais quitter le jardin clos et se consacrer à la grande pelouse devant le manoir, qu'il fallait préparer pour l'automne : taille des haies et du lierre, tonte de l'herbe et renouvellement du gravier.

C'était l'endroit idéal pour surveiller la maison. À 7 heures du matin, un coursier apporta les journaux. Le facteur arriva une heure plus tard, à vélo, avec le courrier du matin. Des livreurs se succédèrent à la porte. Juste avant midi, la grande limousine familiale fut garée devant le porche principal, suivie d'une automobile plus modeste. Des domestiques remplirent le coffre de la limousine de tout ce qu'exigeait au minimum un pique-nique à la mode de Penrhos : des paniers en osier, des tables et des chaises pliantes, des caisses contenant vaisselle, couverts, verres et linge de table. Les Stanley eux-mêmes firent bientôt leur apparition, cortège que menait lord Sheffield, visage maigre, cheveux blancs. Venetia portait une des fillettes dans ses bras. Deemer, tête baissée, ratissait l'allée. Les domestiques montèrent dans la petite voiture, apparemment sans Edith, puis les deux véhicules s'engagèrent sur l'allée.

Cet après-midi-là, quand il apporta les fleurs pour la table du soir, le vestibule était désert. Il décida de se mettre en quête de miss Winter et erra de pièce en pièce, les lis lui servant d'excuse et de bouclier. Du salon, il la vit enfin, de dos, sur la terrasse : assise devant la pelouse, elle reprenait l'ourlet d'une robe. Il ouvrit la porte-fenêtre en silence et avança vers elle. Le bruit de ses pas la fit sursauter ; elle porta la main à son cœur.

« Vous m'avez fait peur !

— Je suis désolé. C'est qu'il n'y a personne dans la maison.

— Les Stanley sont tous partis en excursion à Prestatyn ; il n'y aura pas de dîner ce soir. Je crains qu'il n'y ait plus personne pour admirer vos magnifiques lis.

— Quand reviennent-ils ?

— Demain.

— Quel dommage. Ils auront perdu de leur fraîcheur. »

Une idée lui traversa l'esprit.

« Mais peut-être puis-je vous les laisser ? Enfin, quelques-uns. Pour miss Venetia ? »

Elle lui lança un regard caustique avant de hausser les épaules.

« Pourquoi pas ? »

Puis elle coupa le fil d'un coup de dents, rangea l'aiguille dans son nécessaire et replia la robe.

« Auriez-vous la gentillesse de les porter jusqu'à l'étage ? »

Elle lui fit traverser le salon, puis le couloir, remonter l'escalier sous le regard des portraits de famille et emprunter le grand couloir qui menait aux chambres.

« Ici, s'il vous plaît. »

Elle ouvrit la porte sur une immense pièce et posa la robe sur le lit.

« Attendez-moi un instant. »

Elle repartit, le laissant seul. Il l'entendit ouvrir quelque placard, déplacer des objets. Il eut le temps d'admirer le lit majestueux, la psyché, le secrétaire, avec leurs bataillons de photographies dans leurs cadres d'argent, le divan, les fauteuils, la colossale armoire, le tapis de Perse. Il lui vint l'idée d'inspecter les tiroirs mais il avait les bras chargés de fleurs et miss Winter ne tarda pas à revenir, tenant à deux mains un grand vase en verre taillé. Elle l'emporta dans la salle de bains, le remplit d'eau et le posa sur le secrétaire. Puis elle choisit une par une les tiges les plus belles et les disposa dans le vase jusqu'à ce qu'il soit plein. Après quoi, elle recula pour mieux juger de l'effet obtenu, effectua quelques améliorations et hocha la tête.

« Merci, ils sont magnifiques.

— Dignes de cette chambre.

— Si celle-ci vous impressionne, je ne sais pas ce que vous penseriez d'Alderley ! »

Son élocution était parfaite. Seule sa pointe d'accent la trahissait encore.

« Votre anglais est impeccable, si je peux me permettre.

— Je remarque, dit-elle en lui souriant, que vous ne me traitez pas d'Allemande.

— L'êtes-vous ?

— Bien sûr que non. Avec les gens qui viennent ici... je ne pourrais pas rester. »

Elle lança un bref regard vers la porte et ajouta, plus sèchement :

« Vous devez partir, maintenant. J'apporterai le reste des fleurs à Mrs Protheroe. Vous ne devriez pas vous montrer à l'intérieur de la maison. »

Le lendemain matin, il se mit au travail le plus tôt possible. À 8 heures, comme toujours, le facteur arriva à vélo devant le porche, entra en sortant de sa sacoche une liasse de lettres, puis ressortit presque aussitôt, salua Deemer et enfourcha sa machine. Deemer attendit qu'il disparaisse dans l'allée pour s'introduire dans le hall. Le courrier était toujours posé sur le guéridon, à côté du gong. Il était seul. Il tria rapidement les enveloppes : une dizaine de lettres pour lord et lady Sheffield, trois pour l'honorable Mrs Anthony Henley, deux pour l'honorable Mrs Pearce-Serocold, cinq pour Venetia. Il reconnut immédiatement l'écriture sur l'une d'entre elles : c'était celle qu'il avait vue sur le registre du libraire, à Londres. Il la glissa avec précaution dans la poche intérieure de sa veste.

Il attendit patiemment que les autres jardiniers soient revenus de l'appentis, où ils avaient pris leur thé du matin, et aient repris leurs activités. Il put alors en toute tranquillité rallumer le poêle, faire bouillir un peu d'eau et tenter d'ouvrir l'enveloppe à la vapeur. Le papier était de bonne qualité, épais : il fallut une petite minute pour que le rabat commence à se décoller. Il prit un pot de colle sur l'étagère, vérifia que la cour était vide et remonta dans son grenier.

L'enveloppe contenait deux feuilles de papier à en-tête du 10 Downing Street. Elles avaient été pliées en deux pour constituer un petit livret de huit demi-pages. Il les fit précautionneusement sortir du bout des doigts. Huit demi-pages entièrement couvertes de la fine écriture du Premier ministre ! *Ma chérie*, commençait la lettre. Dans la pénombre du grenier, il déchiffra péniblement, dos à la fenêtre, ces phrases parfois illisibles. Quand il eut enfin fini, il fouilla dans sa valise, à la recherche de son carnet, et recopia quelques-uns des passages les plus stupéfiants. *French a grandement sous-estimé ses pertes : c'est de l'ordre de 10 000 et non pas de 5 000... Dans ses télégrammes (Secret) il parle même d'une armée « anéantie »... Nous avons décidé que la seule chose à faire était que Kitchener aille le voir tout de suite... Nous sommes sans doute six ou sept à savoir qu'il n'est pas au ministère de la Guerre aujourd'hui... N'en dis rien autour de toi. Je viens de voir le roi, qui n'était pas au courant avant cette entrevue... Je ne crois pas que tu saches à quel point je t'aime...*

Il n'osa pas en recopier davantage. Il replia la lettre et la réinséra avec la délicatesse requise dans l'enveloppe, sur le rabat de laquelle il s'apprêtait à étaler un peu de colle du bout de son auriculaire, tâche minutieuse, quand il entendit Geddings l'appeler de l'étable.

« Merryweather ! Tu es là-haut ?

— Oui, oui, j'arrive tout de suite. »

Il referma le rabat, glissa la lettre dans la poche intérieure de sa veste et descendit l'échelle. Geddings l'attendait, bras écartés, en tapant du pied.

« Tu faisais la sieste ?

— J'ai eu un petit malaise, Mr Geddings. Je suis allé m'étendre deux ou trois minutes. Ça va mieux. »

Le vieux jardinier émit un grognement dubitatif.

« Que je n'aie pas besoin de revenir te tirer du lit, Merryweather. Garde tes malaises pour tes jours de congé. »

Deemer contourna le manoir et s'introduisit dans le vestibule. À son grand soulagement, le courrier du matin était encore sur le guéridon. Son intervention avait laissé de légères traces sur l'enveloppe, un peu sale, un peu froissée – rien cependant qui ne puisse être attribué à son voyage de Londres au pays de Galles. Il la glissa dans la pile.

Deux minutes plus tard, les deux automobiles du manoir apparurent dans l'allée. Juché sur l'échelle

– il taillait le lierre du porche –, il put voir Venetia Stanley de près, et de face, tandis qu'elle descendait de la limousine. Son charme surpassait sa beauté : élancée, énergique, le teint rosi par une journée sur la plage. Il comprenait fort bien que le Premier ministre en soit amoureux. Mais partager de si nombreux secrets avec une femme qui n'avait pas la moitié de son âge, les lui envoyer par la poste ordinaire, lui montrer des télégrammes décryptés, c'était plus que de l'amour. Bien pire : de la folie.

Elle entra dans le hall. Il s'attendait à un cri de colère ou d'effroi, peut-être même à la voir réapparaître, en quête de l'indiscret qui avait ouvert sa correspondance. Pourtant, les domestiques désertèrent rapidement la cour, les voitures furent garées ailleurs ; bientôt on put entendre résonner le coup de gong qui convoquait les Stanley au déjeuner.

Il continua à la surveiller pendant le reste de la semaine, et médita sur la marche à suivre. Le facteur montait au manoir deux fois, parfois même trois fois par jour : combien d'autres lettres du Premier ministre cela représentait-il ? Deemer apportait les fleurs tous les après-midi ; par deux fois, il vit le courrier sur le guéridon mais n'osa pas approcher et examiner les écritures sur les enveloppes ; il n'était jamais seul.

Le soir, couché sur son matelas, il étudiait ses notes – *10 000 morts et blessés, une armée anéantie* –, pensait à Fred, songeait qu'il aurait bien aimé connaître d'autres secrets révélés par le Premier ministre à Venetia. Que faisait-elle des lettres une fois qu'elle les avait lues ? Les montrait-elle aux membres de sa famille, à des amis ? Les laissait-elle traîner au vu et au su de tout le monde ? Edith, citoyenne d'un pays étranger, y avait-elle accès ? La situation tenait clairement de l'atteinte aux secrets d'État. La décision la plus raisonnable était certainement d'obtenir un mandat de perquisition, de faire venir des agents et de fouiller les lieux. C'était à Kell de décider, pas à lui. Et d'ici la fin de la semaine, il ne pouvait pas filer à Holyhead pour le contacter, Geddings redoublant de méfiance à son égard.

Le vendredi, il perdit sa position idéale de tailleur de lierre pour se remettre au désherbage dans le jardin clos. Il apporta les lis des serres comme d'habitude à Mrs Protheroe et revint au jardin juste avant 17 heures, pour s'attaquer aux vrilles collantes des gratterons. Celles-ci lui avaient fait venir des plaques rouges sur les avant-bras et sur les mains, éruption qui se propagea à son cou lorsqu'il eut le malheur de le toucher. Il s'épongeait le dos d'un revers de manche quand, ayant levé les yeux, il aperçut Edith près de la grille, fouillant du regard le jardin clos. C'était lui qu'elle cherchait. Tandis qu'elle approchait, il se leva et ôta sa casquette.

« J'espérais vous trouver là, dit-elle. Miss Venetia a grandement apprécié les lis et m'a prié de vous demander si vous pouviez en apporter régulièrement pour sa chambre.

— Bien sûr.

— Vous les laisserez également à Mrs Protheroe.

— Sans faute. Voulez-vous en emporter déjà quelques-uns maintenant ?

— Non, nous partons à Londres demain pour une semaine. Mais quand nous rentrerons. »

Elle l'avait soigneusement évité depuis leur rencontre près de la plage, se disait-il. Pourtant, à présent, elle s'attardait, lui semblait-il. Elle lui demanda des noms de fleurs. Deemer de son côté n'était que trop conscient de sa peau rougie, des mèches collées sur son front par la transpiration.

« Je suis certain que vous connaissez les lieux bien mieux que moi, dit-il, mais j'aurais grand plaisir, un de ces jours, à vous montrer quelques fleurs dans le jardin et dans le parc, si vous avez un moment de liberté. »

Elle hocha la tête d'un air sagace, comme s'il lui avait parlé d'un investissement à la Bourse.

« J'aimerais bien, finit-elle par dire. Je vous remercie. »

Le samedi, après avoir touché ses émoluments, il alla à vélo à Holyhead. Il y avait moins de vacanciers, la brise était plus fraîche et promettait de la pluie – une atmosphère de fin d'été. Aucune lettre, aucun télégramme ne l'attendait au bureau de poste. Il demanda à l'employée de bien vouloir vérifier une seconde fois : même réponse. Après ces deux semaines de solitude sous une fausse identité, il avait le sentiment d'avoir été oublié du monde, abandonné.

Il s'installa sur un banc qui donnait sur le port pour lire le *Times*. Pour la première fois y figurait une liste des officiers blessés, morts ou disparus. Le journal appelait cela « La liste des honneurs ». Les morts occupaient presque une colonne entière, en toutes petites lettres. Il y avait également une liste des soldats d'autres rangs, blessés et soignés au Woolwich Hospital, mais pas de sergents, caporaux et simples soldats morts, sans doute parce qu'ils étaient trop nombreux. Le nom de Fred ne figurait pas parmi les blessés. En était-il heureux, en était-il inquiet, il ne le savait pas. La carte des combats montrait désormais les Allemands à trente kilomètres de Paris.

Il rentra à Penrhos par la route du bord de mer. Les nuages bouchaient l'horizon. La mer était d'un gris de plomb. Il lui fallait soit progresser dans ses investigations, songea-t-il, soit regagner Londres. Il laissa sa bicyclette dans la cour, contre un mur, et fit le tour complet du manoir, sans rencontrer ni Edith, ni Venetia, ni personne. Les Stanley étaient déjà partis par le train, sans doute. Il resta couché dans son grenier jusqu'à 18 heures. Les domestiques commençaient à dîner dans la grande cuisine. Il retourna au manoir, où il trouva le vestibule désert. Il monta rapidement l'escalier et entra dans la chambre de Venetia. Il s'assit dans un de ses fauteuils et se força à respirer plusieurs fois, très lentement, pour calmer ses nerfs, se disait-il, et prendre son temps.

Il parcourut la pièce du regard. Par quoi commencer ? Le secrétaire, bien sûr. Il trouva plusieurs dizaines de lettres dans les tiroirs, mais aucune de l'écriture du Premier ministre. Dans ceux de la coiffeuse, ce n'étaient que bijoux, poudres et fards, parfums, ciseaux à ongles, pinces à épiler, épingles à cheveux... Il feuilleta les livres posés sur les deux tables de chevet, regarda sous le lit, souleva même le matelas. Il y avait, dans la grande armoire, un coffre en bois peint, fermé par un cadenas. Il vérifia le contenu des boîtes à chapeaux avant de s'intéresser de nouveau au coffre, qu'il transporta au centre de la pièce, le trouvant curieusement léger. Il chercha la clef dans le secrétaire, la table de toilette, les tables de chevet ; aucune de celles qu'il dénicha ne convenait. Il décida de forcer le cadenas à l'aide d'une pince à épiler et d'une épingle à cheveux.

Par la fenêtre, le ciel s'était assombri. À présent, il pleuvait. À genoux sur le tapis de Perse, il introduisit l'épingle dans la serrure du cadenas. Il n'y avait que trois picots, qu'il fallut soulever un à un avec l'épingle, et maintenir dans cette position avec la pince à épiler, tâche fastidieuse. À un moment, il entendit des pas dans le couloir et se figea. Puis les pas s'éloignèrent sans même s'être arrêtés. Au bout d'une demi-heure, les picots se trouvèrent enfin dans la position adéquate. Il tourna la pince à épiler dans le sens des aiguilles d'une montre, et le cadenas s'ouvrit. Il s'essuya les mains et souleva le couvercle.

***

Combien de lettres avait-il escompté trouver ? Une dizaine ? Une vingtaine ? À première vue, il y en avait plus d'une centaine, formant un tas irrégulier. Il eut un moment d'hésitation avant de les examiner, ne voulant pas modifier leur disposition. Après avoir vérifié les dates sur les toutes premières, il supposa qu'elles avaient été déposées dans le coffre suivant leur ordre d'arrivée. Il faisait trop sombre à présent pour les lire – il n'osa pas allumer la moindre lumière. Il prit une grande serviette dans la salle de bains et réquisitionna deux chaises pour dresser une tente autour d'une des deux lampes de chevet. Il s'y agenouilla, le coffre à portée de main, et lut la première lettre de la pile. Elle était datée de l'avant-veille. Elle s'ouvrait sur *Ma chérie* et concluait par *Mon cher amour, comme je te désire* ; entre-temps étaient décrits par le menu le retour de Kitchener en France, les tensions apparues entre les états-majors français et britannique et la progression constante du recrutement : *30 000 hommes par jour... Nous en avons à présent presque 300 000...*

Comme la lettre subtilisée au début de la semaine, elle était truffée d'informations confidentielles. Il s'accroupit, tout d'abord impuissant à déterminer l'étendue du désastre. Après un moment de réflexion, il décida de ne lire que les lettres conservées depuis le début de la crise internationale (le Premier ministre écrivant visiblement une fois par jour à Venetia Stanley, il y en aurait probablement une quarantaine) et de dresser la liste de toutes les contraventions à la loi de 1911 sur la protection des secrets d'État – un texte que le Premier ministre avait personnellement soutenu et promu. Sans doute lui faudrait-il également recopier les passages intimes les plus compromettants, susceptibles d'être utilisés par des maîtres chanteurs. Tâche peu ragoûtante : rien qu'à les lire, il se sentait souillé.

Il n'avait sur lui que son carnet et son crayon. Il emprunta au secrétaire de Venetia quelques feuilles de papier, un de ses porte-plumes et une bouteille d'encre. Puis il se mit au travail.

En fin de soirée, alors qu'il avait presque fini, il entendit des pas dans l'escalier et dans le grand couloir, des voix qui parlaient bas, des planches qui grinçaient, des portes qui se fermaient. Le fin ruban de lumière qui avait longtemps brillé sous celle de Venetia s'éteignit.

Il lui fallut une bonne heure pour effacer les traces de son passage, tout remettre en ordre. Le plus difficile fut de refermer le cadenas du coffre peint. Il avait les mains moites ; l'irritation le rendait maladroit. Craignant de casser le cadenas, il finit par abandonner et rangea le coffre dans l'armoire. Pourvu, songea-t-il, qu'elle ne remarque rien – ou se dise, simplement, qu'elle avait oublié de le verrouiller.

Il attendit 4 heures du matin et, lorsqu'il fut à peu près certain que tout le monde dormait dans le manoir, il sortit de la chambre, ses notes dans une main et ses souliers dans l'autre. Il descendit dans le vestibule. L'énorme clef de la porte d'entrée était fichée dans la serrure. Il la tourna lentement et tira les verrous aussi discrètement que possible. Dehors, l'air était sombre, humide et doux.

Après quelques heures d'un sommeil agité, il fit sa valise. Il écrivit un bref message à Geddings, qu'il laissa sur la table de l'appentis. Il le remerciait de lui avoir donné l'occasion de travailler dans un si beau jardin, lui présentait ses excuses pour ce départ inopiné, rendu nécessaire par une crise familiale, et espérait pouvoir donner vite de ses nouvelles. Puis il descendit l'allée déserte à vélo.

Arrivé à Holyhead, il envoya un télégramme à Kell. Dès son retour à Londres, vers 20 heures, il souhaitait lui parler au plus vite. À midi, il quitta Holy Island par le train.

Ce soir-là, en s'engageant dans sa petite rue, il aperçut, dans la lueur du crépuscule, une automobile garée devant sa maison. Il y avait un homme au volant, et lorsque Deemer s'approcha, il reconnut Kell. Le major baissa la vitre.

« Désolé de vous tomber dessus sans tambour ni trompette un dimanche soir, mais au ton de votre télégramme, la chose semblait urgente.

— Cela me convient parfaitement, monsieur. Si vous voulez bien entrer ? »

Il ouvrit la porte de la maison, étalant sur le parquet le petit tas de lettres qui s'était accumulé depuis son départ. Il alluma la lumière. En deux semaines, tout s'était recouvert d'une fine couche de poussière. Il flottait une odeur vaguement déplaisante, comme s'il avait oublié des fruits trop mûrs dans le garde-manger. Ces détails sordides lui faisaient honte.

« Je suis navré, monsieur, ce n'est pas bien agréable. Nous pouvons aller au pub qui se trouve de l'autre côté de la rue, si vous préférez.

— Non, dit Kell. Il peut y avoir des oreilles indiscrètes. Pourquoi ne pas fermer les volets ?

— Bien sûr. »

Le temps qu'il les ferme tous, Kell avait déjà adopté l'un des deux vieux fauteuils en cuir. Il passa l'index sur l'accoudoir avant d'examiner avec soin la tache grise au bout de son doigt.

« Puis-je vous offrir quelque chose à boire, monsieur ?

— Non, je vous remercie. Je sors du bureau. Je ne faisais que passer, avant de rentrer chez moi. »

Il prit sa pipe déjà entamée dans sa poche et gratta une allumette sur la semelle de sa chaussure.

« Bon, Deemer. Racontez-moi vos exploits. »

Deemer s'installa sur l'autre fauteuil, la valise sur les genoux. Il en sortit ses notes, expliqua comment il s'était fait embaucher chez les Stanley comme jardinier sous un faux nom, et la manière dont il avait pu avoir accès aux lettres du Premier ministre à Venetia.

Les sourcils de Kell se soulevèrent légèrement.

« Vous êtes entré par effraction dans sa chambre ?

— Pas par effraction, monsieur. Je suis entré tout court. Je n'aurais pas dû ?

— De toute façon, il est trop tard pour s'en formaliser. Non, non, vous avez bien fait. Il faut parfois se donner un peu de liberté. Alors, cette correspondance ? À quoi ressemble-t-elle ?

— Il lui écrit tous les jours et lui raconte des secrets d'État dans pratiquement toutes ses lettres. Les débats du conseil, les mouvements des troupes, les interventions diplomatiques, les plans d'action. Il lui envoie même des documents, de temps en temps.

— De quelle sorte ?

— Eh bien, j'ai par exemple trouvé la copie carbone d'un télégramme de l'ambassade à Saint-Pétersbourg, qui ressemble à celui qu'il lui avait montré dans sa voiture, au mois d'août. Elle a également eu droit à une lettre de lord Kitchener sur le déploiement des troupes... Je l'ai recopiée, prenez-la... Et elle a même en sa possession une lettre manuscrite de la reine...

— Seigneur ! »

Pour le major Kell, c'était visiblement la goutte d'eau qui faisait déborder le vase.

« Le document le plus confidentiel de tous est le décryptage d'un télégramme secret de sir John French, qui donne les positions de retrait du corps expéditionnaire. Le Premier ministre le lui a fait suivre le jour où il l'a reçu. »

Il tendit sa copie à Kell, qui prit son temps pour la déchiffrer avant de relever la tête, sidéré.

« Mais... ces informations sont cruciales... Si c'était tombé sous les yeux des Allemands !

— Je dois dire, monsieur, que j'en étais tout aussi troublé que vous », reprit Deemer.

Il s'abstint de préciser que la cause de son inquiétude était un jeune soldat – son frère – dont la vie aurait pu être mise en danger par la divulgation du télégramme.

« Cela dit, vous ne savez pas si miss Stanley a montré ce document à qui que ce soit.

— Ces lettres se trouvaient toutes dans un coffre fermé par un cadenas.

— Et le ton de ces lettres est, on l'imagine... intime ?

— Très intime, en effet.

— Que dit-il, par exemple ?

— *Ma chérie, je t'aime à un point que je ne puis expliquer par les mots*, répondit Deemer en parcourant ses notes. *Mon amour, je t'aime : à quel point, je ne puis l'exprimer, mais tu le comprendras un jour... Je donnerais plus que je ne peux l'écrire ici pour... Il est des phrases qu'il vaut mieux ne pas finir...* Et puis il y a ce passage que j'ai trouvé particulièrement significatif : *J'aimerais tant avoir un code que nous pourrions toi et moi utiliser par télégramme. Ce matin, par exemple, j'avais un tel désir de te parler de ces événements passés et présents – à toi, avant toute autre personne. Crois-tu possible un tel dispositif ?* »

Kell était sidéré.

« Il se conduit comme un espion au sein de son propre gouvernement ! Et cette femme de chambre, qu'en dites-vous ? Cette Suisse allemande, c'est ça ?

— C'est une citoyenne suisse qui parle allemand, le corrigea Deemer. Elle donne l'impression d'être digne de confiance. Mais ce n'est que mon sentiment, bien sûr. »

Kell poussa un soupir et se carra au fond du fauteuil. La tête en arrière, il se mit à fixer une tache d'humidité au plafond que Deemer n'avait jamais remarquée.

« Si notre coupable était un homme ordinaire – par exemple, un employé du Foreign Office –, nous l'arrêterions séance tenante ; il serait poursuivi au nom de la loi de 1911 et jeté en prison pour de très longues années. Mais le Premier ministre ? C'est impensable !

— Ne pourriez-vous pas avoir un entretien avec un de ses collègues – par exemple lord Grey – et le prier d'en parler avec le Premier ministre ? Le prévenir qu'il faut que cela cesse ?

— Mon Dieu, dit Kell avec un rire qui tenait du hoquet, la conversation risquerait d'être assez compliquée, voyez-vous ? Il nous faudrait avouer que nous nous sommes introduits dans la chambre de la maîtresse du Premier ministre pour y lire ses lettres d'amour... Ce qui me vaudrait certainement ma carrière. Et puis, quelles preuves détenons-nous de ces agissements, hormis vos notes ? »

Il tira une bouffée de sa pipe, qui s'était éteinte, et ne prit même pas la peine de la rallumer.

« Je pense malheureusement, finit-il par dire, qu'il n'y a pas d'autre solution qu'une surveillance intensive et patiente. Est-il utile selon vous de retourner à Penrhos ?

— Je ne le pense pas, monsieur. Nous n'apprendrons rien de plus. En outre, la maison n'est habitée qu'en été. Elle ferme à la fin du mois.

— Si nous cherchons des preuves, dit Kell après un instant de réflexion, il n'y a qu'une solution.

— Laquelle ?

— Intercepter la correspondance de miss Stanley.

— En avons-nous légalement le droit ?

— Théoriquement, pas sans un mandat du Home Office, mais en temps de guerre, notre liberté d'action est plus conséquente. Et si l'on nous pose des questions, je peux toujours brandir le prétexte de la femme de chambre suisse-allemande, que nous suspecterions d'espionnage. D'ailleurs, les lettres de cette miss Winter devront également être interceptées. Cela dit, mieux vaut conserver son caractère officieux à notre enquête. Vous allez devoir rejoindre l'équipe de Mount Pleasant : c'est elle qui traite de la surveillance des courriers. Ils vous apprendront les techniques idoines. Il faudra photographier tous ces courriers. Une précaution, cependant : vous travaillerez chez eux, mais dans votre coin, à part, sans leur expliquer ce que vous faites. Je serai votre seul référent. Cela ne vous met pas trop en porte-à-faux ?

— Non, monsieur », répondit Deemer, ce qui était un mensonge.

Mais comment aurait-il pu refuser ? Du reste, il s'était tellement impliqué dans cette affaire qu'il aurait eu de la peine à s'en voir dépossédé.

« Ça ne me dérangera pas.

— C'est un travail très fastidieux, je le crains, mais je ne pense pas que nous ayons le choix. Vous commencerez demain. Je les avertirai de votre venue. Ne remettez pas les pieds au bureau. Quand vous avez du nouveau, passez toujours par le club pour m'en parler. Je sais que je peux compter sur votre discrétion. Vous avez l'étoffe d'un agent secret de premier ordre. »

Une fois Kell raccompagné à la porte, Deemer ramassa son courrier. Y figurait une lettre de son frère, datée de la semaine précédente.

Salut, vieux. On ne peut pas dire que ça ait été facile, je peux te le dire ! J'ai senti le vent du boulet à plusieurs reprises & nous avons perdu des tas de chics types. Mais ne t'en fais pas. Il commence à faire froid. Tu pourrais m'envoyer quelques bricoles ? Chaussettes, gants, caleçons longs, écharpe, peut-être aussi une petite bouteille de brandy si tu peux, & des cigarettes ? Je te rembourserai quand on se verra. Prends soin de toi et envoie-moi de tes nouvelles. Ton frère affectionné, Fred. PS : Ça ne sera pas fini à Noël !

Paroles rassurantes, mais l'écriture ne l'était pas. Ces quelques phrases semblaient avoir été griffonnées par un vieillard.

Quatrième partie

INTERCEPTION

24 septembre au 21 octobre 1914

- 19 -

Environ trois semaines plus tard, alors que septembre touchait à sa fin, le Premier ministre put enfin réaliser l'un de ses objectifs de guerre, grâce à une stratégie à la fois rusée et tortueuse de sa propre invention.

Il avait, pour commencer, suggéré aux lords-maires de Londres, d'Édimbourg, de Cardiff et de Dublin qu'il serait opportun de délivrer un discours dans les quatre capitales du Royaume-Uni pour inciter les jeunes hommes à s'engager. Puis il s'était débrouillé pour que sa visite à Dublin tombe le vendredi 25 septembre. Enfin, il avait écrit à lady Sheffield pour s'inviter à Penrhos pour deux nuits : celle qui précédait et celle qui suivait son escapade en Irlande. « Ce serait merveilleux, pour ce qui nous concerne, avait-elle immédiatement répondu, d'autant plus qu'il s'agit là du dernier week-end avant que nous fermions la maison pour l'hiver. J'écris de ce pas à Margot pour l'inviter elle aussi, ainsi que les filles. »

Il aurait préféré être seul, mais se plia de bonne grâce aux exigences des bonnes mœurs. Le jeudi 24 septembre au matin, il monta à bord d'un compartiment de première classe réservé pour lui en compagnie de ses troupes, constituées de Margot, de Violet, d'Elizabeth, de Bongie et d'un officier de protection envoyé par les Services spéciaux, car le voyage en Irlande comportait toujours des risques de débordements.

Le seul inconvénient de cet habile stratagème était qu'il lui fallait délivrer un discours d'une heure devant des auditeurs irlandais, ce qui n'était pas une sinécure. Pendant la plus grande partie du voyage, il dut, alors que les autres conversaient gaiement, rester assis, près de la fenêtre, à coucher sur le papier des idées décousues, car son esprit ne parvenait pas à se concentrer sur des objets aussi exaltants que la constitution d'un corps d'armée irlandais, retombant sans cesse dans les visions plus chaleureuses des retrouvailles avec Venetia, et imaginant de nouvelles ruses pour passer quelques moments seul avec elle.

Ils arrivèrent à Holyhead un peu avant 17 h 30. Lady Sheffield leur avait fait envoyer deux automobiles à la gare. Quelques minutes plus tard, ils franchissaient déjà le grand portail, apercevaient les tours et les remparts arthuriens du manoir – vision romantique qui avait nourri ses espoirs pendant ces deux longs mois. Elle ne résista pas longtemps au contact de la réalité, comme c'est toujours le cas. Lorsqu'ils descendirent de voiture, le majordome leur annonça que le thé était servi dans le salon. Au lieu de pouvoir emmener Venetia sans tarder sur la terrasse, puis dans les bois, comme il en avait rêvé toute la journée, il la trouva perdue dans la cohue, entre lord et lady Sheffield, Blanche, Sylvia, Margaret et leurs petites filles, Reggie et Pamela McKenna et leurs deux petits garçons, Edwin Montagu – elle s'était bien gardée de lui dire qu'il était également invité – et les escadrons, habituels chez les Stanley, de femmes de chambre, de valets et de nourrices. Une fois que ses propres forces – sa femme, ses filles, Bongie – eurent envahi le salon à sa suite pour saluer leurs hôtes, Venetia sembla s'être volatilisée dans la foule.

Sa déception d'enfant privé de son jouet était si vive que le Premier ministre songea à demander au majordome de lui montrer immédiatement sa chambre. Lady Sheffield, le voyant seul dans l'embrasure de la porte, vint le saluer et le conduire au milieu de la foule. Ce fut alors une pantomime de poignées de main, de baisers, de contemplation admirative de bébés boudeurs et autres séances de jonglerie avec la tasse de thé, la soucoupe, la petite assiette et les sandwiches au concombre. Puis Venetia réapparut enfin devant lui, dans la robe à rayures vertes qu'il aimait tant.

« Bonjour, Premier, murmura-t-elle en lui déposant un petit baiser sur la joue. Ne t'inquiète pas, ça ne sera pas toujours comme ça. »

Ce en quoi elle se trompait, du moins pour la journée qui suivit. Le Premier ministre avait une chambre superbe qui se trouvait à l'extrémité du couloir, le plus loin possible de celle de Venetia (un choix de lady Sheffield qui, songea-t-il, ne devait sans doute rien au hasard). La chambre mitoyenne, que l'on réservait en général au domestique du visiteur, était occupée par l'officier chargé de sa protection : adieu, cette fois-ci, les allées et venues furtives dans les couloirs à la nuit tombée. Au dîner, il se retrouva entre sa formidable hôtesse et Pamela McKenna et ne put s'accorder, une fois qu'ils furent sortis de table, qu'une trop brève conversation avec Venetia – assis tous deux sur un canapé, le dos de la main du Premier ministre effleurant discrètement le mollet de la jeune femme.

Le lendemain, après le petit déjeuner, les deux petites armées, joignant leurs forces – Venetia, ses parents, Margot et les filles, Bongie, Montagu et l'officier de protection –, furent conduites en voiture à Holyhead, où elles embarquèrent sur le vapeur à destination de Dublin. Le navire leva l'ancre à midi, doublé, à la demande expresse de Winston, par un destroyer positionné à quelques centaines de mètres à tribord, pour parer à toute attaque de sous-marin allemand. Quelle idée de déranger tout ce monde, songeait le Premier ministre, juste pour que je puisse voir Venetia... Il aurait voulu que son discours soit inoubliable, ne serait-ce que parce qu'elle était dans la salle. Mais bien qu'il ait passé les quatre heures de la traversée enfermé dans sa cabine avec Bongie, il n'avait guère d'inspiration. Il n'avait toujours pas fini d'écrire son texte lorsqu'il quitta la résidence du vice-roi à Phoenix Park en compagnie de ce dernier, lord Aberdeen, dans sa Rolls-Royce d'apparat.

Cinq cents soldats étaient postés autour de Mansion House, dans Dawson Street. Il y avait à peu près autant de monde dans le petit auditorium en rotonde où il devait prendre la parole. Il s'installa sur l'estrade avec Aberdeen, antique aristocrate au visage fossilisé dont le grand-père avait été Premier ministre pendant la guerre de Crimée, et le chef de file des nationalistes, John Redmond. Venetia était assise au premier rang. Il se leva pour entamer son discours, et il y mit tout son cœur.

« Ce n'est pas en partisan que je suis venu vous voir, ce n'est même pas en politicien : non, c'est en chef du gouvernement de Sa Majesté le roi (*applaudissements*) que je viens demander à l'Irlande, à la loyale et patriotique Irlande, de prendre sa place dans la défense de notre cause commune (*applaudissements*). »

Le discours fut accueilli avec enthousiasme. Il parla pendant quarante-cinq minutes, fut salué par une immense ovation et dut réitérer l'exercice dans une seconde salle de Mansion House, pour ceux qui n'avaient pas pu l'entendre dans l'auditorium. Lorsqu'il rentra, tard, chez le vice-roi, il était épuisé mais triomphant. Venetia put enfin lui prendre les deux mains, lui déclarer qu'il avait été splendide.

« Les seuls applaudissements qui comptaient étaient les tiens », lui répondit-il.

Au dîner, il dut subir la compagnie de lady Aberdeen, qui ne cessa de le prier de bien vouloir prolonger le mandat de vice-roi de son époux, qui expirait quelques mois plus tard. Il s'éclipsa dès qu'il le put et alla se coucher.

Le lendemain matin, le *Times* prétendit qu'il avait parlé « d'une voix si basse qu'on pouvait à peine l'entendre à l'autre bout de cette grande salle. Il avait l'air un peu fatigué ».

Ah, déchirer le journal en quatre ! Que le diable emporte Northcliffe, songea-t-il.

Pendant la traversée du retour, il resta assis, morose, sur le pont, bras croisés, une couverture sur les genoux, tout en regardant Venetia qui ne cessait de déambuler : d'abord avec Bongie, puis au bras de Montagu. Tous deux célibataires, assez jeunes pour être ses fils, et tous deux prêts à convoler dans la minute avec Venetia pour peu qu'elle leur donne le moindre encouragement, ce dont le Premier ministre était bien conscient. Il se sentit horriblement impuissant.

Ils furent de retour à Penrhos dans le milieu de l'après-midi. Il pria l'officier des Services spéciaux de le laisser seul, sortit sur la terrasse et, appuyé sur sa canne, regarda sans les voir la pelouse et la forêt. Il était encore en frac et haut-de-forme. Une main se posa sur son bras. Il se retourna. C'était Venetia, deux chiens sur les talons.

« Il me semble que nous avons mérité une heure de tranquillité, non ? »

Elle s'était rendu compte qu'il était malheureux depuis son arrivée. Elle le plaignait, bien sûr – mais qu'y pouvait-elle ? Il se passait tant de choses dans les cœurs, il circulait tant d'émotions souterraines sous ce toit qu'elle en avait le vertige. Chaque fois qu'elle adressait la parole à Bongie, Violet frémissait de jalousie, tout comme Montagu, au charme duquel elle était, de même qu'à celui de Bongie, parfaitement imperméable. Et il lui suffisait de se tourner vers le Premier ministre pour que Margot lui lance un regard de Méduse. Quant à ses parents et à ses sœurs, ils la tenaient constamment à l'œil. Les voyageuses étant montées se changer dans leurs chambres, c'était la première fois qu'elle pouvait avoir le Premier ministre pour elle seule.

« Voilà qui me plairait fort », dit-il.

Ils se dirigèrent lentement vers la forêt, les chiens gambadant devant eux, tout en discutant de l'allocution à Dublin et de l'horrible comportement des Aberdeen, prêts à tout pour conserver leurs prérogatives.

« Par qui devrais-je les remplacer ? Ne réponds pas tout de suite. Penses-y, si tu as le temps, et réponds-moi la semaine prochaine. »

Elle s'amusait de cette manière de se vanter devant elle de ses pouvoirs de nomination, de partager ses secrets, de répéter ses discours : on aurait dit le paon qui venait parfois sous sa fenêtre exhiber son plumage. Dès qu'ils se furent suffisamment éloignés de la maison, elle lui prit le bras.

« Où allons-nous ? demanda-t-il. Que dis-tu de l'endroit que nous avions trouvé pour nous abriter de la pluie ?

— Le siège du roi Arthur ? Il y fait froid et la pierre est dure, tu ne penses pas ? Non, je nous ai déniché un refuge bien plus agréable. »

Elle lui fit franchir la grille, puis l'emmena dans les bois. Ils quittèrent le grand chemin pour un sentier à peine visible qui semblait avoir été creusé par des animaux. Les branches étaient basses. Il ôta son chapeau. Elle passa devant lui et lui tint la main, pour le guider. Sa canne frappant la végétation, il protesta en riant contre cet absurde détour. Quand ils arrivèrent dans la clairière, il fut stupéfait.

« Quelle merveille ! »

C'était un talus en pente douce qui descendait vers la mer, couvert d'herbes hautes, une fente dans le rivage, entièrement protégée des regards.

« J'ai découvert cet endroit en juillet, dit-elle, et je me suis dit : c'est là que j'emmènerai Premier s'il revient jamais à Penrhos. Écoute ! »

Elle leva le doigt. On n'entendait que le roucoulement des pigeons, les jappements des chiens qui fourrageaient dans les sous-bois, le glouglou ténu et proche d'un ruisseau.

« Pas de voiture, dit-elle. Pas de Horwood assis à un mètre cinquante de nous, derrière son épaisse vitre. »

Elle se tourna vers lui avec un plissement de nez espiègle.

« Premier, tu me sembles un peu trop habillé pour cette occasion, si je puis me permettre. Puis-je ? »

Elle déboutonna son frac et l'aida à s'en dépêtrer. Ils l'étendirent dans l'herbe, le tendant chacun de leur côté.

Ce soir-là, au dîner, le Premier ministre était d'humeur particulièrement joyeuse, ce qui n'échappa à personne. Montagu, assis à côté de Venetia, désigna l'extrémité de la grande table éclairée aux bougies. Le Premier ministre y faisait la conversation à Sylvia.

« L'air marin semble l'avoir revigoré. Ou peut-être est-ce de vous voir, lui confia-t-il avec un regard appuyé.

— Eh bien, si c'est moi qui lui fais cet effet, j'en suis ravie. Qu'y a-t-il de mal à le distraire de toutes ces choses, à le rendre heureux ? Il a besoin de quelqu'un pour cela. »

Et tous deux lancèrent un regard à Margot. Elle était tout de noir vêtue, mais d'un noir exubérant, superbe : des plumes d'un noir de jais bordaient son maigre décolleté et rehaussaient sa coiffe incrustée de joyaux. Elle parlait de lord Kitchener d'une voix très sonore – une voix perçante de chasseresse à courre qui faisait taire les autres discussions.

« Comme je le disais à Henry, ce n'est peut-être pas un grand homme, mais c'est une excellente tête d'affiche. »

Tout le monde l'entendit. Les rires fusèrent, nombreux. Le Premier ministre fit la grimace. Les conversations reprirent.

« C'est la même plaisanterie qu'hier soir, à Dublin, marmonna Montagu.

— Les bons mots ne souffrent pas d'être répétés.

— C'est bien le problème. Celui-ci le sera. Les murs ont des oreilles. »

Après dîner, les dames se retirèrent dans le salon, abandonnant les hommes à leurs cigares et à leur porto. Venetia, en pleine conversation, debout, avec Violet, sentait peser sur elle le regard scintillant de Margot, perchée comme un corbeau sur le bord du canapé.

« Ne te retourne pas, murmura-t-elle, mais ta belle-mère me regarde comme si elle voulait me couper en morceaux.

— Oh, c'est une envie que j'ai souvent avec elle : ce n'est donc que justice. »

Cela les fit rire. Elles étaient très amies, naguère. Beaucoup moins proches, ces jours-ci. Venetia se demanda si Violet se doutait de quoi que ce soit.

Margot, aiguillonnée par ces éclats de rire, se leva et se dirigea vers elles.

« Mon Dieu, soupira Venetia. Elle vient vers nous. Tu m'excuseras, ma chérie ? Je ne me sens pas capable de l'affronter. »

Elle se réfugia sur la terrasse.

La soirée de ce tout début d'automne était claire, assez fraîche, avec une lune éclatante et des milliers d'étoiles qu'on ne voyait plus dans les nuits électriques de Londres. Elle descendit vers le jardin et fit le tour de la roseraie, où se trouvait son banc favori. C'était de là que l'on voyait le mieux le ciel. Des fleurs presque fanées montait un parfum vague et doux, un souvenir de l'été.

Assise, elle songea à ce que Montagu avait dit de l'effet qu'elle produisait sur le Premier ministre. Était-ce donc si évident ? Oui, sans doute. Mais la moitié des convives de Penrhos se trouvaient sans doute dans une situation similaire. Y compris sa mère, dont la discrète *amitié amoureuse** pour le comte de Carlisle était connue de tous, même si Venetia n'aurait pas songé une seconde à lui en parler. Le *frottage** était la forme d'activité érotique la plus fréquente. On tolérait même les liaisons en bonne et due forme, tant que l'homme était assez prudent pour ne pas engrosser sa partenaire. « Sortir de la messe avant le sermon » était l'euphémisme consacré. Bien sûr, il pouvait y avoir des accidents. Quelques-unes de ses amies étaient réputées ne pas être les filles de leur père : c'était le cas de Diana Manners, par exemple. Eh bien, tant que le père en question ne refusait pas d'élever le fruit de cet adultère, personne n'y prenait garde. En revanche, tomber enceinte sans être mariée, c'était une autre histoire – de quoi être mise au ban de la société. Elle avait pris soin de ne jamais aller jusque-là.

Un point incandescent rougeoya brièvement dans la nuit, l'odeur du cigare se fit sentir. Quelques secondes plus tard, le Premier ministre apparaissait sous ses yeux.

« Je savais bien que je te trouverais ici. Comment vas-tu, ma chérie ? »

Il s'assit à côté d'elle, le bras sur le dossier du banc, et tira sur son cigare. Elle sentait tout contre elle sa lente et lourde respiration. Puis il posa sa main libre sur l'épaule nue de Venetia et l'attira à lui. Elle ne résista pas, la joue contre sa poitrine, contentée par son tiède contact. Il lui semblait toujours que le Premier ministre dégageait plus de chaleur que quiconque. Ils restèrent assis en silence, heureux ; il fumait en regardant les étoiles.

« En cet instant, finit-il par dire, nous pourrions être les deux seuls habitants de la Terre. »

Elle entendit un bruissement dans la nuit et s'écarta légèrement du Premier ministre.

« Je crois qu'on nous épie, chuchota-t-elle.

— Eh bien, libre à eux. Qu'y a-t-il à voir ? Deux bons amis, assis l'un à côté de l'autre, qui observent la voûte céleste. Regarde, ajouta-t-il, le cigare pointé vers le ciel. L'étoile Polaire, c'est toujours la plus brillante. C'est ce que tu es pour moi, très chère. L'étoile fixe qui guide ma vie. »

Elle se pencha pour l'embrasser. Il jeta son cigare, qui décrivit un arc de cercle au-dessus de l'allée de gravier et atterrit dans une cascade d'étincelles orange.

Il était déjà reparti à Londres par le train l'après-midi suivant, lorsque, en revenant s'asseoir sur son banc, elle découvrit une plume noire derrière la haie.

- 20 -

Dès qu'il y avait mis les pieds, trois semaines plus tôt, Deemer avait contracté une intense détestation envers le centre de tri postal de Mount Pleasant, sur King's Cross Road. Le centre ne se trouvait qu'à une vingtaine de minutes de marche de chez lui, mais bien qu'il soit certainement passé devant des dizaines de fois, il n'y avait jamais prêté attention. Rien de remarquable en effet dans ce vaste entrepôt victorien qui occupait le site et quelques bâtiments d'une ancienne prison du XVIIIe siècle. C'était pourtant le lieu par où transitaient tous les jours les millions de lettres et de colis en provenance ou à destination de Londres.

Sur ordre de Kell, on lui avait accordé un petit bureau où il travaillait seul. Il n'y avait qu'une fenêtre, une fenêtre de prison, minuscule, pourvue de barreaux et sertie haut dans le mur, donnant sur un fossé profond, puis l'épais mur d'enceinte. C'était tout juste s'il pouvait voir le ciel. Cette ancienne cellule se trouvait au bout du couloir à accès restreint occupé par la division d'interception du courrier du MO5(g). Il était le seul à en avoir la clef. Les autres intercepteurs n'avaient pas le droit d'y entrer. D'ailleurs, ils ne fréquentaient pas

Deemer, qui connaissait à peine leurs noms. Le bureau-cellule était meublé d'un vieux coffre-fort, d'une chaise et d'une table sur laquelle était fixé à la verticale un appareil photographique dont il avait appris à se servir en une journée. Il disposait par ailleurs d'un fourneau sur lequel il gardait toujours une bouilloire, pour produire la vapeur nécessaire à l'ouverture des lettres. Cet équipement se complétait d'un couteau bien aiguisé, d'une baguette en bambou fendue en son extrémité pour ouvrir les lettres scellées sans briser la cire, et d'un pot de colle. Rien de plus. Dans l'alcôve qui avait jadis accueilli un siège hygiénique, une petite chambre noire avait été aménagée, pourvue d'un rideau parfaitement opaque. Le bureau empestait l'acide acétique et le sulfure de sodium, qui lui piquaient les yeux et lui donnaient un mal de crâne permanent.

Ce lundi matin, ponctuel, il arriva à 10 h 30 pour commencer sa journée de neuf heures. Il ôta son veston, enfila une veste d'employé du tri en lin marron et une paire de manchettes en cellulose, alluma le poêle, mit la bouilloire sur la plaque chauffante et se prépara du thé.

Les lettres déferlaient par vagues : la première à 11 heures, la deuxième à 16 heures et la dernière à 19 heures. Celles du Premier ministre arrivaient en général du centre de tri de Westminster l'après-midi ou le soir ; celles de Venetia, de la poste principale d'Anglesey, le matin. Jusqu'ici, le Premier ministre avait confié à la jeune femme des informations secrètes concernant la logistique (*Kitchener me dit que nous avons à ce jour envoyé à French 213 000 hommes et 57 000 chevaux*) aussi bien que la stratégie (*Kitchener abattu ; selon lui les forces sont trop proches ; elles souffrent en fait de tétanie ; il doute que Joffre ait assez d'hommes pour déborder les Allemands sur leur droite*).

Tâche à la fois fascinante et répétitive, de longues périodes de tranquillité ponctuées par des moments d'intense et fébrile concentration. Il avait quand même pu prendre trois jours de congé, Kell ayant été prévenu par les Services spéciaux du week-end du Premier ministre à Penrhos. La veille, cependant, il était revenu au nº 10 et reprendrait sans nul doute ses activités épistolaires dans l'après-midi. Deemer ouvrit son journal en attendant.

La première levée lui fut apportée une demi-heure plus tard : deux lettres pour Venetia à l'adresse de Penrhos, qu'il n'ouvrit pas, car elles ne provenaient pas du Premier ministre, et une pour Edith Winter, envoyée de Zurich. Il l'ouvrit à la vapeur et en photographia toutes les pages. Rien d'intéressant, sans doute, mais cela l'occupa. La lettre, signée « Aloïsia », était écrite en allemand ; il faudrait la faire traduire. Il referma l'enveloppe et apporta les trois lettres au bureau de transmission ; un employé les rapporterait dans l'immense centre de tri qui se trouvait dans l'immeuble d'en face. C'était une question de fierté professionnelle : toutes les lettres devaient, si possible, être distribuées dans les bureaux adéquats.

La vague de 16 heures lui apporta trois autres lettres pour Venetia, y compris une épaisse enveloppe sur laquelle il reconnut l'écriture du Premier ministre. Elle avait été postée une demi-heure plus tôt à Westminster. Ouverture à la vapeur, rapide photographie de ses nombreuses pages, sans même prendre le temps de les lire dans le détail, recollage de l'enveloppe, réexpédition via le bureau de transmission.

Puis il alluma l'ampoule électrique rouge de sa petite chambre noire et se mit au travail. Dans le bac de développement, l'en-tête du nº 10 apparut dans sa gothique et familière netteté au coin supérieur droit du papier photographique, puis le texte suivant, écrit dans la matinée :

Ma chère, j'ai l'impression d'avoir fait le plus céleste des rêves, trop beau, trop rare pour correspondre à quoi que ce soit de ce monde, si grossier & si décevant. Mais que les cieux soient bénis ! C'était la réalité, la plus réelle des réalités.

Il poursuivit patiemment son travail. Jusqu'à cette énumération qui le fit siffler tout bas, incrédule :

Tu trouveras sûrement ces chiffres intéressants (secret-défense).
Front ouest : Alliés 70 divisions, Allemands 66.
Front est : Russes 75 à 80 divisions, Allemands 42.
Australiens : négligeable.
PS : Je n'ai pas dit un dixième de ce que je ressentais. Écris !

Sur la page suivante, un nouvel en-tête, à l'adresse du 24 Queen Anne's Gate.

Tu as vu que j'avais changé d'adresse ? Que je t'explique... Me trouvant tout seul après le Cabinet à Downing St, j'ai été content de pouvoir rentrer à Queen Anne's Gate avec Eric Drummond & l'Assyrien pour déjeuner sous sa tente de brocart.

Deemer avait commencé à élaborer son propre catalogue de références pour décrypter certaines allusions de la correspondance ; il y relevait les noms et les sobriquets des personnes décrites, et le curieux jargon des épistoliers. Il avait fini par comprendre que l'« Assyrien » était Edwin Montagu, secrétaire financier au Trésor. La « tente de brocart » était sa maison de Queen Anne's Gate. Drummond était l'un des secrétaires particuliers du Premier ministre.

En l'absence de Bongie, Drummond est revenu pour s'occuper du nº 10 & l'Assyrien a rejoint l'un de ses innombrables comités... Tu penses que cela peut se reproduire à Cardiff ? Comme tu le sais, c'est cela qui ferait la différence. Je suis tout seul dans la tente, d'où je contemple St James's Park, & je réfléchis, je me languis et j'espère ; et toutes ces pensées, tous ces souvenirs, ces désirs, ces espoirs se concentrent autour de & sur une personne, et si je pouvais m'envoler sur les ailes de l'après-midi, je serais en ce moment avec toi & près de toi, pour moi le meilleur endroit, & le plus aimé de la terre et des cieux. Je t'aime plus que la vie.

Il accrocha la dernière des épreuves sur la corde à linge et passa en revue ces clichés scintillants. Ce qu'il avait sous les yeux, c'était l'habituel et curieux mélange de secrets d'État et de brûlantes déclarations amoureuses. Mais le langage du Premier ministre ne s'enflammait-il pas, reflétant une ardeur croissante ? *La plus réelle des réalités* : que s'était-il produit durant son week-end à Penrhos ?

Il n'eut rien à photographier lors de la distribution de 19 heures, ce jour-là ; il rentra tranquillement chez lui. Le mardi matin, il ouvrit à la vapeur une lettre de Venetia au Premier ministre.

Penrhos House
Lundi 28 septembre 1914
Mon chéri, la maison semble si déserte depuis ton départ & t'écrire n'est qu'un affreux pis-aller à ta présence. Parfois, j'en viens à souhaiter que tu ne m'aies pas incitée à en demander plus, car c'est un désir que l'on nourrit perpétuellement ensuite, jamais exaucé bien sûr...

La réponse du Premier ministre arriva à 19 heures.

Mon amour, ne souhaite jamais que je ne t'aie pas incitée « à en demander plus ». Pourrons-nous jamais oublier ces heures divines de samedi et de dimanche ? Elles nous appartiennent à l'un & à l'autre désormais, à l'abri des aléas et des changements – souvenir ineffaçable, la petite pente protégée du vent, les longues herbes, les chiens à nos pieds, les alternances délicieuses de silence & de discussion ; et plus tard le crépuscule sur le banc en bois, dans le jardin, sous la lune & l'étoile du soir & la Grande Ourse – mais il est trop cruel de faire revivre ce que nous ne pourrons retrouver avant de longues et épuisantes heures, journées, nuits. Le prix de l'absence & de la séparation est lourd, mais pas tant que cela si (comme je le crois intimement) l'avenir nous réserve encore plus de joies qu'il n'y en a eu dans le passé.

Et maintenant, je vais te confier un secret de première importance. French a l'intention, s'il peut obtenir l'assentiment de Joffre, et si Joffre a assez d'hommes pour pallier ce départ, de se désengager, comme l'on dit à l'armée, c-à-d de retirer ses troupes de leurs positions actuelles et de regrouper ses forces dans un grand mouvement débordant vers Amiens, Arras, Douai, Tournai, jusqu'en Belgique, suivant la ligne de Bruxelles à Cologne...

Mon amour, va demain te promener dans notre cher petit creux d'herbe et pense à moi et à l'heure divine que nous y avons passée. Oh, comme je veux me souvenir de tes moindres mots, des moindres inflexions de ta tête, des moindres expressions de ton visage, et du contact de ta main, et de... Je l'ose à peine. Le reste du monde me semble si terne ! Je t'aime plus que les mots ne peuvent l'exprimer. De toutes les fibres de mon être et de tout ce qui en moi mérite d'être possédé et offert.

Deemer la voyait très bien, cette petite pente à l'abri du vent, avec ses longues herbes, de même que le banc dans le jardin et les deux amants qui faussaient discrètement compagnie aux autres invités. Entre les hauts murs de sa cellule-bureau, l'œil sur les clichés qui séchaient, il eut soudain la nostalgie des forêts et des pelouses, des criques sablonneuses, de la brise rafraîchissante et des ciels immenses du pays de Galles. Puis il comprit qu'il se mêlait à ce désir une autre émotion, si peu professionnelle qu'il eut honte d'en admettre l'existence – la jalousie.

Il décrocha les photographies et les rangea dans le coffre-fort, dont il referma toutes les serrures.

L'avenir nous réserve encore plus de joies qu'il n'y en a eu dans le passé.

Il songea à ces quelques mots en rentrant chez lui, ce soir-là. Que voulait vraiment dire le Premier ministre ?

La semaine se poursuivit sur ce même rythme.

Penrhos House
Mardi 29 septembre 1914
Mon chéri, je t'en prie, je t'en prie instamment, ne t'inquiète pas & ne demande pas à Winston de m'envoyer une canonnière pour me ramener à Londres ou je ne sais quoi, mais je crains d'être tombée malade : courbatures de tous les membres, forte fièvre & et la vue complètement floue, est-ce un coup de froid que j'ai attrapé quand tu étais là, ou l'effet d'avoir été abandonnée au chagrin après ton départ, comme Mariana :

Elle dit uniquement : « Ma vie est morne, il ne vient point » ; elle dit : « Je suis lasse, lasse, je voudrais être morte[1] ! »

1. Alfred Tennyson, *Mariana*, traduction de Stéphane Mallarmé, Paris, Mercure de France.

Et je suis trop « lasse, lasse », Premier, pour pouvoir même visiter notre creux d'herbe.

10 Downing Street
Mer. 30 sept. 14
Ma chérie, j'en croyais à peine mes yeux lorsque j'ai reçu ta lettre ce matin et que j'ai regardé, comme je le fais toujours, l'enveloppe : c'était ton écriture & cependant ce n'était pas elle. Inutile de te dire à quel point son contenu m'a inquiété. Dieu merci, j'ai reçu dans l'intervalle ton télégramme mais je t'en prie, sois prudente. Comme tu le disais dans ta lettre de ce lundi, on en veut tellement plus...

Penrhos House
30 sept.
Mon chéri, désolée pour cet horrible gribouillis. Bien que la fièvre ait baissé, ma vue est encore floue & je n'ai pas encore la force d'écrire à la plume tant que je suis alitée. J'espère sincèrement que la manœuvre de French réussira – c'est si gentil de ta part de me tenir toujours au courant. Oh, Premier ! Je crains de ne pouvoir aller t'écouter à Cardiff vendredi, car demain nous quittons définitivement Penrhos pour Alderley, mais si c'est possible, je serai là.

10 Downing Street
Jeudi 1er oct. 1914
Ma chérie – ton petit message au crayon de ce matin est d'une écriture bien plus lisible mais je suis désolé de ce que tu me dis de tes yeux. Et quant à la tristesse de quitter Penrhos pour cette année, je l'éprouve presque autant que toi. Quels souvenirs y sont maintenant attachés pour nous deux, ma si chère ! & fort heureusement, les derniers jours sont les meilleurs. Ici, nous avons une belle journée d'automne avec un grand soleil & une certaine vivacité dans l'air : et je voudrais être à Penrhos, dans notre creux

d'herbe, ou n'importe où, & penser que je suis là-bas puis au bout d'un moment de sotte rêverie je me rends compte que je suis dans la salle du Cabinet.

Les Allemands pilonnent Anvers avec leurs gros canons, et bien que les Belges soient en supériorité numérique, ils semblent avoir perdu le moral et le courage et lancent les appels à l'aide les plus désespérés. Les Français ont télégraphié qu'ils pouvaient envoyer une division (15 000 à 20 000 hommes) qu'un général anglais commanderait... Ma chérie, je sais que cela ne t'ennuie pas le moins du monde, mais je crains parfois de trop te peser avec toutes mes préoccupations. Après tout, c'est l'événement qui dominera notre époque, et je veux et dois t'emmener sur ce chemin tous les jours jusqu'à l'issue de cette épreuve, ou je n'y tiendrai pas... Je me sens, en toute franchise, indigne de tout ce que tu as été, es & seras pour moi. Mon amour !

Le vendredi soir, Deemer retrouva Kell à son club. Il prit le métro avec une sacoche fermée à clef qu'il tenait sur ses genoux ; elle contenait les lettres de la semaine. Il attendit Kell assis sur un banc, en face de la loge vitrée du concierge. Des dizaines d'hommes en frac passèrent devant lui en caquetant bruyamment, en route vers leurs dîners en ville. On aurait dit, songea Deemer, une colonie de pingouins à faces roses. Kell, lui aussi en queue-de-pie, apparut quelques minutes plus tard et le fit monter dans la bibliothèque, déserte à cette heure tardive.

« La semaine a-t-elle été bonne ? demanda-t-il lorsqu'ils s'y furent installés.

— Très fructueuse, monsieur. »

Il ouvrit la sacoche et tendit une liasse de photographies au major. Tandis que ce dernier les feuilletait, Deemer parcourut du regard les rayonnages et leurs armées de livres reliés plein cuir, les tables de lecture et leurs lampes – solide, inébranlable décor.

« Seigneur, dit enfin Kell. Je ne me vois pas écrire à ma femme sur ce ton. Et vous, Deemer ?

— Je ne suis pas marié, monsieur.

— Mais si vous l'étiez ?

— C'est vrai qu'il est très éloquent.

— Éloquent ! Façon de parler ! Enfin, Deemer ! *Je t'aime plus que la vie... & je réfléchis, je me languis et j'espère...* Et ça, par exemple... *Le contact de ta main...* Mais qu'est-ce que ça veut dire ? »

Kell semblait fasciné par ces déclarations amoureuses.

« Et puis il y a toutes ces confidences stratégiques, reprit Deemer.

— Oui ! Bien sûr ! Le détail de nos forces sur les fronts est et ouest ! Le projet d'offensive de Joffre ! Pourtant, selon vous, miss Stanley garde tout cela pour elle ? Rien ne prouve la moindre indiscrétion de sa part, ni dans leur correspondance ni dans celle de la soubrette ?

— Effectivement, monsieur.

— Malheureusement, nous savons fort bien qu'il y a en ce moment dans le pays des agents de l'étranger, et que l'Allemagne a des sympathisants dans toutes les classes de la société. Nous ne pouvons pas nous permettre la plus petite complaisance. Ce n'est pas parce que aucune de ces informations n'a jusqu'ici circulé jusqu'à Berlin que la chose ne se produira pas plus tard.

— La solution la plus simple ne serait-elle pas d'arrêter le flot à sa source ? C'est-à-dire, de faire savoir au Premier ministre que nous sommes au courant ?

— Ce n'est pas aussi facile que ça en a l'air, soupira Kell. Je vous rappelle que notre opération n'est pas officielle. Comment pourrions-nous nous y prendre ?

Qui le préviendrait ? Pour l'heure, sa position est extrêmement solide. Certes, la campagne ne se déroule pas comme prévu, mais sa popularité ne fait que croître. Il faut attendre le bon moment. Et puis... vous les avez lues, ces lettres. Cet homme semble en proie à une obsession érotique des plus dévorantes. Est-il même capable de s'en délivrer, au point où il en est ? Peut-être faut-il laisser le feu s'éteindre tout seul. C'est parfois ce qui se produit, avec ces choses-là.

— Peut-être, marmonna Deemer, songeant, dubitatif, que l'incendie n'avait jamais été aussi vif.

— Écoutez, dit Kell, il faut que j'y aille. On m'attend à dîner ; j'ai déjà dix minutes de retard.

— Voulez-vous garder les photographies, monsieur ?

— Diable non ! Gardez-les. Je ne peux pas prendre le risque de les apporter au bureau. Rapatriez-les à Mount Pleasant, mais sous clef. Très beau travail, Deemer. Je saurai m'en souvenir. »

Sur le perron du club, ils se serrèrent la main. Le major s'en fut vers la gauche, et son dîner ; Deemer partit à droite, prendre le métro pour déposer sa serviette à Mount Pleasant, d'où il rentrerait seul à pied chez lui, en passant par Clerkenwell.

- 21 -

Le Premier ministre ce soir-là était à Cardiff, pour y prononcer le dernier de ses grands discours de mobilisation dans les capitales du royaume. En compagnie de Margot, de Violet, d'Elizabeth et de Lloyd George, il prit place dans une calèche flanquée d'une escorte à cheval au sein d'un vaste cortège de véhicules du même type, qui longea les remparts du château et parcourut des rues où grouillait une foule enthousiaste jusqu'à l'American Roller Rink – ce que ce nom désignait, Dieu seul le savait ! –, vaste bâtiment moderne de fonte et de briques où l'attendaient plus de dix mille spectateurs. Lorsqu'il fit son entrée, l'air se mit à vibrer tant les applaudissements étaient puissants. Des drapeaux pendaient à toutes les poutres.

Le Premier ministre était un excellent orateur. Une dizaine d'années plus tôt, en 1903, il avait appris à surmonter sa timidité naturelle en traquant le vieux Joe Chamberlain de salle en salle, à l'époque de la campagne pour le libre-échange. Et il l'avait battu à son propre jeu. Il savait instiller dans ses discours la dose propice de vulgarité. Il n'avait pas oublié les prêches non conformistes de sa jeunesse et gardait toujours un dernier effet de manche pour sa conclusion.

« Hommes du pays de Galles, que je vois ici si nombreux dans cette magnifique audience, je voudrais vous dire une dernière chose. Souvenez-vous de votre histoire (*applaudissements*). Pensez aux montagnes, aux villages que vos pères ont quittés pour prendre part aux luttes qui illuminent vos chroniques. Soyez dignes de ceux qui partirent avant vous et laissez à vos enfants le plus riche des héritages : le souvenir de pères qui, au nom d'une très grande cause, ont préféré le sacrifice à la commodité et l'honneur à la vie ! (*Cris de joie*) »

Et tandis que les spectateurs entonnaient « Hommes de Harlech » : « Libérons-nous des chaînes/Et que le tonnerre de nos cris de guerre/Pétrifie nos ennemis ! », le regard du Premier ministre ne cessait de se poser sur le premier rang et son unique siège vacant.

Il avait été plus éloquent qu'à Dublin. Et, jusqu'au dernier moment, il avait espéré sa venue. Son absence ôtait tout intérêt à ce triomphe. C'était pour cette raison qu'il avait besoin de l'impliquer à tout moment, à tous les tournants de son existence. S'il ne pouvait plus partager ces moments avec elle, ils devenaient futiles – et peut-être même vains.

Les bureaux de recrutement durent rester ouverts après minuit pour ne pas décevoir les jeunes gens qui, électrisés par le discours du Premier ministre, avaient fait la queue une bonne partie de la journée. Chacun d'eux reçut en cadeau un petit dragon gallois en fer-blanc, en souvenir de ce grand jour.

Le lendemain à 11 heures, il était de retour à Downing Street.

Lord Kitchener ne lui laissa guère de répit, se présentant quelques minutes plus tard dans la salle du conseil, avec cet étrange regard, écarquillé et bleu, qui paraissait ne rien voir.

Comme à son habitude, il ne s'embarrassa d'aucun préliminaire.

« Il me faut vous donner les dernières nouvelles, Premier ministre. Nous avons découvert hier soir, tard, que le gouvernement belge avait l'intention d'abandonner Anvers aux Allemands pour se replier sur Ostende. À minuit, Winston, Grey et moi-même nous sommes réunis chez moi. Nous pensons tous les trois que la perte d'un port aussi vital serait un désastre stratégique. Winston est donc parti cette nuit en Belgique, pour prendre les choses en main. Il devrait être bientôt sur place. Il propose de faire intervenir la Royal Naval Division pour stabiliser la ligne de front. J'espère que vous serez d'accord avec cette décision. »

Oc, songea immédiatement le Premier ministre. Oc avait rejoint la Royal Naval Division de Winston. Le matin même, il avait reçu une lettre du jeune homme décrivant ses premières aventures dans son camp d'entraînement du Kent : nuits sous la tente, courses d'endurance dans les champs et tir à la corde. En somme, des vacances en plein air.

« Mais les soldats sont-ils vraiment prêts ? Mon fils a commencé son entraînement il y a trois jours à peine.

— Winston n'a aucun doute sur la question.

— Ah, s'il le dit... Bien sûr. »

S'il ne voulait pas donner l'impression de protéger son fils, il ne pouvait qu'abonder dans leur sens.

« Je vous tiendrai au courant, Premier ministre. »

Et, sur le point de sortir de la salle, il ajouta ceci, d'un ton plus rassurant :

« Je suis certain qu'ils sauront tenir leur rang. »

Le Premier ministre s'efforça de chasser cette nouvelle inquiétude de son esprit. Tout concourait pourtant à la lui rappeler. Le dimanche matin, il partit en automobile avec Margot rendre visite à leur fils Anthony (« Puffin »), pensionnaire à Eaton House. Le garçon était petit pour ses douze ans, d'une joliesse de fille, avec ses boucles blondes – il ressemblait au garçon du célèbre tableau de Millais, *Les Bulles de savon*. Sa mère l'adorait, et leur affection réciproque était si intense que le Premier ministre s'en sentait exclu. Avec Puffin, il était maladroit et distant : un grand-père plutôt qu'un père. Lorsqu'ils repartirent, une bonne centaine d'écoliers se massèrent dans le vestibule, lui tendant cartes, bouts de papier et albums d'autographes. Il passa un quart d'heure à signer tout cela, avec toute l'avunculaire jovialité qu'il put mobiliser. Plaise à Dieu, songea-t-il dans la Napier après avoir réussi à leur échapper, qu'ils n'aient pas à combattre, eux aussi, une fois qu'ils en auront l'âge, comme leurs pères et leurs grands frères.

Il reçut ce soir-là un câble d'Oc, envoyé de Douvres et tenant en quatre mots : EMBARQUONS CE SOIR. TENDREMENT.

Il l'emporta dans sa chambre et s'endormit en le serrant dans son poing.

Le lendemain, l'attendait au réveil une liasse de télégrammes, dont celui-ci, que Winston lui avait envoyé par le biais du ministère de la Guerre :

5 octobre 1914 Anvers 8 h
Premier ministre,
Si le gouvernement de Sa Majesté estime que je puis être utile sur le continent, je suis prêt à démissionner de mes fonctions actuelles pour prendre le commandement des forces défensives destinées à protéger Anvers en relation avec l'armée belge, à condition que l'on m'accorde l'autorité et le rang militaire nécessaires...

Dans la marge figurait ce commentaire de Kitchener, griffonné au crayon : « Si vous lui accordez ce commandement, je le ferai lieut. général. »

Il fallut que le Premier ministre lise deux fois le télégramme de Winston pour en croire ses yeux. Le général Churchill ! Ce politicien qui, dans sa jeunesse, n'avait jamais été que subalterne chez les hussards, au rang le plus médiocre ! Et son fils, son Oc tant aimé, allait se retrouver dans les plaines de Belgique sous le commandement de ce Napoléon d'opérette ! Sa réponse à la requête de Winston fut immédiate et sans appel : sa place était à Londres, derrière un bureau. Ce matin-là, lorsque les membres du conseil s'étonnèrent de l'absence du Premier lord de l'Amirauté, le Premier ministre n'eut d'autre choix que de lire son télégramme à haute voix. Le rugissement de rire collectif qu'il déclencha s'entendit sans doute jusqu'à Whitehall.

C'était trop beau pour ne pas être immédiatement partagé. Dès que la réunion du conseil eut pris fin, il envoya le télégramme à Venetia, pour qu'elle l'ajoute à sa collection. *Je sais que tu ne le montreras à personne…*

À 16 h 30, le télégramme de Churchill se matérialisa sur la table du bureau-cellule de Deemer, ainsi que la lettre qui l'accompagnait.

> *(Secret) French fait bouger ses troupes & dans une dizaine de jours il aura regroupé toutes ses forces, y compris les Indiens, quelque part entre Dunkerque & Lille. Personne (y compris je l'espère les Allemands) n'a la moindre idée de ce qu'il projette…*

Le mot « Secret » était cerclé à l'encre rouge.

Les indiscrétions du Premier ministre n'étonnaient plus Deemer depuis longtemps, tout comme l'expression de ses désirs les plus passionnés. *Sais-tu à quel point je t'aime ? Non ? Eh bien, essaie de multiplier le nombre des étoiles par celui des grains de sable de toute la Terre.* Mais à ce point, tout de même...

Une fois les photographies prises, il referma l'enveloppe et l'apporta au centre de tri pour être certain qu'elle reparte le soir même par train postal pour le nord-ouest de l'Angleterre.

Venetia la reçut le lendemain matin, mardi 6 octobre, dans son lit à baldaquin d'Alderley Park. Elle avait dû s'aliter dès son arrivée, le vendredi précédent. Ce n'était guère dans ses habitudes d'être malade. Elle avait pensé tout d'abord à un simple rhume, le prix à payer pour ces moments passés dans le creux d'herbe ou sur le banc de la roseraie, à regarder les étoiles ; le mal s'était déclaré dès que le Premier ministre avait quitté Penrhos. Et puis il avait persisté, empiré, inquiétant si fort sa mère qu'elle avait fait venir leur médecin de Londres, lequel avait recommandé un régime à base de viande crue, qu'elle absorbait sous forme de steaks tartares, et de cachets de strychnine, pour renforcer son cœur.

Ce praticien était un homme d'un certain âge, traitant ses patients en amis ; au fil du temps, il avait endossé le rôle de conseiller familial auprès des Stanley. Il connaissait Venetia depuis sa plus tendre enfance.

« Je me demande, dit-il en lui décochant un regard avisé, si la cause de tous ces symptômes n'est pas tout simplement nerveuse. Ces maladies affectent parfois autant le corps que l'esprit. La guerre a déclenché une épidémie d'inquiétude, même parmi ceux qui ne sont pas appelés à se battre. »

Il prescrivit le repos total.

« Mais, maman, objecta Venetia dès que le bon docteur eut repris le chemin de Harley Street, je passe ma vie à me reposer. Vingt-quatre heures par jour, et sept jours par semaine. À la vérité, je ne fais absolument rien de mon temps. Et ne me dis pas que c'est la raison pour laquelle je devrais me marier. »

Elle se redressa contre sa montagne d'oreillers et lut la lettre du Premier ministre. L'anecdote était amusante, comme tout ce qui avait trait à Winston. Et c'était tellement gentil de la part du P. M. de l'informer en permanence de ce qui se passait à Londres. Simplement, c'était une telle responsabilité ! Chacune de ses lettres exigeait une réponse ; lorsqu'elle manquait un jour, il en concevait une telle inquiétude... Il allait falloir répondre sans tarder, même si elle n'en avait pas envie, même si elle n'avait rien à lui dire.

Non sans lassitude, elle releva les couvertures et traversa d'un pas vacillant le tapis de Perse pour récupérer sur sa coiffeuse la clef de son coffre peint, qu'elle cachait dans une vieille boîte à bijoux. Comme à Penrhos, le coffre se trouvait au fond de l'armoire, derrière son armée de robes. Elle s'agenouilla et, l'ayant ouvert, contempla ses archives. Tant de télégrammes décryptés, d'informations confidentielles – et cette montagne de folles déclarations d'amour ! Elle lui avait demandé un jour ce qu'il voulait qu'elle fasse de toutes ces lettres ; il l'avait priée de les garder afin qu'ils puissent un jour les lire ensemble. Elle posa la lettre du jour au sommet de la pile. Et puis, à regarder cette masse d'enveloppes, elle se sentit soudain prise de vertige. Elle posa le front sur le bord du couvercle. Et si son mal s'aggravait ? Si quelqu'un trouvait la clef, ou bien si par malheur elle devenait plus négligente ? Elle avait, une fois au moins, oublié de fermer le cadenas, juste avant la semaine passée à Londres, en septembre. Du moins l'espérait-elle, car à son retour, le cadenas était ouvert. La seule autre explication était celle d'un visiteur dans sa chambre.

Ce coffre, se dit-elle, c'était la boîte de Pandore. Un jour, peut-être, il en sortirait un vent de destruction et de chaos qui les balaierait tous deux.

Le mercredi matin, non sans maugréer, Winston céda aux injonctions du Premier ministre et revint à Londres. Ils se retrouvèrent dans la salle du Cabinet.

Le Premier ministre avait eu la ferme intention d'admonester son Premier lord de l'Amirauté. Mais avant qu'il puisse lancer sa première salve, une volée préventive de phrases impeccablement construites traversa la table pour lui faire obstacle, ponctuée çà et là de fulgurances descriptives – le crépitement des mitrailleuses, les obus allemands sifflant au-dessus de leurs têtes pour venir exploser aux pieds du Premier lord, les avions scintillant au plus haut du firmament azur comme des papillons de nuit incrustés de diamants, etc. Ce monologue dura au moins un quart d'heure.

Et tandis que Winston parlait, le Premier ministre scrutait cet homme qui n'avait pas même quarante ans, si laid – son visage de bouledogue, son crâne déjà chauve et tavelé, ses rares cheveux roux... Quelque chose de l'enfant, quelque chose du dictateur, c'était certain, et tellement égocentrique... Et pourtant, par moments, lorsque son regard bleu s'enflammait, il était possible d'y distinguer un bref instant cet éclair zigzaguant dans son cerveau qui n'était, disait-on, pas loin du génie.

« Je vous supplie, Premier ministre, de ne plus m'assigner d'avenir en des termes ordinaires, mais de me soulager des fonctions qui sont les miennes à l'Amirauté et de me conférer l'honneur de servir à la tête d'un détachement de nos hommes. Ces armées immenses que lord Kitchener s'évertue à constituer, comptez-vous en confier le commandement à ce qui grouille aujourd'hui dans notre état-major, ces fonds de poubelle de caserne qui ne jurent que par des stratégies vieilles d'un quart de siècle – ces êtres médiocres qui n'ont jamais connu, en guise de combat, que la routine des champs de manœuvres ? Comparée aux honneurs du front, la carrière politique n'a plus de sens pour moi. J'ai goûté le sang, Premier ministre, et comme le tigre, je veux m'en repaître de nouveau ! Ah, je vois que je vous épouvante, mais je ne m'en excuserai pas, car l'ardeur qui me porte est celle qui nous fera gagner la guerre. »

Il leva le menton et retomba au creux de son fauteuil, ayant, pour l'heure du moins, brûlé toutes ses cartouches.

« Ce n'est pas impossible », se surprit à marmonner le Premier ministre, dubitatif.

Et cette déclaration était si peu conforme à ses intentions premières qu'il ne put s'empêcher de sourire.

« Pour l'heure, ajouta-t-il d'un ton qu'il voulait plus sévère, votre place est ici, à Londres. Plus de folles aventures, Winston. Vous nous êtes trop précieux pour risquer votre vie. »

Ce qui lui valut un regard de chien triste, ironique et contrit, de la part de l'intéressé.

« Quoi qu'il en soit... pensez-vous qu'Anvers puisse résister ?

— Tout à fait. Si les Belges jouent leur rôle, et si les Français envoient les hommes qu'ils ont promis. Mais si le pire se produit, nous serons malgré tout en mesure d'effectuer une retraite tactique. »

Le Premier ministre jouait avec son stylo-plume.

« Par hasard, demanda-t-il avec un détachement feint, vous n'avez pas entendu parler d'Oc, quand vous étiez là-bas ?

— Non, mais je peux me renseigner.

— Surtout pas. Il n'aimerait pas bénéficier d'un traitement de faveur. Vous partez déjà ? Dites-moi, que diriez-vous de venir dîner ce soir avec Clemmie ?

— Avec joie, Premier ministre, je vous remercie. Je crains que Clemmie ne puisse se joindre à nous, malheureusement. Elle est indisposée.

— Vous m'en voyez navré ! Rien de grave, j'espère ?

— Elle vient d'avoir un bébé. Hier soir, alors que j'étais à Anvers. Encore une fille. Nous l'avons appelée Sarah.

— Toutes mes félicitations. Cela étant, vous devriez peut-être passer la soirée avec elle ?

— Oh, non, tout va bien. Elle comprendra. »

Les jours qui suivirent, il ne cessa de croiser Winston, au n° 10 le soir même, où il joua au dîner, avec toute la fausse modestie requise, le rôle du héros de retour du front, puis le lendemain matin, où il débarqua l'écume aux lèvres de l'Amirauté : les Allemands avaient bombardé Anvers toute la nuit, les Belges avaient décampé, les Français n'avaient pas bougé et le commandant de la Naval Division proposait d'abandonner ses positions et de se replier sans combattre sur Ostende. Winston l'appela au téléphone du bureau de Bongie et lui intima l'ordre de tenir les tranchées. L'après-midi même, Kitchener les rejoignit dans la salle du Cabinet. Après s'être penché sur les cartes, il rendit son verdict, brutal : la position étant intenable, il faudrait évacuer la nuit même, à la faveur de l'obscurité.

Le Premier ministre alla se réfugier à l'Athenaeum, son club. Il s'installa dans un fauteuil avec un whisky et soda à portée de main et finit sa lettre à Venetia, commencée plus tôt dans la journée. *Le pauvre Winston est abattu, il a l'impression d'avoir agi en vain.* Il lança un regard à la pendule. Il était 17 h 50.

... te voir, écouter ta voix & être caressé par tes mains m'est essentiel. Mais je dois conclure ici car le bureau de poste va bientôt fermer et je veux que tu reçoives cette lettre au pied du lit. La mienne, hélas ! n'est pas arrivée, mais j'en espère encore une. Ma chérie, mon trésor, je ne cesse de penser à toi, avec tout mon amour.

Il déposa la lettre dans la boîte du club et rentra à pied à Downing Street, en passant par l'escalier qui donnait sur Pall Mall, là où les foules avaient chanté avant la déclaration de guerre, mais que le silence à présent enveloppait ; puis devant l'Amirauté, avant de traverser Horse Guard Parade. Le soleil se couchait tout juste. À Anvers, une heure plus tard, il ferait nuit ; Oc serait évacué, s'il était encore vivant, s'il n'avait pas été blessé. Il se demanda... Non, inutile. Il y avait des choses auxquelles il valait mieux ne pas penser.

Au bureau de tri de Mount Pleasant, la journée tirait à sa fin. À 19 heures, la lettre quotidienne du Premier ministre à Venetia Stanley n'était toujours pas arrivée. Deemer patienta. Il était certain qu'elle finirait par se matérialiser ; le vieux renard n'avait jamais manqué à l'appel. Sans doute ne l'avait-il pas postée dans le secteur de Westminster. C'étaient les missives de Venetia qui se faisaient souvent attendre, de leur lointain Cheshire.

Mais la lettre quotidienne du P. M., en effet, lui fut portée avant qu'il parte : il l'ouvrit, la photographia, recolla l'enveloppe aussi rapidement que possible, courut la porter en face. Las ! Il avait dépassé l'heure.

L'enveloppe ne partirait pas par le dernier train postal de la journée à destination du Nord-Ouest. Lorsqu'il retourna dans son bureau-cellule pour développer ses photographies, il constata que la missive commençait par une allusion récurrente et plaintive à l'arrivée tardive des lettres de Venetia : *Ma chérie – je pense que le bureau de poste d'Alderley ne fonctionne pas comme il devrait... cela m'inquiète...* Et que se passerait-il si son inquiétude devenait soupçon, s'il demandait une enquête ? Exigence absurde, bien sûr, alors que la guerre faisait rage en Europe. Mais avec ce Premier ministre taraudé par le désir, tout était possible.

Pour la deuxième soirée consécutive, Winston abandonna Clemmie et s'invita à dîner au n° 10, en compagnie de lord Grey et de Raymond. Celui-ci voulut distraire l'assemblée avec quelques anecdotes relatives à son absurde London Volunteer Defence Force, mais sa désinvolture finit par irriter son père, le Premier ministre, qui dîna du bout des lèvres, sans appétit. De temps à autre, Winston se levait pour téléphoner à l'Amirauté, en quête de nouvelles, et revenait toujours bredouille.

Le lendemain matin, en descendant prendre son petit déjeuner, le Premier ministre trouva un télégramme du général Rawlinson. Une moitié de la Naval Division avait pu quitter Anvers durant la nuit ; ces deux mille hommes étaient sains et saufs, en route pour Ostende, d'où ils seraient évacués. Il était impossible dans cette débâcle de savoir si Oc était du nombre. L'autre moitié de la division, en grand danger, était restée prise au piège à Anvers.

Le Premier ministre passa la fin de la semaine au Wharf ; les deux mille rescapés avaient pu embarquer pour Douvres le samedi soir, apprit-il. Et toujours aucune nouvelle de son fils.

Ce ne fut pas avant le lundi, tard dans la nuit, alors qu'il travaillait seul dans son bureau, au milieu de ses petits animaux en verre – le reste de la maisonnée était déjà couché –, qu'il entendit des pas retentir dans l'escalier, pesants, rapides. La seconde d'après, Oc surgissait sur le seuil. Le Premier ministre se leva d'un bond et serra son fils dans ses bras. Il ne l'avait plus fait depuis qu'Oc était jeune homme. Ce corps, sous l'uniforme, lui parut maigre, osseux, étrange ; il sentait la sueur, la terre et la cendre, comme un visiteur revenu de l'enfer.

« Doucement, Premier, dit Oc, hilare, en s'écartant. Tu vas me briser les côtes ! »

Ils restèrent un long moment assis dans le bureau, à boire du brandy ; le Premier ministre écouta Oc raconter son périple. Le dimanche précédent, la brigade était partie à 17 heures du camp de Betteshanger pour aller jusqu'à Douvres, marchant derrière une fanfare qui jouait des airs de music-hall : « Hello ! Hello ! Who's Your Lady Friend ? », applaudie par la foule. Ils étaient montés à bord d'un navire de transport de troupes. À compter de ce moment, tout avait déraillé. D'abord, il n'y avait rien à manger à bord pour les officiers, si bien que lui et Rupert Brooke (« une sorte de poète apparemment, un drôle de type pour un soldat, je me disais, au début, mais finalement, un gars formidable ») étaient retournés à terre pour acheter des provisions dans un hôtel de Douvres. Puis, après avoir traversé la Manche, ils avaient dû jeter l'ancre en face de Dunkerque et attendre la marée en jouant aux cartes. Quand ils avaient enfin pu débarquer, il avait fallu passer l'après-midi à décharger leur attirail ; après quoi, on les avait regroupés dans un immense hangar de trois cents mètres de long jusqu'à la nuit tombée. Leur responsable, un ancien officier subalterne des Guards, les avait prévenus, lugubre, qu'ils mourraient sans doute, soit dans le train qui devait les conduire à Anvers, soit à leur arrivée dans les tranchées. Mieux valait prendre le temps d'écrire une lettre d'adieu à la famille.

Le train était bondé, mais ils arrivèrent à bon port. À Anvers, ils furent accueillis par d'autres foules enthousiastes, même s'ils entendaient distinctement les obusiers allemands bombarder les faubourgs de la ville. Ils virent aussi les avions ennemis dans le ciel et, en route pour le front, croisèrent des chariots entiers de morts et de blessés qui repartaient en sens inverse. Ils arrivèrent en pleine nuit dans un château désert. Il y avait sur la pelouse des statues de Cupidon et de Vénus (« très moches, tu aurais détesté »). Ils avaient dormi à même le sol en pierre puis, transis de froid, épuisés, avaient repris la route avant l'aube pour relever les troupes belges dans des tranchées creusées autour d'un fort croulant. Les tranchées n'étaient guère en meilleur état, mais personne ne savait manier la pelle ou la pioche pour les consolider. Ils n'étaient pas plus experts avec les fusils :

« Brooke a eu une semaine de camp, moi, trois jours, et Dennis Brown – c'est un pianiste, un type charmant, lui aussi –, tout juste vingt-quatre heures. »

Des milliers d'obus les avaient survolés, hurlants, pour pilonner le fort, dont il ne restait déjà plus qu'un tas de décombres le lendemain soir. À la nuit tombée, on leur donna l'ordre de battre en retraite : quarante kilomètres, huit heures de marche sur des routes pavées. La nuit était aussi lumineuse, aussi brûlante qu'une journée d'été. Des torrents de pétrole en feu couraient dans les fossés, des incendies grondaient, immenses, de toutes parts, dégageant des tourbillons de fumées aveuglantes, acides. Des vaches et des chevaux morts grésillaient dans cette fournaise. Un demi-million de civils fuyaient la ville, poussant des landaus, des charrettes à bras où s'amassaient leurs quelques possessions, les vieillards en larmes, les femmes serrant les dents, les enfants avançant hébétés. La brigade avait atteint le pont flottant sur l'Escaut au moment même où deux espions allemands essayaient de le faire sauter. On les avait fait s'agenouiller sur le bord de la route ; un major anglais les avait abattus tous deux d'une balle dans la nuque. Oc et ses compagnons avaient pu traverser le fleuve, « mais si le vent avait soufflé dans l'autre sens, les flammes auraient détruit le pont ». Quinze cents soldats n'avaient pas eu leur chance : ils passeraient le reste de la guerre dans des camps, en Allemagne.

Ce récit laissa le Premier ministre sans voix. Étant donné sa position, il ne pouvait guère donner libre cours à ses craintes, surtout devant son fils, d'autant que ce dernier ne paraissait guère troublé par ce qu'il venait de vivre. Au contraire, il avait débité ce catalogue d'atrocités comme on raconte une partie de golf, et il se disait prêt à repartir sur-le-champ. Le lendemain, ce fut à Venetia que le Premier ministre confia sa détresse : *Cela dit sous le sceau du secret, je ne peux te dire à quel point cette monstrueuse sottise m'affecte... Winston n'a aucune excuse... C'était envoyer des agneaux à l'abattoir...*

- 22 -

La mort prenait une place de plus en plus grande dans les préoccupations du Premier ministre : listes des tués publiées quotidiennement dans les journaux, fils d'amis tombés au front, lettres de condoléances qu'il lui fallait chaque fois écrire. Jamais il n'avait imaginé, au cours de sa longue carrière politique, qu'il aurait à conduire son pays dans une si effroyable guerre. Il se demandait quelle serait sa postérité. À présent il lui arrivait, avant de se coucher, d'écrire en pensée sa notice nécrologique. Il lui venait aussi cette vision : assis sur le banc des accusés d'un tribunal céleste, il attendait son jugement.

Un demi-siècle plus tôt, enfant, il passait toujours par Ludgate Hill pour se rendre à l'école. Un jour, l'année de ses douze ans, il avait vu les cadavres de cinq meurtriers, exécutés une heure plus tôt, en public, pendre aux gibets installés devant la prison de Newgate. Leurs têtes étaient couvertes d'un capuchon blanc. Cette vision était restée gravée dans sa mémoire pendant des années puis, dans son âge mûr, au temps si bien rempli, elle s'était estompée. Elle lui revenait maintenant dans ses rêves... ses maudits rêves !

Le temps : combien lui en restait-il ? Il suffisait de savoir compter. Dix ans ? Quinze ans de vie active ?

Il fallait absolument qu'il revoie Venetia. Quand il l'avait auprès de lui, sa mélancolie diminuait. Et cependant, deux semaines déjà s'étaient écoulées depuis leur extatique interlude de Penrhos. Après le retour d'Oc, il se décida enfin. Si elle ne venait pas à Londres, il irait dans le Cheshire.

Cet objectif posé, il prit ses dispositions pour l'atteindre, comme s'il s'agissait d'une loi problématique à faire voter au Parlement. Il informa Venetia qu'il pensait avoir dégagé le temps nécessaire à une visite à Alderley le vendredi (*Je compte les heures*). Il écrivit à lady Sheffield pour lui demander s'il pouvait passer le week-end chez elle. Il pria Bongie de déplacer quelques rendez-vous et feignit de ne pas remarquer sa perplexité. Et, passant voir Margot dans sa chambre avant d'aller se coucher, il lui annonça avec une insouciance feinte qu'il allait passer quelques jours à Alderley chez les Stanley.

« Nous les avons vus il y a quelques jours.

— Je sais, mais nous sommes toujours les bienvenus chez eux, disent-ils, et nous n'avons pas eu de vacances, cette année, pas même en Écosse ; Dieu sait quand je pourrai en prendre. J'ai vraiment besoin de me reposer un peu.

— Malheureusement, je ne t'accompagnerai pas. J'ai d'autres engagements.

— Je le comprends, mais il se trouve que j'ai quelque latitude dans mon emploi du temps, cette semaine ; je peux difficilement laisser passer cette occasion. »

Elle contemplait un point par-dessus l'épaule de son mari, lèvres pincées. Il ne fut pas surpris de ce qui allait suivre.

« Je suppose que Venetia est là-bas ?

— Je pense, oui. Elle a été assez souffrante. J'ai l'impression qu'elle a besoin d'un peu de distraction.

— Oh, je suis certaine que tu pourras lui en procurer. »

Elle se retourna pour éteindre la lampe.

Il demanda à George de faire envoyer son bagage à l'avance ; sa présence ne serait pas nécessaire, il utiliserait les services d'un domestique des Stanley. Il écrivit à Venetia qu'il allait pouvoir rester quatre vraies nuits. *En es-tu heureuse, mon amour ? Cela, me demandé-je, t'excite-t-il autant que moi ? Te revoir, non plus dans la cohue mais de près & tout contre toi & seuls enfin, voilà quelle est mon idée du paradis...*

Il fut légèrement troublé par la réponse polie qu'il reçut le jeudi, pour laquelle il la tança gentiment : *Tu dis « nous serons contents de te voir ». Je n'aurais peut-être pas écrit cela en ces termes.* Cela ne l'empêcha pas de quitter Londres le vendredi, nullement démonté. Sans secrétaire ni garde du corps, il prit un taxi pour Euston et monta à bord du train de 16 heures pour Macclesfield. Il se sentait glorieusement libre. Le compartiment n'était qu'à demi plein. Aucun des passagers ne semblait l'avoir reconnu. Il avait emporté un recueil de Robert Browning – il y avait un poème en particulier qu'il voulait montrer à Venetia – et ne leva pratiquement pas le nez de son livre de tout le voyage. De temps à autre, il sortait sa petite flasque de brandy pour en boire une gorgée.

Il faisait déjà nuit quand le train entra en gare de Macclesfield ; il y avait une correspondance pour le tortillard qui se rendait à Alderley Edge. On ne voyait plus rien de la campagne du Cheshire, hormis, par instants, deux phares blancs sur les routes étroites entre les champs. La vitre du compartiment n'était qu'un miroir obscur. Il s'y regarda longuement. Dans sa jeunesse, il ne manquait pas de charme, mais le temps avait fait son œuvre. Ses joues étaient violacées, couvertes d'un fin réseau de veinules rouge foncé, son nez plus épais, son abondante chevelure, naguère épaisse et lustrée, désormais blanche et plus clairsemée. Je suis un vieil homme à présent, se dit-il. Il avala une dernière gorgée de brandy. Eh bien, n'était-ce pas une raison supplémentaire de vivre sa vie, tant qu'on le pouvait ?

Le train parvint à Alderley Edge juste après 20 h 30. Le quai était désert ; il fut le seul voyageur à descendre. Les lueurs des réverbères étaient jaunes et diffuses dans la brume de cette soirée d'automne. Il régnait un silence étrange, presque étouffé ; l'air était plus froid qu'à Londres. Il n'était pas mécontent d'avoir pris son manteau à col d'astrakan et son chapeau melon. En traversant la gare, il n'entendit que le bruit de ses pas et de sa canne.

Il avait vaguement espéré la trouver sur le quai, venant à sa rencontre, espoir déraisonnable à l'heure du dîner. L'attendait dans la rue la vieille Rolls-Royce de lord Sheffield, avec le chauffeur adossé contre la portière arrière, cigarette aux lèvres. Lorsqu'il vit approcher le Premier ministre, il la laissa tomber sur le trottoir et l'écrasa du bout du pied. Cinq minutes plus tard, l'automobile descendait la longue allée si familière, des loges du portail à Alderley Park. La grande demeure, avec ses soixante chambres, surgissant de la brume née du lac, semblait flotter au-dessus du paysage comme un luxueux paquebot, aux hublots presque tous illuminés dans son immense façade.

Le week-end s'engagea sur la même et irritante voie que le séjour à Penrhos.

On lui apprit, lorsqu'il arriva, que les Stanley avaient retardé l'heure du dîner pour le prendre en sa compagnie. Le majordome le conduisit dans sa chambre habituelle, où son frac était déjà disposé sur une chaise. Un valet de la maison l'aida à se changer. Dix minutes plus tard, il descendit dans le salon d'apparat pour y retrouver la foule habituelle de parasites dont la présence rendait si difficile la discussion avec Venetia. Bien sûr, il y avait ses parents, deux de ses sœurs, Sylvia et Blanche, et d'autres visages connus : la belle Gwendoline (« Goonie ») Churchill, la femme du frère cadet de Winston, et Roderick Meiklejohn (« Mikky »), timide esthète qui avait été son secrétaire particulier au ministère de l'Économie. Et il reconnut non sans effroi l'épaisse silhouette devant la cheminée : c'était Algernon Stanley, soixante-dix ans, frère de lord Sheffield, évêque catholique et mondain qui avait passé l'essentiel de sa vie à Rome. Ah, mais Venetia était là, bien sûr, plus pâle et plus mince qu'à Penrhos. Elle vint immédiatement à sa rencontre, s'arrêta à prudente distance et se pencha pour l'embrasser sur les deux joues.

« C'est un bonheur inattendu, dit-elle.

— Ma très chère, comment allez-vous ?

— Bien mieux, Premier, je vous remercie. »

Pourtant, elle n'avait pas l'air tout à fait elle-même. Après les entrées, elle se leva de table, glissa quelques mots à l'oreille de sa mère et s'éclipsa.

« Je crains, dit lady Sheffield, que notre Venetia ne soit encore un peu fatiguée. J'espère qu'elle ira mieux demain. »

Cela chagrina le Premier ministre d'être venu de si loin pour ne pouvoir échanger qu'un mot ou deux avec elle, mais la santé de la jeune femme l'inquiétait plus que ses propres tourments.

Malheureusement, il n'eut guère plus de chance le lendemain. Meiklejohn décida de faire leur siège dès le petit déjeuner. Quand il n'entraînait pas le Premier ministre dans des conversations sur la guerre, que ce dernier aurait tant aimé oublier quelques jours, l'horrible petit crapaud gravitait autour de Venetia avec des yeux de chien battu. Ce célibataire endurci, qui vivait encore chez ses parents à quarante ans, ne pouvait pas avoir des vues sur elle, tout de même ? Allait-il lui proposer le mariage, comme tous les autres ? Le Premier ministre avait toujours eu de l'affection pour lui, mais au cours de ce samedi il conçut envers « Mikky » une irritation féroce qui ne se dissipa que le dimanche après-midi, lorsqu'il fut enfin seul avec sa bien-aimée et qu'elle l'invita à monter dans son boudoir.

Venetia n'avait pas pris grand plaisir à ces mondanités de fin de semaine. Le Premier ministre lui semblait épuisé, souffrant. Et lord et lady Stanley devaient trouver étrange de le recevoir si peu de temps après Penrhos, qui plus est sans Margot, ni son habituelle suite. Il buvait trop, ne put-elle s'empêcher de remarquer. Et cela en effet ne passait pas inaperçu : lorsqu'un valet se penchait pour remplir son verre, les autres convives échangeaient des regards. Quand ils furent dans le boudoir, il s'absenta quelques secondes et, à son retour, ils s'assirent sur le canapé ; elle l'enlaça. Il y avait un grand feu dans la cheminée, deux chiens endormis devant la grille, un guéridon sur lequel était posé un jeu d'échecs, des livres sur leurs rayonnages, des gravures de Piranèse, sous verre. Au-dehors, le ciel déjà s'assombrissait.

« Enfin tranquilles », soupira-t-il, heureux.

Ce qu'il était allé chercher dans sa chambre, c'était son recueil de Browning, *Hommes et Femmes* – une édition originale de 1855, bien sûr –, pour proposer à Venetia une lecture à deux voix de « La Statue et le Buste ». Il endosserait le rôle du duc de Florence ; elle serait la jeune femme qu'il aperçoit pour la première fois de sa vie en longeant sa demeure à cheval, le jour même où elle prend mari.

« Cela me rappelle notre histoire. »

Le poème était fort long. Il leur fallut un quart d'heure pour le lire, durant lequel le livre sans cesse changea de mains.

Il la regarda, comme peut le faire un amant.
Elle le regarda comme si elle s'éveillait.
Le passé était un sommeil, et elle commençait à vivre.

Rien hélas ne peut faire obstacle au mariage de la jeune femme. Le duc assiste au banquet de noces, et bien que chacun jure vouloir revoir l'autre, aucun n'a le courage de céder à son désir ; les amants s'en remettent au sort.

Les semaines devinrent mois, années ; rayon par rayon
L'éclat disparut de la jeunesse et de l'amour.

Il ne reste plus d'eux, leur vie révolue, que la statue du duc sur la place de la ville et le buste de la jeune femme, à la fenêtre de sa maison.

Le péché que j'impute à chaque ombre frustrée
Fut de rester les reins non ceints, la lampe éteinte,
Même si son désir était crime[1]*...*

« C'est beau, mais que c'est triste, dit Venetia, une fois la lecture finie. Et plutôt osé pour un poème écrit

1. Robert Browning, « La Statue et le Buste », in *Hommes et Femmes*, traduction de Louis Cazamian, Paris, Aubier.

en 1855, tu ne trouves pas ? On dirait un plaidoyer en faveur de l'adultère.

— Ce n'est pas le seul sujet, répondit le Premier ministre d'une voix lointaine. Et puis, le terme d'adultère est tellement laid, tellement juridique. Non, ce dont il est surtout question, c'est d'âmes qui auraient dû se joindre dans la vie pour l'éternité, et qui n'en ont pas été capables. Imagine ce supplice, ma chérie : mourir sans avoir jamais eu le courage de s'emparer de la chose qu'on a le plus désirée en ce monde. »

Elle lui lança un regard. Il contemplait le feu d'un air absent, le livre sur les genoux.

Quelle étrange humeur que celle du Premier ministre ! Elle ne l'avait jamais vu dans cet état. Il alla prendre dans la bibliothèque du boudoir un volume des œuvres complètes de Shakespeare et lui lut le monologue de Hamlet, comme si le suicide était peut-être la réponse à ses soucis. Le lundi matin, quand ils allèrent se promener dans l'arboretum, bras dessus, bras dessous, et qu'ils s'assirent sur un banc de bois en contrebas duquel le lac s'étendait, il aborda de nouveau ces sujets : l'amour et le devoir, la passion et les conventions, la mort comme la libération accueillie avec joie d'une vie qui ne vaut pas d'être vécue.

Elle le gronda gentiment, d'abord pour dissimuler son inquiétude, mais aussi parce qu'elle le trouvait absurdement mélodramatique.

« Enfin, cher Premier ! Il suffit ! Ta vie n'est pas si horrible que cela.

— Je suis navré, ma chérie. Simplement, j'ai le sentiment que nous avons atteint un point critique. N'as-tu pas cette impression, toi aussi ? Avec la guerre et ces séparations incessantes ? Tu m'aimes, je l'espère ?

— Oui, mais nous n'avons pas le choix, Premier. Nous voir plus souvent, ce serait la fin de ta carrière.

— Quelle importance ? Je suis Premier ministre depuis six ans et demi : c'est plus qu'un homme ne peut supporter. Sans doute mon départ ferait-il jaser une semaine ou deux, mais l'oubli viendrait bien vite.

— Écoute ce que je vais te dire, très tendre. Tu vas gagner la guerre. Tu ne mourras jamais. Et tu m'auras toujours près de toi. À présent, retrouvons les autres avant qu'ils se rendent compte de notre absence. »

Il repartit le mardi matin, juste après le petit déjeuner, se sentant plus heureux qu'à son arrivée. Il lui avait confié ce qu'il avait sur le cœur. Elle ne lui avait pas fermé la porte.

Il ne put prendre réellement congé d'elle. Goonie et Blanche avaient décidé de rentrer à Londres par le même train que lui. La famille s'était rassemblée devant la maison pour saluer leur départ. L'évêque fit le signe de croix et bénit leur voyage. Goonie, aussi belle qu'étourdie, lui fit même une révérence.

Venetia posa un baiser sur la joue du Premier ministre.

« N'oublie pas ce que je t'ai dit. La situation est moins tragique que tu ne le penses. Je te reverrai bientôt à Londres.

— Je te remercie pour tout, ma très chère. N'oublie pas non plus ce que je t'ai dit, moi. Et surtout, écris ! »

Tandis que l'automobile s'avançait dans l'allée, il se retourna vers la vitre arrière pour lui faire un signe de la main. Elle était déjà rentrée.

Dans le train de Macclesfield à Londres, Goonie lut le *Times* et Blanche tricota. Il griffonna une lettre à Venetia, au crayon. *Ma chérie – alors que chaque minute m'éloigne un peu plus de toi sous des cieux lugubres, je me demande si tu souffres toi aussi de cette sourde douleur qui...*

À 15 heures, il était de retour au n° 10, où il présida une réunion du Cabinet. Quand elle fut finie, Winston vint lui parler du Premier lord de la Mer, le prince Louis de Battenberg. Il était malade, expliqua Winston, il n'était plus à la hauteur de la tâche – et puis il avait un nom allemand et était né en Autriche. La presse exigeait sa tête avec une insistance croissante. Il était temps qu'il parte.

« Qui selon vous pour le remplacer ?

— Un seul homme me vient à l'esprit. Il faut faire revenir Jackie Fisher.

— Ce n'est pas prudent. Il est à la retraite depuis quatre ans, il est trop âgé et trop égocentrique.

— Son cerveau est celui d'un titan et c'est ce dont nous avons besoin en ce moment. Je saurai le manipuler. Et son retour galvanisera l'Amirauté.

— Eh bien, si telle est votre recommandation. À présent, Winston, si vous voulez bien m'excuser... »

Le Premier ministre avait hâte de finir sa lettre à Venetia, qu'il voulait envoyer avant la levée des boîtes postales.

Venetia arriva à Alderley en milieu de matinée, le lendemain. Un petit peu plus tard que d'ordinaire. Elle enfila un manteau de fourrure et alla lire sa missive au bord du lac.

Je reviens en pensée, & ce ne sera pas la dernière fois, à ces heures délicieuses où nous lisions ensemble & nous taisions, puis lisions encore & bavardions. Te souviens-tu de ce que nous avons dit des vies courtes & des longues ? Tout vaut mieux que rouiller. Il est préférable de quitter Ithaque, ses rochers & ses « lumières clignotantes » & d'embarquer pour un nouveau voyage :

Alors peut-être ferons-nous naufrage
Ou atteindrons-nous les Îles heureuses,
Y verrons-nous notre grand Achille.

Les temps modernes ne sont pas favorables à cette sorte d'aventure, et la seule tentation peut être celle d'abandonner ici le fardeau de l'existence et, ainsi que le déclare Macbeth, je crois, « se jeter tête baissée dans la vie à venir ». Comme je l'ai dit hier, et quel que soit le sort qui nous est réservé à tous deux – nous n'avons pas commis la sotte faute des « fantômes inassouvis », la lampe éteinte, les reins nus. Dieu merci[1] *!*

Elle gémit et baissa la tête pendant quelques secondes. D'abord Browning, puis Shakespeare, et maintenant L'« Ulysse » de Tennyson ? Ces pensées devenaient pénibles. Elle ne le croyait pas du tout sincère. Aucun Premier ministre n'avait jamais renoncé volontairement au pouvoir, si accablant qu'ait été son fardeau : si ses prédécesseurs n'avaient pas eu la détermination chevillée au corps, jamais ils ne l'auraient endossé. Et quand bien même il aurait envisagé cette perspective, quelle forme voulait-il lui donner ? Elle et lui dans une chaumière, à la campagne ? Et que dire du scandale et de l'opprobre social qui en résulterait pour elle ? Trop égocentrique, il n'y avait sans doute même pas pensé.

Elle ne se trouvait plus sur le bon chemin. Dans ce monde plongé dans le chaos, il était sûrement possible pour une femme seule, plutôt énergique et loin d'être sotte, de se libérer, de suivre la route de son choix ? Il fallait qu'elle passe à l'action. Et pour la première fois, tout en traversant les bois en surplomb du lac, elle se posa la question de savoir comment elle pourrait essayer de mettre fin à sa liaison avec le Premier ministre.

---

1. Lord Tennyson, *Ulysses*, traduction originale.

Cinquième partie

L'HÔPITAL

3 décembre 1914-7 avril 1915

- 23 -

Six semaines plus tard, par un jeudi matin froid et limpide du début décembre, Venetia, à la portière de son taxi, tendit son pied droit élégamment chaussé, puis le gauche, telle une exploratrice en terre inconnue. Après quoi, elle descendit du véhicule, non sans précaution, pour se retrouver sur le trottoir bondé de Whitechapel Road, dans les quartiers est de Londres.

Tandis qu'elle se penchait pour régler sa course, elle entendait la rumeur du marché, tout aussi fréquenté, où se vendaient vêtements, casseroles, marmites et tout un bric-à-brac de quincaillerie. Et sous ses yeux apparut, lorsque le taxi fut reparti, la façade imposante et noirâtre d'une bâtisse néoclassique : « London Hospital », proclamait l'inscription sculptée sur son vaste linteau.

Elle contempla la bâtisse pendant quelques secondes. Elle avait revêtu pour l'occasion une jupe grise toute simple, un chapeau de feutre noir sans ornement et un manteau de fourrure de coupe trois-quarts, avec étole assortie. Pourvu, songea-t-elle, que cela convienne au lieu.

Elle traversa la chaussée, s'arrêta entre les deux voies pour laisser passer les automobiles, monta les quelques marches du perron et s'engouffra sous le portique d'entrée. Le concierge, auquel elle s'était présentée, lui indiqua une petite salle d'attente qui donnait sur le grand vestibule. Le parquet de bois foncé était briqué comme un miroir. Les lieux exhalaient une forte odeur de désinfectant. Venetia se sentait nerveuse, et cela la surprenait. C'était sans doute ce que l'on ressentait au premier jour d'école, ou bien lorsqu'on se préparait à un entretien d'embauche. Pure conjecture de sa part, car elle n'avait eu que des préceptrices et n'avait jamais travaillé de sa vie.

Au bout de quelques minutes, une infirmière vint la chercher ; elles montèrent un escalier où le moindre bruit se réverbérait, parcoururent un large couloir aux murs jaune citron pour parvenir enfin dans le bureau de l'infirmière en chef.

Miss Eva Luckes était assise derrière son bureau. C'était une petite femme dodue d'un certain âge, au visage rond, qui ressemblait à la reine Victoria. Venetia avait pris quelques renseignements au préalable, démarche prudente : miss Luckes était une amie de Florence Nightingale ; elle militait pour la réforme des politiques de santé ; elle était infirmière-chef au London Hospital depuis plus d'un tiers de siècle.

Venetia fut invitée à prendre un siège.

« J'ai donc devant moi l'Honorable Beatrice Venetia Stanley. »

Cette entrée en matière avait été articulée d'un ton précis et dubitatif ; elle s'accompagna d'un regard pénétrant porté sur la lettre de Venetia par-dessus des verres en demi-lune.

« Et qu'est-ce qui vous permet de penser que vous avez les qualités nécessaires pour devenir infirmière ?

— Je ne sais si je les ai, madame l'infirmière-chef. Mais je souhaite postuler.

— Pourquoi ?

— Parce qu'il me semble que c'est la meilleure contribution que je puisse apporter à l'effort de guerre.

— Et pourquoi à Londres, et non pas dans le Cheshire ?

— De fait, madame l'infirmière-chef, j'avais pensé tout d'abord installer un hôpital pour nos soldats dans la maison de mes parents, mais on m'a dit que je manquais d'expérience.

— En effet. C'est le moins qu'on puisse dire, répondit miss Luckes en levant les yeux vers Venetia. La maison de vos parents... Elle doit être grande, j'imagine ?

— Oui, plutôt grande.

— Combien de chambres ?

— Soixante, balbutia Venetia.

— Ah, c'est "plutôt grand", comme vous dites, s'amusa miss Luckes. Les gens que nous soignons ici habitent le plus souvent des taudis, à quatre ou cinq par pièce. Il faut savoir qu'au London Hospital, nous n'avons pas que les soldats, mais aussi des malades indigents. À égalité : cinq cents de chaque.

— Je ne crains pas les gens pauvres.

— Je n'en doute pas. Mais comprenez-vous ce qu'exige ce métier ? Dix heures de travail par jour, sept jours sur sept, avec trois heures de pause quotidiennes et un jour de congé par mois ? Vivre en foyer, dans les locaux de l'hôpital, du moins les premiers mois, et partager une salle de bains avec vingt autres femmes ? Faire le ménage dans les salles, évacuer les eaux souillées, faire les pansements des blessés, nourrir et donner des soins à des hommes couverts d'abcès purulents, qui parfois ne se sont pas lavés depuis des semaines ? Nombre de jeunes femmes qui viennent comme vous de familles aisées ne tardent pas à abandonner.

— Ce ne sera pas mon cas. »

Miss Luckes, les bras croisés, la jaugea brièvement.

« Ce n'est pas impossible, dit-elle en apposant sa signature au bas de la lettre de candidature. Pour devenir infirmière, miss Stanley, il faut une période de formation de trois ans, qui peut être réduite à trois mois lorsque vous vous acquittez d'un droit d'entrée de treize guinées. À la fin de ces trois mois, et si nous estimons que votre période d'essai s'est bien déroulée, nous vous accorderons les qualifications nécessaires pour travailler dans un autre hôpital – en France, par exemple, si vous voulez vraiment contribuer à l'effort de guerre. Le droit d'entrée doit être réglé avant la formation. »

Venetia ouvrit son sac à main et en sortit treize pièces, qu'elle disposa sur la table. Miss Luckes les fit glisser dans sa paume et les rangea dans une cassette.

« La prochaine journée d'incorporation sera le mercredi 6 janvier. Vous recevrez les détails nécessaires à la confection de votre uniforme en temps utile. Elle est à votre charge. Il est préférable d'arriver la veille au soir, avant 18 heures ; on vous attribuera une chambre au foyer. »

Elle referma la cassette, qu'elle rangea dans un tiroir, avant de tendre un reçu à Venetia.

« Si vous changez d'avis, cette somme ne vous sera pas remboursée. Bonne journée, miss Stanley. »

Sur le perron, Venetia leva les yeux vers le ciel et les ferma lentement, savourant le moment. Peu lui importait d'avoir payé pour obtenir ce privilège. Pour la première fois de sa vie, elle avait un emploi.

Le lendemain, un vendredi, le Premier ministre devait passer la chercher au coin de Mansfield Street en début d'après-midi, pour l'une de leurs balades en automobile. Elle serait plus courte, l'avait prévenu Venetia, qui devait reprendre le train de 16 heures pour Alderley.

Il quitta Downing Street à 14 h 30 pour aller la retrouver.

Ces dispositions le frustraient, d'autant qu'elles ne rompaient guère avec les déceptions des semaines passées. Une dizaine de jours plus tôt, ils avaient tous deux été reçus dans le Kent, pour le week-end, chez des amis communs. Elle avait préféré rentrer à Londres avec Clemmie Churchill plutôt qu'avec lui. Quelques jours plus tard, elle lui avait fait faux bond pour un déjeuner. Ses lettres étaient toujours aussi affectueuses et lorsqu'ils étaient seuls ensemble, elle se montrait toujours aussi tendre. Cependant, il sentait s'installer entre eux une distance imperceptible. Puis il y avait ce projet si naïf de devenir infirmière. Il espérait secrètement – et non sans honte, car elle y tenait beaucoup – que l'entrevue avec miss Luckes se solderait par un échec, ou bien qu'ayant eu un aperçu de ses futures conditions de travail, elle renoncerait. Pourtant, lorsqu'elle monta dans la Napier, il comprit immédiatement, à voir son beau visage résolu et sérieux, que l'affaire était conclue.

« Bonjour, Premier ! »

Elle posa un bref baiser sur sa joue.

« Ma chérie... Alors, cette infirmière-chef, comment était-elle ?

— Oh, tu sais... Chef en diable ! Impressionnante. Un roc. Ça me plaît. Elle a fait de son mieux pour me dégoûter, mais plus la liste des horreurs qui m'attendent s'allongeait, plus j'étais décidée.

— J'aurais pu lui dire que ce n'était pas la méthode qui convient avec toi. Donc, te voilà embauchée ?

— Oui. »

Il donna un petit coup de canne sur la vitre de séparation. La Napier démarra. Il avait demandé à Horwood de leur faire faire le tour de Regent's Park.

« Essaie au moins, cher Premier, dit-elle en lui prenant la main, de voir l'intérêt de la chose. Pour moi.

— Mais je le vois, je le vois, même si, comme je te le dis depuis le début, je ne sais pas comment une femme aussi intelligente et aussi cultivée que toi peut supporter l'idée d'effectuer des tâches aussi dégradantes. C'est tout bonnement incompréhensible. Et quand pourrai-je te voir ? Tu travailleras nuit et jour, j'imagine ?

— Pas tout à fait.

— C'est-à-dire ?

— Dix heures par jour, s'empressa-t-elle de préciser, tant il semblait scandalisé, mais l'on a droit à trois heures dans la journée pour déjeuner et prendre de l'exercice. Et ce régime ne durera que trois mois.

— Trois mois pendant lesquels je te verrai à peine. Pour moi, c'est une éternité ! protesta-t-il, ne résistant pas à la tentation d'ajouter : Je crains que tu n'en sois pas aussi navrée que moi.

— Mais si, Premier. Moi aussi, je trouverai le temps long. Mais il faut que j'apporte ma contribution à l'effort de guerre, d'une manière ou d'une autre.

— Il y en a certainement de plus utiles. Pourquoi ne pas travailler pour une œuvre de charité, par exemple ? »

Elle lui lâcha la main.

« N'en parlons plus. Je déteste ces discussions où nous ne sommes pas d'accord. Dis-moi plutôt ce que tu fais en ce moment. »

Il n'avait pas envie d'en parler. L'heure était sombre. Le neveu de Margot, Lachlan Duff, avait été tué au front et le mari de Blanche, Eric Pearce-Serocold, gravement blessé. Raymond avait fini par s'engager dans un vrai régiment, le Queen's Westminster Rifles, et Beb avait rejoint la Royal Artillery ; désormais, il avait, en comptant Oc, trois fils sous les drapeaux. Il était fier de ses garçons, bien sûr, mais rongé par l'inquiétude : il était peu probable qu'ils puissent tous trois rester indemnes. La situation en Belgique était terrible : des combats atroces dévastaient la région d'Ypres. L'armée britannique avait perdu treize mille hommes en deux semaines. C'était une guerre sans égale dans l'histoire, un massacre industriel.

« Et maintenant, Winston brandit le spectre d'un front aux Dardanelles, qu'il juge nécessaire pour faire avancer les choses. Mais après le numéro qu'il a accompli à Anvers, je ne le vois guère menant une invasion de la Turquie. Que cela reste entre nous, bien sûr !

— Bien sûr ! »

La Napier faisait lentement le grand tour du parc. Il aurait bien aimé tirer les rideaux, mais elle ne semblait pas d'humeur à cela. Assise à l'autre bout de la banquette, elle se tenait penchée vers l'avant.

« Allons au zoo, proposa-t-elle soudain.

— Si cela peut te faire plaisir ! »

Il demanda à Horwood de se garer non loin de l'entrée.

Il faisait froid ce jour-là, un froid sec et rude, juste au-dessus de zéro. Rares étaient les promeneurs dans les allées : il fallait avoir l'amour des bêtes chevillé au corps. Elle lui prit le bras tandis qu'ils déambulaient entre les cages et les pavillons. Le Premier ministre n'avait jamais aimé les zoos, leurs animaux mélancoliques, la puanteur aigre des déjections, des fourrures suintantes, des peaux écailleuses. Après la volière, ils longèrent le pavillon des singes, où elle essaya de lui redonner le sourire.

« Quand je viens ici, je pense toujours à la Chambre des communes, Premier. Tiens, celui-ci ressemble à Bonar Law ! »

Puis ils se dirigèrent vers la fosse aux ours.

« Ces animaux respirent le malheur, dit-il en montrant un chameau du bout de sa canne. Regarde-moi celui-ci. Il a l'air tellement triste...

— Tu sais, les chameaux n'ont jamais l'air gai, même dans le désert. »

Elle lui donna un tendre coup de coude.

« Allons voir les pingouins avant de repartir. »

Le bord de la mare était déjà pris dans une mince couche de glace. Les oiseaux attendaient l'heure du repas, immobiles sur leur rocher.

« Au moins, finit-elle par soupirer, mon pingouin, lui, a pu connaître la liberté. C'est une chance dont devraient pouvoir jouir toutes les créatures vivantes, je pense. Que l'on ne puisse pas vivre pleinement sa vie...

— Je suis bien d'accord. Je déteste voir tous ces animaux en cage. Les oiseaux, les lions, les éléphants...

— Et les gens, Premier. Surtout les gens. »

Cette remarque lui parut curieusement véhémente – ou était-ce un effet de son imagination ? Peut-être même n'était-elle pas tout à fait spontanée. Était-ce donc pour lui dire cela qu'elle l'avait traîné ici ?

Ils revinrent en silence vers la Napier.

À Euston, il l'accompagna jusqu'au quai, insista pour porter lui-même sa valise.

« À la semaine prochaine ?

— À la semaine prochaine », dit-elle en posant un baiser sur sa joue.

Il resta près de la barrière jusqu'à ce qu'elle monte dans le train, en troisième classe, ah ! Sa marotte. Et la minute d'après, elle n'était plus là.

À minuit, ce soir-là, il lui écrivit, assis à son bureau. Un vrai *cri du cœur**. C'était plus fort que lui.

Je me dis parfois que tu penserais plus souvent à moi, que tu m'estimerais peut-être davantage, si j'étais moins fou de toi. N'est-ce pas dommage ? Qu'on doive pâtir d'un jugement & d'une estime qu'on met au-dessus de tout, simplement parce qu'on aime intensément.

Il manipula pendant quelques instants ses petits animaux, ses minuscules bergères, le soupir aux lèvres. Ah, s'il y avait le moindre charme dans l'asymétrie du désir, le monde serait plus heureux. Big Ben sonna les douze coups de minuit au loin. Il ouvrit la boîte à dépêches dans laquelle il gardait les lettres de Venetia et en sortit les deux seules photographies qu'il avait d'elle. Les regarder lui noua les intestins, comme s'il avait eu faim.

Il faut que j'aille me coucher maintenant. Si tu m'abandonnais – mais je sais que tu ne le feras pas – je coulerais à pic, « plus avant que n'est descendue la sonde », comme dit Prospero... Bonne nuit, mon amour.

Pour Noël, il lui envoya encore deux éditions originales : celle de la traduction de l'*Iliade* par Pope, et le *Candide* de Voltaire. Elle le surpassa avec son propre cadeau, qu'elle fit envoyer d'Alderley : un « Trésor de sonnets d'amour », recueil relié plein cuir de poèmes qu'elle avait élégamment calligraphiés, avec de belles lettrines en couleur et des illustrations dans les marges, à la manière des moines copistes du Moyen Âge. Il garda ce trésor à son chevet. Elle avait dû y consacrer de longues heures, sans doute pas ces derniers temps, mais au cours de l'été, à Penrhos, d'où elle lui avait envoyé le 44e Sonnet de Shakespeare (*Si mon être grossier était fait de pensée/Et non de lourde chair, je me transporterais...*), pour lui désormais « leur » sonnet. Que tout lui paraissait limpide alors !

Il se fixa des résolutions pour cette nouvelle année 1915 : il serait plus encourageant, moins exigeant. S'il ne pouvait la détourner de son projet de devenir infirmière, du moins devait-il trouver l'énergie de feindre de s'en réjouir. Il proposa de donner un dîner en son honneur le lundi 4 janvier, veille de son installation au London Hospital – un « dîner d'adieu », plaisantait-il à demi. Elle lui répondit par écrit : Montagu lui avait brûlé la politesse ; le Premier ministre et elle étaient invités chez l'Assyrien pour cette même raison. *Il m'a offert une robe pour Noël et, même si je sais que tu ne me croiras pas, je la trouve tout à fait bien. Je soupçonne Violet de l'avoir guidé dans son choix.*

Le dîner fut somptueux, comme tout ce qu'organisait Montagu : il rassemblait lord et lady Sheffield, Sylvia et Blanche, Winston et Clemmie, Margot et Violet, Raymond et Katharine, Oc et son nouvel ami Rupert Brooke, enfin Bongie et Diana Manners. Il neigeait dans les rues ; mais sous le toit de Montagu, tout n'était que chaleur et lumière. La « tente de brocart » était un tour de prestidigitation architectural. Si la façade semblait étroite, la maison elle-même était cinq fois plus longue que large, succession de grandes salles de réception qui finissaient par une vue splendide sur St James's Park.

Margot avait pris le plan de table en main ; le Premier ministre présidait, le plus loin possible de Venetia. L'incroyablement beau Rupert Brooke, un nouveau Byron, était assis près de Violet ; ils semblaient fort proches, songea le Premier ministre, ne résistant pas à la tentation de les voir en couple. Lui-même, entre Clemmie et Sylvia, ne cessait de darder des regards jaloux à travers fleurs et bougies à Venetia, qui discutait, rieuse, avec Montagu ; elle portait la robe que lui avait offerte ce dernier et lui posa plusieurs fois la main sur le bras. Il venait juste de faire nommer l'Assyrien au Conseil privé de Sa Majesté et prévoyait de le faire entrer au Cabinet fin janvier. En les regardant tous deux, il se demanda s'il n'avait pas fourni le bâton pour se faire battre et trouva aussitôt l'idée ridicule : Montagu était vraiment trop laid, et trop névrosé – pauvre Edwin, si loyal, si intelligent.

« Vous savez, Premier ministre, vous avez trop d'influence sur ma sœur, lui dit Sylvia, qui avait suivi son regard. C'est bien, et c'est mal.

— Moi ? Allons bon. Je peux vous dire que c'est entièrement faux. C'est même l'inverse. »

Le lendemain, le projet de Winston concernant les Dardanelles fut discuté pour la première fois en conseil de guerre. Dès qu'il put s'éclipser, le Premier ministre passa prendre Venetia à Mansfield Street pour la conduire au London Hospital – il n'avait pas cédé sur ce point. Elle sortit sur le perron, une énorme valise à la main, que Horwood déposa dans le coffre de la Napier.

Il ne l'avait jamais autant aimée que lors de ce bref voyage dans la dense circulation du centre à l'est de la ville. Elle était visiblement inquiète, mais résolue à n'en rien laisser paraître. Quel courage, songea-t-il, quelle belle énergie cela démontrait, quitter sa confortable existence, sa famille, ses amis, son milieu, pour s'embarquer dans on ne savait quelle galère. Il était fier d'elle, honteux de se sentir si égoïste, et le lui avoua. En guise de réponse, elle se pencha et tira les rideaux, faisant d'un geste disparaître l'hiver lugubre et sombre.

Mais lorsque, une demi-heure plus tard, elle les écarta, et qu'ils eurent sous les yeux la vision accablante de Whitechapel Road un soir d'hiver, avec les automobiles qui pataugeaient dans la neige fondue, les lumières blêmes aux vitrines des boutiques minables et des façades crasseuses, les piétons aux visages hâves, aux maigres hardes, qui rentraient chez eux le dos courbé, le Premier ministre sentit son cœur se serrer de nouveau. Venetia rajusta sa jupe et le pria de faire arrêter la Napier.

« Nous ne sommes pas encore devant l'hôpital.

— Je ne veux pas qu'ils me voient descendre d'un si somptueux véhicule.

— Oh ! Je comptais porter ta valise jusque dans ta chambre et veiller à ce que tu sois bien installée. Je tiens à savoir où tu vas vivre.

— Premier, ce n'est pas un hôtel, c'est un foyer pour infirmières. Si quelqu'un te reconnaissait ? Ce serait un drôle de début, débarquer au London Hospital en ta compagnie. Non. Laisse-moi descendre ici, s'il te plaît. »

Il pressa sur le bouton. Horwood s'arrêta. Elle descendit, se pencha vers la vitre du chauffeur et lui demanda de bien vouloir aller chercher sa valise dans le coffre. Le Premier ministre descendit en même temps que Horwood. Le vent sifflait, venu de Mile End Road.

« Voilà, dit-elle, valise à la main. Souhaite-moi bonne chance.

— Toute la chance de ce monde, ma chérie. Et tout mon amour. Tiens, c'est pour toi. »

Il lui fourra dans la main un petit paquet qu'il avait gardé sur lui toute la semaine.

« Merci », murmura-t-elle, souriante.

Il n'était pas question pour elle de l'embrasser en public, même sur la joue. Elle souleva la lourde valise, attendit sur le trottoir une accalmie dans la circulation et traversa la chaussée. Il sentit leur tendre petit monde éclater comme une bulle de savon.

« Horwood, voulez-vous bien la filer un moment, discrètement, à distance ? Je préfère m'assurer qu'elle arrive à bon port. »

La Napier la suivit une centaine de mètres, à très faible allure – fine silhouette sur le trottoir que le poids de la valise faisait légèrement pencher sur la droite. Devant l'entrée du London Hospital, elle la lâcha quelques secondes pour se reposer le bras. Puis elle se redressa, l'empoigna de nouveau et grimpa rapidement le perron. Le Premier ministre s'imagina entendre une porte de prison claquer.

Il rentra au n° 10 juste avant 18 heures ; l'y attendait l'austère colonel – naguère major – Hankey, secrétaire du Comité de défense impériale. Pendant les vacances de Noël, les Allemands avaient organisé les premiers raids aériens de l'histoire de l'humanité ; des zeppelins avaient bombardé Douvres et l'estuaire de la Tamise. Il n'y avait eu ni victimes ni dégâts conséquents, mais sans doute ne s'arrêteraient-ils pas en si bon chemin. Jackie Fisher, le nouveau Premier lord de la Mer, proposait donc de mettre en jeu la vie des prisonniers allemands : recommencez, et nous les fusillerons tous.

« Ce n'est pas sérieux ! Les Allemands ne se priveraient pas d'en faire autant avec nos soldats.

— C'est ce que Winston lui a répondu. Fisher menace de donner sa démission.

— J'aurais plaisir à l'accepter, sauf qu'il est, à sa manière, aussi apprécié du public que Kitchener.

— Winston fait de son mieux pour qu'il renonce à cette idée. À propos, Premier ministre, je pense qu'il va falloir organiser un conseil de guerre pour débattre sérieusement du plan de Winston pour les Dardanelles.

— Vous y êtes favorable ?

— Tout à fait, monsieur. Et lord Kitchener n'y est plus hostile.

— C'est donc moins farfelu que ce que Winston propose généralement ? Très bien. Mettez-le à l'ordre du jour pour la semaine prochaine. »

Une fois Hankey sorti, il monta au premier étage. La maison était déserte. Margot était partie pour une semaine avec Violet et Puffin à Walmer Castle, sur la côte du Kent ; lord Beauchamp laissait l'usage de cette antique bâtisse aux Asquith, pour qu'ils puissent se reposer. Oc avait réintégré le camp de la Naval Division à Blandford. Le Premier ministre sentit le poids de la solitude. La vision de Venetia, également seule dans sa chambre, dans les profondeurs de ce sordide hôpital, le hantait. Il enfila son manteau, sortit dans la nuit glaciale pour aller à pied à l'Athenaeum, où il commanda un brandy et soda, alluma un cigare et prit quelques feuilles du papier à en-tête du club.

Ma chérie, bien que nous nous soyons quittés il y a deux heures à peine, je veux t'écrire ces quelques mots que tu liras demain...

- 24 -

En quelques minutes, le monde de Venetia s'était rétracté, passant de deux immenses propriétés et un hôtel particulier à Londres à deux casiers au rez-de-chaussée d'un foyer pour infirmières – un pour le courrier, l'autre pour ses affaires – et une petite chambre au quatrième et dernier étage. Elle y disposait d'un lit étroit, d'une table et d'une chaise branlante, d'un placard, de quelques cintres en fil de fer qui tintaient chaque fois qu'elle ouvrait ou fermait la porte du placard, d'une cuvette, d'un broc et d'un pot de chambre, ameublement si austère qu'elle ne put qu'en sourire.

« Ne t'en fais pas, Beatrice, lui dit la jeune infirmière stagiaire qui lui avait fait découvrir ce palais. Tu seras tellement crevée d'ici quelques jours que tu ne feras même plus attention.

— Je ne m'appelle pas réellement Beatrice. Mon prénom, c'est Venetia.

— Écoute, je lis Beatrice dans le registre. Alors ce sera Beatrice. »

Une fois seule, Venetia défit sa valise et sortit le cadeau du Premier ministre de son emballage. C'était l'*Ode au vent d'ouest* de Shelley. Une délicate attention, mais qui ne convenait pas à son humeur du jour. Elle posa le petit volume sur son lit sans l'ouvrir et s'en fut au rez-de-chaussée explorer la cuisine. Une marmite de ragoût mijotait sur le fourneau. Deux ou trois infirmières étaient attablées, visiblement épuisées. À peine avait-elle engagé la conversation qu'une sœur qui passait par là la rappela à l'ordre d'un ton sec. À l'hôpital, il fallait toujours être en uniforme. Personne n'avait parlé sur ce ton à Venetia depuis son enfance. Elle monta sans protester dans sa chambre pour se changer : chemisier et jupe amples en coton gris-bleu, long tablier blanc serré à la taille, col blanc raide, détachable, et petite coiffe blanche d'infirmière. Elle se sentait une tout autre personne. L'infirmière Beatrice Stanley. Pourquoi pas ? Austère. Mais drôle. Elle s'étendit sur le lit.

Juste après 20 h 30, le foyer parut revenir à la vie. Des portes claquaient, des pas résonnaient dans le couloir, des voix se faisaient entendre. Elle redescendit à la cuisine, à présent bondée. Les infirmières qui travaillaient de jour rentraient, celles qui travaillaient de nuit se préparaient à partir. Personne ne fit attention à elle. Elle finit par lancer à la cantonade :

« Bonsoir ! Je suis nouvelle ici. Je m'appelle Beatrice Stanley. »

Quelques regards se tournèrent vers elle.

« Assieds-toi, Beatrice. »

C'étaient des jeunes filles normales, de la classe moyenne, amicales au possible. Elles ne tardèrent pas à l'appeler Bea, ce qui ne lui était jamais arrivé de sa vie.

« Et tu viens d'où, Bea ?

— Alderley, dans le Cheshire. Un petit village, vous ne devez pas connaître.

— Bienvenue chez les folles, Bea ! »

Quelqu'un lui servit du thé. À 21 heures, la porte s'ouvrit sur un trio d'infirmières qui venaient également de finir leur service. L'une d'elles n'était autre que sa cousine, Nellie Hozier, la sœur de Clemmie ; elle avait le même âge que Venetia et devait se fiancer sous peu avec un colonel des Scots Guards. Elles tombèrent dans les bras l'une de l'autre. Nellie était elle aussi stagiaire, elle aussi désireuse de « contribuer à l'effort de guerre ». Elle entraîna Venetia dans un coin de la cuisine.

« Tu commences quand, Vinny ?

— À 7 heures demain. Mieux vaut m'appeler Beatrice, comme tout le monde.

— Entendu. On partira ensemble, demain. Je te montrerai les ficelles. »

Elle régla son réveille-matin sur 5 h 30, se réveilla bien plus tôt. Elle avait gardé sa robe de chambre sous les couvertures, tant il faisait froid. Elle emporta son broc et son pot de chambre dans la salle de bains commune, au bout d'un couloir glacial. Deux jeunes femmes attendaient déjà, et elle comprit à voir leurs sourires pincés qu'il était trop tôt pour entamer la conversation. Quand son tour fut venu, elle constata qu'il n'y avait pas d'eau chaude. Elle remplit son broc à l'évier. Le temps qu'elle sorte, il y avait quatre autres stagiaires dans la file d'attente. Elle fit sa toilette dans sa chambre, s'habilla, avant de se regarder dans son miroir à main. Pas un soupçon de maquillage, des plaques rouges sur les joues, effet de l'eau froide ; des cernes sous les yeux, effet du manque de sommeil. Elle avait déjà l'air d'une sorcière, avec cette tenue informe : et dire qu'elle n'avait même pas commencé !

À 6 h 30, elle retrouva Nellie dans la cuisine, essaya de manger des œufs sur le plat au bacon ; flottant sur leur petite nappe de graisse, ils ne cessaient de se dérober sous sa fourchette. À 6 h 50, elle emboîta le pas à sa cousine et à un groupe d'autres stagiaires le long du passage couvert qui conduisait à l'aile est du London Hospital. La grande cour était plongée dans l'obscurité. Les quelques fenêtres éclairées de l'aile ouest se reflétaient sur le sol gelé.

« Il y a quarante et une unités ici, lui expliqua Nellie. En général, les stagiaires commencent à Charrington. C'est une unité pour hommes, je préfère te prévenir. »

Elle poussa la porte et fit entrer Venetia dans une vaste salle chichement éclairée, pourvue de sept ou huit lits de chaque côté. Une porte à l'autre extrémité donnait sur toute une enfilade de salles qui se perdaient dans la pénombre. Certains lits étaient protégés des regards par des paravents. Les plafonds étaient très hauts. Le silence régnait (comme à l'église, songea Venetia), interrompu parfois par des toux et des gémissements. Un homme se mit à hurler de terreur tout au bout de la salle.

Nellie présenta Venetia à l'infirmière-chef de la salle.

« Je vous présente miss Stanley, ma sœur. Elle commence son stage de trois mois. C'est son premier jour.

— Ah, répondit la sœur avec un fort accent écossais, d'un ton presque chaleureux. Une des princesses ? Très bien, on va vous mettre le pied à l'étrier. Le malade du 4 a eu une grave hémorragie cette nuit. Il faut nettoyer le sang. Trouvez-vous une serpillière, Stanley. »

Et tandis que Venetia explorait la salle du regard, sans résultat, la sœur ajouta, mordante :

« Vous voyez à quoi ça ressemble, hein ? Un long bâton, avec un tissu mouillé à un bout et une femme de chambre à l'autre ?

— Ne vous inquiétez pas, je sais très bien ce que c'est. »

Venetia nettoya le sang du lit 4 du mieux qu'elle put. Elle avait l'impression d'en tordre des litres dans le seau. Lorsqu'elle eut fini – du moins le pensait-elle –, la sœur lui ordonna de recommencer.

« Et cette fois-ci, nettoyez vraiment. »

Après quoi elle dut lessiver le linoléum au désinfectant. Cette corvée fut suivie d'une demi-heure de balayage. Puis, tandis qu'un jour blafard commençait à poindre derrière les grandes fenêtres, elle fit le tour des lits pour ramasser les pots de chambre, qui avaient reçu durant la nuit leur ration d'urine, de fèces, de glaires et de vomissures, et les vider dans les toilettes. À chaque voyage, elle était prise de nausées, quand bien même elle gardait la tête tournée. Puis elle aida les sœurs à servir les petits déjeuners. Assise sur le bord du lit, elle fit manger des œufs à la coque à deux vieux impotents à la cuiller, récupérant les filaments échappés de leurs lèvres molles, raclant avec soin leurs mentons mal rasés et leur faisant avaler ce surplus. Un autre vieillard se mit à sangloter. Il n'avait pu se retenir, chuchota-t-il, avait souillé ses draps. Elle alla chercher de l'eau et une éponge pour faire sa toilette, et Nellie lui montra comment retourner un malade : à deux, chacune de son côté du lit, le poids du corps mieux réparti, Venetia poussant et Nellie tirant ; elles purent le coucher sur le flanc, contre un oreiller, et remonter sa chemise de nuit.

Il y avait de plus en plus de travail. L'unité manquait de bras : pas question de respecter la pause. Venetia partagea le déjeuner des patients – pain, confiture, et un thé noir d'Assam très fort. Elle finit par perdre la notion du temps, ne se rendit compte de son passage que lorsqu'elle vit le ciel au-dehors s'assombrir ; la courte journée d'hiver avait déjà pris fin. Elle alla tirer les rideaux. Elle eut au moins, avant la fin de la journée, la plaisante surprise de découvrir qu'elle n'était pas impressionnable. Un jeune soldat, tout juste évacué de France, venait d'être admis dans la salle. Il fallait refaire le pansement d'une mauvaise blessure qu'il avait à la jambe. En retirant la gaze, elle constata que la plaie grouillait d'asticots. Elle lui tint la main, le rassura, alla trouver la sœur, qui à son tour s'en fut chercher un chirurgien, lequel ôta une à une les créatures à l'aide d'un scalpel et d'une pince, et les déposa dans le bol que portait Venetia.

À 17 heures, elle rentra avec Nellie au foyer par le passage couvert, derrière une autre cohorte d'infirmières. Elle était trop fatiguée pour parler. Dans le vestibule, les jeunes femmes se rassemblèrent autour des casiers à lettres. Nellie comptait sur son colonel, qui n'avait pas écrit.

« La vermine ! Mais dis donc, Bea (elle aussi s'y était mise, comme les autres), toi, tu as trois lettres ! C'est trop injuste. »

Nellie avait une voix d'écolière, sonore et claire. Toutes les têtes se tournèrent vers « Bea ». Elle tira du casier les enveloppes et les tendit à sa cousine, non sans y jeter un regard.

« Et c'est la même personne, en plus ! Ça alors ! Allez, ma chérie, qui est ce gentleman ?

— Oh, soupira Venetia, ce n'est que le Premier ministre, j'imagine. »

Elle fourra les enveloppes dans la poche de son tablier. Les filles éclatèrent toutes de rire, croyant à une plaisanterie. Cette chère Bea ! Elle passait déjà pour une originale.

Elle abandonna les autres filles à leur dîner et monta lentement ses quatre étages. Elle posa les lettres sur la table d'un geste brusque. Son dos lui semblait rouillé, ses articulations étaient douloureuses. Elle s'assit au bord du lit, ôta ses chaussures, se massa les pieds, tout en lançant des regards soupçonneux aux trois lettres du Premier ministre. C'était la première fois qu'elle en recevait tant en un jour.

Elle les ouvrit dans l'ordre : la première avait été écrite à l'Athenaeum la veille au soir (*bien que nous nous soyons quittés il y a deux heures à peine, je veux t'écrire ces quelques mots...*) ; la deuxième à minuit, au crayon à papier (*tu dois tout me dire, mais si tu as trop à faire, si tu es fatiguée, contente-toi de deux ou trois lignes ; jamais moins...*) ; la troisième l'après-midi même.

> *Demain matin, nous avons un conseil de guerre au cours duquel nous examinerons les mérites et les démérites de divers « objectifs » possibles. Voilà, mon ange, qui suffit pour cette fois, & je suis certain que tu dois être fatiguée. Mais il te faudra supporter des lettres en grand nombre, désormais...*

Sans doute n'aspirait-il qu'à recevoir une réponse le soir même, ce qui signifiait qu'elle devait s'y prendre maintenant, pour pouvoir la poster à temps. Elle se traîna du lit à la chaise branlante, la tira vers la table et sortit son nécessaire à écrire. Elle s'acquitta de sa tâche à vive allure, presque en transe.

Une demi-heure plus tard, Nellie frappait à sa porte : il était temps de redescendre s'occuper des malades.

Venetia glissa l'enveloppe dans la boîte aux lettres sur le chemin de l'aile est.

***

La lettre atterrit sur le bureau de Deemer à 19 h 30 le même soir. Ouverte à la vapeur, photographiée, recollée et restituée au centre de tri pour une distribution à 20 heures.

Il développa les clichés.

London Hospital
Whitechapel
Mer. 6 janv. 15
Mon chéri, merci pour tes adorables lettres qui m'attendaient ds mon casier à la pause de 17 h. Je ne t'écris pas bcp, étant plus fatiguée que jamais dans ma vie, & j'ai encore 2 ou 3 heures avant d'aller me coucher...

Il lut avec attention le récit de sa première journée à l'hôpital. Ces lettres étaient devenues pour lui un feuilleton, l'évolution par épisodes d'un personnage qui aurait pu n'exister que dans la fiction. Il avait appris à la connaître, au fil de ces derniers mois, et ne pouvait s'empêcher d'éprouver une certaine affection pour elle, si peu professionnel que cela puisse paraître. Elle était drôle, intelligente ; elle avait du cran. À l'inverse, le Premier ministre le révulsait par son effroyable imprudence, ses déjeuners et ses dîners interminables, ses parties de bridge, l'instinct de possession dont il faisait preuve vis-à-vis d'une femme qui n'avait pas la moitié de son âge, le traitement réservé à son épouse. Et cependant... Ce n'était pas un méchant homme. Il y avait même quelque chose de tragique chez lui : ces citations poétiques ressassées, ces vaines aspirations... La relation qu'il entretenait avec Venetia ne pouvait, selon Deemer – avis mûrement réfléchi, car il n'avait guère que ce sujet de méditation à se mettre sous la dent –, que déboucher sur un désastre. Il avait, ces derniers temps, l'impression que le Premier ministre en était également conscient, mais qu'il était incapable de se maîtriser.

Lorsque les tirages furent secs, il les enferma dans le coffre-fort, avec le reste de ses archives. Les rayonnages étaient à moitié pleins. Si ces deux-là continuaient à s'écrire à la même fréquence, il faudrait en commander d'autres. Tout cela, à vrai dire, commençait à lui donner la nausée : tant de routine, et tant de solitude. De plus, il doutait à présent de l'intérêt de cette surveillance. De toute évidence, Venetia n'avait pas une seule fois ébruité les secrets qui lui étaient confiés, pas même à ses amis. Kell ne voulait pourtant pas y mettre fin. Il fallait, disait-il, attendre la fin de la liaison, ou bien la possibilité qu'un des collègues du Premier ministre puisse intervenir en toute discrétion.

« Ce n'est pas parce qu'il n'y a eu aucune fuite jusqu'ici qu'il n'y en aura pas demain. Maintenons le dispositif jusqu'au printemps. Après cela, je promets de vous trouver une mission plus agréable. »

Deemer enfila son pardessus et son chapeau, prêt à rentrer chez lui, où personne ne l'attendait. Il ferma la porte de son bureau, glissa la clef dans sa poche, se sentant plus prisonnier que jamais de la sinistre monotonie de son existence, pris au piège dans cette histoire, et tout aussi impuissant à en sortir, à sa manière, que Venetia ou le Premier ministre, partenaire invisible et silencieux d'un périlleux *ménage à trois**.

Elle avait commencé à travailler au London Hospital le mercredi. Le vendredi après-midi, le Premier ministre alla la chercher Whitechapel Road pour une promenade en auto. Elle lui sembla plus distante. L'hôpital l'avait déjà changée, semblait-il. Elle lui montra ses chevilles et ses poignets enflés, rougis. Il trouvait incompréhensible, horrible, qu'elle ait voulu s'infliger de telles corvées et ne résista pas à l'envie de le lui dire. Juste avant de descendre de la Napier, elle lui répondit ceci :

« Tu sais, il ne faut pas oublier que nous sommes très différents, toi et moi. N'essaie pas de me changer. »

Elle n'y pensa plus ; lui, en revanche, dut se laisser torturer par cette pique pendant tout le week-end car, le dimanche après-midi, alors qu'elle vidait des bassins hygiéniques, l'infirmière-chef de l'aile est vint la trouver, une lettre à la main.

« Stanley, c'est un coursier exprès du gouvernement qui vient d'apporter ceci pour vous. Je ne sais pas si la fin justifie ces moyens, mais il est dommageable pour cet établissement d'avoir à traiter ce type de communication. Nous avons mieux à faire ! Les lettres doivent passer par la voie ordinaire, la voie postale. Il faut vous assurer qu'il en sera désormais ainsi vous concernant. »

Venetia sentit ses joues s'enflammer. Elle marmonna quelques mots d'excuse et promit de faire le nécessaire.

En remontant dans sa chambre, ce soir-là, elle vit qu'il lui avait envoyé un nouveau document confidentiel, une dépêche secrète de sir John French concernant sa future communication au conseil de guerre.

> *Brûle-la, ou garde-la : c'est peut-être plus prudent de la brûler, au vu de l'exiguïté de ton présent logement. Il se peut que je sois enchaîné : mais je tiens à ces entraves. Le toi que je vois, que je connais & que j'aime est le vrai toi : je suis certain de n'être ni fou ni sénile...*

Elle parcourut du regard sa minuscule chambre. Elle n'avait pas de cheminée. Comment était-elle censée brûler la dépêche de French ? Elle finit par la déchirer en petits morceaux qu'elle fourra dans sa poche. Une fois en salle, elle s'en débarrassa dans un sac de détritus chirurgicaux destinés à l'incinération.

Mon chéri, je te remercie de l'attention que tu as eue de me faire suivre la dépêche, mais ce n'est guère prudent de l'envoyer ici. La lettre d'ailleurs a causé un certain remous, à cause du coursier exprès : j'ai été sévèrement rappelée à l'ordre. Ne m'envoie plus rien de cette manière, je t'en prie. Je ne veux pas qu'on puisse me trouver « spéciale » ici.

***

Le mercredi suivant, 13 janvier, les membres du conseil de guerre se réunirent à midi au 10 Downing Street pour discuter des orientations stratégiques des mois à venir. Le conseil se devait de représenter la nation, et non pas le seul parti du gouvernement. Le Premier ministre présidait. Sir John French était assis à sa gauche ; à sa droite avait pris place Arthur Balfour, l'ancien Premier ministre unioniste. Le regard du Premier ministre fit le tour de la table dans le sens des aiguilles d'une montre : Kitchener jouxtait French – les deux généraux se traitaient avec une politesse appuyée –, puis venaient le vieux Jackie Fisher, à la physionomie curieusement orientale, Winston, sir Arthur Wilson (on avait tiré de sa retraite le Second lord de la Mer, autre vieux briscard), lord Crewe, sir Edward Grey et Lloyd George. Hankey était préposé aux notes : Dieu merci, cette corvée lui était épargnée. On n'aurait pu imaginer, se dit-il, conclave plus hétéroclite. French appelait au recrutement de cinq cent mille soldats supplémentaires pour lancer une nouvelle offensive sur le front ouest au printemps, Kitchener le soutenait avec quelques réserves. Balfour et Lloyd George étaient contre. Et pour une fois, Winston se tenait tranquille.

Le Premier ministre était peu loquace. Cela faisait plus de vingt-quatre heures qu'il n'avait pas reçu de lettre de Venetia. Rien au lever, rien non plus lorsque le conseil s'interrompit le temps du déjeuner. Ce silence le torturait. Avant la reprise du conseil, il demanda à Bongie de lui apporter toute correspondance nouvelle, dès réception. À 15 h 30, le secrétaire particulier fit une entrée discrète dans la salle du Cabinet pour lui remettre une enveloppe, sur laquelle il reconnut immédiatement la chère écriture. Il l'ouvrit sur-le-champ.

Mon amour, je suis désolée de te faire souffrir en écrivant si peu, mais je suis tellement occupée, toute la journée & toute la semaine, qu'il m'est difficile de soutenir ton rythme...

Il la lut jusqu'au bout, tout en suivant les débats d'une oreille, et voulut lui répondre aussitôt.

Ma chérie – je viens de recevoir ta lettre, infiniment bienvenue, et comprends fort bien qu'elle ne puisse être arrivée plus tôt. J'espère ne pas avoir causé de nouveaux « remous » en t'envoyant de nouveau un coursier ce matin. Je te savais absente pour l'après-midi & voulais que tu la reçoives avant de partir. Je ne peux m'empêcher d'être jaloux de l'Assyrien...

« Premier ministre ? »

Il leva les yeux. Winston le regardait fixement.

« Premier ministre, puis-je, à présent, entretenir le conseil de la question des Dardanelles ?

— Bien sûr. »

Il se hâta de glisser la lettre sous quelques télégrammes du Foreign Office.

Ils étaient enfermés dans la salle du Cabinet depuis près de quatre heures. L'air sentait le tabac et le renfermé, la table était jonchée de paperasses et le ciel s'obscurcissait déjà aux fenêtres. Hankey fit le tour de la salle pour tirer les rideaux, tandis que Winston sortait d’autres documents de sa serviette et déroulait une carte de la mer Noire.

« Messieurs, je commencerai par une évidence qu’il nous faut bien admettre : les combats sont au point mort, et aucun camp n’est en mesure de battre l’autre. Des côtes de la Manche à la frontière suisse, un immense système de tranchées nous tient lieu de front. Faudra-t-il que des millions d’hommes continuent à ronger du fil barbelé en France, pour un coût effroyable sur le plan tant humain que financier, ou le temps n’est-il pas venu d’aller chercher des possibilités plus fructueuses en des terres plus lointaines ? Jusqu’ici, la Royal Navy n’a guère servi que de force de dissuasion. L’Amirauté propose que cette arme formidable serve enfin, en l’employant pour nous livrer passage dans le détroit des Dardanelles, occuper la mer Noire et nous ouvrir la possibilité de rejoindre l’armée russe, nous créant ainsi une seconde voie d’entrée dans le Reich allemand. »

Cette entrée en matière suscita un certain intérêt, y compris de la part de sir John French. Quelques membres du conseil se redressèrent pour étudier la carte.

« Le commandant de notre escadrille en mer Égée,xl’amiral Carden, nous a préparé un plan : il prévoit de bombarder les forts qui protègent l’entrée dans le détroit, de nettoyer les champs de mines sous-marines et d’avancer dans la partie nord-ouest de la Turquie. Il aurait besoin pour l’exécuter d’une flotte de douze cuirassés, de trois croiseurs cuirassés, de trois croiseurs légers, de seize destroyers, de six sous-marins et de douze dragueurs de mines... »

Le Premier ministre ouvrit discrètement son agenda, prit mentalement note des rendez-vous de la semaine et récupéra la lettre ensevelie sous les télégrammes pour la poursuivre, en la protégeant de son bras replié du regard alangui de Balfour.

Je t'ai envoyé un télégramme pour te dire que si (comme je le présume) tu petit-déjeunes avec Cynthia à Sussex Place, je viendrai te chercher à 10 h 30 pour te ramener là où tu dois être à 11 h 30, ce qui me laissera le temps de me rendre à Buckingham pour un rendez-vous avec le roi à midi. Puis tu pourrais venir dîner le soir (non, je vois que je me trompe ; ton jour de congé est le mardi, c-à-d la semaine prochaine. Bien sûr, je te le garde ; dis-moi quand tu peux) & vendredi tu viendras ici déjeuner & nous ferons une vraie promenade en auto ensuite. Vendredi, tout me va. Que dis-tu de ce plan de bataille ? Nous sommes maintenant (16 heures) en plein conseil de guerre, lequel a commencé à midi, pause à 14 heures & nous avons repris. Sir J. French est ici, assis à côté de moi. Une conversation du plus haut intérêt, mais si confidentielle et si secrète que je ne peux rien en dire sur le papier, mais je t'en parlerai en détail demain (si nous nous voyons) ou sinon lors de notre promenade vendredi.

La lettre finie et pliée, il put consacrer toute son attention à la proposition de Winston. Le Premier lord de l'Amirauté avait sidéré ses collègues, dont la torpeur tabagique avait été entièrement dissipée par ses visions nouvelles.

« Et cela ne devrait pas priver le front ouest du moindre soldat ? s'enquit French.

— Non, c'est une opération purement navale. Si nous avons besoin de renforts sur terre, nous utiliserons la Naval Division.

— Quand comptez-vous partir à l'attaque ?

— Nous pourrions commencer les bombardements dans un mois. »

Aucune objection ne se fit entendre.

« Si nous sommes tous d'accord, messieurs, cela vaut approbation unanime pour l'opération des Dardanelles. »

Mais tandis que ses collègues quittaient la salle, Balfour se pencha vers le Premier ministre.

« Unanime, vraiment ? Fisher n'a pas ouvert la bouche.

— Vous êtes sûr ? Je n'ai rien remarqué. Ne vous inquiétez pas pour lui. Winston dit qu'il sait comment le manipuler. »

- 25 -

Venetia avait du mal à croire qu'il ait, en dépit de ses injonctions, décidé de lui envoyer une autre lettre par coursier exprès, ce qui lui avait valu une nouvelle réprimande de l'infirmière-chef : tout cela parce qu'il voulait lui parler avant qu'elle prenne le thé avec Montagu au Savoy !

Quant à la lettre elle-même, décrivant quelques incidents sur la route entre le Kent et Londres, et méditant sur la nature des réactions qui auraient accueilli sa mort – *de nombreux articles dans la presse, une intense émotion (qui retomberait aussitôt), et après une semaine, ou dix jours au plus, le monde continuerait son bonhomme de chemin comme si de rien n'était* –, elle était d'un sentimentalisme consommé :

> *Et pour toi – ma si chère bien-aimée, à laquelle mes meilleures pensées sont réservées jour et nuit, & ma confiance la plus intime, ma dévotion la plus opiniâtre, mes peurs, mes espoirs, ma force et ma faiblesse, mon passé mon présent mon futur –* <u>*toi*</u> *! –, que signifierait ma mort ?*

Un soulagement, Premier, songea-t-elle brutalement, pour se reprocher aussitôt la froideur de son cœur. Pourtant, cette situation ne pouvait plus durer. Venetia commença à s'endurcir. À la mi-janvier, le Premier ministre lui écrivait encore trois fois par jour, le matin, l'après-midi et à minuit. Quand bien même elle aurait vécu dans la confortable oisiveté de Penrhos ou d'Alderley, elle aurait été incapable de lui répondre à la même cadence. Avec dix heures de service à l'hôpital, c'était tout bonnement impossible. Elle conservait ses lettres d'amour entremêlées de confidences militaires et politiques dans une valise fermée à clef et cachée sous son lit, s'inquiétant régulièrement qu'on puisse essayer de l'ouvrir. Et cependant, par un curieux jeu de vases communicants, plus elle s'éloignait, plus il prenait de place dans sa vie ; moins elle avait de temps libre, plus il exigeait qu'elle le lui consacre. Elle continua de lui écrire avec la même affection moqueuse, mais ne supportait plus de le voir aussi souvent qu'autrefois et lui demanda de renoncer à deux de leurs promenades en automobile.

Le 27 janvier, il lui écrivit, dans l'une de ses lettres de minuit, qu'il venait tout juste d'offrir un poste de secrétaire d'État à l'Assyrien.

Je suis certain qu'il est rentré dans sa tente dans un état de parfait contentement tel qu'il n'en avait jamais éprouvé. Je sais que cela te fera également plaisir. Parfois,xquand je suis d'humeur sombre, je suis jaloux de tous ceux qui t'aiment et que tu aimes. Mais cela ne dure pas.

Cette nomination fit en effet plaisir à Venetia. Elle envoya immédiatement ses félicitations à Montagu, sans réfléchir ; il y répondit tout aussi rapidement par télégramme, l'invitant à déjeuner le samedi, en tête à tête, pour fêter l'événement. Il lui enverrait son automobile. Elle lui câbla ceci, après une brève hésitation : *EN SERAIS RAVIE. LIBRE DÈS 13 HEURES.*

Elle fut touchée du soin qu'il mit à la recevoir : la Rolls-Royce qui la conduisit à la « tente de brocart », le champagne d'un grand millésime, les fleurs disposées sur la petite table dressée devant la baie vitrée de la bibliothèque du premier étage, l'exquis déjeuner avec vue sur St James's Park, étincelant de givre sous un ciel d'un bleu cristallin – ce fut le jour le plus froid de l'hiver. Montagu était d'humeur morose, comme souvent, s'étant persuadé que la seule raison de son entrée au gouvernement était le désir de Lloyd George de ne plus le voir au Trésor. Et puis c'était un poste sans grand intérêt, le dernier de la liste : chancelier du duché de Lancaster.

« Il n'y a que vous pour déplorer de si bonnes nouvelles, Edwin ! Il se trouve par ailleurs que je sais que Lloyd George vous apprécie grandement.

— Et qui vous l'a dit ?

— Le Premier ministre.

— Y a-t-il des choses qu'il ne vous dit pas ?

— Non, je ne crois pas. Pour ne pas vous mentir, il m'en dit bien plus que je ne voudrais en savoir.

— C'est-à-dire ? »

Peut-être était-ce l'effet du champagne, ou le besoin de partager ce fardeau si longtemps porté seule : toujours est-il qu'elle se surprit à se confier à son hôte.

« Edwin, il m'écrit trois fois par jour. Il me rapporte toutes sortes de secrets d'État ; parfois même, il m'envoie des documents confidentiels. C'est invraisemblable. D'avoir tout cela en ma possession, cela me fait peur, mais je ne sais pas comment mettre fin à ces confidences.

— Vous ne pouvez donc pas le lui demander ?

— J'ai essayé. Mais la moindre de ces demandes lui fait l'effet d'une trahison, et cela le bouleverse. Et... C'est ridicule, je le sais bien, mais je crois qu'il est de mon devoir patriotique de faire en sorte qu'il soit heureux.

— Voulez-vous que je lui en touche un mot ?

— Seigneur, non ! Il serait horrifié d'apprendre que j'ai discuté de ces lettres avec qui que ce soit – surtout vous, Edwin. Je n'ai même pas osé lui parler de ce déjeuner. Il en serait extrêmement jaloux.

— Oh, ma chère Venetia, soupira Montagu, visiblement atterré. Je savais qu'il était grandement épris de vous – tout le monde s'en doute – mais je n'imaginais pas les proportions que cela avait pris. Il vous a mise dans une position affreusement compromettante. Vous êtes certaine que je ne peux rien faire ?

— Non, ne vous inquiétez pas. Cela finira certainement par s'arranger. Mais promettez-moi de n'en rien dire à personne, je vous en supplie. À personne.

— Bien sûr ! Promis. »

Ils parlèrent d'autre chose.

Ils prirent leur café dans le salon mitoyen. C'était vraiment une splendide demeure, songeait-elle, digne de cette étoile montante du Cabinet, son membre le plus jeune. Il n'avait que trente-cinq ans, même s'il en paraissait quinze de plus.

Elle finit par lever les yeux sur la grande pendule en chrysocale de la cheminée où brûlait un bon feu. Il était plus de 15 heures.

« Il faut que je rentre.

— Déjà ? »

Il la raccompagna par le grand escalier de marbre, qui donnait sur l'une des salles de réception du rez-de-chaussée. Dans le vestibule, une femme de chambre lui remit le manteau de Venetia, qu'il l'aida très maladroitement à enfiler.

« Edwin, c'était un délicieux moment, je vous remercie. N'en dites rien au Premier, c'est préférable.

— Je suivrai votre conseil, dit-il, avant d'ajouter, grave : C'est un homme bon, Venetia, et le plus grand homme d'État de toute l'Europe, comme le pense Winston. Je l'aime, vous le savez.

— Je l'aime tout autant. Mais tout cela est devenu trop difficile. »

Tandis que la Rolls-Royce filait dans les rues presque désertes, traversait la City pour se diriger vers l'est et Whitechapel, la ville changea sous ses yeux : des façades de plus en plus petites, de plus en plus grises, des rues de plus en plus étroites. Elle songea à Edwin, à sa somptueuse demeure au-dessus du parc enneigé – si vide. Edwin était intelligent, spirituel, attentionné, riche, promis à un bel avenir politique, et il l'aimait depuis longtemps. Mais il était aussi névrosé, hypocondriaque, mélancolique et dépourvu de tout charme physique. Il était de surcroît juif, et il perdrait toute sa fortune s'il épousait une femme qui n'était pas juive, conformément aux dernières volontés de son père.

Le lendemain, elle sortit la valise de sa cachette et fouilla dans les lettres du Premier ministre pour y retrouver quelques lignes dont elle s'était souvenue.

Cher Edwin, je sais que le PM avait l'intention depuis longtemps de vous faire entrer au Cabinet. Il vous apprécie énormément. Il écrit ceci dans une de ses lettres : « C'est l'un des rares et vrais plaisirs de l'être humain que de sentir qu'il peut ouvrir la porte, sans s'inquiéter de son mérite ou de sa capacité, à un ami cher. » Je suis certaine que vous ne resterez pas longtemps cantonné aux affaires du duché, & comme je suis très ambitieuse en ce qui vous concerne (!), je me réjouis grandement de cette nouvelle étape. Pour mon prochain jour de congé, je suis résolue, si vous le pouvez, à dîner avec vous, puis à gagner ou perdre un peu d'argent avec une « permission spéciale ». Si vous pouvez nous organiser cela ? Amicalement vôtre, Venetia.

Elle eut un moment d'hésitation avant de glisser l'enveloppe dans la boîte. Elle savait déjà quel effet aurait sa lettre.

Il répondit le lendemain.

Dieu vous bénisse, Venetia. Vous êtes une angélique amie, pourquoi pas une épouse ? Je ne sais. Y avez-vous jamais repensé ? Vôtre, Ed. Montagu

***

Dix jours plus tard, dans la deuxième semaine de février, la salle Charrington fut vidée de tous ses patients civils et ne reçut désormais plus que des soldats blessés. Ils firent entrer, avec la boue de leurs bottes et de leurs uniformes, la misère et les affections des hôpitaux de campagne du nord de la France : pied des tranchées, gangrène, bras et jambes amputés, mâchoires en miettes, crânes ouverts, plaies béantes causées par les shrapnels, qu'il fallait nettoyer et panser tous les jours.

Certains de ces jeunes soldats flirtaient avec Venetia. D'autres étaient moroses, silencieux. Ou parlaient seuls, saisis de tremblements incontrôlables, quand ils ne décrivaient pas, en hurlant, des visions qu'ils étaient seuls à voir. Elle essayait de passer plus de temps avec ceux-là, restait assise sur le bord de leur lit, leur tenait la main. Elle avait enfin le sentiment de contribuer utilement à l'effort de guerre.

Un jour, en début d'après-midi, un portier vint, échelle en main, accrocher un Union Jack au plafond, pour donner un aspect patriotique à la salle. Quelques minutes plus tard, un homme élégant, la cinquantaine, apparut, suivi d'un assistant. Venetia, qui parcourait la salle en poussant son chariot – eau propre et chaude, antiseptiques et bandages –, n'avait guère le temps de s'intéresser au nouveau venu. Elle enfila une paire de gants en caoutchouc brun et s'appliqua à changer le pansement d'un jeune homme dont le bras avait été broyé par un éclat d'obus. Il souffrait et faisait de son mieux pour ne pas le montrer ; il était de l'espèce des flirteurs. Pendant qu'elle nettoyait la plaie, il ne cessait de regarder par-dessus son épaule.

« Ne vous retournez pas, mademoiselle, mais je crois qu'on nous peint. »

Elle se retourna quand même. L'élégant visiteur avait enfilé une blouse en lin brun et planté son chevalet à quelques mètres de Venetia et du blessé. Sa palette dans une main, son pinceau dans l'autre, il travaillait à touches rapides.

« Oh, miss Stanley ! Bonjour. Ça ne vous ennuie pas si je... ? »

Il eut un geste vague du pinceau. Elle ne le reconnut pas immédiatement.

« Mr Lavery ? »

Ils s'étaient croisés dans un déjeuner, à Downing Street.

« C'est une commande officielle du ministère de la Guerre, pour immortaliser tous vos efforts. Faites comme si je n'étais pas là, poursuivez votre tâche.

— Très bien. »

Elle se retourna vers son jeune patient, esquissa une grimace.

« *Immortaliser nos efforts...* Allons bon !

— Il est célèbre ?

— Oui, plutôt. Ne bougez pas.

— Eh bien, mazette ! Dire qu'on sera tous les deux sur un tableau !

— Sa spécialité, ce sont plutôt les dames de la bonne société. Et ses tarifs sont très élevés.

— Vous pourriez me dire merci, mademoiselle. Puisqu'il vous *immortalise* gratuitement.

— Très drôle. Voilà, c'est fini. »

Il leva précautionneusement le bras.

« Quand il aura cicatrisé, je pourrai le bouger comme avant ?

— Je crains qu'il ne vous reste une certaine raideur. Le muscle a été très abîmé. Mais vous pourrez sûrement vous en servir.

— Quel dommage que ce soit le bras droit ! Je n'ai même pas pu écrire à qui que ce soit depuis la blessure.

— Oh, si vous voulez, je peux vous prêter ma plume, lui dit-elle, souriante – la désinvolture du jeune homme lui plaisait. Juste retour des choses, puisque vous m'avez obtenu ce portrait. »

Le lendemain matin, tandis qu'il se rasait, Deemer entendit claquer le rabat de la boîte aux lettres. La chose était assez rare pour qu'il presse le pas, se sèche le visage et descende en maillot de corps au rez-de-chaussée. Lorsqu'il se baissa pour ramasser l'enveloppe, ses yeux s'écarquillèrent. L'écriture de Venetia Stanley était des plus reconnaissables : hautes majuscules, traits partant vers le haut, minuscules de petite taille, très semblables à des caractères d'imprimerie, mots soigneusement espacés. Voir son adresse et son nom écrits par cette main le stupéfia. Il emporta l'enveloppe dans la cuisine, la posa sur la table et inspira profondément avant de l'ouvrir.

Me 10 fev 15

Salut, vieux, ça va te surprendre mais me voilà rentré à Londres. Je me suis retrouvé avec un bout d'obus boche dans le bras, c'est de la bouillie, & je suis au London Hospital pour les travaux de réparation, salle Charrington, si ça te dit de passer. Je serai sur pied d'ici une ou deux semaines, donc ne t'inquiète pas, mais je me suis dit que c'était mieux de t'en parler. Une charmante infirmière a eu la gentillesse de prendre la dictée.

Ton frère qui t'aime, Fred

(PS : pas charmante du tout.)

Il fut envahi par une vague de soulagement. Fred était vivant – et Venetia ne lui écrivait pas pour exiger de savoir pourquoi il interceptait sa correspondance. Fred était l'un de ses patients au London Hospital : coïncidence invraisemblable, mais non impossible. Il fallait prendre cela pour argent comptant, et ne pas trembler.

Avant d'arriver à Mount Pleasant, il envoya un télégramme à Fred, lui annonçant sa visite pour le soir même, après le bureau. Le risque de croiser Venetia à l'hôpital était, se dit-il, négligeable, et certainement pas de nature à le faire renoncer à revoir son jeune frère.

La journée lui sembla interminable. Dans la matinée, il ouvrit une lettre du Premier ministre écrite la veille au soir :

Nous avons reçu un télégramme secret de l'amiral (Carden) ce matin, vu seulement par Winston, Grey, K & moi ; l'opération qui devait commencer lundi prochain doit être retardée de qq jours car les dragueurs de mines requis ne sont pas arrivés.

« L'opération », c'était, il le savait fort bien, l'attaque des Dardanelles. Et l'infirmière Stanley était, une fois de plus, mieux informée que la plupart des ministres du Cabinet.

Dans l'après-midi arriva une lettre de ladite infirmière, qui faisait probablement allusion à Fred.

Nous avons un afflux de blessés du front ouest, certains très grièvement atteints (mais les cas les plus graves ne peuvent être évacués & ces pauvres diables ont donc de la chance – cela relativise tellement les choses). Ils semblent si jeunes ! Je fais ce que je peux pour les distraire : ce n'est pas seulement prendre soin de leurs blessures, mais passer du temps avec eux, leur allumer une cigarette, écrire à leur famille, sous leur dictée...

La levée du soir lui valut une dernière lettre du Premier ministre, postée à 17 h 30 ; elle ne contenait que des bavardages mondains, ce dont il était parfois coutumier.

Un monde fou au déjeuner, et une compagnie des plus hétéroclites. J'étais assis à côté de Mrs Lavery, qui me dit que son mari, qui peint une scène d'intérieur dans l'une de vos salles, t'a croisée au London Hospital...

À 20 heures, Deemer était déjà sur le chemin de Whitechapel.

***

Dès qu'il eut franchi le seuil de la salle, il fut saisi de gêne. Qu'il puisse, lui, dans la force de l'âge, indemne, en civil, côtoyer ces hommes de son âge, tous blessés au combat pour leur roi et leur patrie – cela le remplissait de honte. Il était tard ; la pénombre régnait. Il était le seul visiteur : à vrai dire, il lui avait fallu montrer son insigne au concierge pour pouvoir passer. Il avait le sentiment d'entrer par effraction dans un club masculin dont il n'était pas membre. Un soldat en uniforme, dont la jambe gauche avait été amputée sous le genou, déambulait entre les lits, apprenant visiblement à se servir de ses béquilles. Deux hommes, crâne bandé, assis dans un coin, jouaient aux échecs en fumant leur pipe. Un blessé se mit à hurler, à l'autre bout de la salle.

« Bon sang, Jimmy, ferme-la », le réprimanda jovialement l'un de ses voisins.

Fred se trouvait au beau milieu de la rangée de droite ; adossé contre ses oreillers, il dormait, le bras en écharpe. Il avait l'air si frêle, si mince, les joues creuses – et cependant, le teint lisse, l'air curieusement innocent, comme un très jeune vieillard. Il ouvrit les yeux et sourit à son frère.

« Paulie ! Salut.

— Salut, Fred. Comment ça va ?

— Très mal, mon vieux, qu'est-ce que tu crois ? Mais plutôt mieux que d'autres.

— Je ne suis pas venu les mains vides. »

Des poches de son manteau, il sortit quelques paquets de cigarettes, du chocolat et une petite bouteille de whisky.

« Oh, magnifique ! Tu peux tirer le paravent, si tu veux bien ? On n'est pas censés boire, ici. »

Deemer s'exécuta. Fred voulut prendre la bouteille dans sa main droite pour ôter le bouchon, mais il n'en avait pas encore la force. Deemer s'en chargea. Fred avala deux ou trois gorgées avant de la lui tendre.

« À ta santé.

— À la tienne, plutôt, c'est ça qui nous intéresse. »

Il avala sa ration puis alluma une cigarette, dont il tira une bouffée avant de la passer à Fred, qui se recoucha, sourire aux lèvres, contre ses oreillers, content de pouvoir boire et fumer un peu. Comme toujours, et même s'ils éprouvaient l'un pour l'autre une grande affection, ils n'avaient presque rien à se dire. Quand Deemer demanda à Fred ce qu'il s'était passé, le jeune homme fit simplement état d'une forte explosion ; pour le reste, il avait tout oublié. Il éluda toutes les questions sur la vie dans les tranchées : ça, il ne voulait pas en parler. Il y avait toujours eu un gouffre entre eux ; la guerre et leurs trajectoires si différentes le rendaient encore plus profond.

« Je me sens coupable, ici, finit par dire l'aîné.

— Mais c'est idiot, ça, vieux.

— Tu sais ce que je veux dire. Je devrais être au front.

— Oh, ne t'en fais pas, ton tour viendra. Je crois qu'on y passera tous avant que ça soit fini, cette affaire. Ces salopards ont la peau dure. »

Il termina sa cigarette et se pencha, non sans effort, au-dessus de la table de chevet pour écraser le mégot.

« Tu devrais y aller. »

Deemer se leva, soulagé.

« Quand ils te relâcheront, viens chez moi. J'ai une chambre pour toi.

— C'est gentil. On va voir ce que dit l'état-major.

— Ils ne vont quand même pas te renvoyer en France ?

— Seigneur, j'espère bien que si ! s'exclama Fred, soudain inquiet. Je ne vois pas très bien ce que je peux faire d'autre. Hors de question de lâcher les copains.

— Bon, on verra. Le plus important, c'est que ton bras se remette, répondit Deemer en écartant le paravent. Je repasserai.

— Oh, pas la peine.

— Mais si, bien sûr. À bientôt, Fred.
— Bonne nuit, Paulie. »

Alors qu'il passait devant le bureau de la sœur, à l'entrée de la salle, l'infirmière de service, qui remplissait des dossiers, leva la tête. L'uniforme le trompa un instant, puis il reconnut la chevelure brune et le regard perçant sous la coiffe blanche, le port de tête irréductiblement aristocratique ; c'était bien Venetia Stanley qu'il avait sous les yeux.

« Puis-je vous aider, monsieur ?

— Non, merci. Je passais voir mon frère, c'est tout.

— Ah, le soldat Deemer ! Un sacré personnage. Vous avez bien reçu sa lettre ?

— Oui, merci. C'est gentil à vous d'avoir bien voulu l'écrire.

— Comment savez-vous que c'est moi ? lui répondit-elle, visiblement décontenancée.

— Je... Non, bafouilla-t-il, soudain effaré. Je suis navré, c'était une simple supposition.

— Deemer, murmura-t-elle, pensive. Deemer. Je me disais bien que ce nom ne m'était pas inconnu. Il est assez peu fréquent... »

Elle le dévisagea longuement.

« Nous nous sommes déjà croisés, je pense.

— Vraiment ?

— N'êtes-vous pas le policier qui est venu m'interroger après cette horrible noyade dans la Tamise ? »

Il fit de son mieux pour feindre un effort de mémoire.

« Mais oui, effectivement. Vous êtes... miss Stanley, c'est cela ?

— Oui. Mon Dieu, il me semble que c'était il y a une éternité. Et pourtant, nous nous retrouvons.

— Le monde est petit, dit-il avec un haussement d'épaules.

— Le mien l'est vraiment, oui. »

Curieuse remarque – et n'était-elle pas sur le point de poursuivre ? Pendant une folle seconde, il fut saisi de l'irrépressible envie de lui dire que sa correspondance était interceptée par des agents du gouvernement, qu'elle était suspectée de contrevenir à la loi sur les secrets d'État, que sa vie et celle du Premier ministre étaient susceptibles d'être anéanties par un terrible scandale.

« Eh bien, bonne nuit, Mr Deemer.

— Bonne nuit, miss Stanley », dit-il en la saluant d'un doigt sur le bord de son chapeau melon.

La porte se referma derrière lui. Il remonta le couloir, certain qu'elle le regardait s'éloigner ; mais lorsqu'il se retourna, il n'y avait aucune ombre à la fenêtre ronde du battant.

- 26 -

Le Premier ministre avait eu un moment d'inattention. Son esprit aux splendides rouages – cet instrument de précision qui l'avait guidé telle une boussole, à Oxford, dans les tribunaux, au Parlement et désormais au gouvernement – avait manqué de concentration en ce funeste après-midi où le conseil de guerre avait approuvé l'opération des Dardanelles. Le temps qu'il lève les yeux de la lettre destinée à Venetia, ses collègues avaient déjà été emportés par une tempête rhétorique nommée Winston. Peut-être aurait-il succombé, lui aussi (Haldane ne disait-il pas qu'il valait mieux essayer de discuter avec une fanfare qu'avec Winston Churchill ?), reste qu'il était le seul au conseil qui aurait pu, fort de son expertise et de ses talents oratoires, soumettre le Premier lord de l'Amirauté à un contre-interrogatoire complet. Il n'avait pas su saisir sa chance et, dès la fin février, il en vint à le regretter amèrement.

Tout d'abord, le bombardement par la flotte des forts qui protégeaient l'accès au détroit prit du retard : prévu le lundi 15 février, il dut être repoussé au vendredi, les dragueurs de mines nécessaires à l'opération se faisant attendre. Cela causa un certain malaise au

Premier ministre : la marine n'avait-elle pas eu un mois pour se préparer ? Comment ce détail avait-il pu échapper à ses commandants ?

Le jour où les navires de guerre commencèrent à pilonner les garnisons turques, il emmena Venetia dans la Napier. De Whitechapel, où il était allé la chercher, ils errèrent sans but précis dans le nord de Londres. Ils traversèrent Islington, passèrent dans Liverpool Road devant la sinistre maison en briques où il avait, adolescent, vécu deux ans, en pension chez un chimiste et sa femme, tous deux puritains. Ce souvenir le rendit morose, et bien que Venetia se soit montrée particulièrement compatissante, il crut sentir que sa sollicitude était dictée par le devoir. La distance grandissait entre eux, et il était impuissant à la faire disparaître. Ils parlèrent de la guerre.

« Comment progresse l'opération des Dardanelles ? Ne devait-elle pas commencer aujourd'hui, disais-tu ?

— Je n'ai aucune nouvelle. »

Il la déposa sur Whitechapel Road. Horwood le conduisit à la gare de Victoria, où il prit le train pour Walmer Castle.

Le samedi, il alla s'asseoir sur un banc, dans le parc du château, visage levé vers le soleil d'hiver, songeant à ces deux années à Liverpool Road, aux soirées qu'à l'insu de ses logeurs il passait à faire la queue au théâtre, plaisir interdit, pour les places les moins chères. Il avait seize ans, et il était tombé amoureux pour la première fois de sa vie, d'une actrice du nom de Madge Robertson, à laquelle il n'avait jamais adressé la parole, se contentant de la contempler béatement du parterre. Ce retour du passé le soulageait de ses inquiétudes présentes. Il attendait toujours des nouvelles des Dardanelles, lesquelles ne venaient pas.

Il n'en reçut que le dimanche, par un télégramme de Winston. Après des préliminaires encourageants, le bombardement avait dû être interrompu, en raison du mauvais temps. La flotte s'était retirée à Lemnos, son port d'attache.

Lorsque la presse fit état de ce recul, le lendemain, le Premier ministre trouva bien timoré le ton du *Times*. *On ne peut qu'être en faveur de cette opération, à la condition que les risques encourus et les préparations nécessaires aient été envisagés à l'avance, et non dans l'ardeur du combat.* Selon l'armée turque, dont le *Times* reprenait bien peu patriotiquement le communiqué, les quatre cents obus de fort calibre qu'avaient fait pleuvoir sur les forts les navires de guerre britanniques n'avaient fait presque aucun dégât ; les Turcs ne déploraient qu'un blessé, un soldat atteint par des éclats de pierre. Northcliffe, une fois de plus, songea le Premier ministre, essayait de semer la discorde.

Le mardi, Oc vint déjeuner au n° 10 dans son uniforme de la Naval Division, avant de partir pour la Méditerranée. Il devait participer au débarquement, une fois que les forts auraient succombé ; il avait le matin même complété son paquetage, qui comprenait notamment un guide Baedeker de Constantinople, dont il lut quelques extraits choisis à table. Il était aussi joyeux que d'ordinaire. N'était-ce pas une formidable aventure ? La bonne société londonienne avait l'air parfaitement informée des mouvements de la Naval Division, ce qui fit froncer le sourcil au Premier ministre : où donc était passé l'élément de surprise ?

« Ne te fais pas de bile, Premier, dit son fils en prenant congé. Je t'enverrai une carte postale de la Mosquée bleue. »

Margot accompagna le jeune homme jusqu'en Cornouailles, où il embarquait ; elle revint soucieuse. Le vendredi, il en toucha un mot par écrit à Venetia.

À la onzième heure, ils se sont rendu compte qu'ils partaient sans médicaments ni médecins, & Clemmie s'est montrée très efficace ; ils pourront récupérer ce qui leur manque à Malte, mais il semble que la préparation soit fautive. Rupert Brooke est convaincu qu'il ne reviendra pas vivant.

Jamais il n'avait eu besoin d'elle à ce point. De sorte qu'il ne put que remercier Dieu, et surtout les responsables du London Hospital, lorsqu'il fut accordé à Venetia un congé de quelques jours, pour hypertension et surmenage. Il lui écrivit qu'il passerait la prendre à Mansfield Street à 18 h 15 le mercredi soir, 3 mars, pour l'emmener dîner chez l'Assyrien.

Dès qu'elle fut montée dans la Napier et l'eut gratifié d'un baiser sur la joue, il comprit à quel point l'idée qu'il se faisait des jours à venir correspondait peu à ce qu'elle avait à l'esprit. Ce qui ne l'empêcha nullement de tenter sa chance, agenda à la main, multipliant les sollicitations. Elle répondit qu'elle se rendrait à Alderley pour le week-end. Il attendit une invitation à la rejoindre qui ne vint pas.

« Écoute, finit-elle par lui dire, ne prends pas cela mal, je t'en prie, mais je n'ai pratiquement pas vu un seul de mes amis ces deux derniers mois, et je ne puis vraiment pas te consacrer tous mes engagements. Ce ne serait pas juste pour eux et, pour ne rien te cacher, ce ne serait pas juste non plus à mon égard. »

Il fut si surpris que la parole lui fit défaut. C'était la première fois qu'elle lui tenait de tels propos.

« Bien sûr ! Je te demande pardon. »

Il rangea son agenda, fit de son mieux pour lui donner à penser qu'il avait compris, que cela n'avait aucune importance, qu'elle était fatiguée, et peut-être pas tout à fait elle-même. Pendant le reste du trajet, ils discutèrent comme si de rien n'était ; il se sentait anéanti.

Le dîner fut un parfait supplice. Il ne se souvenait pas de l'avoir jamais vue si belle. Elle avait encore minci, effet du régime et des rudes tâches à l'hôpital, et cette frugale hygiène semblait lui convenir. Elle avait soudain, aux yeux du Premier ministre, le charme éthéré – lointain, flegmatique, inaccessible – d'une de ces actrices dont il était tombé amoureux, timide adolescent : une Madge Robertson des temps nouveaux. Il la regarda rire et bavarder avec l'Assyrien ou les autres convives ; et même si elle lui parla, même si elle lui effleura la main lorsqu'il prit congé, qu'elle lui glissa quelques mots d'excuse à l'oreille (« Je te demande pardon pour tout à l'heure, je n'aurais pas dû te répondre sur ce ton »), il ne put s'empêcher de penser au pire.

Il ne put trouver le sommeil ; à 1 heure du matin, le jeudi, il décida de ne rien lui cacher de ses sentiments.

Nul homme ne peut se dire plus heureux que moi, qui ai eu l'insigne bonheur de te connaître & de t'aimer : quoi qu'il advienne, personne ne peut m'en dépouiller. Bien sûr, il en découle que tu peux (mais il faudrait que tu le veuilles) me causer plus de souffrance que quiconque sur cette terre. J'ai vite oublié ce petit coup de poignard d'hier soir, que tu as si gentiment, si promptement guéri. Je sais bien que tu es d'une nature trop douce (sans qu'il soit même question des sentiments que tu pourrais me porter) pour vouloir blesser qui que ce soit.

Cette lettre fut postée le matin même, avant toute chose. Il voulut ensuite se consacrer à son travail, en fut incapable. Il lui écrivit de nouveau avant midi, quelques phrases, un cri de douleur – comment s'en empêcher ?

Ma chérie – je suis si malheureux. Cela ne sert à rien de le dire, mais je l'écris quand même. Il me revient ceci de Landor : « Aux flammes de la vie, j'ai réchauffé mes mains/tout sombre ; je suis prêt au départ[1]. »

Il attendit la réponse toute la journée. Elle n'arriva pas avant 21 heures ce soir-là : ce fut un coursier qui la lui porta alors qu'il dînait chez le ministre de l'Intérieur, Smith Square. Il tourna le dos aux autres convives pour la lire.

Je suis tellement désolée de te savoir à ce point triste & de songer que je puisse en être la cause. Mes sentiments pour toi n'ont changé en rien, ce sont les circonstances qui ne sont pas les mêmes, & nous devons nous y adapter. Retrouve le sourire, mon très cher, & essaie de comprendre. À toi, pour toujours.

Il rapporta cette lettre à Downing Street et l'étudia longuement, assis à son bureau, se penchant sur le moindre mot, tentant de discerner les raisons cachées de leur choix, comme s'il avait sous les yeux l'un des télégrammes d'avant-guerre du Kaiser. Il n'y avait plus de « mon chéri », constata-t-il, uniquement un « mon très cher ».

1. Walter Savage Landor, « On His Seventy-Fifth Birthday », traduction originale.

Minuit. Ma chérie à moi – je te remercie de tout cœur pour ta petite lettre, que j'ai reçue pendant le dîner chez les McKenna. Elle a atténué ma tristesse. Mais j'en suis encore accablé. Si tu es libre, je passerai te prendre en auto demain (vendredi) à 14 h 55 et nous nous promènerons. Ton dévoué, à jamais...

Il ne ferma pas l'œil de la nuit, pour la première fois de sa vie, du moins aussi loin que sa mémoire portait. Une vraie *nuit blanche**, pendant laquelle il put entendre toutes les sonneries de Big Ben. Je perds la tête, se disait-il. Ce n'était pas impossible. D'autres que lui avaient connu ce sort, au gouvernement. Castlereagh, alors ministre des Affaires étrangères, s'était ouvert la gorge avec une paire de ciseaux en 1822 ; il était mort dans les bras de son médecin. Le lever du soleil fut une délivrance.

À 14 h 55, à la minute près, Horwood gara la Napier devant la maison des Sheffield, sur Mansfield Street. Il la vit à la fenêtre : elle l'attendait. Elle sortit immédiatement, l'embrassa et lui prit la main.

« Premier, je t'en prie, dis-moi ce qui te tracasse, murmura-t-elle tandis que la Napier redémarrait. Je commence à me faire du souci. »

Ils allèrent jusqu'à Hampstead Heath. Il essaya de lui faire comprendre ce qui le consumait – cette souffrance de l'aimer plus qu'elle ne l'aimait, cette manière dont il dépendait maintenant d'elle, dans sa vie, dans son travail, cette peur panique qu'elle le quitte un jour, ses pensées suicidaires.

« Tu sais, la nuit dernière, j'ai vraiment souhaité à certains moments mourir d'une crise cardiaque. Et le pire, c'est que je sais qu'il n'y a rien à faire. Je ne t'en veux pas le moins du monde, ma chérie. Je ne veux pas t'envahir. Personne ne me témoigne autant de bonté que toi. Je sais que je t'en demande beaucoup trop. Mais c'est comme s'il s'était ouvert en moi un gouffre, que rien ne peut combler. Il a peut-être toujours été là.

— Oh, mon pauvre cher Premier ! Comme tu t'exagères les choses ! déplora-t-elle en l'enlaçant. Voyons, c'est le poids de la guerre et les inquiétudes que te donnent Oc, Beb et Raymond, et puis tout le reste. Moi, je suis toujours là, tu sais.

— Aujourd'hui, oui, mais combien de temps encore ? Quand tu auras fini ta formation, ils t'enverront en France, dans je ne sais quel hôpital de campagne, et je ne te reverrai pratiquement plus. Ou tu épouseras je ne sais qui – cela finira probablement par arriver –, je ne suis pas certain d'y survivre.

— Je ne sais pas encore si j'irai en France, et si tel est le cas, viens me voir. Prétexte une visite officielle. Quant à me marier : j'en suis encore bien loin. Et puis, même si je franchissais le pas, cela ne nous interdirait pas de nous voir.

— Ce ne serait pas la même chose. Impossible. Je ne supporte pas l'idée de devoir te partager. »

Ce cri du cœur l'avait soulagé ; de plus, Venetia n'aurait pu être plus douce, plus aimante. Lorsqu'il la déposa devant chez elle, à 16 h 30, il eut presque l'impression d'être revenu aux temps anciens.

Et lorsqu'il lui eut murmuré : « Tu sais, je suis attendu à Walmer, ce week-end, mais pourrai naturellement venir chez toi, à Alderley » et qu'elle lui eut répondu, compatissante : « Oh, je crains que ce ne soit difficile », il essuya ce refus sans protester.

Il lui écrivit du train, en début de soirée :

Ma chérie à moi – cette heure & demie avec toi m'a bien apaisé et je me sens bien plus heureux que je n'aurais envisagé *de l'être vingt-quatre heures plus tôt. Je ne crois pas avoir tenu des propos exagérés : le* coup foudroyant* *(au sens littéral) aurait été le bienvenu tout hier a-m & la nuit. Ce n'est peut-être pas prudent d'être si dépendant : d'avoir placé ttes ses possessions & tous ses espoirs en un endroit, de miser son futur sur une seule et même personne. Mais il est trop tard pour ces calculs-là...*

Il écrivit de nouveau à minuit.

Mon adorée – je t'ai écrit un petit mot dans le train, que j'espère tu recevras demain (samedi) dans l'a-m. Je ne sais pas s'il était bien convenable, mais il te rassurera au moins sur le fait qu'après notre divine promenade en voiture, je ne songe plus au suicide.

Il écrivit également le samedi : le matin, l'après-midi et à minuit. Et le dimanche matin, et le dimanche à minuit.

Puis il fallut retrouver Londres et les Dardanelles.

Le mercredi, il présida une nouvelle réunion du conseil de guerre, où siégeaient à présent Bonar Law et le chef du parti unioniste à la Chambre des lords, Lansdowne. Ce qui avait commencé comme une opération strictement navale menaçait à présent, étant donné la résistance turco-allemande, de devenir une invasion terrestre. Kitchener proposa d'envoyer ses nouvelles troupes de la 29e division, qui finissaient leur entraînement en Angleterre. Avec des renforts français, australiens et néo-zélandais, il pouvait faire débarquer plus de soixante-dix mille hommes sur la péninsule de Gallipoli. Le Premier ministre, pendant toute cette discussion, garda l'œil fixé sur Jackie Fisher, plus flegmatique que jamais, avec ses traits orientaux et son teint de cire, souvenir de la malaria et de la dysenterie contractées en Égypte au début de sa longue carrière militaire. Et Fisher, lui, regardait par la fenêtre, comme si rien de tout cela ne le concernait.

Le lendemain, le Premier ministre envoya à Venetia quelques vers d'une série de sonnets qu'il écrivait sur elle.

L'amour ne sait tenir les comptes
Donne du cœur, n'attend rien
Il s'enrichit en dépensant sans honte
Et d'une jungle fait pousser un jardin.

Ma chérie – si je t'aimais moins, crois-tu que tu m'aimerais davantage ?

London Hospital
Ve 12 mars 15

Très cher – je crains que ce ne soit une lettre infernalement ennuyeuse, car je n'ai fait que travailler toute la journée. J'ai réfléchi à ce que tu m'as écrit & dit, & à la façon dont les choses se sont compliquées depuis cet été. Te souviens-tu de Browning :

Nous étions là tous deux, nul autre présent,
Mais seul à seul, comme chacun le savait bien.
Ce que nous voyions, ce que nous entendions,
Les lumières et les ombres composaient un sortilège,
Tandis que notre émoi grandit et se fit jour.
Oh, le peu en plus, et tout ce qu'il est !
Et le peu en moins, et quel monde en deçà[1] *!*

1. Robert Browning, « Au coin du feu », *in Hommes et Femmes*, traduction de Louis Cazamian, Paris, Aubier.

Il nous faut trouver un équilibre, & je me demande si la meilleure manière d'y parvenir n'est pas, pour nous deux, que tu fasses l'essai de m'aimer moins...

Walmer Castle

Sam. 13 mars 15

Ma chérie – je n'ai pas trouvé « infernale » ou « ennuyeuse » ta lettre de ce matin, bien au contraire, elle contient quelques lignes qui me semblent d'un prodigieux intérêt. La citation de Browning (que j'avais oubliée ces jours-ci) est des plus exactes... non, je ne vais pas « faire l'essai de t'aimer moins » ; la difficulté (si c'en est une) est tout autre. Mais j'en suis arrivé à la conclusion qu'il s'agit là de ce qui donne le plus de sens à ma vie.

Cinq jours plus tard, le jeudi 18 mars, Kitchener réclama une entrevue en tête à tête. Ils s'installèrent l'un en face de l'autre à la grande table du Cabinet. Le maréchal, d'ordinaire si impérial, si flegmatique, était ce jour-là visiblement préoccupé. Le nouveau commandant en chef de la force expéditionnaire, le général Hamilton, arrivé en mer Égée le mardi, lui avait envoyé un inquiétant télégramme, qu'il avait d'ailleurs sur lui.

« Il m'explique que nous avons concentré tous nos efforts sur les forteresses des Dardanelles, mais que, selon lui, le problème réside ailleurs. Apparemment, les rives du détroit sont, au-delà des forts, truffées d'obusiers et de canons de campagne, qu'on ne peut détruire à partir des navires. Le danger présenté par les mines sous-marines est encore plus grand.

— Mais ne disposons-nous pas justement d'une vingtaine de dragueurs de mines ?

— C'est exact. Mais sitôt avons-nous déminé dans la journée que les Turcs, à la faveur de la nuit, piègent de nouveau le détroit. La flotte est en action au moment même où nous parlons, Premier ministre, mais c'est une opération périlleuse, qui jusqu'ici ne s'est pas bien passée. Je crains fort que l'Amirauté nous ait promis plus qu'elle ne pouvait tenir par des mesures strictement navales. Je dois également vous avertir d'une autre crise qui couve sur le front de l'ouest. French a dû suspendre son offensive sur Neuve-Chapelle, faute, dit-il, d'obus.

— Est-ce la vraie raison ?

— Oui, mais parce qu'il en fait gâcher une quantité extraordinaire. Il semble qu'au premier jour de l'offensive, nous ayons dépensé dix-sept jours de notre production nationale, et cela pour un gain d'à peine plus d'un kilomètre. C'est deux obus par mètre carré de terrain repris. Nous ne pouvons tout bonnement pas continuer à un rythme aussi dispendieux. De plus, nous avons eu douze mille morts et blessés, mais cela est moins inquiétant. Pour dire les choses sans fard, je peux remplacer les hommes, mais pas les obus. »

Le Premier ministre ferma les yeux pendant quelques secondes. En politique, les pires crises sont causées par la collision de deux événements entièrement indépendants : c'était du moins ce que l'expérience lui avait enseigné. Les difficultés n'étaient pas doublées, mais décuplées.

« Je pense qu'il vous faut aller sur place pour évaluer la situation.

— C'est mon intention. Je crains que French ne soit tout simplement pas à la hauteur de ce qu'exige la guerre moderne, laquelle est scientifique, et qu'il ne soit pas même capable de commander quatre cent cinquante mille hommes sur le champ de bataille. Il faut que cela change. »

Le lendemain, avant de pouvoir emmener Venetia en auto, comme tous les vendredis après-midi, le Premier ministre dut faire de nouveau face à Winston et au conseil de guerre.

Le Premier lord de l'Amirauté était un conteur si doué qu'il pouvait rendre la défaite aussi glorieuse que la victoire – mieux encore, il pouvait vous convaincre qu'elle en était une. Le Premier ministre et les membres du conseil – Kitchener, Lloyd George, Balfour, Bonar Law, Grey, Fisher et les autres – écoutèrent, fascinés, le récit qu'il déroula de la bataille navale de la veille : dix-huit bâtiments, y compris le *Queen Elizabeth*, le plus puissant de la flotte, encadrés par une armada de croiseurs et de destroyers, se déployant sur les flots scintillants de l'Égée, à l'aube, sous un ciel bleu parsemé de nuages blancs puis convergeant vers la gueule du dragon, l'entrée du détroit – l'*Elizabeth*, l'*Agamemnon*, le *Lord Nelson* et l'*Inflexible* ouvrant le feu sur les forteresses à quinze kilomètres : une formidable canonnade. Hélas ! Les dieux de la guerre avaient aussitôt retiré leurs faveurs à la Royal Navy. Le navire de guerre français *Bouvet*, victime soit d'une mine, soit d'un tir direct de la défense turque, s'était volatilisé dans un nuage de fumée et de vapeur ; il avait coulé immédiatement, avec ses six cents marins. Les dragueurs de la Royal Navy, soumis au feu nourri des canons et des obusiers turcs, avaient battu en retraite. L'*Inflexible* avait heurté une mine et gîtait dangereusement. L'*Irresistible* avait été touché à tribord. Le cuirassé *Ocean* avait explosé ; gouvernail détruit, il s'était mis à tourner en rond. Ordre avait été donné en fin d'après-midi de se replier. Trois cuirassés avaient coulé, trois autres étaient endommagés. Un tiers de la flotte engagée détruite ! Et les forteresses étaient restées intactes.

Winston regarda son auditoire.

« Nous compenserons ces pertes, nous renforcerons nos moyens. Le *Queen* et l'*Implacable* sont déjà en route. Le *London* et le *Prince of Wales* partiront aujourd'hui. Il y avait de la tempête hier soir, malheureusement, mais dès que le vent sera tombé, nous reprendrons l'assaut. »

Si Winston avait parlé d'une voix ferme, le Premier ministre remarqua qu'il avait croisé de manière convulsive ses petites mains, d'une finesse curieusement féminine, peut-être pour en masquer le tremblement.

« Je donnerai l'ordre au général Hamilton de se préparer à débarquer à Gallipoli dès que possible, déclara Kitchener. Il est évident que la défense turque doit être anéantie par la voie terrestre. »

Le Premier ministre résuma les positions :

« Nous devons laisser l'initiative aux commandants sur place, mais il me semble que nous sommes tous d'accord pour penser qu'ils doivent consolider l'attaque sur les Dardanelles dès qu'ils estimeront les conditions plus favorables. »

Hormis Fisher, les membres du conseil exprimèrent leur accord, à voix basse. Comment aurait-il pu en être autrement ?

Venetia avait déjeuné chez les McKenna. Le Premier ministre alla la chercher à Smith Square pour la déposer à Whitechapel, et il profita de l'occasion pour lui parler du désastre des Dardanelles.

« J'ai le sentiment que cette opération a été mal conçue. Ne serait-ce pas plus sage d'y renoncer, avant que cela tourne à la boucherie ?

— Cela, je le crains, serait désastreux pour notre prestige de grande nation, surtout en Méditerranée. Cela doit rester entre nous, ma chérie, mais nous caressons l'espoir de faire entrer l'Italie en guerre à nos côtés d'ici quelques semaines. Peux-tu imaginer l'effet qu'aurait sur eux un renoncement à l'opération ? Hélas, nous n'avons pas le choix ; il nous faut insister.

— Parfois, pourtant, il vaut mieux accepter sa défaite, et trouver d'autres fronts. »

Il avait les nerfs à fleur de peau, ces temps-ci, et comprit immédiatement l'allusion.

« C'est une remarque ambiguë, ma chère. Cela nous concernerait-il donc aussi ? Trouver d'autres fronts ? Vraiment ? Non, je me trompe ! »

Elle détourna le regard, s'absorba dans le spectacle de la rue.

« Cela viendra toujours au mauvais moment, Premier, finit-elle par dire. Autant que ce soit aujourd'hui. Dans trois semaines, j'aurai fini mon stage au London Hospital. J'ai demandé à partir en France. »

Il s'attendait à cela, bien sûr, mais le choc fut immense. Et bien qu'il se soit juré d'accepter sereinement ce choix et de soutenir Venetia, il ne put s'empêcher de faire une scène. Comment pouvait-elle l'abandonner en un moment aussi difficile de la guerre, alors qu'il avait plus que jamais besoin d'elle ? Qu'étaient ces soins aux blessés, que des milliers d'autres femmes pouvaient leur prodiguer aussi bien, comparés à la mission qu'elle seule pouvait assumer – le partage du fardeau de la nation avec celui qui en avait la charge ?

Elle l'écouta fulminer, ni hautaine ni prête à débattre (il n'aurait supporté aucune de ces attitudes), mais avec un sourire mélancolique et compatissant – un sourire de pitié, peut-être. Lorsque la Napier se gara dans Whitechapel Road, elle l'embrassa sur la joue.

« J'espère te voir vendredi prochain, Premier.

— Pas avant ? gémit-il tandis qu'elle descendait de l'auto.

— Je crains que non. »

Il se sentait si malheureux que dès que Horwood redémarra, en route pour Walmer Castle – cette fois-ci, il avait préféré la route au chemin de fer –, il commença une lettre, griffonnant tant bien que mal dans la Napier bringuebalante. L'écriture était à peine lisible. *Ma chérie, tu viens de me quitter & je me sens si triste...*

Être près de toi, avec toi, te regarder, t'écouter : c'était un divin plaisir, & repensant à cette heure de paradis je suis désolé de t'avoir accablée de mes sombres et égoïstes pronostics. Ma chérie, tu sais que je ne devrais jamais protester contre ces choix que tu fais & que tu estimes, en toute connaissance de cause, bénéfiques – sauf, bien sûr, s'il s'agit de ne plus m'avoir dans ta vie. Cela, je ne pourrais le supporter. Mais c'est un chemin que tu ne prendras jamais, je l'espère ? Je ne peux en dire plus. Écris-moi une douce petite lettre. Je vais déposer celle-ci dans la première boîte que je verrai.

Il fit arrêter la Napier à Maidstone, ayant aperçu un bureau de poste de l'autre côté de la chaussée. Après s'être faufilé entre les véhicules, avoir acheté un timbre et tendu l'enveloppe à l'employé, il ressortit et demeura un moment au bord du trottoir, à regarder les automobiles et les camions, et ce fut tout juste si leur vacarme et les appels d'air qu'ils suscitaient ne l'arrachèrent pas à son perchoir. Oh, cela n'aurait pris qu'une minute – *Mourir... dormir... plus rien... et dire que, par un sommeil, nous mettons fin aux serrements de cœur et à ces mille attaques*[1]... Il se vit, corps désarticulé, propulsé dans les airs, au prix peut-être de quelques

1. William Shakespeare, *Hamlet*, Acte III, scène 1, traduction de M. Guizot.

minutes de souffrance –, puis le néant. Il resta planté là encore un moment, un vieux monsieur en redingote et chapeau melon que les automobilistes ne remarquaient même pas, puis il traversa la rue avec les précautions requises pour retrouver la Napier.

- 27 -

Dieu vous bénisse, Venetia. Vous êtes une angélique amie, pourquoi pas une épouse ?

Elle avait rangé la lettre de Montagu dans la même valise que celles du Premier ministre. Non qu'elle passe sa vie à la relire, loin de là. Ce n'était pas la peine. Elle en connaissait l'extrait essentiel par cœur.

Pourquoi pas une épouse ?

Parfois la réponse lui paraissait si évidente qu'elle ne méritait même pas qu'on s'y arrête.

Parce qu'elle ne l'aimait pas. Qu'ajouter à cela ?

Et pourtant, elle n'avait pas complètement chassé cette possibilité de son esprit et fit en sorte de le voir fréquemment en février et en mars. Elle lui permettait de venir la chercher à l'hôpital et de l'y ramener. Elle prenait le thé avec lui au Savoy. Elle participait à ses grands dîners. Elle l'invita même à passer une fin de semaine à Alderley ; ils lurent « La Statue et le Buste » ensemble, dans la bibliothèque.

Elle ne fit jamais allusion à son hésitante proposition ; lui non plus. En toutes ces occasions, pourtant, la question flottait, muette, entre eux. Mais chaque fois qu'elle posait le regard sur lui, qu'il soit assis près d'elle ou de l'autre côté de la pièce, et qu'elle imaginait leur union, elle ne pouvait y apporter qu'une seule réponse : impossible. Ce n'était pas seulement qu'elle ne lui trouvait aucun charme : il lui inspirait plutôt un... oui, un dégoût viscéral. Le terme n'était vraiment pas trop fort. Elle était bien incapable de discerner dans ce corps lourd et maladroit, engoncé dans ses épais costumes à l'ancienne mode, la moindre étincelle de sensualité. Et l'idée d'avoir à l'embrasser – ces dents horribles ! Cette énorme moustache noire ! – la faisait frissonner. Quant à le retrouver sous les draps, c'était presque trop affreux pour y penser.

Mais...

Elle l'aimait vraiment bien, sans doute plus que quiconque dans son cercle. Bien qu'il puisse parfois se montrer pointilleux à l'extrême, ou trop anxieux (« Tatie » était un autre de ses sobriquets), il trouvait toujours quelque chose de drôle ou d'intéressant à dire. Elle ne s'ennuyait jamais avec lui, ce qui n'était hélas plus le cas avec le Premier ministre. À présent, lorsqu'elle finissait son service, elle craignait de passer devant son casier, où les lettres s'accumulaient. Les promenades du vendredi dans la Napier étaient devenues des corvées qu'elle s'efforçait d'éviter. La plus récente, durant laquelle elle était parvenue à trouver le courage de lui annoncer son départ pour la France, déclenchant une demi-heure de gémissements et de supplications, l'avait même mise en colère. Comment pouvait-il lui demander de sacrifier ses aspirations à son seul bénéfice ?

Il fallait sortir de ce piège.

Ce fut dans cette confusion d'esprit qui ne lui était pas familière qu'elle décida, le dimanche qui suivit leur dernière balade en voiture, si tendue, de s'en remettre à Dieu en communiant, pour la troisième fois seulement de sa vie. Peu lui importait l'église : il fallait simplement qu'elle se trouve à proximité de l'hôpital.

St Philip était presque neuve, vingt ans à peine. Victorienne, murs en briques, sol en parquet, verticale, elle avait tout de l'usine, du hangar. Et elle se trouvait dans le périmètre du London Hospital, près du pavillon de quarantaine. Partout dans la nef, ce n'étaient que fauteuils roulants et béquilles. Venetia s'installa au fond, en uniforme, avec d'autres collègues ; elle chanta les hymnes, écouta attentivement le sermon et s'efforça même de prier. Mais bien qu'elle puisse articuler sans bruit toutes les paroles, l'émotion ne vint pas. Le souffle profond de l'orgue, le chant du pasteur n'étaient que vacarme à ses oreilles. Son père était athée ; un de ses oncles, musulman ; et un autre, évêque catholique. Ce jour-là, elle opta pour l'obédience de son père.

Elle fit quand même la queue pour communier. Quand elle put à son tour s'agenouiller à l'autel et recevoir l'hostie et le vin, la complète apathie de son cœur lui apparut comme une révélation. La religion ne figurait pas au nombre des obstacles à son mariage avec Montagu. Elle se convertirait au judaïsme comme on traverse la rue, sans aucun souci. D'ailleurs, songea-t-elle, et parce qu'elle choquerait sans doute la bonne société, la chose avait de quoi l'amuser. Elle quitta ce matin-là l'Église anglicane sans retour, la tête haute, seule et souveraine.

Le mardi suivant, Edwin Montagu lui proposa de nouveau le mariage.

Elle avait à présent le droit de déserter le foyer une ou deux nuits par semaine. Il passa à Mansfield Street juste après 14 heures, sortant tout juste d'une réunion du Cabinet. Elle devait retourner à l'hôpital à 15 heures ; il lui avait demandé la permission de l'y conduire. Il l'attendait dans le vestibule. Ses parents finissaient de déjeuner. Elle perçut immédiatement son agitation. Pouvait-il lui dire quelques mots en privé avant qu'ils montent en voiture ? Elle l'emmena dans le petit salon et le fit asseoir sur un fauteuil, tandis qu'elle s'installait sur le canapé.

« Voulez-vous boire quelque chose ?

— Non, je vous remercie. »

Il ne parvenait visiblement pas à rester en place, croisant et décroisant les jambes.

« Edwin, vous êtes souffrant ? Que diable se passe-t-il ?

— Je suis désolé de vous poser cette question, mais auriez-vous reçu hier une lettre du Premier ministre – assez longue, je pense, écrite durant une réunion du Cabinet ? »

Elle lui lança un regard perplexe, les sourcils froncés, et sortit une enveloppe de son sac à main. La lettre, reçue dans l'après-midi de la veille, contenait une de ses plus extravagantes déclarations d'amour fou. Y figurait même une citation du *Comus* de Milton. La conclusion était abrupte :

Ma chérie à moi – je t'écris au beau milieu d'une controverse acerbe, aussi verbeuse et tumultueuse que vaine, sur la question des munitions, &c., entre Ll. G., Winston & A. J. B. – je ne peux pas m'en détacher plus longtemps. Je t'écrirai une vraie lettre ce soir. Mais j'avais besoin de te dire tout cela sur-le-champ.

« Oui, dit-elle, après avoir parcouru la lettre. Il parle en effet d'une réunion. Il m'écrit à toute heure de la journée et dans toutes sortes d'endroits. Mais quelle importance ?

— Je savais bien que la lettre vous était destinée. J'étais assis à son côté. L'importance est la suivante : je ne suis pas le seul à l'avoir remarqué. Oh, Winston n'a rien vu, trop occupé à déblatérer, comme toujours, mais cela n'a échappé ni à Lloyd George ni à Balfour. Je les ai vus l'observer, intrigués, puis échanger des regards.

— Oh, mon Dieu. Ils ne savent pas à qui il écrit, rassurez-moi ?

— Non, sans doute. Mais je pense à ceci : vous m'avez toujours dit que vous vous teniez à sa disposition et le voyiez régulièrement parce que cela l'aide à supporter son fardeau. Eh bien, cela m'a fait considérer la chose sous un autre angle. Et si votre présence avait l'effet contraire ? Si vous étiez pour lui une telle distraction que son comportement en est altéré ? Ce n'est pas la première fois que je le surprends à s'abstraire, pour ainsi dire, d'une réunion. »

Elle dévisagea Montagu, surprise. C'était un renversement si complet de l'image qu'elle avait toujours eue de son rôle dans la vie du Premier ministre, une telle remise en cause des justifications qu'elle y avait toujours trouvées qu'elle ne sut que répondre. Edwin, de surcroît, ne savait pas tout – les projets de fuite à la campagne, la tentation du suicide.

« C'est donc à ce point ? Je n'arrive pas à le croire.

— Je pense que vous en êtes consciente. Malheureusement, ses collègues aussi, de plus en plus. En temps de paix, cela n'aurait pas grande importance. Mais la guerre ne se déroule pas comme prévu. Nous manquons d'obus – vous avez sûrement lu la presse à ce sujet – et il y a une lutte épique en coulisse entre Kitchener, qui veut garder la main sur les usines d'armement, et Lloyd George, qui ne l'en estime pas capable. Sans parler des Dardanelles où tout va de mal en pis. C'est un secret, une terrible affaire, mais je vous le confie, car je sais que le Premier ministre en fera autant : Winston a dû nous informer ce matin que l'opération serait retardée une nouvelle fois – de trois semaines, pas moins –, car le corps expéditionnaire n'est pas en état de débarquer et que la marine tergiverse. Un véritable fiasco ! »

Il décroisa de nouveau les jambes et se pencha vers elle, le haut-de-forme entre les mains, suppliant.

« Le fait est, Venetia, que l'on complote déjà dans son dos. Je pense surtout à Lloyd George. Les rumeurs se font insistantes, et je ne sais pas si la position du Premier ministre est aussi solide qu'il le croit. Excusez ma franchise, mais je pense qu'il est important que vous sachiez tout cela. Le moindre scandale peut entraîner, pour lui comme pour vous, de désastreuses conséquences.

— Non, vous avez bien fait. Je vous en suis reconnaissante. »

Elle avait hâte cependant de mettre fin à cette conversation.

« Edwin, je dois partir, dit-elle en se levant. Vous m'avez donné du grain à moudre. La dernière chose que je voudrais, c'est ruiner sa carrière. Vous tenez vraiment à me raccompagner ? Vous êtes si occupé !

— Bien sûr que j'y tiens. Chaque minute avec vous est une joie. »

Ils prirent place sur la banquette arrière, le plus loin possible l'un de l'autre. La vitre de séparation d'avec le chauffeur était fermée, mais elle croisait de temps à autre dans le rétroviseur le regard attentif de ce dernier.

« Je suis désolé de vous savoir dans une position aussi délicate, dit-il.

— Oh, j'en suis la seule responsable, vous ne trouvez pas ? »

Le silence retomba.

« Il y a une manière d'en sortir, bien sûr, finit-il par dire.

— Laquelle ?

— Vous pouvez à tout moment changer d'avis et m'épouser. »

Elle avait pressenti cette nouvelle proposition. Elle secoua la tête.

« C'est bien gentil à vous de m'en refaire l'offre. Mais vous vous imaginez l'effet que cela aurait sur lui, dans son état actuel ?

— Ah, la gentillesse n'a rien à voir là-dedans. Quant au Premier... Je l'aime vraiment, comme vous le savez. Je lui dois tout. Il a fait de moi un membre de sa famille. Mais sur cette affaire, son comportement n'est pas défendable et risque de lui nuire. Vous vous tireriez d'une pénible ornière, et vous le sauveriez de lui-même, tout en faisant de moi le plus heureux des hommes. »

Sa main traversa la banquette, en crabe, et vint effleurer celle de Venetia.

« Excusez cette approche bien peu poétique. Mais sachant comment fonctionne votre esprit, je la crois plus fructueuse. Il y a tant d'éléments en faveur de ce mariage, Venetia.

— Et un seul en sa défaveur.

— C'est-à-dire ?

— L'amour, Edwin, dit-elle en le dévisageant. Je vous aime beaucoup, vraiment, plus qu'à peu près quiconque. Mais je ne pense pas vous aimer comme une femme aime son mari, et je ne crois pas en être jamais capable. »

Pourtant, elle garda la main d'Edwin dans la sienne – fraîche, inerte et n'exerçant pas la moindre pression : rien de désagréable, ou plutôt rien, tout court – et ne la lâcha que lorsque l'auto se gara en face du London Hospital.

« Vous essaierez d'y penser ? la pria-t-il. Promettez-le-moi. Ne dites pas non tout de suite. »

— J'y penserai, oui, dit-elle en lui serrant la main. Merci. »

Elle avait besoin de solitude, pour réfléchir à tout cela ; dans les deux semaines qui suivirent, elle se retira en elle-même, trouvant refuge dans ses tâches d'infirmière, rudes, abrutissantes. Elle se porta même volontaire pour effectuer des heures supplémentaires. Il était difficile de s'apitoyer sur son sort, entourée de tous ces jeunes blessés. Elle ne reprit pas contact avec Montagu, ne répondit pas à ses lettres et vit le Premier ministre le moins possible, autant que faire se pouvait, même si elle n'échappait pas à ses débordements épistolaires. Lorsqu'elle annula une de leurs promenades en voiture à la dernière minute, le lundi suivant, il lui envoya une supplique inquiète, écrite en plein après-midi :

Je ne peux pas te dire à quel point cela m'affecte de ne pas te voir cet après-midi. J'avais placé de tels espoirs, misé de tels désirs sur cette heure avec toi. J'ai l'impression que la nuit a chassé avec certitude, et sans soulagement, la possibilité d'un rayon de soleil. J'en suis particulièrement accablé aujourd'hui car j'avais plus que tout besoin de t'exposer clairement l'étrange situation dans laquelle je me trouve à présent. Tu sais qu'il y a dans les journaux tories des attaques très vives contre moi. Regarde notamment les articles du Times et du Morning Post...

Il lui écrivit de nouveau le soir. La lettre arriva tandis qu'elle finissait sa garde.

J'ai eu une conversion extraordinaire & réellement passionnante avec Ll. George. Il m'a dit qu'il me devait tout, que je l'avais toujours soutenu, protégé, défendu, quand le reste du monde était contre lui, et qu'il préférerait (1) casser des pierres (2) déterrer des pommes de terre (3) être pendu et écartelé (ce sont les diverses métaphores qu'il a déployées au cours de sa harangue aussi décousue qu'ardente) plutôt que de faire, de dire quoi que ce soit, même de penser quoi que ce soit qui puisse me manquer de loyauté. Il dit que tous nos collègues sont du même avis. Ses yeux brillaient de larmes et je suis certain que, mû par cette capacité si celte à s'enflammer d'un coup, il était des plus sincères. Je l'ai assuré naturellement que je n'avais jamais douté de lui, ce qui est bien vrai ; il m'a serré très chaleureusement la main avant de sortir brusquement de la salle. Ma chérie, cela t'intéresse-t-il ?

Si cela l'intéressait ? Bien plus que cela : elle en conçut la plus vive alarme. S'il trouvait réellement la moindre sincérité à son chancelier de l'Échiquier, énergique et charmant, cynique, ambitieux jusqu'à l'obsession, c'était qu'il avait sans aucun doute perdu de sa lucidité politique. Malgré la fatigue, malgré la promesse qu'elle s'était faite de garder ses distances, elle ne voulut pas lui tourner entièrement le dos, surtout si, comme Edwin le pensait, elle était la raison de cette confusion. Elle lui répondit sur-le-champ.

London Hospital

22 heures lun. 29 mars

Très cher Premier, je suis désolée de n'avoir pu pour aujourd'hui, surtout que tu sembles avoir besoin plus que d'ordinaire d'attention et d'amour.

Voilà ce que je pense :

Les journaux des tories, surtout ceux de Northcliffe, sont tes ennemis naturels. Ignore-les, dans la mesure du possible.

Il y a toujours des passages difficiles en politique, surtout en temps de guerre – tu en traverses un en ce moment mais tu t'en sortiras.

Ta position, tant au sein du parti que du pays, est forte. Tes collègues te sont dévoués. Je sais que Winston t'est absolument loyal. (Concernant Lloyd George, je suis moins catégorique, c'est l'homme le plus ambitieux de ton Cabinet, il n'est jamais loyal qu'envers lui-même ; je te conseillerais vivement de traiter ses protestations larmoyantes avec une certaine prudence.) Souviens-toi que le seul qui soit en mesure de te faire tomber, c'est toi-même. Chasse ces pensées morbides qui t'ont tant perturbé ces derniers temps. Cesse de soupirer après l'impossible. N'oublie jamais que je suis de ton côté. Je finis ma formation la semaine prochaine. Je pourrai te voir plus souvent.

Tout mon amour.

10 Downing Street
Ma. 30 mars 1915
Ta lettre de ce jour a fait de moi un homme nouveau. Je ne l'oublierai jamais, car elle est tombée en un moment où je commençais à avoir quelques doutes sur moi-même.

Ce n'est pas la première fois, ni la dixième, mais bien plus, que tu me permets de renouveler mon point de vue, de raviver mes résolutions en berne, que tu me redonnes confiance en la vie.

Je bénis ta présence & je t'adore ; toute ma vie t'appartient. Ma très chère, mon trésor, bonne nuit. Celui qui n'est qu'à toi.

Son stage au London Hospital prenait fin le mercredi suivant. Le matin de ce jour, elle fut appelée dans les étages, pour s'entretenir avec l'infirmière-chef.

Miss Luckes la reçut assise à son bureau, sphérique antiquité percluse d'arthrite. Une araignée avait tissé sa toile entre le fauteuil et les tiroirs. Le fil infime luisait au soleil. Peut-être miss Luckes n'avait-elle pas bougé une seule fois en quatre mois ?

« Eh bien, je ne peux que vous féliciter. Les rapports hebdomadaires de vos supérieures sont excellents, dit la vieille dame, le nez dans son dossier. "La stagiaire Beatrice Stanley est agréable, avide d'apprendre, volontaire, intelligente..." Ce n'était que le début, et ils n'ont fait par la suite que refléter des progrès constants. Les patients vous apprécient. Vous avez l'étoffe d'une remarquable infirmière, miss Stanley – ou plutôt, infirmière Stanley, comme vous avez désormais le droit de vous faire appeler.

— Je vous remercie, infirmière-chef.

— Et cela n'a pas dû être tous les jours facile, en raison des attentions d'un éminent personnage que nous ne nommerons pas. »

D'un geste de sa main dodue, miss Luckes fit taire les protestations de Venetia.

« Dans un hôpital comme le nôtre, tout se sait. Il a été vu dans son auto, vous attendant devant le perron. Il y a eu ces messages par porteur en provenance de Downing Street. Et vous savez sûrement que le Premier ministre a écrit au président de notre conseil d'administration, le vicomte Knutsford, pour nous suggérer de vous affecter à l'hôpital de Millbank, et non pas en France ?

— Je lui ai pourtant dit que je ne le souhaitais pas. Je veux être envoyée en France.

— Bravo ! Je crois savoir qu'il vient mardi prochain. J'imagine que vous l'accompagnerez ? »

Il n'avait pas dit un mot de cette visite à Venetia. Elle fit de son mieux pour dissimuler sa surprise.

« Oui, je pense.

— Donc, ce n'est pas un véritable adieu, dit miss Luckes en se levant, non sans difficulté. Voici votre diplôme de qualification. Je vous remercie pour cet excellent, ce rude travail. Nos meilleurs vœux vous accompagnent. »

Cet après-midi-là, en faisant ses bagages, Venetia sortit la valise aux lettres de sous le lit pour les compter : pendant ses trois mois de formation à l'hôpital, il lui en avait envoyé cent quarante-sept.

Sixième partie

LA CRISE

7 avril-17 mai 1915

- 28 -

Alors que Venetia s'apprêtait à quitter le foyer, le Premier ministre présida une réunion informelle du conseil de guerre. Il était d'excellente humeur. Sir Edward Grey ayant dû se retirer dans sa maison du Hampshire où il soignait ses yeux malades, confiné dans une chambre obscure, le Premier ministre assumait temporairement les fonctions de ministre des Affaires étrangères. Une chance qu'il appréciait à sa juste valeur, car elle lui permettait de faire montre de l'étendue de ses talents politiques, d'autant qu'il espérait, dans ce laps de temps, réussir l'une des plus belles opérations diplomatiques de la guerre : rallier l'Italie à la cause des Alliés. On ne parlait plus guère en coulisse d'un complot destiné à le renverser. Lloyd George était avec lui d'une prévenance qui confinait à l'obséquiosité. Et Venetia, ayant enfin purgé sa peine de travaux forcés dans cet horrible hôpital, avait promis de passer le week-end avec lui à Walmer. Il devait l'y emmener en automobile ce vendredi.

Restaient les Dardanelles – une tragédie, une gigantesque épine dans son pied. Il ne parvenait pas à s'en débarrasser. D'ailleurs Hankey, auquel il se fiait généralement, plaidait avec ardeur pour un nouveau report, citant le général Robertson, le chef d'état-major de lord French : selon lui, un débarquement sur les falaises de Gallipoli, nues, dépourvues de tout abri, à six mille kilomètres des côtes anglaises par la mer, était « l'opération la plus risquée que puisse entreprendre une armée ».

« C'est du défaitisme pur et simple, tonna Winston en fusillant Hankey du regard.

— Il faut garder à l'esprit, dit Kitchener, que chaque heure de répit permet aux Turcs de renforcer leurs défenses. Selon nos renseignements, il y aurait à présent une centaine de milliers d'hommes sur place, de leur côté.

— Raison de plus pour retarder l'opération, reprit Hankey, qui, simple colonel, ne craignait pourtant pas de contredire un maréchal. Il faut que nous puissions les dominer quantitativement.

— Si nous allons vers une défaite, intervint Balfour, d'un ton comme toujours empreint d'une féline légèreté, il est préférable qu'elle survienne après que l'Italie aura déclaré la guerre à l'Allemagne ; dans le cas contraire, elle pourrait bien changer d'avis. J'approuve le report. »

Le Premier ministre, procrastinateur d'instinct, hocha la tête. Le débarquement fut de nouveau retardé.

Le lendemain, jeudi 8 avril, était le septième anniversaire de son accession au poste de Premier ministre. L'Assyrien donna un dîner en son honneur sous la tente de brocart. La moitié du Cabinet y assista, de même que Margot, Violet, Raymond et Bongie. Mais Venetia ne vint pas, ce qui le blessa. Il prononça un discours impromptu après le dessert, se souvenant de ce jour de 1908 où il avait baisé des mains. Le roi Edward étant en villégiature à Biarritz, loin des frimas de l'Angleterre, il avait refusé de revenir à Londres pour la nomination officielle. Le futur Premier ministre avait dû se déplacer jusqu'au Pays basque. Il était monté à bord du train-bateau à Charing Cross, tout seul, vêtu d'un épais pardessus et une casquette enfoncée jusqu'aux sourcils, « comme un agent secret dans un roman de Mr Conrad ». Il avait passé la nuit au Ritz, à Paris, avant de prendre le chemin du Sud.

« J'ai retrouvé le vieux roi à l'Hôtel du Palais, un établissement luxueux *belle époque**, et il a bien voulu me recevoir après le petit déjeuner – vous vous rappellerez peut-être que c'était pour feue Sa Majesté un moment sacro-saint que celui du repas (*rires*). Une demi-heure plus tard, après une revigorante coupe de champagne, j'étais déjà dans le train pour Paris. L'affaire était conclue, et je laissais derrière moi, non sans regret, l'Atlantique scintillant au soleil. Je... Je... »

Il fut consterné d'entendre sa voix s'étrangler et de sentir ses yeux se remplir de larmes. Il lui fallut quelques instants avant de continuer : « Ah, ce monde heureux, béni des dieux, mais qui n'existe plus que dans nos souvenirs ! Mes chers amis, mes chers collègues, j'espère bien n'avoir pas, dans les sept années qui ont suivi, trahi votre confiance. Je me suis évertué à faire de mon mieux. De ceci, je suis certain : aucun chef de gouvernement n'a été plus loyalement, plus magnifiquement servi. Nous vivons tous des moments difficiles, des temps assassins, mais je suis certain qu'ensemble, nous saurons y survivre, et remporter la victoire. »

Il était, songea-t-il, préférable d'en finir là, s'il ne voulait pas fondre en larmes. Il leva son verre.

« À la victoire ! »

Tous les convives se levèrent.

« À la victoire ! »

Les applaudissements furent prolongés et nourris, la table vigoureusement frappée des mains, à faire tinter l'argenterie.

« Et Venetia ? demanda-t-il plus tard à Montagu.

— Elle n'était pas libre.

— Je vous remercie d'avoir organisé cette belle soirée, dit le Premier ministre avant d'ajouter, sans réfléchir : Venez donc à Walmer ce week-end. J'ai enfin pu convaincre Venetia d'accepter mon invitation. Non, non, j'insiste. Vous ne pouvez pas refuser, Edwin. L'air marin nous fera le plus grand bien à tous. »

Il alla la chercher à Mansfield Street l'après-midi suivant.

« Tu m'as manqué, hier soir, chez l'Assyrien, lui reprocha-t-il dès qu'elle se fut installée sur la banquette arrière.

— Ah, désolée de n'avoir pas pu venir. La soirée s'est bien passée ?

— Oui, ma foi. Il reçoit toujours très généreusement. Mais cela aurait eu bien plus de sens pour moi si tu avais été présente. Je l'ai invité à se joindre à nous pour le week-end. »

Elle écarquilla légèrement les yeux, ce qui ne passa pas inaperçu.

« Cela t'ennuie ? Je pensais te faire plaisir.

— Qu'il soit là ou pas, cela me convient, dit-elle d'un ton qui laissait deviner le contraire. Dis-moi, d'après l'infirmière-chef, tu as prévu de visiter le London Hospital la semaine prochaine ? »

Et toujours cette pointe acerbe dans la voix !

« De le visiter avec toi, oui, j'espère. J'ai hâte de découvrir ce qui t'a servi de tanière pendant ces longs mois. Et je me suis dit que cela te gênerait moins si j'attendais que tu n'y travailles plus.

— J'aurais apprécié que tu me préviennes.

— Je pensais t'en faire la surprise. »

Ils n'avaient même pas franchi le pont de Westminster, et déjà le ciel s'assombrissait au-dessus de son week-end idéal. Il passa à autre chose, comme il le faisait souvent lorsqu'il lui fallait traiter un problème naissant, familial ou politique. Les choses s'arrangeraient d'elles-mêmes, se disait-il toujours. Ce qui était le cas, la plupart du temps. Et ce jour-là aussi, lui sembla-t-il. Dès qu'ils eurent quitté les banlieues interminables du sud de Londres pour aborder enfin la campagne, Venetia se fit plus souriante. Ils discutèrent d'amis communs. Il lui donna des nouvelles des Dardanelles et lui montra les télégrammes que l'ambassade britannique à Rome avait envoyés sur l'entrée en guerre de l'Italie. Une fois qu'elle les eut lus, il commença à baisser la vitre, pour s'en débarrasser.

« Ne fais pas cela, Premier ! Tu ne veux pas avoir encore la police sur le dos ?

— Mon Dieu, tu as raison, dit-il en rangeant ses papiers dans la boîte à dépêches. Que ferais-je sans toi ? »

Il aurait voulu tirer les rideaux et la prendre dans ses bras, mais la sentait trop nerveuse.

Un peu avant 18 heures, ils quittèrent la route de Douvres pour s'engager sur un chemin de campagne. C'était un magnifique après-midi de printemps ; la Napier roulait entre des vagues de haies verdoyantes bordées par l'écume de milliers de fleurs blanches ; le ciel immense du Kent vibrait du chant des alouettes.

« "Oh, murmura le Premier ministre, être en Angleterre, quand vient avril..."

— Browning ! Ah, toujours Browning », dit-elle, le sourire aux lèvres, en secouant la tête.

Il en fut curieusement offensé, comme s'il y avait de la moquerie dans ce sourire.

Ils arrivèrent enfin à Walmer, traversèrent les quelques rues bordées de maisons aux murs chaulés – le village ressemblait un peu à Holyhead –, avant de s'engager dans l'allée qui montait au château. Le Premier ministre aurait pu se l'approprier, s'il l'avait souhaité : c'était la résidence officielle du lord Warden of Cinque-Ports, fonction purement cérémonielle de la cour, que le roi lui avait proposé d'exercer. Cependant, l'entretien du château était trop coûteux, et le Premier ministre avait fait attribuer la charge au richissime William Lygon, comte de Beauchamp, également membre du Cabinet, qui lui en laissait en échange la jouissance pendant les week-ends. Il en était particulièrement fier, presque comme s'il en avait été le véritable propriétaire. Ce n'était pas un faux château, comme Penrhos : ses tours massives et ses murs de plus de trois mètres d'épaisseur avaient quatre siècles ; sur la forteresse centrale, aussi ronde que ses tours, claquait bruyamment l'oriflamme du lord Warden, et ses remparts gris donnaient sur une plage austère. « Pas mal, n'est-ce pas, pour un fils de négociant du Yorkshire ! » Il épia la réaction de Venetia, qui y venait pour la première fois.

« Oh, cher Premier ! Je comprends ce que tu veux dire, maintenant. Quelle merveille ! »

Les autres étaient déjà là. Ils prenaient le thé sur une des terrasses, derrière les remparts crénelés. Il avait une tendresse particulière pour celle-ci, avec ses quatre antiques canons tournés vers la Manche, leurs petites pyramides de boulets, le bleu de la mer rejoignant celui du ciel, les vieux bancs en bois gris sur lesquels on savourait les premiers rayons du soleil, le matin. Il conduisit Venetia dans l'air doux de la fin d'après-midi auprès de la compagnie – étaient rassemblés là la plupart des gens qu'il aimait : Margot et Violet, Raymond et

Katharine, Montagu et Bongie. En cet instant, avec elle à son côté, il se sentit roi du château, régnant sur un monde au complet.

Dès qu'elle entra à Walmer Castle, Venetia regretta d'avoir accepté l'invitation du Premier ministre.

Ce fut Margot, tout d'abord, qui l'accueillit avec une politesse réfrigérante, lui offrant ses pommettes anguleuses, la droite, puis la gauche, deux poignards, pour une brève embrassade ; et Montagu qui l'enveloppa d'un regard plein de reproche et lui souffla à l'oreille : « Il faut que je vous parle » ; puis Raymond, qui semblait trouver tout cela follement amusant, et Violet, autrefois sa meilleure amie, la dépositaire de tous ses secrets, qui n'était plus rien de tout cela, de sorte qu'elles étaient suivies partout par l'ombre de cette affection passée.

Et puis il y avait le château lui-même, conçu sous les Tudors pour être une forteresse, et non une demeure. Les pièces étaient petites, les couloirs étroits, traversés de courants d'air. Des armures se dressaient, menaçantes, dans des recoins sombres. Les murs étaient ornés de lances et d'épées, d'oriflammes guerrières, de tapisseries poussiéreuses et de vieux tableaux noircis par le temps. Le sol de sa chambre était de pierre froide ; elle n'avait pas de salle de bains, mais un lit à baldaquin si haut qu'il fallait monter une marche pour se coucher sur son dur matelas. Tandis qu'elle se préparait pour le dîner – Violet lui avait envoyé sa femme de chambre –, elle vit le ciel noircir par la fente de la meurtrière qui tenait lieu de fenêtre ; bientôt le vent se mit à hurler sur les remparts. Avec quel soin, songea-t-elle, Margot avait dû lui choisir cette chambre ! Elle s'offrit donc le luxe de lui dire à quel point elle l'appréciait lorsqu'elles se retrouvèrent pour le dîner.

« Vraiment ? répondit Margot Asquith, visiblement surprise. Je craignais que vous ne la trouviez un peu spartiate.

— Ah, pas du tout ! Elle est charmante. Je l'adore ! »

Le Premier ministre était en forme. Il régala ses invités de quelques anecdotes sur leurs prédécesseurs : ainsi lady Tree qui, revenant d'une partie de golf à Deal, lui avait demandé : « Dites-moi, Mr Asquith, vous intéressez-vous un peu à la guerre, ou pas du tout ? » (« Quelle perspicacité, n'est-ce pas ? »), ou Henry James, qu'il avait, un peu taquin, extrait de sa résidence à Rye pour le faire dîner avec Winston.

« Ce n'était pas ce qu'on appelle une rencontre au sommet. Et je vous laisse deviner qui parlait le plus. J'ai demandé au pauvre James ce qu'il avait pensé de Winston. Sa réponse est un chef-d'œuvre digne de ses romans : "Je dois vous avouer que je suis souvent frappé par ces... ah, hem... limitations qui sont, pour les gens de pouvoir, le prix à payer de leur règne sur l'humanité." »

Ce qui fit rire tous les convives, hormis Venetia.

« Eh bien, ne put-elle s'empêcher de dire, je préfère mille fois la compagnie de Winston, avec toutes ses idiosyncrasies, à celle de cette vieille fille à l'âme desséchée. »

Le silence se fit autour de la table. Le Premier ministre changea rapidement de sujet.

Lorsqu'elle fut remontée dans sa chambre pour le coucher, elle prit soin de s'enfermer à clef. Un peu après minuit, elle entendit qu'on frappait discrètement à l'épais battant de chêne. Elle feignit d'être endormie. Qui pouvait-ce être ? Le Premier ministre ? Edwin ? Ce manège ne dura pas longtemps ; aucun des deux, le lendemain, n'y fit la moindre allusion.

Le samedi, à la table du déjeuner, le Premier ministre annonça qu'il lui fallait aller à Douvres pour passer en revue des troupes en route pour la France.

« Venetia, ma chère, je me demandais si cela pouvait vous intéresser ? »

Elle dévisagea Margot qui, assise de l'autre côté de la table, détourna immédiatement le regard. Le rouge lui monta aux joues.

« Hélas, j'ai un fort mal de tête depuis ce matin. Je préférerais m'abstenir – cela ne vous ennuie pas ?

— Quel dommage ! J'aurais aimé ne pas y aller seul. »

Du regard, il fit le tour des convives, ne s'arrêta même pas sur Margot.

« Montagu, si vous êtes disponible ?

— Bien sûr, monsieur. »

Edwin lança un coup d'œil impuissant à Venetia.

Une fois qu'ils furent partis, elle alla se promener seule sur la plage grise. Pourquoi fallait-il qu'Edwin cède toujours au Premier ministre ? Quel ennui ! Comme s'il avait été, plutôt que Margot, le troisième membre de ce triangle amoureux – désastreux triangle ! De retour au château, elle monta dans sa chambre et lut au lit, jusqu'à l'heure du dîner. Le soir, elle ne discuta pratiquement qu'avec Bongie et Violet, tandis qu'Edwin, de plus en plus morose, restait terré dans son coin. Quelle étrange créature, si mélancolique ! Pouvait-elle vraiment envisager de partager son existence avec lui ?

Tard dans la nuit, elle fut réveillée par un bruissement dans le couloir. Quelqu'un – Edwin – avait glissé un message sous sa porte.

Très chère,

Je rayonnais du plaisir de vous côtoyer – et je suis comme une bête en cage, feulant et faisant les cent pas devant celle que je désire, inaccessible à travers les barreaux.

La plus grande partie de mon temps, je l'ai passée sans même qu'il me soit lancé un mot, pour étancher ma soif ; je suis consumé par la faim et la jalousie. Je ne pouvais pas le laisser partir seul en ville, non, même si j'aurais tant aimé saisir cette merveilleuse occasion. Si seulement vous en aviez autant de regret que moi – ah, toujours ce « si » ! N'aurai-je donc jamais aucun droit ? Je serai prêt demain à cette promenade, que rien ne doit pouvoir empêcher et voudrais vous proposer aussi quelque chose lundi.

Votre E. S. Montagu, encagé, espérant, inquiet.

Que voulait-il dire par « N'aurai-je donc jamais aucun droit ? ». Ce dernier mot la glaça. Était-ce donc ainsi qu'il concevait le mariage ? Elle ne supportait pas l'idée qu'un homme puisse avoir des droits sur elle.

Néanmoins, le dimanche matin, après le petit déjeuner, elle le retrouva sur la terrasse, où il fumait une cigarette, et lui demanda s'il voulait se promener avec elle dans le parc du château.

« Oui, il se trouve que cela me convient », lui répondit-il avec un regard qu'elle jugea assez froid.

Puis il jeta sa cigarette.

Ils descendirent sans prononcer un mot jusqu'à l'allée de gravier. Elle se rendit compte qu'il rechignait encore, et qu'il attendait qu'elle entame la conversation.

Ce qu'elle venait tout juste de faire par un « Ne sommes-nous pas un peu en froid ces derniers temps ? » dont elle ne savait guère où il pouvait les conduire, lorsqu'elle entendit une voix de femme les appeler. Ils se retournèrent tous deux : Margot Asquith descendait du perron pour les rejoindre. Ils s'arrêtèrent pour lui en laisser le temps.

« Puis-je vous tenir compagnie ? »

Sans attendre leur réponse, elle insinua sa maigre personne entre eux, leur prenant à chacun le bras.

« Cette partie du jardin est si jolie, le matin ! J'essaie toujours d'y faire quelques pas. »

Au bout de quelques mètres, elle s'arrêta.

« Oh ! J'ai oublié mes gants. Cher Edwin, soyez un ange, et allez me les chercher, vous voulez bien ? Ils sont dans le salon, sur le guéridon.

— Bien sûr, Margot, répondit-il malgré le regard implorant de Venetia. J'en ai pour une seconde. »

Dès qu'il eut le dos tourné, Margot tendit le bras vers un banc.

« Si nous l'attendions ici ? »

Elles s'assirent côte à côte, face à la pelouse, mal à leur aise. Venetia avait la gorge sèche et l'esprit en alerte. Depuis combien de temps ne s'était-elle pas retrouvée en tête à tête avec Margot ?

« Vous me détestez, Venetia ?

— Non, Margot. Pas le moins du monde.

— Alors pourquoi poursuivre cette relation avec mon mari ? »

La question lui fit l'effet d'une gifle.

« Je ne la poursuis nullement.

— Eh bien, dans ce cas... Pourquoi l'encouragez-vous à vous poursuivre, vous ?

— Je ne l'encourage nullement.

— Vraiment ? siffla Margot, en raclant le gravier du bout de son élégante bottine. Vous n'étiez pas au dîner d'anniversaire, l'autre jour, si je ne me trompe. Il nous a raconté cette formidable anecdote sur la visite qu'il a rendue au roi à Biarritz, pour son investiture. Ce qu'il a omis, dans sa petite histoire, c'est le télégramme qu'il m'a envoyé juste après avoir baisé ces mains. Je m'en souviens mot pour mot : *RENTRE DEMAIN INVITE GREY À DINER ET UNE OU DEUX JOLIES FEMMES*. Pour ne rien vous cacher, je n'ai pas invité de femmes à cette occasion, jolies ou laides, ce qui l'a quelque peu fâché. Mais vous voyez : c'est dans sa nature. Je ne peux pas dire que j'apprécie beaucoup cette facette de sa personnalité, ce besoin de rechercher la compagnie de jolies jeunes femmes qui puissent le féliciter, le flatter. Les Pamela, les Viola, les Dorothy et autres. Mais je l'ai supporté, pour son bien. C'étaient des jeunes femmes bien élevées, très convenables. Je les connaissais, je savais qu'elles mettraient rapidement le holà. Et puis, vous êtes arrivée. »

Margot se retourna alors pour la dévisager d'un regard inquisiteur, terrible, rendu tranchant par la colère, la douleur et, pire encore – car cela ne ressemblait guère à cette femme –, la fragilité.

« Vous l'avez encouragé comme aucune de ces filles. Vous êtes plus intelligente qu'elles, il est vrai, plus politique. Et vous n'avez cure de ce que les autres peuvent ressentir, ce qui n'était pas leur cas. J'en rends responsable cette égoïste “Coterie” dont vous êtes membre, et que vous trouvez tous si moderne, si audacieuse. Ah ! Où sont-ils, vos jeunes cyniques, aujourd'hui ? Des cadavres sur les barbelés. Cette guerre, c'est la punition que mérite l'infernale vanité de votre génération.

— Je ne pense pas que vous puissiez nous rendre responsables de cette guerre, protesta Venetia, retrouvant enfin sa voix.

— Non, mais c'est une juste récompense. C'est votre hypocrisie, Venetia, que je ne puis tolérer. Je vous ai reçue à déjeuner, à dîner, dans mes fêtes. Je vous ai hébergée sous mon toit. Et vous m'avez menti. Menti sans cesse. Je ne vous demande pas de renoncer à Henry. Je sais que cela ne sert à rien. Je ne m'abaisserai jamais à vous supplier. Mais je veux que vous sachiez que votre conduite est immorale, répréhensible, et que je suis au courant de tout. Je n'ai rien d'autre à vous dire. »

Elle redressa la tête et regarda par-dessus l'épaule de Venetia.

« Voici Edwin de retour avec mes gants. Je vous laisse continuer votre promenade. »

C'était la dernière chose dont Venetia était capable en cet instant. Elle se leva d'un bond, remonta en courant l'allée, frôlant au passage un Edwin abasourdi, et rejoignit sa chambre par l'escalier en colimaçon.

Elle n'en sortit pas le reste de la journée, arguant d'un mal de tête qui n'était plus une excuse diplomatique, mais une authentique migraine. Elle ferma les volets et se coucha, presque aveuglée par la douleur qui lui broyait les globes oculaires. Les mots de Margot ne cessaient de lui marteler les tempes. Elle ne ressentait ni colère ni honte, plutôt une immense lassitude doublée d'une douleur physique, comme si on l'avait rouée de coups. Elle ne descendit ni pour déjeuner ni pour dîner, refusa la proposition que Violet lui avait faite d'un plateau avec quelques victuailles. Un peu après 21 heures, elle fit sa valise et la descendit jusqu'à la salle à manger. Les autres avaient tout juste fini de dîner.

Sa réapparition provoqua une salve de questions inquiètes sur sa santé.

« Merci, il me semble que le mal régresse. Je suis navrée d'avoir été d'une aussi piètre compagnie. J'ai passé des moments inoubliables ici, mais j'aimerais pouvoir rentrer à Londres, maintenant.

— Il faut rentrer avec nous, dit le Premier ministre. Nous ne manquons pas de place dans la Napier.

— Mais oui, dit Margot. Rentrez avec nous, Venetia.

— Je peux vous raccompagner, proposa Montagu. Je serai seul. »

Elle les regarda tous les trois, hésitante. Ce fut Raymond qui lui sauva la mise.

« Pourquoi ne pas rentrer avec Katharine et moi ? Simplement, il faut que nous partions tout de suite.

— Ce qui me convient très bien, si cela ne t'ennuie pas. Ma valise est prête. »

Elle embrassa la compagnie, y compris Margot, qui la prit dans ses bras comme si de rien n'était.

« Nous nous revoyons mardi, dit le Premier ministre.

— Mardi ? s'enquit sèchement sa femme.

— Venetia m'accorde une visite guidée du London Hospital.

— Mais nous sommes à Windsor, chez le roi et la reine, lundi et mardi soir.

— Je crains qu'il ne me faille retourner à Londres dans la journée du mardi, pour travailler.

— Travailler, répéta Margot. Ah ! C'est parfait pour vous deux.

— Il faut que nous parlions, chuchota Montagu à l'oreille de Venetia.

— Je vous écrirai en rentrant. »

Raymond n'avait pas de chauffeur. Pouvait-elle monter sur la banquette avant, à côté de lui ?

« C'est sans doute préférable, avec mon mal de tête.

— Bien sûr. Katharine, ça ne t'ennuie pas d'avoir la banquette arrière pour toi seule ?

— Non, je suis fatiguée, répondit celle-ci. J'aimerais bien dormir. »

Cinq minutes plus tard, ils descendaient vers le village.

Venetia se retourna pour voir disparaître les lumières du château.

« Seigneur, dit-elle avec un soupir de profond soulagement, quel week-end épuisant ! J'ai l'impression d'avoir joué pendant trois jours dans une pièce d'Ibsen.

— Je dirais Strindberg, plutôt, ma chère. Il se passait tellement de choses au-delà des apparences que j'ai eu du mal à suivre. Margot n'est-elle pas souveraine à ce jeu ?

— Elle m'a tendu une embuscade ce matin. Elle prétend que la Coterie est la seule responsable de la guerre.

— Elle n'a peut-être pas complètement tort, tu sais. J'ai l'impression que le monde va à sa perte depuis que le pauvre Denis a sauté dans la Tamise. Et pourtant, il aurait adoré ça. La guerre a été inventée pour les types comme lui. Quel dommage qu'il soit parti avant ! Cela dit, il aurait sans doute déjà été tué, à l'heure où nous parlons.

— C'est horrible, ce que tu dis, Raymond, l'interrompit Katharine de la banquette arrière. Je fais encore des cauchemars avec cette histoire de Tamise. »

Raymond décocha un clin d'œil à Venetia. La conversation ne reprit pas. Le temps qu'ils arrivent sur la route de Douvres, Katharine s'était endormie, comme l'attestait un léger ronflement.

« Je ne lui en ai pas encore parlé, chuchota Raymond après lui avoir lancé un regard dans le rétroviseur, mais j'ai enfin mon brevet d'officier. Je pars en France avec les Guards à la fin du mois.

— N'est-ce pas toi qui ne croyais pas à la guerre ?

— Et c'est toujours le cas. C'est complètement absurde. Winston et lord Kitchener du Chaos ne savent pas ce qu'ils font, c'est évident.

— Alors pourquoi pars-tu ?

— Parce que je ne veux pas passer le reste de ma vie – si tant est que je m'en sorte vivant – à expliquer au reste du monde pourquoi je n'y suis pas allé. Ce serait d'un ennui mortel, pas vrai ?

— Tu t'en sortiras, Raymond. Tu es indestructible.

— Tu crois ? Au rythme où ça tourne, j'ai l'impression que nous allons tous finir six pieds sous terre. »

Suivit un long silence.

« Raymond, tu crois que je devrais épouser Edwin ?

— Pourquoi pas ? Il est riche. C'est un chic type. Ça choquerait exactement les gens que ça doit choquer. Et tu ferais une adorable mariée juive.

— Mais je ne suis pas sûre de pouvoir supporter l'idée de partager son lit.

— Je ne sais pas si ce sera nécessaire.

— Que veux-tu dire ?

— Oh, Vinny ! Ne me dis pas que tu ne t'en es jamais rendu compte ! Je ne crois pas que ses penchants l'y poussent. »

- 29 -

Le Premier ministre quitta Downing Street en compagnie de Margot le lendemain, en fin d'après-midi, pour se rendre en automobile au château de Windsor. George, son valet, voyagea sur la banquette avant, entre Horwood et la femme de chambre de Margot.

Le Premier ministre n'était pas de bonne humeur. Il avait la sourde impression que le week-end à Walmer, tant espéré, n'avait pas été un succès, sans qu'il sache trop pourquoi. Venetia ne lui avait pas écrit, pas même pour le remercier. Margot était insupportable. Il avait des monceaux de documents à lire, des décisions à prendre. Et dire qu'il fallait les laisser de côté pour cette escapade sans intérêt ! L'époque où il éprouvait encore un frisson de plaisir à l'idée de passer du temps à Windsor en compagnie du roi et de la reine d'Angleterre était révolue.

Les convives étaient plus ennuyeux encore que ce qu'il avait craint : lord et lady Minto ; lord et lady Mieux ; le marquis de Soveral, ancien ambassadeur du Portugal, que le Kaiser surnommait « le singe bleu » ; l'antique lady Coke, qui lui confia qu'elle avait séjourné deux fois au château de Walmer, avec le duc de Wellington ; le prince de Galles, qui insuffla tout de même un peu de charme dans ce terne dîner et passa la soirée à flirter avec Portia Cadogan, la seule jeune personne qu'il trouvât agréable à l'œil. Le pire dans tout cela était que le roi, ayant décidé de participer à la grande campagne de tempérance concoctée par Lloyd George afin de réduire la consommation de spiritueux dans les usines d'armement, s'était solennellement engagé à ne plus servir ni boire une goutte d'alcool jusqu'à la fin de la guerre. Le Premier ministre avait le choix entre l'eau minérale et le sirop de fleurs de sureau. Ce fut avec soulagement qu'il entendit le roi annoncer que la reine et lui allaient se coucher, et que tous ses invités étaient libres de faire de même.

Il emprunta au côté de Margot le long couloir incurvé qui conduisait à leurs deux chambres dans un état de grande frustration.

« Tu n'as pas dit grand-chose à table. Tu étais fatigué, Henry ? Tu avais froid ?

— Non, je mourais d'ennui. Je partirai tôt demain matin. Nous nous reverrons pour le dîner. »

Et sur ces mots, il entra dans sa chambre sans un regard pour elle.

Il regretta sitôt la porte fermée d'avoir été si brusque. Lorsqu'il la rouvrit pour présenter ses excuses à sa femme et l'embrasser, le couloir était désert.

Le lendemain matin, George lui apporta une lettre alors qu'il montait dans la Napier.

« Mrs Asquith m'a prié de vous transmettre ce pli, Monsieur. »

Windsor Castle
5 h du matin
Mon très cher Henry,

Comment peux-tu me traiter d'une aussi cruelle manière ? Je n'ai pu fermer l'œil de la nuit, seule dans mon lit, en proie à la plus grande tristesse. Je sais que tu me trouves insolente, snob, indiscrète et quelconque, mais as-tu vraiment besoin de me tournebouler, de m'humilier à ce point ? Je n'ai jamais essayé d'intervenir dans ta relation avec Venetia, même si j'en ai été bien souvent irritée. Mais je crains qu'elle ne m'ait, ces derniers temps, complètement supplantée dans ton cœur. Elle a nombre de qualités – compatissante, gentille, &c – mais elle conspire dans mon dos depuis le début, avec la complicité de Violet. Elle mène une existence détestable à mes yeux, n'a pas la moindre sensibilité intellectuelle ou morale, le moindre principe. Je sais que je ne suis plus si jeune & que les hommes, quand ils prennent de l'âge, sont attirés par un autre type de femme, mais de voir notre si précieuse intimité piétinée de cette manière me ravage le cœur. Je suis désolée d'écrire les choses dans ces termes, sachant à quel point tu es assailli de problèmes d'un autre ordre, mais il fallait que je te dise tout cela, mon très cher Henry...

Ta Margot qui t'aime (encore et toujours)

Tandis que la Napier filait sur la route de Londres, il garda les yeux fixés sur la vitre, la lettre dans la main, parcourant en esprit ces vingt dernières années. Margot était la première à l'avoir appelé Henry. Trouvant Herbert trop ordinaire, elle préférait utiliser son second prénom, ce qui ne l'avait pas gêné. « Tu peux m'appeler comme tu veux. » Certains de ses vieux amis, Haldane, par exemple, le pensaient corrompu par ce que Margot lui avait apporté : l'immense demeure de Cavendish Square, les mondanités sans fin, l'inexorable ambition dont elle faisait montre. N'avait-il pas pu devenir Premier ministre grâce à la fortune de Margot, qui lui avait permis de fermer son cabinet d'avocat ? L'idée qu'elle puisse se sentir « tourneboulée, humiliée » lui était détestable. Cela lui ressemblait si peu.

En rentrant au n° 10, il s'enferma immédiatement dans la salle du Cabinet pour lui répondre. Il aurait voulu lui écrire que le cœur humain avait plusieurs ventricules, qu'il était possible d'aimer plusieurs personnes à la fois. Le politique en lui l'emporta. Il finit par lui écrire une prudente réplique, qui frôlait le mensonge sans vraiment y céder.

Ma très chère – ta lettre m'a grandement attristé, et je veux te dire sans tarder que les doutes & les craintes qu'elle exprime, ou suggère, n'ont aucun fondement... Mon affection pour Venetia n'a jamais interféré & ne le pourra jamais avec notre relation... Je n'ai jamais volontairement omis de te cacher des choses que j'aurais dites à d'autres...

« Jamais volontairement », cela lui plaisait bien.

J'ai vécu ces trois dernières années sous une pression constante, d'une intensité telle qu'elle ne peut, je crois, être ou avoir été ressentie que par une poignée d'individus sur cette terre, morts ou vivants... On m'attribue un tempérament serein, « imperturbable », & je fais de mon mieux en effet pour me maîtriser. Mais, je le sais, je suis souvent frustré, souvent impatient, & cela me fait devenir brusque & parfois taciturne. Je sais que tu en as souffert plus que quiconque & suis sincèrement navré mais crois-moi ma chérie ce n'est pas faute de t'aimer & de te faire confiance. Cela n'a pas changé, ne changera jamais.

Ton cher mari, à toi toujours.

Il fit porter la lettre à Windsor par coursier exprès, avant de se consacrer aux nombreux problèmes qui s'étaient accumulés en son absence. À commencer par un exemplaire du *Times* du même jour, édition du matin, auquel Bongie avait agrafé une note pour attirer son attention sur un des articles de première page. Lequel accusait le Premier ministre de tous les échecs de la guerre, lui reprochant notamment de n'avoir pas pris la mesure de la pénurie de munitions.

S'il s'y était appliqué dès les premiers jours, il aurait sans nul doute surmonté ce problème, car lorsqu'il s'attelle à la résolution d'une difficulté majeure, il en sort la plupart du temps victorieux. Hélas ! Il ne consent en général cet effort qu'en y étant forcé sans échappatoire possible par une dégradation manifeste de la situation entraînant des dommages irrémédiables. Et c'est la raison pour laquelle notre armement est en crise.

Il appela immédiatement Bongie.

« C'est particulièrement malveillant, dit-il, même pour Northcliffe. Nous répondrons. Où est passé Kitchener ?

— Il est en France, monsieur.

— Envoyez un câble, il doit dès que possible discuter de cette question avec sir John French, pour savoir exactement de quoi il retourne. Vous m'aviez suggéré d'aller parler aux ouvriers de l'armement à Newcastle, je crois ? Organisez-moi cela pour la semaine prochaine. »

À midi, il présida une réunion du Cabinet. Il les regarda tous, les uns après les autres, se demanda lesquels d'entre eux s'étaient entretenus avec Northcliffe – qui étaient les fidèles et qui étaient les traîtres. Son regard ne cessait de se poser sur Lloyd George.

Venetia arriva au n° 10 à 13 heures.

Elle avait encore la tête pleine des propos échangés à Walmer Castle, et se souvenait tout particulièrement du commentaire sibyllin de Raymond sur Edwin : *Je ne crois pas que ses penchants l'y poussent.*

« Qu'entends-tu par là ?

— Oh, pas grand-chose, en fait. Ce sont des bruits qui courent sur l'époque où il était à Cambridge, avec un certain Keynes… Il fait si froid là-bas, la campagne est si morne que les gens deviennent fous et s'adonnent à toutes sortes de pratiques bizarres. »

Après cette remarque, il avait changé de sujet.

Elle avait préféré ne pas y penser dans un premier temps. Et puis, plus elle y réfléchissait, plus la chose lui semblait fournir une explication plausible aux nombreuses névroses d'Edwin. Peut-être était-ce la raison pour laquelle il n'avait jamais semblé porter un intérêt sentimental aux femmes, la raison aussi pour laquelle elle n'avait jamais détecté la moindre sensualité dans ses relations avec les individus : il n'en dégageait pas plus qu'il n'en était le destinataire. Quel gâchis ! Et s'il était une chose dont elle n'avait ce jour-là aucune envie, c'était d'accompagner le Premier ministre au London Hospital. Lui, cependant, y tenait particulièrement. Après un déjeuner dans la petite salle à manger, en tête à tête, ils se mirent en route.

Elle sut, dès leur arrivée à l'hôpital, que cette visite était une erreur. Les responsables de l'établissement, y compris miss Luckes, qui marchait avec deux cannes, et le président du conseil d'administration, le vicomte Knutsford, s'étaient sagement alignés dans le hall pour saluer leur éminent visiteur. Venetia tenta de rester dans la queue du cortège ; mais le Premier ministre l'appela pour la présenter aux sommités.

« Vous connaissez sûrement ma chère amie, miss Stanley. C'est vous, je crois, qui m'en avez privé ces trois derniers mois. »

Ils visitèrent l'aile ouest et le service de consultation. Ils traversèrent la pelouse, sur laquelle quelques soldats prenaient le soleil ; il alla leur parler. On lui montra la faculté de médecine et les salles d'opération ; il voulut voir la salle Charrington, parce qu'elle y avait travaillé. Il traversa l'allée centrale sous les regards sidérés des patients et de leurs familles, en distribuant des signes de la tête avisés – peut-être se croyait-il dans une garden-party ? Et de nouveau, songea-t-elle, ce besoin de faire montre de son pouvoir, ces parades de paon ! Lorsqu'il annonça qu'il voulait achever sa visite par le foyer des infirmières, elle eut une folle envie de fuir loin des regards.

« Cela ne fait pas vraiment partie de l'hôpital, dit lord Knutsford, abasourdi.

— J'aimerais quand même avoir sous les yeux l'endroit où miss Stanley a passé ces trois longs mois.

— Cela n'a rien de spectaculaire, mais si vous y tenez vraiment... »

Knutsford décocha un regard à miss Luckes, qui haussa les épaules.

« ... Bien, je comprends. »

Et tandis qu'ils s'engouffraient dans le passage couvert, Venetia se rapprocha du Premier ministre.

« Voyons, Premier, c'est mortifiant.

— Pourquoi ? demanda-t-il avec un regard perplexe.

— Tu n'as pas remarqué la manière dont ils me regardaient, tous ?

— Non, je n'ai rien remarqué. Quel mal y a-t-il à vouloir visiter le foyer ? »

Oh, songeait-elle, pourvu qu'il n'y ait personne dans la cuisine ! Vain espoir : il était presque 16 heures et c'était le moment où les équipes de jour prenaient leur pause. La table était entièrement occupée par des infirmières épuisées, qui se levèrent en rangs désordonnés quand le Premier ministre fit son entrée, flanqué de l'état-major de l'établissement. Il voulut être présenté à toutes et leur serra la main, aux unes après les autres. Sous les yeux horrifiés de Venetia, certaines de ces jeunes femmes, qui la semaine précédente étaient ses collègues, accordèrent même une révérence au grand homme. Elle sentit le poids de leur regard, et la vie parallèle qu'elle s'était si soigneusement construite ces trois derniers mois – dans laquelle elle n'était que « cette bonne vieille Bea », Bea l'abeille, comme on la surnommait, travailleuse et joviale, « pas prétentieuse pour un sou ; de la haute, c'est sûr, mais il y en a des bien » –, cette vie lui apparut sous son vrai jour : elle n'avait été que mensonge.

Après avoir refusé une tasse de thé, le Premier ministre lui adressa un grand sourire.

« Il y a encore un endroit que j'aimerais bien voir, ma chère – c'est votre chambre.

— Non, répliqua-t-elle avec une véhémence qui la prit par surprise. C'est hors de question, je suppose, infirmière-chef ? »

Miss Luckes s'interposa, cannes bien en main, entre le Premier ministre et la porte.

« Je crains, monsieur le Premier ministre, que nos règles soient catégoriques à ce sujet. Pas de visiteur de sexe masculin dans les chambres. Et cela ne souffre aucune exception.

— Si j'ai appris quelque chose dans ma longue vie d'homme politique, dit-il, ébranlé par la fermeté de son ton, c'est à ne jamais discuter avec les infirmières-chefs ! »

Et de lancer de grands sourires à l'assemblée.

« Mesdemoiselles, je vous remercie de votre dévouement. La nation vous en est reconnaissante. »

Et sur ces bonnes paroles, la visite se conclut, au grand soulagement de Venetia. Après avoir pris congé de lord Knutsford dans le vestibule de l'entrée principale, ils se retrouvèrent dans Whitechapel Road.

« Quelle joie, ma chérie, d'avoir vu tout cela ! J'espère que cela ne t'a pas trop gênée ?

— Gênée ? répéta-t-elle avec un rire nerveux. Je dois dire que la dernière partie a été un vrai supplice. J'ai bien envie de retourner les voir pour leur expliquer.

— Leur expliquer quoi ?

— Que je ne leur ai pas menti, pendant ces mois où j'ai travaillé avec elles. Feignant d'être comme elles, les trompant sur ma personne.

— Mais tu n'es pas comme elles, Venetia. »

Elle ne sut que répondre à cela. Puis :

« Eh bien, si c'est le cas... C'est regrettable.

— Tu ne veux pas que je te raccompagne à Mansfield Street ?

— Non, merci, je peux me débrouiller seule.

— Et quand te reverrai-je ?

— Je ne sais pas. Je pars à Alderley demain.

— Tu y seras pendant le week-end ?

— Oui. »

Il attendait, bien sûr, une invitation. Il avait l'air si désolé qu'elle lui prit la main.

« Au revoir, Premier. J'espère que tu t'amuseras davantage ce soir à Windsor.

— Tu m'écriras ?

— Dès que je saurai ce qui m'attend. »

Elle regarda la Napier démarrer. La route à suivre lui apparaissait désormais avec une grande clarté. Dès que l'automobile eut disparu dans la circulation, elle tourna le dos à l'hôpital et rejoignit la foule sur le trottoir de Whitechapel Road. Du premier bureau de poste devant lequel elle passa, elle envoya ce télégramme à Montagu, à son adresse des Treasury Chambers : *S'IL VOUS PLAÎT VENEZ À ALDERLEY CE WEEK-END. NOUS DISCUTERONS. NE ME DITES PAS NON. VOTRE VENETIA.*

Le Premier ministre passa travailler deux heures au nº 10 ; en fin d'après-midi, il emprunta la Great West Road jusqu'à Windsor. En sortant de la Napier, il s'arrêta un instant à l'ombre de la grande tour ronde, pour se donner du courage, comme s'il devait convaincre un Cabinet réfractaire, ou conduire un débat à la Chambre des communes. Puis il alla directement à la porte de Margot.

Il frappa discrètement et prononça son nom. Pas de réponse. Il ouvrit la porte.

Elle était couchée dans le noir.

« Puis-je entrer ? »

Pas de réponse.

Il alla se coucher sur le lit, tout contre elle.

« Je te remercie pour ton adorable petite lettre, Henry. C'était gentil de me répondre si vite.

— J'espère que cela t'a rassurée. Nous avons affronté tant d'écueils ensemble... Rien ne peut nous séparer, Margot. »

Elle se tourna vers lui pour l'embrasser.

« Ce sont les paroles que j'attendais de toi, Henry. »

Ils restèrent étendus l'un à côté de l'autre sans rien dire pendant quelques minutes.

« Ah, finit-il par soupirer, il va falloir que j'aille me changer pour ce fichu dîner. Tu te rends compte ? Régner sur un empire de presque cinq cents millions de sujets et se débrouiller pour en extraire ses douze représentants les plus mortellement ennuyeux et les réunir à la même table. C'est une forme de génie, je pense. Bah ! Cette fois-ci, j'ai mon arme secrète.

— C'est-à-dire ? »

Il sortit de la poche intérieure de son veston une flasque de brandy.

« Henry, tu es incorrigible ! »

Une fois dans sa chambre, il se mit à la fenêtre pour regarder le parc, les chevreuils qui paissaient sur l'immense pelouse, au milieu des grands vieux arbres, et songer à Venetia.

Le lendemain, dès son retour de Londres, Bongie lui apporta un câble de Kitchener dans la salle du Cabinet.

J'ai discuté avec French. Il m'a dit que je pouvais vous faire savoir qu'avec son stock actuel de munitions, il aura tout ce dont ses troupes auront besoin pour leur prochain mouvement.

Dans l'après-midi, il écrivit ceci à Venetia, à son adresse d'Alderley :

Mon adorée – j'avais le vague espoir que tu puisses m'écrire quelques lignes avant de partir aujourd'hui... Mais je t'imagine très occupée...

Je t'envoie – garde-le ou détruis-le, comme tu préfères – un message que j'ai reçu vers midi de K, dans lequel il me résume l'entretien secret qu'il a eu avec sir J. French. Tu verras que cela montre à quel point le mensonge inventé hier par le Times *est abject. Nous ne manquons pas de munitions, nous ne retardons pas nos mouvements ni ceux des Français. Bien sûr, cela est absolument confidentiel.*

Les mesures ont été prises pour que j'aille à Newcastle la semaine prochaine, ma., me. ou je., pour un meeting où je parlerai de tout cela. Je crois que c'est une bonne occasion, si j'arrive à la saisir. Je suis certain, ma très douce, ma très sage, que tu es d'accord. Ah, si tu pouvais être dans l'assistance... C'est possible, tu crois ? Quand tu es là, je parle mille fois mieux...

Je continuerai à tout te dire, de ce qui se passe autour de moi, de ce qui se passe en moi, jusqu'à ce que tu me demandes d'arrêter. Et si cela se produisait, je murmurerais tel Hamlet, « le reste est silence » et le rideau tomberait. Mais cela ne se produira pas. Ou bien ? Mon cher amour, mon espoir.

À toi, toujours.

***

En fin de journée, le vendredi, Venetia alla chercher Edwin à la gare d'Alderley. Elle attendit le train à l'entrée du quai et vit arriver le petit convoi dans une nuée de vapeur. Edwin descendit du train, en haut-de-forme, vêtu d'un long manteau bien trop chaud pour ce mois d'avril, sa canne dans une main, sa grosse valise dans l'autre. Il s'immobilisa sur le quai, perplexe, regarda de tous côtés, commença à marcher dans la mauvaise direction, se rendit compte de son erreur, se retourna, la vit, posa sa valise, ôta son chapeau, l'agita au-dessus de sa tête et se hâta de la rejoindre. Il avait les joues roses, le front en nage, et sentait l'eau de Cologne.

« C'est tellement gentil à vous d'être venu !

— Ma chère Venetia, le plaisir est pour moi. J'ai du mal à en croire ma chance : deux week-ends de suite !

— Espérons que celui-ci se passera mieux que le précédent.

— Il peut difficilement être pire ! »

Alderley faisait alors office de refuge pour quelques vieux parents isolés des Stanley : l'oncle Algernon, qui avait prolongé *sine die* son exil du Vatican, tante Rosalind, la comtesse douairière de Crewe et tante Maud, quatre-vingt-un ans et célibataire qui, après une vie entière à alléger les souffrances des pauvres dans les taudis de Londres, s'était retirée à la campagne pour soigner son cœur malade. Quand le gong eut sonné, ils descendirent tous de leurs chambres respectives pour dîner ; elle put constater avec quel naturel Edwin les traitait, prenant soin des vieilles dames sourdes, traitant avec déférence les vieux messieurs, même lorsque Algernon, qui portait une immense croix incrustée de joyaux sur sa bedaine drapée de soie violette, lui demanda d'une voix sonore s'il comptait respecter le sabbat juif.

« Non, monseigneur, je ne respecte aucun des rituels du judaïsme orthodoxe.

— Et puis-je vous demander pourquoi ?

— Parce qu'ils n'ont aucune valeur intellectuelle à mes yeux ; et que je suis, culturellement parlant, parfaitement intégré à la société anglaise. Dès que j'ai un peu de temps libre, je le passe en général à observer les oiseaux.

— Sous notre toit, vous pouvez faire comme vous l'entendez, s'interposa lord Sheffield. Les Stanley fréquentent Dieu sous toutes Ses formes, même celle de Son absence. »

Le lendemain matin, Venetia alla donc « observer les oiseaux » avec Edwin. En costume de tweed, casquette et jumelles au cou, il partit gaiement à la rencontre de la faune d'Alderley. Quand bien même elle trouvait ce passe-temps curieux chez un homme aussi urbain, il y mit tout son cœur, lui faisant traverser la forêt et longer le lac, lui montrant des oiseaux qu'elle n'avait jamais remarqués – grives draines, pouillots véloces et roitelets huppés, lui prêtant les jumelles et l'étreignant par-derrière, sans embarras aucun, pour l'aider à les régler. Elle était émue de le voir si heureux. Finalement, se dit-elle, je l'aime peut-être, ou du moins je sais que la chose n'est pas impossible.

Le dimanche matin, ils retournèrent ensemble dans le parc, arpentant la forêt pendant une heure, finissant par y dénicher un ravissant petit oiseau, « une mésange charbonnière », lui dit-il, avant de noter le nom dans son carnet.

« Avez-vous des nouvelles du Premier ministre ? lui demanda-t-il, sur le chemin du retour.

— Oui, bien sûr, plusieurs fois par jour.

— Que vous raconte-t-il d'intéressant ? C'est peut-être indiscret. Vous n'êtes pas obligée de me répondre.

— Ses lettres sont toujours intéressantes. Jeudi, il m'a envoyé un message de Kitchener concernant la question des munitions.

— Un message ? Vous voulez dire, la lettre, le papier ? demanda-t-il, visiblement surpris.

— Oui. Voulez-vous le voir ?

— Oh, je ne veux pas vous mettre dans l'embarras.

— Non, je pense que je peux vous le montrer sans risque. Mais n'en parlez à personne. »

Elle le fit monter dans son boudoir, s'agenouilla sur le tapis et ouvrit le coffre bariolé, à présent presque plein.

« *Voilà**.

— Toutes ces lettres viennent de lui ?

— Exactement. Je crois qu'il y en a plus de cinq cents.

— Je n'avais aucune idée de l'ampleur de la chose, dit Montagu, atterré. C'est de la folie.

— Je sais. Tenez, voici celle de Kitchener. »

Il la lui prit des mains, la lut, debout devant elle, secouant la tête tant son incrédulité était grande.

« Ce sont des documents confidentiels, qui devraient être conservés sous clef au n° 10. Il vous fait souvent suivre ce genre de choses ?

— Sans cesse, Edwin. Certaines fois, le document est même estampillé secret. Autant vous dire que je n'aime pas les avoir ici, sous ce toit. Il me montre aussi parfois des télégrammes, lors de nos promenades en voiture.

— Quelle sorte de télégrammes ?

— Des télégrammes décryptés qui viennent des ambassades, via le Foreign Office. L'an dernier, il lui était même venu la sotte manie de les froisser et de les jeter par la vitre après me les avoir fait lire. On en a retrouvé un peu partout. Les gens les rapportaient dans les commissariats.

— Dans les commissariats ? La police était donc au courant ? »

Il se laissa tomber sur le canapé.

« Ils ont enquêté ?

— Les télégrammes retrouvés ont été remis au Foreign Office. Apparemment, ceux-ci ne sont communiqués qu'à cinq personnes au Cabinet. Grey, le Premier, Winston, Kitchener et Harcourt. Grey a fait circuler une boîte contenant les morceaux de pelure pour demander aux quatre autres s'ils étaient responsables de ces fuites.

— Et le Premier... a avoué ?

— Pas du tout. Il a nié.

— Y a-t-il eu une suite ?

— Aucune, à ma connaissance. J'ai pensé qu'ils avaient clos le dossier. Pourquoi ? Vous croyez que la chose a pu ne pas en rester là ?

— Aucune idée. Mais c'est sans doute Scotland Yard qui a transmis ces documents au Foreign Office, ce qui signifie que les services spéciaux ont dû être impliqués à un moment ou à un autre. »

Edwin se mordilla la lèvre inférieure, songeur.

« Peut-être ont-ils laissé tomber ? Qui sait, réfléchit-il à haute voix, oui, peut-être, étant donné le statut assez particulier des suspects... Vous n'avez rien remarqué d'inhabituel ces derniers temps, Venetia ?

— C'est-à-dire ?

— Oh, je ne sais pas, répondit-il avec un rire inquiet. Des hommes en pardessus rôdant autour du château... Des vols inexplicables. Des lettres qui ont pu être ouvertes.

— Il me semble que... les lettres, effectivement, ne circulent plus aussi vite. Cela peut prendre une journée, une demi-journée de plus, ce que j'ai mis sur le compte de la guerre. Sinon... L'été dernier, lorsque j'ai quitté Penrhos pour passer une semaine à Londres, j'ai retrouvé le cadenas de ce coffre ouvert, alors que j'étais certaine de l'avoir fermé avant de partir. C'est tout. »

Et dire qu'elle avait oublié ce détail ! Un frisson la parcourut.

« Vous pensez qu'il y a une enquête ? Que je pourrais être visée ?

— Non, c'est peu probable. Mais vous savez, les Services secrets sont obsédés par la présence éventuelle d'espions allemands. Je vous rends ceci, soupira-t-il en lui tendant la lettre de Kitchener. Il faudrait soit lui restituer ces documents, soit les mettre en sécurité, chez votre banquier, par exemple. Votre boîte à joujoux est bien trop facile à forcer. »

À genoux sur le tapis, elle rangea la lettre dans le coffre qu'elle referma et dont elle verrouilla le cadenas.

« Quel imbroglio, soupira-t-elle.

— On peut le dire. »

Elle sentit alors que le moment était venu, à la fois craint et désiré... Oui, il était bel et bien venu.

« Edwin, mon cher, dit-elle en se retournant vers lui, veux-tu toujours m'épouser ?

— Bien sûr, tu le sais.

— Pouvons-nous en parler ?

— Oui, mille fois oui. C'est ce que j'attends depuis vendredi soir.

— Et puis-je être entièrement franche avec toi ?

— Oui, en toutes circonstances. »

Elle prit place près de lui sur le canapé.

« Tu te souviens de ta première demande en mariage, à Penrhos ?

— Bien sûr !

— Et tu te souviens de cette autre conversation... Je t'avais demandé pourquoi tu m'aimais, et tu m'avais répondu : "C'est parce que vous avez l'esprit d'un homme dans le corps d'une femme."

— Je t'ai dit cela ? Quelle grossièreté ! J'en suis confus.

— Non, il n'y a pas de quoi. Ça ne m'a aucunement vexée. Je trouvais même cela bien vu. Et tu te souviens de ce que j'ai répliqué ? Que toi, tu avais l'esprit d'une femme dans le corps d'un homme ?

— Oui, je me rappelle. C'était tout aussi finement observé.

— Eh bien... Penses-tu que cela puisse être le fondement d'un mariage réussi ?

— Je ne suis pas certain de comprendre, dit-il, le front plissé, la tête penchée sur le côté.

— Je ne suis pas excessivement féminine. Je ne l'ai jamais vraiment été, ni psychologiquement ni physiquement.

— Ah, non ! Tu es d'une beauté...

— Non, Edwin, laisse-moi parler, murmura-t-elle en lui tapotant le genou. Je ne dis pas cela pour que tu me couvres de compliments. Je suis très satisfaite de mon physique. Ce que je veux dire par là, c'est que je relève de ce type de femmes dont on dit qu'elles sont altières, ou impressionnantes, plutôt que belles. Et c'est cela qui t'attire en moi, je pense.

— Où veux-tu en venir ? dit-il, le rouge lui montant aux joues.

— Ah, diable, Edwin, faut-il que je le dise carrément ? Si je te plais à ce point, c'est que je suis quelque peu... *masculine.* »

Suivit un long silence.

« Seigneur !

— Edwin, ne te fâche pas. Tu sais, je me fiche de savoir où tes désirs t'ont conduit autrefois, et où ils continueront peut-être de te conduire. Pour ne pas te mentir, j'en suis même soulagée : je vois maintenant ce à quoi pourrait ressembler notre mariage. Tu me sors d'une terrible ornière, tu m'offres un statut, un but. En retour, je te donne presque tout ce que j'ai. Ma loyauté, ma compagnie et, pour autant que j'en sois capable, mon amour.

— Et ce presque, que signifie-t-il ?

— Je garde ma liberté, Edwin. Et je ne te demande pas de me sacrifier la tienne. »

Il ne répondit pas immédiatement.

« Ce n'est pas tout à fait ce que j'avais imaginé.

— Je comprends. Mais je ne peux pas te donner davantage. »

Nouveau silence.

« J'aimerais bien essayer le... Eh bien, l'union physique.

— Oui, si tu veux. Mais si ça ne marche pas, nous serions libres tous les deux.

— Libres de nous séparer ?

— Non, libres de fréquenter d'autres personnes. En toute discrétion.

— Ça ira », dit-il en opinant lentement du chef.

Puis il lui prit la main.

« Je ne peux pas dire que ça me plaise beaucoup. Mais ça ira. »

Ils décidèrent de ne parler à personne de leur union future avant d'avoir déterminé la marche à suivre avec le Premier ministre, si bien que ces fiançailles secrètes leur semblaient irréelles. Il leur manquait les effusions, l'enthousiasme. À la table du déjeuner, elle regarda Edwin qui discutait avec son père, songeant : dans quelques mois, cet homme sera mon époux – est-ce croyable ? Tout avait changé – tout, et rien. Dans l'après-midi du dimanche, elle le raccompagna à la gare. Elle eut le sentiment qu'une autre femme arpentait le quai en compagnie d'Edwin, que c'était à une autre femme qu'il parlait du mariage à venir, de la conversion (qu'attendait-on d'elle, combien de temps cela prendrait-il : il en parlerait à son frère), de ses rentes et de bien d'autres détails.

Oui – était-ce encore elle sur ce quai ?

Lorsque le train arriva, elle ferma les yeux et l'embrassa sur les lèvres. C'était mille fois moins déplaisant que ce qu'elle avait craint.

« Tu as fait de moi un homme très heureux », dit Edwin.

En rentrant à Alderley, elle commença une lettre au Premier ministre.

Mon très cher, il me faut en toute honnêteté te prévenir que nous aurons bientôt à discuter de mon avenir. Et cette conversation sera, je pense, une mise à l'épreuve de l'amour que tu me portes. Mais si cet amour est aussi grand que tu le dis, & je crois qu'il l'est en effet, alors j'espère que tu sauras y puiser de quoi souhaiter mon bonheur & me prodiguer tes conseils. Je sais à quel point je puis te rendre malheureux, mais je te promets que c'est la chose que je désire le moins en ce monde. Et bien que ma situation puisse bientôt changer, rien n'altérera jamais les sentiments que je te porte...

Les mots lui venaient facilement, d'ordinaire. Cette lettre-là fut longue à écrire : exposé tortueux, destiné à suggérer plutôt qu'à révéler, une manière comme une autre de préparer le terrain. Et il lui fallut, comme à un diplomate, plusieurs essais pour arriver à ce qu'elle voulait dire.

- 30 -

Le Premier ministre trouva la lettre de Venetia sur son bureau le lendemain soir, juste avant minuit, en retournant au n° 10 après un dîner en ville. Le lendemain, il devait prononcer un discours devant cinq mille ouvriers de l'armement, à Newcastle, discours dont il n'avait pour l'heure écrit que la moitié. Il comptait y travailler la nuit même. À la vue de l'enveloppe, il mit ses notes de côté.

Il lui fallut quelques minutes pour encaisser le choc.

Et bien que ma situation puisse bientôt changer...

Il se prit à penser, à espérer, plutôt, qu'elle faisait là allusion à son départ en France. Mais après avoir relu la lettre une première fois, une deuxième fois, il ne put plus douter. Elle lui parlait... d'un mariage à venir. Il resta assis, immobile, dans le rond de lumière de sa lampe, entouré de ses figurines, cherchant à deviner le nom de son fiancé. Qui cela pouvait-il bien être ? Il n'en avait aucune idée. Au bout d'un long moment, il fut enfin capable de s'emparer d'un porte-plume.

Mon adorée, en rentrant à l'instant je reçois & lis ta lettre de ce dimanche. J'en comprends chaque mot et (ce qui est plus important) je sais lire entre les lignes.

Si tu devais demain m'apprendre que tu vas te marier, j'espère avoir la force de ne pas émettre une seule protestation, une seule tentative de dissuasion. Je ferai de mon mieux pour évaluer en toute honnêteté tes perspectives de bonheur et, partant de ce point de vue, la nature et la personnalité de cet homme m'importeraient énormément. Mais quel qu'il soit, la vie aurait pour moi perdu toute source, toute inspiration, toute perspective...

Il se servit un verre de brandy puis relut le début de son discours. *Ouvriers de Newcastle et de la Tyne, ce n'est pas seulement à vous que je parle ce soir, mais aussi à tous ceux de la côte du Nord-Est...* Puis de nouveau la lettre à Venetia. *Tout ce que je suis, tout ce que je puis être est à toi, aujourd'hui et jusqu'à la fin des temps.* Pendant quelques secondes, il fut saisi de l'envie parfaitement irraisonnable d'intervertir les deux suppliques : à Venetia, l'injonction de redoubler d'efforts patriotiques, de fabriquer des obus par milliers, par millions ; aux hommes du Nord, la déclaration d'amour. Voilà qui aurait fait jaser Northcliffe et ses gratte-papier !

Il finit sa lettre à regret – *il faut maintenant que j'essaie de trouver que dire à Newcastle ! Bonne nuit, mon adorée* – et reprit, esclave du devoir, les notes de son discours.

Le lendemain matin, il partit par le train de 10 heures de King's Cross. Le whip en chef avait, touchante attention, rassemblé quelques ministres de second rang et représentants de la Chambre des communes pour l'accompagner jusqu'à son compartiment. Tandis que le chef de quai sifflait le départ du train, il se pencha à la fenêtre et fit décrire à son haut-de-forme quelques cercles dans les airs avant de se laisser tomber sur la banquette en face de Margot, près de laquelle Elizabeth avait pris place. Le Premier ministre voyageait entre Violet, à sa gauche, et Bongie – et deux boîtes à dépêches – à sa droite. Pauvre jeune homme ! Les relations entre Violet et lui s'étaient considérablement refroidies depuis qu'elle s'était entichée de Rupert Brooke. George Wicks et la femme de chambre de Margot voyageaient en troisième, avec les bagages.

La journée n'avait même pas commencé que le Premier ministre se sentait déjà épuisé. Il n'avait pas bien dormi, effet combiné de la lettre de Venetia et de la nécessité de finir son discours – qui, du reste, ne l'était toujours pas. Il lui fallut travailler, à cela et à la masse de télégrammes et de rapports que transportait Bongie : alors il lut, signa, répondit, compléta, avec sa concentration habituelle, un rouleau compresseur. Quel soulagement que de se noyer dans le travail ! Il ne put trouver le temps d'écrire à Venetia qu'après York.

Je ferai en sorte que mon amour pour toi ne soit pas si égoïste, qu'il soit plus digne de ce que tu es, ma chérie.

Il leva la tête, croisa le regard de Margot, qui suçait une pastille de menthe et le dévisageait de ses petits yeux sombres.

Mais je dois m'interrompre et revenir à mon discours. Demain je t'écrirai à Alderley, puisque tu y restes, si j'ai bien compris. Je sais que tu penses à moi & que tu me souhaites bonne chance.

À 15 h 30, le train entra en gare de Newcastle, où le Premier ministre était attendu par une délégation de la ville : le maire, le conseil municipal, la fanfare, des drapeaux flottant aux poutres, une foule considérable. Il serra les mains de toute la délégation et, pour finir, souffla à l'oreille de Bongie qu'il lui fallait rentrer à l'hôtel et finir son discours.

« Ils ont prévu de nous emmener sur la Tyne, pour visiter les chantiers navals.

— Combien de temps cela prendra-t-il ?

— Deux ou trois heures.

— C'est trop long ! Margot, ma chère, les filles et toi, allez me représenter sur la Tyne. Il faut que je travaille. »

Son départ fut salué par des clameurs de déception. En bon politicien, il n'aimait pas tourner le dos à de potentiels électeurs, mais qu'y pouvait-il ? Il n'était venu que pour ce discours. Le directeur du Central Station Hotel lui fit traverser le majestueux vestibule et le conduisit dans la suite du premier étage où il demeurerait avec sa femme, ses filles et Bongie, qui disposa les documents dont il avait besoin sur le bureau avant de s'éclipser.

Dès que la porte se fut refermée, le Premier ministre poursuivit sa lettre à Venetia.

Je dispose enfin d'une heure et demie de solitude & de tranquillité, quelle bénédiction ! Je l'emploierai en partie à des tâches respectueuses des conventions, et pour le reste (du moins je le pense) à relire certaines lettres qui ne le sont pas. Penses-tu que j'aurais été plus heureux (d'une certaine manière) si j'avais davantage respecté les conventions ?

Ah, si Venetia avait pu être à Newcastle ! Faute d'avoir ce bonheur, lui écrire était quand même une joie.

D'après les chiffres que Bongie lui avait préparés, les ouvriers de l'armement du nord-est de l'Angleterre travaillaient en moyenne soixante-huit heures par semaine. Armstrong, grand nom de l'armement, constructeur de cuirassés et de canons de campagne, producteur d'obus et de petites munitions, avait organisé le transport vers l'Empire Palace Theatre de cinq mille de ses ouvriers : tel serait l'auditoire du Premier ministre. Les travailleurs, pour la plupart encore en bleu, transportaient dans des mouchoirs de coton rouge leur repas du soir.

Le Premier ministre fut accueilli par un joyeux rugissement de bienvenue. De son fauteuil sur l'estrade, il balaya la foule du regard, n'écoutant que d'une oreille les discours préliminaires de ses hôtes. Il était en proie au plus agréable des tracs : les sens en alerte, les veines débordant d'adrénaline, inquiet mais sûr de son affaire. Le discours serait un tournant, indéniablement, après des semaines de presse hostile et de rumeurs fielleuses le déclarant dépassé par les événements ! À tout cela, il fallait opposer une réponse ferme. Ce soir, il allait la donner, devant un auditoire exclusivement masculin, idéal pour le discours combatif qu'il comptait livrer : un uppercut, une performance de boxeur.

« Messieurs, je laisse la parole au... Premier ministre ! »

Il se dirigea vers le pupitre.

« Ouvriers de Newcastle et de la Tyne, ce n'est pas seulement à vous que je parle ce soir, mais aussi à tous ceux de la côte du Nord-Est ! Et je veux vous dire, pour commencer, que je ne suis pas là pour présenter des excuses, ni prêcher la peur ! (*Applaudissements*) Nous n'avons pas souhaité cette guerre. Notre honneur, notre sécurité, nos traditions les plus glorieuses, nos plus grands espoirs, nos idéaux les plus précieux – tout cela était en jeu, et l'Histoire saura se rappeler que, sans une seconde d'hésitation, nous avons relevé le défi, avec une unanimité et une ardeur qui n'ont pas de précédent dans la chronique du monde ! (*Applaudissements*)

Je ne crois pas qu'une armée, qu'une marine se soit engagée dans une campagne ou l'ait menée avec des équipements plus appropriés que les nôtres (*applaudissements*). J'ai lu, l'autre jour, que nos mouvements, mais aussi ceux de nos alliés, étaient paralysés, ou du moins ralentis, par notre incapacité à procurer à nos militaires les munitions nécessaires. Il n'y a pas une once de vérité dans ces propos ! (*Applaudissements nourris*) Oui, pas une once de vérité dans ces propos, ce qui les rend encore plus malveillants, car s'il fallait les prendre pour argent comptant, il est évident qu'ils visent à décourager nos troupes, à désespérer nos alliés et à stimuler les appétits et les agissements de nos ennemis ! »

De Northcliffe et du *Times*, il ne fut pas question : il refusait de se souiller les lèvres en prononçant ces noms. Il n'en avait nul besoin. Tout le monde savait à quoi, à qui il faisait allusion. Il discourut pendant quarante minutes, conclut sa harangue par un hymne aux ouvriers de Grande-Bretagne (« Subvenir, comme ils le font en cette heure difficile, aux besoins de notre nation, c'est faire montre d'un héroïsme aussi véritable, d'un patriotisme aussi profond que ceux qui, tous les jours, risquent leur existence sur le front. ») et se rassit tandis que tous se levaient pour l'applaudir.

En coulisse, Margot et ses filles l'enlacèrent.

« Henry, quel splendide discours !

— Papa, je suis si fière de toi !

— Brillant, Premier, brillant ! »

Bongie ne semblait pas aussi élogieux.

« Eh bien, qu'en avez-vous pensé ?

— Vous avez été très catégorique, monsieur. Très catégorique.

— Trop, à votre goût ?

— Quand vous dites qu'il n'y a pas une "once de vérité" quant à la pénurie de munitions, que l'armée n'en a jamais été gênée... Puis-je vous demander ce qui vous permet d'être si affirmatif ?

— C'est ce que sir John French a déclaré la semaine passée à Kitchener. Vous l'avez déjà oublié ? L'amiral m'a envoyé une note sur leur conversation.

— Je ne suis pas certain qu'il ait utilisé ces termes, monsieur. Il me semble qu'il disait simplement que French estimait avoir assez de munitions pour la prochaine offensive. Nous devrions nous en assurer, monsieur. Avez-vous gardé la lettre de lord Kitchener ?

— Je ne l'ai pas sur moi, non. »

Il lui vint une certaine irritation vis-à-vis de Bongie, que rendait plus vive encore le fait que ce dernier avait sans doute raison, à y repenser. Quelle idée stupide, aussi, d'avoir fait suivre la lettre de Kitchener à Venetia ! Il aurait dû la garder le temps d'écrire son discours.

« De toute façon, c'est trop tard. Inutile de se faire du mauvais sang : quoi qu'il advienne, Northcliffe ne nous aimera jamais. »

Le lendemain, il fut étrillé par la presse. Ce n'était pas seulement le *Times*, qui exprimait sa « grande déception » devant « ses pitoyables efforts, destinés à prouver que ses collègues et lui n'avaient jamais fait ni faux calculs ni erreurs » : à ces étalages de vertu indignée, il s'était préparé, de même qu'aux ricanements des reporters du *Daily Mail* et du *Daily Mirror*, autres torchons de Northcliffe. Mais que ses soutiens habituels l'abandonnent ! Cela, c'était rude. Il était venu à Newcastle montrer qu'il était en sympathie avec le public, et qu'il ne péchait pas par excès de confiance :

et c'était l'effet inverse qu'il avait obtenu. Il passa en revue les journaux étalés comme une marée de boue sur la nappe blanche du petit déjeuner, et son cœur se serra. Le pire était à venir, songea-t-il. Désormais, au premier signe de pénurie de munitions, on lui rappellerait ses propos. Margot, d'ordinaire si prompte à dénoncer les excès de ses critiques, en avait même perdu sa langue.

Après le petit déjeuner, ils furent reçus sur les rives de la Tyne par les responsables des usines Armstrong. Là, sous un voile de fumée grise, treize mille ouvriers s'échinaient, leur expliqua leur cicérone, Mr Marjoribanks, un des directeurs. C'était dix fois plus qu'aux premiers jours de la guerre ; Armstrong était désormais la plus grosse usine d'armement du monde. Le Premier ministre et ses compagnons inspectèrent les hauts-fourneaux et la fonderie où étaient fabriqués les immenses canons de 38 cm de la Royal Navy ; puis les chantiers navals, les chantiers ferroviaires, les usines aéronautiques... Dans les grands hangars où l'on produisait les munitions, cartouches et obus, la plupart des ouvriers étaient... des ouvrières. Une révolution, songea le Premier ministre, ces femmes qui ne travaillaient plus comme femmes de chambre, secrétaires ou infirmières, ces femmes qui faisaient des métiers d'ordinaire réservés à leurs frères, à leurs époux. Alors que ces derniers allaient partir au front par millions, la guerre ne se gagnerait pas sans elles. Il comprit ce que son opposition de naguère au vote des femmes avait d'absurde : comment leur dénier ce droit, après les avoir vues ici ne pas ménager leur peine ?

Dans le train de Londres, au retour, il fut silencieux, ce qui n'était pas son habitude. Le regard tourné vers la fenêtre, il était assailli par cent visions, cent inquiétudes : ces fonderies stygiennes de la Tyne, fabriques de mort qui tournaient jour et nuit pour alimenter la grande machine à broyer en France ; Beb qui devait partir vendredi sur le front, Raymond qui le suivrait la semaine d'après, Oc à quelques jours d'un débarquement à Gallipoli, la presse contre lui, le Cabinet complotant pour le renverser, Venetia sur le point de se marier – son monde s'écroulait.

Le lendemain, un jeudi, il reçut une lettre d'elle au réveil.

Alderley Park
Me 21 avril 15
Mon très cher Premier,
J'ai lu avec grand plaisir et fierté ton discours de Newcastle dans le Times. *Quelle inspiration – et quelle ignoble réaction de leur part ! J'espère que leurs ricanements ne t'ont pas démoralisé. Papa (qui, tu le sais, est aussi flegmatique et détaché que toi) estime que Northcliffe est un mégalomane, un traître, et que cela devrait lui valoir d'être dûment fouetté la prochaine fois qu'il paraîtra en public.*

Je crains cependant que tu sois fort mécontent d'apprendre que ton noble discours a renforcé ma détermination à jouer mon rôle dans ce combat. Je reviens à Londres la semaine prochaine pour y être vaccinée, avant de partir en France. J'ai trouvé un poste d'infirmière à l'hôpital de campagne de lady Norman, à Wimereux, près de Boulogne...

Lettre qui l'exalta et le déprima tour à tour. Elle avait aimé son discours : parfait. Elle partait pour la France : affreux. Elle venait à Londres : très bien. Elle ne parlait plus de mariage : tant mieux. Ou peut-être que non, à la réflexion. Le fait qu'elle n'en parle plus ne signifiait pas qu'elle y avait renoncé. C'était même peut-être tout l'inverse.

De sorte qu'à minuit :

Mon adorée – tu me diras, j'espère, cette vérité que tu me caches encore ? Même si elle doit me blesser. J'aimerais mieux savoir, sans circonvolution, sans voile. Tu as eu une expression, un jour, qui m'a fait mal, mais c'est l'unique fois : « accepter sa défaite et trouver d'autres fronts ». Dis-le-moi, je t'en prie, que je puisse mettre un point final à tout cela. La seule chose qui m'accable, c'est l'incertitude, l'attente. Délivre-m'en.

Celui qui t'aime.

Elle ne répondit pas.

Le vendredi soir, Margot entra en trombe dans la salle du Cabinet, où il travaillait seul. Elle avait les larmes aux yeux et, dans les mains, un télégramme.

« C'est Oc ? s'exclama-t-il – un cri du cœur.

— Non, mais le câble est de lui. Rupert Brooke est mort cet après-midi d'un empoisonnement du sang. Oc rentre tout juste de son enterrement sur l'île de Skyros.

— Un empoisonnement du sang ?

— Une piqûre d'insecte, qui s'est infectée. »

Il en fut bouleversé. Apollon, tué par un moustique ! Quel symbole de la futilité de cette guerre !

« Il faut prévenir Violet.

— Elle est à Dublin. Je vais lui téléphoner. »

Quarante-huit heures plus tard, dans l'obscurité qui précède tout juste l'aube, le dimanche 25 avril, une flotte de deux cents navires de guerre se dirigeait vers la péninsule de Gallipoli. Winston montra au Premier ministre une carte indiquant les mouvements des diverses divisions : les Australiens et les Néo-Zélandais allaient débarquer à Gaba Tepe, les Français dans la baie de Besika et à Kum Kale, la 29e division au cap Helles et la Naval Division à plus de quatre-vingt-dix kilomètres au nord, dans le golfe de Saros.

Pas un mot dans la presse du lendemain : l'événement avait été tenu secret.

Ils étaient tous à la même enseigne à présent, le Premier ministre, Winston, Kitchener, tous les autres : impuissants à changer le cours des choses, condamnés à l'attente.

- 31 -

Le lundi soir qui suivit le débarquement à Gallipoli, Deemer avait rendez-vous avec Kell, au club de ce dernier.

Cela faisait désormais partie de la routine de ces derniers mois : présenter son rapport au patron, après la fermeture des bureaux, en général le lundi ; s'il y avait urgence, Deemer demandait par télégramme un entretien. La monotonie de ses journées avait été brièvement rompue fin mars, lorsque son frère s'était installé quelques jours dans la petite maison du nord de Londres. Et puis Fred avait rejoint son régiment en France, pour l'heure en tant qu'employé administratif, à l'arrière du front. Deemer avait retrouvé une solitude totale, chez lui comme au bureau. Kell lui avait promis en janvier « une mission plus agréable » pour le printemps ; on était déjà en avril et il était encore prisonnier de Mount Pleasant. Il se décida, ce soir-là, à aborder de nouveau la question.

Le concierge le laissa passer avec un signe de tête, le reconnaissant désormais ; Kell, comme d'habitude, l'attendait dans un recoin de la bibliothèque, toujours aussi vaste, toujours aussi déserte.

« Bonsoir, Deemer. Comment ça va ?

— Ma foi, plutôt bien, monsieur. Merci.

— Asseyez-vous. »

Le siège désigné était un fauteuil en cuir excessivement rembourré.

« Alors, Deemer, quoi de neuf, ce soir ?

— Deux ou trois choses qui méritent votre attention, monsieur, répondit Deemer en sortant quelques clichés de sa sacoche. Il y a dix jours, le Premier ministre a envoyé à miss Stanley un compte-rendu d'une réunion de Cabinet particulièrement houleuse, apparemment. Lord Kitchener accusait Lloyd George de révéler des informations confidentielles sur le nombre de troupes déployées en France. D'après le Premier ministre, je le cite, "il a déclaré qu'il ne pouvait plus rester au War Office dans ces conditions, a donné sa démission & s'est levé ; il était prêt à sortir de la salle". Tenez, regardez... Il rassure miss Stanley sur le fait qu'il est parvenu à faire revenir le calme, mais explique qu'il n'a osé en parler à personne d'autre qu'elle et lui demande le secret le plus absolu.

— Oui, j'ai eu vent que les relations entre Lloyd George et Kitchener étaient tendues, mais à ce point, je ne le pensais pas. Et miss Stanley a gardé le secret ?

— Oui, à ce qu'il semble. Depuis cet automne, elle n'a pas ébruité la moindre information confidentielle, d'après nos renseignements.

— On peut lui en être reconnaissants. Ce serait une aubaine pour l'ennemi d'apprendre que Kitchener a songé à la démission. Vous parliez de plusieurs choses ? Qu'avez-vous d'autre ?

— Il a parlé à miss Stanley de la pénurie de munitions et lui a même fait suivre une lettre qu'il avait reçue de lord Kitchener, laquelle rapportait une conversation entre ce dernier et sir John French. C'est bien sûr contraire, comme tout le reste, à la loi de 1911.

— Faites voir. »

Kell scruta longuement la photographie, le nez plissé, comme s'il ne parvenait pas à croire à ce qu'il avait sous les yeux.

« Combien de temps s'est-il écoulé entre l'arrivée de cette lettre et le discours de Newcastle ?

— Six jours, monsieur.

— Cette lettre, dit Kell, les traits raidis par la colère, en croisant le regard de Deemer, est bien loin d'étayer les propos qu'il a tenus à Newcastle. C'est même tout le contraire. Il nous a menti en connaissance de cause !

— On dira plutôt qu'il a exagéré, répondit Deemer qui, pour une raison inexplicable, avait soudain envie de défendre le vieux renard. S'il n'avait pas envoyé la lettre à miss Stanley, s'il l'avait eue sous les yeux au moment de préparer son discours, il ne s'en serait pas autant écarté.

— Je vous trouve bien indulgent. Et même si c'est l'explication idoine, elle montre qu'il n'a plus guère de discernement. »

Kell se pencha de nouveau sur le cliché.

« J'aimerais bien la garder quelques jours, si vous le permettez. Vous pouvez faire un nouveau tirage, je pense ?

— Naturellement. »

Kell empocha la photographie. Dans quel but ? se demanda Deemer. C'était la première fois que Kell réagissait de cette manière. Il rangea les autres clichés dans sa sacoche.

« Autre chose ? s'enquit Kell.

— Rien de très captivant. De manière générale, les relations entre ces deux-là sont devenues plus difficiles, ces derniers temps. J'ai le sentiment qu'on approche de la fin. Elle paraît avoir des projets de mariage avec Edwin Montagu.

— Quel dommage, dit Kell. Enfin, du point de vue du renseignement.

— Pourtant, souffla Deemer, surpris, nous tenons à ce que le Premier ministre arrête de lui transmettre des informations confidentielles, non ?

— Oui, oui, absolument, se hâta de répondre Kell. Cela dit, nous avons pu ainsi bénéficier d'un aperçu tout à fait extraordinaire de la manière dont nous sommes gouvernés. Vous, moi et miss Stanley nous trouvons maintenant parmi les personnes les mieux informées du royaume. Ça ne vous manquera pas, quand l'affaire sera finie ?

— Non, monsieur. Pour ne rien vous cacher, cette surveillance me met de plus en plus mal à l'aise, d'autant plus qu'il n'y a jamais eu, c'est évident, la moindre indiscrétion de la part de miss Stanley. C'est une affaire embarrassante, en somme, et je ne suis pas certain qu'il vaille la peine de poursuivre l'interception, avec les risques que cela comporte. Je crois qu'il est temps de refermer le dossier, maintenant.

— Ah, vous croyez ? Je crains, Deemer, que vous n'ayez pas voix au chapitre. Mais j'entends ce que vous me dites. Et je sais à quel point votre travail est monotone et solitaire. Pourquoi ne pas trouver quelqu'un pour vous remplacer ? Dans l'intervalle, et s'il se passe quoi que ce soit qui sorte de l'ordinaire, prévenez-moi. Sinon, à dans quinze jours. Même heure, même endroit. »

Deemer reprit donc le chemin de Mount Pleasant, et sa diligente surveillance des échanges épistolaires entre le Premier ministre et Venetia – auxquels s'ajoutait désormais la correspondance entre cette dernière et Edwin Montagu, de plus en plus fréquente. Il continua de noter scrupuleusement les dates, les événements, les déplacements : il lui semblait plus que jamais être lecteur au jour le jour d'un feuilleton sentimental dont l'issue approchait inexorablement, provoquée par des forces qu'il comprenait plus clairement que ses protagonistes. Deemer partait travailler le matin avec une impatience grandissante, non plus tant mû par la nécessité de surveiller le Premier ministre que par le désir de découvrir la suite de ses amours.

Le mardi 27 avril, Venetia revint à Londres ; l'après-midi même, elle se promena en auto, comme jadis, avec le Premier ministre, qui fut grandement « déconcerté, affolé » par son attitude, comme il le lui avoua dans une lettre écrite la nuit suivante :

C'était si curieux, ce dont tu m'as parlé aujourd'hui – ce détachement que tu éprouves vis-à-vis de toi-même & de ton avenir. J'en suis surpris & anxieux... Je suis loin d'être satisfait de ce qui se passe en ce moment – crises à l'étranger & dans le pays. Il me faut piocher un peu plus tous les jours dans une réserve d'optimisme déjà hélas bien déficitaire...

Le mercredi, au tour de Montagu d'entonner sa complainte :

Pour tout te dire, rien ne m'inquiète plus ces temps-ci sauf toi. Je ne m'attends pas à être aimé autant que je t'aime, tant s'en faut, mais ô très chère, que tu es déconcertante. Tu décides de partager ta vie avec moi si la chose est possible et l'instant d'après, sans rien m'en dire, t'engages pour au moins 3 mois en France. Tu viens à Londres et passes le plus clair de ton temps à te faire faire des piqûres...

Le jeudi 29, Venetia et Edwin se virent pour discuter de la conversion au judaïsme. Sans doute retrouvèrent-ils un terrain d'entente, car il lui écrivit ceci le lendemain :

Ô femme la plus désespérément aimée,

J'ai vécu la plus belle journée de ma vie hier. Il en est résulté que la femme la plus merveilleuse de cette terre se confie à ma garde, s'en remet à moi pour le meilleur et pour le pire, dans l'espoir de pouvoir auprès de moi mener une vie plus heureuse qu'elle ne le serait sans moi, ou avec n'importe quel autre homme.

Le vendredi, elle repartit à Alderley, en compagnie du Premier ministre et de son habituelle suite. Dans le train, elle écrivit à Montagu :

Mon chéri, j'aimerais avoir la moindre inspiration mais ce fichu wagon bouge tellement que j'ai du mal à fixer et mon esprit, et ma plume. J'ai en face de moi le P. M. qui me semble de meilleure humeur, mais j'ai la sourde impression que ce week-end ne sera pas un grand succès. Je crois que je vais me disputer avec Bongie, me montrer odieuse avec le Premier & que j'éluderai toutes les questions de Violet, si toutefois elle m'en pose... Je pense te donner l'impression d'être entièrement & froidement détachée de ma propre existence. N'est-ce pas affreux, ainsi couché sur le papier ? Et pourtant j'aimerais tant que tu sois avec nous ; tu me manques terriblement. Encore une journée de grand beau temps, & ç'aurait dû être un tel bonheur...

Nouvelle lettre de Venetia à Montagu, le dimanche, d'Alderley House :

Mon chéri, Boulogne est une affaire réglée. Je pars lundi en huit. Ne m'en veux pas de cet engagement. Je sais qu'il te paraît dénoter une tiédeur des plus lamentables : ce n'est pas que je veuille retarder quoi que ce soit, mais je veux acquérir cette expérience sur le terrain de ce que peut être la vie à cent kilomètres à peine d'une immense guerre.

Ce à quoi Montagu répondit :

Boulogne m'emplit de désespoir. Mais qu'il en soit ainsi, simplement, peux-tu me promettre solennellement ton retour pour une certaine date et pouvons-nous régler toutes ces choses avant ton départ. Tu veux bien ?

Le lundi 3 mai, le Premier ministre écrivit de Downing Street une lettre de remerciement à Venetia :

J'ai passé des heures paradisiaques à Alderley, dont je chérirai le souvenir pendant les semaines de séparation et d'absence à venir. Il y a bien eu quelques moments moins gais, ce dont je suis l'unique responsable. J'espère seulement ne pas t'avoir transmis ma mauvaise humeur.

Il passa la voir à Mansfield Street le mardi, lui écrivit ceci le soir même :

Minuit. Ma chérie – je pense que tu n'étais pas vraiment heureuse de ma visite d'aujourd'hui. Je suis rentré presque entièrement à pied jusqu'à Downing Street (failli être écrasé), en me morfondant là-dessus. Je me dis parfois que Northcliffe & ses obscènes séides ont raison – quoi que dise le reste du monde, je suis sinon un imposteur du moins un raté & au fond* *un idiot.*

Le mercredi, ils allèrent ensemble chez Selfridges, sur Oxford Street, entre 17 h 30 et 18 h 30 ; le Premier ministre offrit à Venetia un sac de voyage, pour la France.

Le vendredi après-midi, dernière promenade de deux heures en auto :

Nous avons eu l'une de nos plus divines balades aujourd'hui, tu ne trouves pas ? Quand pourrons-nous recommencer ? Mon cœur se serre à l'idée des vendredis à venir. Je me demande s'il en est de même pour toi. Quelles que soient les relations intimes que te réserve l'avenir (avec quelque individu que ce soit, que je hais plus que les mots ne peuvent l'exprimer avant même de connaître son nom), je suis prêt à me lever le jour du Jugement pour affirmer que j'ai eu la meilleure part !

Après ces échanges, plus rien.

***

Le lundi 10 mai au matin, Deemer se rendit à Mount Pleasant, prêt à entamer une nouvelle semaine de surveillance. Il devait faire son rapport habituel le soir même à Kell.

Il resta toute la journée dans son bureau-cellule, mais il n'y eut pas de lettre, ni le matin ni l'après-midi : c'était la première fois que la chose se produisait. Venetia était-elle déjà partie en France ? Quelque peu impatient, il lut le *Times* à son bureau. C'était une triste occupation : la pire litanie de nouvelles depuis le début de la guerre. Le *Lusitania*, un paquebot britannique, avait été coulé au large de l'Irlande par un sous-marin allemand ; il y avait plus de mille deux cents victimes, dont une centaine d'Américains ; le journal y consacrait plusieurs pages de témoignages et d'analyse. Les Allemands avaient commencé à utiliser des gaz de combat sur le front ouest. Les noms des blessés, des morts et des disparus noircissaient des colonnes entières : rien qu'à Gallipoli, ce dimanche, trois cents morts. Il se sentait coupable d'être en sécurité tandis que des combats de plus en plus sauvages dévastaient l'Europe entière.

À 18 heures, il ferma son bureau à clef, prit le métro, descendit à Charing Cross et fit le reste du chemin à pied jusqu'à Pall Mall. Il n'avait rien ou presque à raconter à Kell. Sa sacoche était quasiment vide. Il savoura l'air tiède de cette soirée de printemps.

Il arriva au club plus tôt que d'habitude. Une Rolls-Royce était garée près du perron ; le chauffeur, adossé au capot, lisait le *Daily Mail*. Deemer salua le concierge d'un hochement de tête et poursuivit son chemin. Il monta au premier et s'immobilisa sur le seuil de la bibliothèque, entendant des voix. Kell était assis dans un coin, dos à la porte. Face à lui avait pris place un homme corpulent, au visage charnu, puissant – presque bestial. Ils parlaient bas. Deemer pensa le reconnaître, mais... Était-ce possible ? Puis l'homme leva la tête ; son regard se posa quelques secondes sur Deemer, qui recula vivement et descendit l'escalier sans demander son reste.

« Ce monsieur avec lequel le major Kell discute, s'enquit-il auprès du concierge, qui est-ce ?

— Je crains de ne pas être en mesure de vous répondre, monsieur.

— Ne serait-ce pas lord Northcliffe ?

— C'est vous qui avez prononcé ce nom », répondit l'autre avec un léger sourire.

Il prit place sur le banc de cuir et attendit.

Au bout d'une dizaine de minutes, lord Northcliffe passa devant lui, traversa le vestibule et monta à bord de la Rolls-Royce, qui démarra immédiatement.

Deemer reprit le chemin de la bibliothèque.

« Deemer ! s'exclama un Kell jovial. Qu'avez-vous à me montrer, ce soir ?

— Peu de choses, monsieur. Autant dire rien. Les échanges ont été purement intimes. Pas de discussions politiques, pas de secrets d'État. Leur relation, apparemment, touche à sa fin.

— Rien, vraiment ? insista Kell, les sourcils froncés.

— Oui, monsieur. Je peux vous montrer les clichés, si vous voulez, répondit Deemer en soulevant sa sacoche.

— Non, ce ne sera pas nécessaire. De toute façon, j'ai une bonne nouvelle pour vous. Je vous ai trouvé un remplaçant, un de mes officiers. Demain matin, je vous l'enverrai à Mount Pleasant, que vous lui montriez comment ça marche. Il prendra le relais. »

Le sourire aux lèvres, il dévisagea Deemer.

« N'est-ce pas ce que vous attendiez ? Vous semblez déçu.

— Pas du tout, monsieur. Je serai ravi d'en avoir fini avec tout cela.

— Très bien. Mettez-vous en congé pour le reste de la semaine, vous l'avez bien mérité. Lundi prochain, présentez-vous au capitaine Holt-Wilson. On va essayer de vous trouver quelque chose d'intéressant.

— Je vous remercie, monsieur. »

Il se leva. Une question lui brûlait les lèvres : qu'était venu chercher lord Northcliffe ? Il ne sut comment aborder le sujet.

« Nous nous sommes tout dit pour le moment, Deemer, je crois. Je vous souhaite une bonne soirée.

— Merci, monsieur. Et pareillement. »

Au lieu d'être en route pour la France comme elle l'avait prévu, Venetia était encore dans son lit à Mansfield Street, avec une poussée de fièvre : d'après son médecin, une simple réaction au vaccin contre la typhoïde. Elle ne se sentait guère malade, et sa frustration était intense. Sa mère, cependant, prit la chose au sérieux : Venetia fut confinée dans sa chambre ; la traversée de la Manche, ajournée ; et l'hôpital, prévenu par télégramme que sa nouvelle infirmière n'arriverait qu'une fois totalement guérie.

Edwin lui rendit visite, avec un grand bouquet et assez de fruits pour nourrir une famille entière pendant une semaine. Il s'assit à son chevet et lui tint la main pendant qu'Edith allait chercher un vase.

« Ma pauvre chérie, dit-il. C'est un signe divin, sans conteste. Ne va pas en France. Reste à Londres. Rendons nos fiançailles officielles.

— Ne raconte pas de bêtises, Edwin. Mère me complique déjà inutilement la vie, ce n'est pas la peine que tu viennes y ajouter des fiançailles.

— Au dernier moment, tu as toujours une bonne excuse pour retarder les choses. Je me demande même si nous parviendrons à nous marier. »

Elle s'était posé la même question. Elle n'était, au fond de son cœur, pas certaine de vouloir atteindre ce but. Dans les deux cas, que d'écueils ! En allait-il ainsi pour toutes les femmes, ou était-elle la seule à souffrir de ces scrupules ?

Edith revint, un vase dans les mains.

« Le Premier ministre vient d'arriver. Il souhaite vous voir. »

Venetia s'étendit avec un gémissement, la tête sur ses oreillers. Ibsen, Strindberg, et maintenant Feydeau ?

« Dites-lui que je suis trop souffrante.

— Mais non, dit Edwin en se tournant vers la femme de chambre. Il n'a qu'à monter. Tu sais, Venetia, c'est l'occasion rêvée pour lui faire part de la bonne nouvelle. Chérie, je t'en prie : nous en serons débarrassés, de cette façon.

— Edwin, je ne peux pas. »

Edith attendit patiemment ses instructions, le vase dans les mains. Venetia céda avec un soupir.

« Fort bien, Edith, mais prévenez-le : pas plus de dix minutes. Edwin, je ne veux pas t'entendre. »

Elle repoussa gentiment sa main et désigna la fenêtre.

« Reste là-bas. »

Une minute plus tard, le Premier ministre se précipitait dans la chambre, le visage soucieux, n'ayant d'yeux que pour Venetia.

« Ma chère ! »

Et de lui tendre deux livres qu'il lui avait apportés.

« Tolstoï et Bulwer-Lytton, le sublime et le grotesque. »

Puis il remarqua la silhouette à la fenêtre et sursauta.

« Montagu.

— Premier ministre.

— C'est tellement gentil à vous d'être venu, Premier, dit Venetia. À vous deux, d'ailleurs. »

Suivirent dix minutes d'une pénible comédie où chacun fit assaut de politesses forcées – le Premier ministre s'astreignant à ne pas montrer l'irritation que lui causait la présence de Montagu, celui-ci jetant des regards suppliants à Venetia, qui les contraignait tous deux à ne parler que de banalités : les symptômes qu'elle ressentait, les risques de la vaccination, les excès de précautions de sa mère, la beauté des fleurs, l'emploi du temps de la semaine, et serait-elle assez rétablie pour sortir déjeuner ou dîner ?

Au bout d'un moment, Venetia décida qu'elle avait rempli son devoir.

« Mes amis, me trouveriez-vous impolie si je vous avouais que j'ai bien besoin de repos, maintenant ? Je suis épuisée. »

Les deux soupirants se lancèrent dans un duel oratoire. Ce serait à qui s'excuserait avec le plus de sincérité de l'avoir fatiguée, à qui espérerait avec le plus de ferveur son prompt rétablissement. Elle sonna Edith pour qu'elle les raccompagne. Après une ultime salve de salutations, et une fois la porte dûment fermée, elle se recoucha sur le côté, couvertures tirées par-dessus la tête.

***

Ils sortirent ensemble de la maison et prirent la direction de Cavendish Square, vers Westminster. Deemer regarda s'éloigner les deux hommes, qu'il avait reconnus. Leur présence était un bon signe : Venetia Stanley était sans doute encore chez elle. Il traversa la chaussée et sonna.

Une femme de chambre lui ouvrit.

« Bonsoir. Je suis le sergent Paul Deemer, de Scotland Yard, lui dit-il en lui montrant sa carte professionnelle. Je souhaiterais parler à miss Venetia Stanley.

— Elle est souffrante, hélas, et ne reçoit personne.

— Je viens pour une affaire urgente.

— Je suis navrée, monsieur. Ce sont les instructions de miss Stanley.

— En ce cas, pourrais-je au moins m'entretenir avec miss Winter, sa femme de chambre ?

— Très bien. Je vais voir où elle se trouve. Puis-je vous faire patienter ici ? »

La jeune femme disparut dans l'escalier. Il resta là, dans le grand vestibule carrelé de blanc et de noir, son chapeau melon à la main, à scruter son reflet dans le miroir. Il redressa sa cravate, se recoiffa du bout des doigts. Il se sentait étrangement calme. Le temps de traverser la ville à pied, il avait pu étudier l'affaire sous tous les angles, parvenant toujours à la même conclusion : rien ne permettait d'affirmer que Venetia Stanley avait transmis à l'ennemi la moindre information confidentielle. Si l'hypothèse avait pu avoir un certain poids lorsque la surveillance avait été mise en place, elle n'était plus envisageable après ces sept mois d'une enquête devenue inutile. En d'autres termes, Kell l'avait embarqué dans une opération illégale pour des raisons purement politiques, dans le but de nuire au Premier ministre, peut-être même de faire chuter le gouvernement. Northcliffe était venu chercher de l'information, la chose était certaine. Deemer serra les dents : il avait été manipulé, il se sentait humilié, il était furieux.

Des pas retentirent dans l'escalier. Il leva les yeux : Edith Winter venait à sa rencontre.

« Sergent Deemer ? s'enquit-elle, avant de lui lancer un regard intrigué. Ou bien est-ce Mr Merryweather ?

— Ils ne font qu'un, je le crains. Je dois parler à miss Stanley de toute urgence.

— Vous ne manquez pas de culot, quel que soit votre nom. Elle ne reçoit personne. Et vous moins que quiconque.

— Miss Winter, il le faut pourtant. Cela concerne sa relation avec le Premier ministre. »

Une porte s'ouvrit, laissant apparaître lord Sheffield, un journal du soir à la main.

« Tout va bien ?

— Oui, Votre Grâce. Je m'occupe de monsieur. »

Le vieil homme s'éclipsa en grommelant.

« Il faut que je la voie, plaida Deemer à voix basse. Je vous en prie. Elle sait qui je suis. Et je suis sincèrement navré de vous avoir menti. Ma mission l'exigeait.

— Votre mission ? Et quelle est-elle ?

— Je l'expliquerai à miss Stanley. »

Elle le dévisagea longuement – il n'avait pas oublié ce regard flegmatique – et remonta l'escalier avec un léger soupir.

Il lui emboîta le pas. Lorsqu'ils furent parvenus à l'étage, Edith Winter le pria d'attendre, ouvrit une porte et s'éclipsa, pour réapparaître quelques secondes plus tard.

« Miss Stanley va vous recevoir. »

Elle s'écarta du seuil pour le laisser entrer dans la chambre de Venetia.

Il y avait encore un peu de lumière aux fenêtres. Les lampes étaient allumées. Venetia était assise dans son lit, une veste matelassée enfilée sur sa chemise de nuit.

« Ah, le mystérieux sergent Deemer. Vous me hantez, monsieur.

— Hélas, oui. Je vous en demande pardon. »

Quelle étrange sensation de l'avoir sous les yeux, elle dont il savait tant de choses, et qu'il connaissait si peu. Elle n'était plus la même avec ses cheveux détachés tombant sur ses épaules. Il approcha jusqu'au pied du lit.

« Et je vais vous en expliquer la raison.

— Faites, je vous en prie, répondit-elle d'un ton où dominait l'amusement.

— Nous nous sommes croisés en juillet tout d'abord, comme vous vous en souvenez sans doute. Après l'enquête sur la double noyade, j'ai été affecté à un département de Scotland Yard qui s'occupe de questions relatives à la sécurité nationale. Au cours de l'été, on m'a confié une investigation sur des télégrammes du Foreign Office que de simples citoyens avaient découverts dans des parcs, sur des bords de route. Voyez-vous de quoi je veux parler ?

— Oui, finit-elle par dire, en lui lançant un regard méfiant.

— Au cours de ces investigations, nous avons constaté que le Premier ministre vous écrivait très régulièrement. Il y avait des risques de fuites d'informations, d'espionnage. Pour dire les choses plus vite, votre correspondance a donc été mise sous surveillance à partir de septembre.

— Sous surveillance ? »

L'amusement avait fait place à l'indignation.

« Une surveillance de qui ? Et qu'est-ce que cela signifie ?

— Vos lettres ont été interceptées et lues par le service pour lequel je travaille. Je suis venu vous prévenir qu'il est fort possible que certains détails de cette surveillance aient été révélés à la presse ou qu'ils devraient l'être prochainement, et qu'il vous faut agir de toute urgence.

— Qui me prouve que vous ne mentez pas ?

— Le Premier ministre vous a écrit vendredi pour vous parler de votre "divine promenade".

— C'est monstrueux », souffla-t-elle, blême.

Puis, après un long silence :

« Que me conseillez-vous ?

— Sans doute n'en ai-je nullement le droit, mais je vous suggère de mettre fin le plus vite possible à votre relation avec le Premier ministre, de placer ses lettres en sécurité et de partir en France.

— Vous avez raison sur un point, monsieur : vous n'avez effectivement aucun droit.

— Je ne peux que vous présenter de nouveau mes excuses, mademoiselle, dit-il en s'inclinant.

— Mais pourquoi me prévenir ? Je ne comprends pas. Cela vous vaudra sûrement des ennuis.

— Peut-être. Si l'on m'a vu entrer chez vous, oui. Mais à vrai dire, qu'on le sache ou non, ça m'est égal, reprit-il en haussant les épaules. Ce que nous avons fait... Ce n'est pas bien. Il n'y a rien d'autre à en dire. Je ferais mieux de partir.

— Oui, c'est mon avis aussi. »

Edith l'attendait devant l'escalier.

« Je vous remercie d'avoir obtenu cet entretien pour moi, lui dit-il sur le perron. Et je vous présente toutes mes excuses, pour Penrhos. J'aurais bien aimé la faire, cette promenade dans le parc. »

Il reprit immédiatement le métro à Oxford Circus et changea à Tottenham Court Road pour sortir à King's Cross.

Les lumières étaient allumées dans le centre de tri de Mount Pleasant, aussi animé de nuit que de jour. Lorsqu'il remonta le couloir jusqu'à son étroit bureau, personne ne fit attention à lui. Il ferma la porte à clef, ôta son veston et alluma le poêle. Quand le feu fut vif, il ouvrit le coffre-fort et, un par un, introduisit tirages et négatifs dans le brasier. Il ne relut même pas les lettres ; de temps en temps son œil tombait sur un mot, une ligne – « ma chérie », « si tu savais à quel point je t'aime », « Mon très cher Premier » – avant qu'ils brunissent, se recroquevillent et se consument enfin. Cela dura des heures. Lorsqu'il eut vidé le coffre-fort, il laissa les clefs en évidence sur la table, jeta un dernier regard à la cellule-bureau et rentra chez lui.

Le lendemain matin, dès l'aube, il se présenta au bureau de recrutement de l'armée, à Clerkenwell, trop tôt. Il patientait sur le perron quand la porte fut ouverte par un sergent, qui le regarda des pieds à la tête.

« Vous avez l'air pressé, vous. »

Venetia passa une nuit houleuse, entre sommeil et réveils inquiets. Le lendemain matin, elle n'avait plus de fièvre et se sentait les idées claires. Elle ne doutait pas une seconde des confessions du policier, qui lui avait semblé être un honnête homme. Elle savait ce qu'il lui restait à faire. Après avoir pris son petit déjeuner au lit, elle enfila une robe de chambre et s'installa à sa coiffeuse pour écrire au Premier ministre.

Puis elle ferma l'enveloppe et y inscrivit son adresse. Lorsque Sylvia, revenue vivre chez ses parents tandis qu'Anthony était au front, passa prendre de ses nouvelles, elle lui demanda de poster la lettre.

« Mais dans la soirée, s'il te plaît. Je ne veux pas qu'il la lise avant demain matin. »

Sylvia posa l'enveloppe contre son oreille, comme si les mots pouvaient parler.

« Que lui racontes-tu ? Tu lui proposes un remaniement ?

— Non, je lui annonce mes fiançailles avec Edwin. »

Sylvia en resta bouche bée.

« Seigneur Dieu ! Mais c'est impossible !

— Quoi donc ? Épouser Edwin ou l'apprendre au Premier ?

— Les deux !

— Et pourtant, je vais épouser Edwin, et je dois le faire savoir au Premier avant que quelqu'un d'autre s'en charge, dit-elle en prenant sa sœur par la main. Ma chère, je t'en prie. Il va sûrement passer aujourd'hui, je ne sais pas quand. Dis-lui que je suis encore trop malade pour voir qui que ce soit. »

Elle garda la chambre toute la journée. À 18 heures, elle entendit la sonnette de la porte d'entrée. Elle ouvrit la porte de sa chambre, s'approcha de l'escalier, l'oreille tendue. Elle entendit leurs deux voix – le Premier et Sylvia – sans comprendre ce qu'ils disaient. De retour dans sa chambre, elle alla à la fenêtre. Une vingtaine de minutes plus tard, elle le vit sortir sur le trottoir, poser son haut-de-forme sur son crâne et s'éloigner. Puis, sur le point de tourner dans Queen Anne Street, il s'arrêta et regarda la maison. Elle crut un bref instant qu'il l'avait vue à la fenêtre ; si tel était le cas, il n'en laissa rien paraître. Il resta là pendant une minute, immobile dans la lumière dorée de ce soir de mai, une vraie statue. Puis il pivota sur ses talons et poursuivit son chemin.

- 32 -

La lettre de Venetia lui fut apportée avec son thé et le reste du courrier le lendemain matin, tôt ; il était encore au lit. Le pli n'était pas bien épais ; il en fut déçu. Il ouvrit l'enveloppe à l'aide de son coupe-papier pour en sortir un unique feuillet.

18 Mansfield St.
Ma 11 mai 1915
Très cher,

La chose n'est pas facile à dire, alors autant y aller sans détour. Edwin Montagu m'a proposé le mariage, & après mûre réflexion, j'ai dit oui.

Je sais l'affection que tu lui portes & le choc que cela va te causer – et peut-être aussi le sentiment d'avoir été trahi. Sans doute aurais-je dû te préparer à cette éventualité plus tôt, mais je n'étais pas encore décidée, & par ailleurs il me semblait que le moment n'était jamais bien choisi, eu égard aux crises si nombreuses de ces derniers temps. S'il y a une chose que je ne souhaite pas en ce monde et n'ai jamais souhaitée, c'est ajouter des fardeaux à ta peine. Mais je ne peux m'empêcher de penser qu'après toutes les joies que tu m'as fait goûter, ce que je te donne en retour est d'une épouvantable traîtrise.

Viendras-tu me voir, que nous discutions ?

Tienne, toujours.

Pardonne-moi, je t'en prie ; essaie de te réjouir de ce qui m'arrive.

Sa première réaction fut l'incrédulité totale.

Il lui fallut reprendre la lettre pour que son esprit comprenne ce que ses yeux lisaient.

Montagu ?

L'idée que Venetia envisage de se marier était un supplice depuis le début. Il l'avait d'abord suppliée de ne pas l'abandonner. Puis, pendant des semaines, il avait essayé de deviner le nom de l'éventuel élu. Et pour finir, il avait tout fait pour se préparer à cette catastrophe.

Mais *Montagu* !

Son ami le plus fidèle – du moins l'avait-il toujours pensé. Intelligent, d'excellente compagnie, mais pas vraiment ce qu'on peut appeler un homme, bien plutôt un paquet de nerfs, de sautes d'humeur et de symptômes étranges, égocentrique, sans sexe…

Il repensa au lundi à Mansfield Street, eux trois dans sa chambre. L'Assyrien et lui étaient ensuite rentrés à pied jusqu'à Whitehall en discutant de Venetia et de politique. Et pas un mot de la part de Montagu ! Pas même une allusion ! Sans parler de ce week-end si frustrant à Alderley, où elle s'était montrée distante. Elle savait déjà, c'était certain. Ils fomentaient tout cela dans son dos depuis des semaines. C'était la trahison la plus grotesque, la plus humiliante qu'il puisse imaginer. Doublée d'un désastre à venir. Il les connaissait trop bien tous les deux pour croire une seconde à la réalité, à la solidité de leur mariage.

Les mains tremblantes, il se rasa, s'habilla et entra sans frapper dans la chambre de Margot.

« Henry, que se passe-t-il ? Tu es livide... Au bord de l'évanouissement !

— Ce qu'il se passe ? Une chose épouvantable ! »

Elle porta la main à ses lèvres.

« Beb ? Est-il mort ?

— Non, non, rien de tel, Dieu merci. Non. C'est Venetia. Elle vient d'accepter une demande en mariage de Montagu. »

Ce qui devait ravir Margot, il le savait. Elle fit de son mieux pour cacher sa joie.

« Oh, Henry, dit-elle en lui tendant les bras. Viens. »

Il s'assit sur le lit et se pencha vers elle. Elle lui tapota le dos et, le front posé sur l'épaule osseuse de sa femme, il eut peur, pendant quelques terribles secondes, de fondre en larmes. Il s'écarta d'elle puis s'éclaircit la gorge.

« Voilà, c'est affreux.

— À ce point, vraiment ?

— Pour elle, oui. Elle ne l'aime pas. Je le sais. Ce sera une union lamentable.

— Je ne suis pas certaine que Venetia puisse aimer qui que ce soit. Cela dit, c'est une femme intelligente. Si elle se rend compte que la chose est vouée à l'échec, elle rompra les fiançailles. Elle n'a aucune pitié. »

Cela donna un bref espoir au Premier ministre. Margot n'avait pas tort. Les Stanley seraient horrifiés : leur fille, épouser un Juif ! Mon Dieu ! D'ici un jour ou deux, elle changerait d'avis, seule ou convaincue par d'autres. Quand il descendit travailler dans la salle du Cabinet, cependant, il se rappela certaines de ses caractéristiques – sa témérité, sa tendance plus que marquée à l'indifférence, indifférence au qu'en-dira-t-on mais aussi à ce que l'avenir pouvait lui réserver. Il n'y avait plus rien à faire. Il prit une feuille.

Toi que j'aime plus que tout
Comme tu le sais, cela me brise le cœur.
Et je ne peux supporter l'idée de te voir.
Je ne puis que prier Dieu, qu'Il te bénisse et me vienne en aide.
À toi toujours.

***

Dieu pourtant, ou le Destin, ou l'Histoire, ou quelque nom qu'on puisse donner à ces forces, ne l'aida pas. Bien au contraire.

Ce jour-là, il y eut dans toutes les grandes villes du pays une vague d'émeutes anti-allemandes, qu'avaient déclenchée dès la nuit précédente le torpillage du *Lusitania* mais aussi les attaques au gaz moutarde en France, les raids des zeppelins et la publication d'un rapport officiel sur les atrocités commises par l'armée allemande en Belgique aux premiers jours de la guerre. Dans les seuls quartiers londoniens de Camden et de Kentish Town, au moins cent cinquante magasins appartenant à des Britanniques d'origine allemande ou autrichienne furent pris d'assaut : marchandises pillées, appartements des propriétaires dévastés, escaliers démontés, murs et plafonds défoncés. Les émeutiers volèrent des pianos, des buffets, des commodes, des tables et des chaises à leurs voisins, des gens qu'ils connaissaient depuis des années. Même furie dans l'East End. À Liverpool, deux cents magasins furent saccagés. À Southend, l'armée dut intervenir pour rétablir l'ordre.

Les rapports sur ces dégradations détournèrent le Premier ministre de son désespoir, lui occupèrent l'esprit.

Il convoqua une réunion du Cabinet, ordonna à McKenna de prendre les mesures nécessaires à la protection d'innocents concitoyens. Il fallait plus de policiers, plus de soldats, suggéra-t-il. La solution la plus simple, objecta McKenna, aurait sans doute été d'emprisonner les ressortissants de pays ennemis encore présents sur le territoire, soit vingt-quatre mille hommes et seize mille femmes.

L'idée répugnait au Premier ministre, libéral victorien s'il en était.

« Nous pouvons tout de même faire la différence entre ceux qui présentent un danger et les autres, les citoyens respectueux de la loi qui ont passé l'essentiel de leur existence sur notre territoire ?

— Impossible. Nous n'en avons ni le temps ni les moyens. »

Les libertaires et les partisans de la manière forte échangèrent avec vigueur sur la question. Kitchener craignait les représailles allemandes. Lloyd George voulait instaurer des tribunaux spéciaux et juger au cas par cas. Le Premier ministre finit par rédiger une brève déclaration qu'il lirait à la Chambre des communes dans l'après-midi, exprimant l'émotion du Cabinet devant ces émeutes, analysant les causes et promettant de passer à l'action dans les semaines qui venaient. Ce vague programme sembla satisfaire les partisans des deux tendances.

Durant cette heure bénie, il était parvenu à oublier Venetia. L'angoisse revint, impérieuse, aussitôt la réunion finie. Il réussit à survivre à un déjeuner officiel avec le prince Paul de Yougoslavie, même s'il ne put avaler plus d'une bouchée, puis dut se rendre à la Chambre pour répondre aux questions – essuyant le feu nourri venu des bancs des tories contre Winston et ses voyages en France, jugés trop fréquents –, avant de s'exprimer sur l'internement des citoyens allemands et autrichiens.

« Nul ne peut être surpris que la violation de plus en plus manifeste par l'ennemi des usages d'une guerre civilisée et des règles de la plus simple humanité, culminant pour l'heure avec le torpillage du *Lusitania*, ait suscité un sentiment d'indignation on ne peut plus justifié (*applaudissements*) dans toutes les classes sociales de notre pays... »

Il se retira ensuite dans son bureau de la Chambre et resta un moment assis à contempler le vide. D'ordinaire, il écrivait toujours à Venetia, à cette heure de la journée. Ce jour-là, il décida de se confier à Sylvia, la sœur de celle-ci.

Je ne crois pas qu'il y ait dans le royaume homme aussi malheureux que moi. Je ne me suis jamais fait d'illusions, comme je l'ai souvent dit à Venetia, laquelle a toujours été d'une grande franchise à ce sujet, sur la question de son éventuel mariage. Mais cela ! Je ne pense pas qu'il y ait sur terre deux individus qui, chacun à leur manière, me soient plus dévoués que Montagu et elle : et quelle ironie du sort de les voir s'unir pour m'infliger ce coup mortel...

Il espérait une autre lettre de Venetia, qui ne vint pas. Montagu, en revanche, lui écrivit :

Cher Premier ministre,

Sans doute savez-vous maintenant que Venetia m'a fait l'immense joie d'accepter d'être ma femme...

Il trouva l'élégance de lui répondre d'une phrase :

Mon cher Montagu,

Vous êtes plus que fortuné, et je prie le ciel qu'il ne vous apporte à tous deux que du bonheur.

Toujours vôtre,

H. H. A.

Le lendemain, à la première heure, Hankey se présenta au nº 10 pour le prier de s'entretenir rapidement avec Jackie Fisher. Le Premier lord de la Mer menaçait une fois de plus de démissionner.

« Vraiment ? s'écria le Premier ministre. Est-ce bien nécessaire ? »

Il ne se sentait pas l'énergie de lui parler.

« Lui et Winston sont à couteaux tirés sur la question des Dardanelles. Je pense que s'il était certain d'avoir votre entière confiance, il serait plus facile à contrôler. »

Le vieil amiral lui rendit visite l'après-midi même dans la salle du Cabinet. Il était petit – moins que Winston, tout de même – mais bâti comme un lutteur de foire. Le temps était froid et nuageux, janvier plutôt que mai. La pluie tambourinait sur les vitres.

« *Mauvaises nouvelles*, P. M. »

Il avait une curieuse diction, insistant sur certains mots comme s'ils avaient plus de poids dans son esprit.

« Qu'est-ce donc à présent ?

— Le *Goliath* a été torpillé hier soir au large des Dardanelles ; il a coulé *immédiatement*.

— Combien de morts ?

— Six cents. D'après le rapport qu'a pu faire le *Majestic*, il n'y avait plus devant eux qu'un immense pan de mer où les *vagues* disparaissaient sous le nombre des hommes qui se débattaient et se noyaient, emportés par les courants. Le *Majestic* n'a rien pu faire.

— Seigneur, c'est horrible.

— Nous pouvons difficilement continuer de perdre nos navires à cette fréquence. Pour ajouter à la menace, nous avons appris que deux *sous-marins* allemands sont arrivés en renfort sur la zone. Il suffirait d'une torpille bien ciblée pour sceller le destin du *Queen Elizabeth*. Il doit se retirer.

— Qu'en dit Winston ?

— Winston souffre d'une véritable *idée fixe* ! Il a *juré* qu'il passerait le détroit ; *rien* ne peut l'en détourner, *rien* ! Mais c'est de la folie. À cause de lui, l'Amirauté ne *pense plus* qu'aux Dardanelles, et nous ne prêtons plus assez d'attention à la menace *grandissante* que les sous-marins font peser sur nos propres eaux territoriales.

— Winston prend les décisions politiques, soupira le Premier ministre, et vous êtes chargé de l'opérationnel. Que le *Queen Elizabeth* se retire, si vous le jugez nécessaire. Dites à Winston que je vous fais confiance là-dessus. Fiez-vous à moi. Je vous soutiendrai. »

Après le départ de Fisher, le Premier ministre regarda la pluie battre les carreaux. Il aurait dû convoquer Winston et lui ordonner de faire la paix avec Fisher ; cela dépassait ses forces. Son esprit lui semblait être détraqué, tournant en rond désespérément autour du vide laissé par Venetia. Lui écrire, naguère, l'avait toujours aidé à réfléchir, à se concentrer. Sans ces lettres, il se sentait à la dérive. Il passa la tête à la porte du bureau tout proche de Bongie, dans l'espoir d'y trouver un message de Venetia. Il resta bouche bée sur le seuil : Margot et Fisher y dansaient la valse autour de la table, au son d'un « Beau Danube bleu » fredonné quasiment juste par l'amiral en personne.

« Chéri, lui lança Margot par-dessus son épaule, lord Fisher valse à merveille ! »

Depuis la lettre de Venetia, elle était rayonnante. Sa joie ajouta à l'abattement du Premier ministre.

Quant à Fisher, comment pouvait-il danser après avoir mentionné les six cents noyés du *Goliath* ? L'homme avait le cerveau dérangé. Il ferma la porte et reprit sa rêverie éveillée.

Le vendredi fut la pire journée.

Il avait à peine fermé l'œil de la nuit, et la matinée n'apporta, comme la veille, aucune lettre de Venetia. Lorsqu'il descendit au rez-de-chaussée, il trouva Bongie rôdant tel un valet inquiet près de la table de la salle du Cabinet. Un exemplaire du *Times* y était posé, la une bien en évidence.

URGENT BESOIN DE MUNITIONS
PROGRÈS OFFENSIFS RALENTIS
LA PÉNURIE MISE EN CAUSE
UNE LEÇON FRANÇAISE À RETENIR

Northcliffe une fois de plus à la manœuvre !

Il lut soigneusement l'article, qui rapportait les deux échecs offensifs de Fromelles et de Richebourg. *Il nous aurait fallu pour réussir un stock illimité d'explosifs de grande puissance.*

« Au moins, cette fois-ci, je ne suis pas mis en cause personnellement.

— Oh si, le corrigea Bongie, dans l'éditorial. »

Il se pencha par-dessus l'épaule du Premier ministre, tourna la page et posa l'index sur le paragraphe en question. *Le gouvernement, qui dans son incurie n'a su mobiliser comme il le fallait nos ressources nationales, doit assumer sa part de responsabilité dans cette grave affaire.*

« Mais d'où vient cette information ?

— Du commandant en chef, je suppose, monsieur. Il serait bien utile de retrouver cette lettre de lord Kitchener.

— Je vous l'ai déjà dit, Bongie, je crains de ne plus l'avoir en ma possession.

— Mais ne pouvez-vous la... récupérer ? »

Cela lui valut un regard incendiaire du Premier ministre, qui n'avait pas apprécié l'allusion. L'idée fugitive lui vint d'écrire à Venetia pour lui réclamer la lettre : impensable, après tout ce qui s'était produit. D'ailleurs, elle l'avait peut-être détruite.

« Non, j'en ai bien peur.

— C'est fâcheux. L'opposition va se déchaîner sur ces révélations.

— Oui, oui, oui, j'en suis bien conscient. »

Il n'eut guère le temps de se morfondre à ce sujet. À 10 heures, il dut présider une réunion du conseil de guerre. Il comprit que la séance serait particulièrement houleuse à compter du moment où Kitchener entra sans saluer quiconque, les yeux lançant des éclairs. Il ouvrit les débats par un point sur la situation à Gallipoli, qui s'aggravait d'heure en heure.

« Les Britanniques, les Australiens et les Néo-Zélandais ont déjà perdu quinze mille hommes. Les Français, treize mille. Notre progression est minime et nous devons, comme en France, faire face à la mortelle combinaison des barbelés et des mitrailleuses. Selon nos dernières estimations, les Turcs ont déployé cent cinquante mille hommes dans les zones de combat. Ils sont solidement installés, encadrés par de bons officiers allemands et deux fois plus nombreux que nous. Et je veux ici rappeler au conseil que l'Amirauté, en janvier, nous avait assuré que l'invasion par les Dardanelles serait une opération strictement maritime et relativement rapide. On nous avait juré que le *Queen Elizabeth*, le plus puissant de nos bâtiments, pourrait à lui seul venir à bout des forteresses turques. Et j'apprends hier soir qu'il va battre en retraite et laisser l'infanterie se débrouiller sans soutien ? C'est absolument intolérable. »

Fisher, assis à côté de Winston, leva la main. C'était la première fois qu'il prenait la parole au conseil de guerre.

« Premier lord de la Mer ? articula le Premier ministre, sans grand enthousiasme.

— Comme le secrétaire d'État à la guerre le sait *parfaitement*, j'ai toujours été *opposé* à l'opération des Dardanelles. Je crois que le Premier ministre en était également informé. »

De surprise, tous se turent. Winston, avec une grimace indignée, lui tourna le dos ; Bonar Law, abasourdi, les dévisagea tous deux.

Après cet éclat, Kitchener revint à son désespérant passage en revue : guerre de position et pertes humaines colossales en France ; défaites russes sur le front est ; si les Français s'effondraient de la même manière, risque d'une invasion des îles Britanniques par les troupes allemandes ; nécessité de garder sur le territoire une partie des troupes fraîchement recrutées.

« Dans les circonstances actuelles, il est impossible d'envoyer plus de soldats à Gallipoli. »

Winston fut incapable de se contenir plus longtemps.

« Les Allemands n'envahiront jamais ce pays ! Ce serait folie de leur part que de caresser ne serait-ce qu'une seconde un projet aussi extraordinairement stupide. Que nos troupes en France restent pour l'heure sur la défensive. Les positions et les tranchées sont trop bien consolidées de part et d'autre pour envisager une offensive. C'est la raison pour laquelle tous nos efforts stratégiques – y compris nos nouvelles divisions – doivent être dirigés vers Gallipoli, où la victoire est à notre portée. »

Cette harangue fut accueillie par des gémissements tout d'abord, puis, deux heures durant, ce fut une mêlée généralisée, un déferlement effroyable et sulfureux d'invectives en tout genre, les deux heures les plus exécrables qu'ait vécues le Premier ministre depuis le début de la guerre. Winston, tel un cuirassé torpillé, repoussait les attaques de Kitchener, de Lloyd George et de Haldane, tandis que Fisher, à son côté, regardait la table sans piper mot. Le plus cinglant était sans doute Lloyd George, pourtant grand fidèle de Winston avant la guerre :

« Comment voulez-vous que nous puissions envoyer assez de soldats pour déloger cent cinquante mille Turcs qui se battent pour défendre leur terre ? Vous n'avez cessé de les sous-estimer, comme s'ils étaient membres d'une race inférieure. Nous ne pouvons pas continuer à patauger là-bas, perdant des milliers d'hommes chaque jour, simplement pour que vous puissiez garder la tête haute ! »

Le Premier ministre – et cela ne lui était encore jamais arrivé – fut saisi par la certitude d'une catastrophe imminente. Il écouta ses collègues, en juge silencieux, comme toujours, attendant que la tempête s'apaise d'elle-même, et n'intervint que pour conclure, proposant la seule solution pratique qui vaille : que les commandants des troupes engagées en Turquie soient en mesure d'indiquer de manière explicite et précise le nombre d'hommes dont ils estimaient avoir besoin pour atteindre Constantinople. La décision finale serait prise sur cette base.

En rangeant ses dossiers, il se maudit de n'avoir pas posé la question en janvier.

Cet après-midi-là, comme tous les vendredis, il alla se promener en voiture, mais seul. Il demanda à Horwood de l'emmener jusqu'à Mansfield Street. Ils se garèrent de l'autre côté de la chaussée et il regarda longuement l'imposante façade, désormais si familière. Pas un mouvement, pas un signe de vie aux fenêtres. Il resta assis dans la Napier pendant au moins dix minutes, hésitant à sortir et sonner à la porte. Le courage lui manqua ; il fit signe à Horwood de le ramener au nº 10.

À minuit, il revint sur la promesse qu'il s'était faite à lui-même d'attendre qu'elle rompe le silence pour lui écrire.

C'est trop affreux. L'enfer n'est pas aussi cruel. Tu ne peux donc pas m'écrire ne serait-ce qu'un mot ? C'est tellement contre-nature. Un seul mot ?

Il devait, le lendemain, un samedi, assister au mariage d'un de ses anciens secrétaires particuliers au Parlement, Geoffrey Howard, à présent lui-même député libéral et whip du gouvernement. Howard était un cousin éloigné de Venetia ; Montagu devait être son témoin de mariage. Le Tout-Londres politique serait présent – elle aussi, sans aucun doute.

Il s'habilla avec plus de soin que d'ordinaire, pantalon et jaquette, et se scruta longuement dans le miroir. Ces trois derniers jours, il n'avait pas avalé grand-chose : il paraissait assurément plus mince. Plus séduisant, peut-être ? Ou simplement plus hâve ? Difficile à dire.

Il alla dans la salle du Cabinet, pour lire les télégrammes arrivés pendant la nuit. À peine s'était-il mis au travail que Winston passa la tête par la porte.

« Fisher s'est volatilisé.

— Quoi ?

— Il m'a laissé un message, répondit Winston en brandissant un morceau de papier.

— Que dit-il ?

— “Premier lord : après mûre et inquiète réflexion, j’en suis arrivé non sans tristesse à la conclusion que je ne puis rester plus longtemps votre collègue… Je pars à l’instant en Écosse, pour échapper aux questions. Sincèrement, Fisher.” »

Le Premier ministre se cala contre le dossier de son fauteuil, atterré. La démission du marin le plus populaire d’Angleterre (à l’exception, naturellement, de Nelson), au moment même où le débarquement à Gallipoli menaçait de tourner au désastre et où l’affaire des munitions revenait dans la presse, signifiait sans doute l’arrêt de mort du gouvernement.

« Il ne peut pas nous filer entre les doigts de cette manière. Il est amiral et nous sommes en temps de guerre : c’est une désertion pure et simple !

— Exactement. Et c’est inadmissible. »

Le Premier ministre sonna Bongie, qui fit immédiatement son apparition, en jaquette pour le mariage tout comme Winston.

« Fisher s’est volatilisé sans ma permission. »

Il griffonna quelques lignes.

Lord Fisher,

Au nom du roi, je vous ordonne de reprendre immédiatement votre poste.

H. H. Asquith

« Trouvez-le-moi, donnez-lui ceci et dites-lui que je veux le voir sans aucun délai.

— Où peut-il être allé se fourrer ?

— Je n’en ai aucune idée. Il a émis l’intention de rentrer en Écosse. Si nécessaire, faites-vous aider par Scotland Yard. Et gardez un secret absolu sur cette affaire. »

Une fois Bongie parti, il se tourna vers Winston.

« Venez-vous au mariage ?

— Je pense retourner à l'Amirauté. Pourquoi ? Vous y allez quand même, Premier ministre ? s'étonna le Premier lord.

— Pourquoi pas ? Que voulez-vous que je fasse tant que nous n'avons pas remis la main sur Fisher ? »

La cérémonie se déroulerait à l'abbaye de Westminster, dans la chapelle du roi Henry VII. Il s'y rendit dans la Napier avec Margot et Violet, lesquelles s'étaient mises sur leur trente-et-un, Margot en manteau de dentelle noire et tout petit chapeau, Violet en tunique rayée jaune. La femme du Premier ministre était joyeuse et intarissable ; sa belle-fille, muette, les yeux fixés sur la vitre. Il ne leur dit rien de la démission de Fisher. Si Margot l'avait apprise, elle n'aurait pu s'empêcher d'en informer la moitié des personnes présentes dans la chapelle.

En temps de guerre, il était interdit de faire sonner les cloches. Une petite foule s'était réunie en silence devant le porche nord de l'abbaye. Lorsque le Premier ministre descendit de voiture, il fut accueilli par quelques discrets bravos. La petite chapelle était déjà bondée ; l'organiste avait commencé à jouer. Le Premier ministre fut invité à prendre place au premier rang ; Margot s'était cramponnée à son bras et Violet leur emboîta le pas. En s'approchant de l'autel, il aperçut Venetia, au troisième rang. Son cœur fit un bond. Il se hâta de baisser la tête. Montagu était au premier rang, à gauche du marié. Ils se saluèrent d'un signe de tête. À peine s'était-il assis que l'organiste se mit à jouer la « Marche nuptiale ».

Il sombra dans une transe qui dura pendant toute la cérémonie – prières, hymnes, sermon – et dont le tira la torture de la célébration, comme s'il n'avait avant ce jour jamais réellement entendu ces formules pourtant familières. *Puissent-ils demeurer toujours ensemble, dans l'amour parfait et la paix...* Margot lui donna un coup de coude, et son mouchoir. Il en fit bruyamment usage. Que lui arrivait-il ces derniers temps ? Pourquoi se laissait-il aller à de telles effusions publiques, comme un vieillard ?

Lorsque les mariés se furent éclipsés en compagnie du doyen de Westminster pour signer le registre, il perçut un mouvement derrière lui et se retourna sur Bongie, accroupi dans l'allée.

« La police a retrouvé l'amiral, chuchota le secrétaire particulier. Il était au Charing Cross Hotel. Il vous attend au n° 10. »

« Je ne peux pas rester », dit le Premier ministre à Margot.

Avant qu'elle puisse lui en demander la raison, il s'était levé et remontait l'allée latérale en compagnie de Bongie. L'assemblée, comme un seul homme, se retourna pour le voir partir, ce dont il avait conscience. Lorsqu'il passa devant le troisième rang, son regard croisa celui de Venetia, qui lui adressa un imperceptible sourire. Deux mètres à peine les séparaient – et cependant, comme il se le répéta, désespéré, sur le chemin de Downing Street, cette distance était pire qu'un gouffre.

Fisher l'attendait en effet dans la salle du Cabinet, avec Lloyd George. Lorsqu'il ouvrit la porte, ce dernier, qui s'était, comme le Premier ministre le remarqua, installé dans le fauteuil du chef du gouvernement, se leva d'un bond.

« Je vous laisse en tête à tête. »

En sortant, Lloyd George entraîna tout de même le Premier ministre dans le couloir pour quelques instants.

« Je passais vous voir pour tout autre chose, lui dit-il à voix basse, et je suis tombé sur lui. Il m'a parlé de sa décision. J'ai tout fait pour qu'il y renonce, mais il s'entête. J'espère que vous aurez plus de succès que moi.

— S'il a pu résister à votre légendaire séduction oratoire, je ne crois pas que je pourrai faire mieux.

— Eh bien, prions Dieu pour que vous y parveniez tout de même. S'il démissionne, je ne donne pas cher du gouvernement.

— C'est à ce point ?

— Oui. »

Le Premier ministre suivit des yeux Lloyd George jusqu'à la porte qui conduisait au n° 11 mitoyen, et il se souvint de ce que Venetia lui avait dit naguère : « C'est l'homme le plus ambitieux de ton Cabinet, il n'est jamais loyal qu'envers lui-même. » N'était-il pas étrange qu'il soit passé « pour tout autre chose » un samedi matin – celui qui plus est du mariage des Howard, où tout le Cabinet, ou presque, devait se rendre ? Il y avait anguille sous roche, sans doute : mais qu'y faire, hélas ?

« Allons bon, amiral, dit-il en retournant dans la salle du Cabinet, dont il ferma la porte. Qu'est-ce que c'est que cette histoire de démission ? »

Pendant la demi-heure qui suivit, le Premier ministre usa de toutes les armes que lui offrait sa panoplie de grand politique : la raison, la flatterie, la brutalité, le charme, le patriotisme. Rien n'y fit. Si admiratif qu'il fût de Winston, déclara Fisher – « Et Dieu sait que je l'*aime* : c'est un *génie* » –, il se refusait désormais à la moindre collaboration avec lui et ne remettrait pas les pieds à l'Amirauté, même pas pour ranger son bureau.

« Si j'avais le *malheur* de m'y risquer, il m'accablerait de ses *arguments*, me contraindrait à rester par la *force* ; je ne le connais que *trop* ! »

Fisher ne voulait plus être complice de manœuvres auxquelles il ne croyait pas. Il se sentait incapable de défendre l'opération des Dardanelles. Il en avait *assez*. Au Premier ministre, il ne concéda que ceci : il ne partirait pas en Écosse, resterait à Londres, parlerait à McKenna, un de ses proches et le prédécesseur de Winston à l'Amirauté. Il ne ferait pas connaître sa démission avant le lundi suivant.

Après cette entrevue, le Premier ministre se rendit avec Margot et Violet au Wharf, et n'aborda pas la question de Fisher avant la fin de la journée, au moment où Margot vint lui souhaiter bonne nuit.

« Ton partenaire de danse est en train de nous faire valser dans l'abîme ! »

Reggie McKenna arriva au Wharf vers 17 h 30 le lendemain, dimanche ; il se rendit immédiatement dans le petit bureau du Premier ministre pendant que Pamela retrouvait Margot dans le jardin.

« J'ai discuté avec Fisher.

— Et donc ?

— Rien ne le fera changer d'avis, je le crains. »

Le ministre de l'Intérieur, visage éternellement contrit, crâne chauve, la cinquantaine, était l'un de ces politiciens expérimentés, « mécaniques à tout faire » auxquels on peut tout confier : peu importe le domaine, ils gèrent tout avec la même efficacité. Il avait, en compagnie de Fisher, modernisé et développé la marine et ne pardonnait toujours pas au Premier ministre de l'avoir contraint, en 1911, à changer d'attribution avec Winston. Il tenait à présent sa vengeance.

« Vous comprenez, Premier ministre, qu'il va falloir sacrifier Winston ?

— Pour garder Fisher ?

— Non, ça ne marchera pas. Vous ne le réintégrerez pas après ce qu'il vient de se passer. Il serait intenable. Il est trop âgé, trop inconstant. Ce que je veux dire, c'est que Winston ne survivra pas à sa démission. Demain, à la Chambre, les tories n'en feront qu'une bouchée. »

McKenna parlait d'or, bien sûr, mais le Premier ministre répugnait encore à s'avouer que la partie était presque perdue.

« Winston a plus d'énergie que tout le Cabinet réuni. Ce serait un cataclysme.

— Peut-être, mais c'est lui qui nous a mis dans ce pétrin.

— Je vais réfléchir à tout cela. Vous restez partager notre table ?

— Non, merci. Il faut que nous rentrions à Londres. »

Le Premier ministre les raccompagna jusqu'à leur auto. Dès qu'elle se fut engagée sur l'allée, le téléphone sonna et Margot alla répondre.

« C'était le secrétaire particulier de Winston. Winston et Clemmie viennent dîner ce soir, si cela te convient. Ils sont déjà en route.

— Eh bien, si tel est le cas, oui, bien sûr. »

Elle s'attendait, naturellement, à ce qu'il lui parle de sa discussion avec McKenna. Lui n'avait nulle envie de se voir infliger l'une de ses tirades.

« Je vais faire un tour. »

C'était une sublime soirée d'été. Le jardin regorgeait de tulipes. Il alla s'asseoir sur un banc, au bord de l'eau. La Tamise coulait à ses pieds, large et tranquille. Jamais il ne s'était senti aussi seul. Il écrivit à Venetia, en pensée. *Ma tant aimée, je suis assailli de tant de soucis que je ne sais quel chemin prendre, ni vers qui me tourner. Il n'y a personne à qui je puisse parler, personne à qui je puisse me fier, personne dont le jugement me paraisse désintéressé. Si je renvoie Winston, je ne sais pas si le gouvernement lui survivra longtemps. Si je le garde, ce sera, je le crains, la cause de difficultés sans fin. Depuis que tu m'as quitté, il me semble que le monde s'est retourné contre moi. Puis-je te revoir demain, ne serait-ce qu'une heure ? J'ai besoin d'être rassuré, conseillé par toi. Je t'aime, je t'aimerai toujours. Ton bien-aimé...*

S'il lui faisait parvenir cela par coursier exprès, elle le lirait le soir même, ils se verraient le lendemain. Et... si elle s'y refusait ? Pensée insupportable – si bien qu'il resta là, au bord du fleuve en perpétuel mouvement, et, tandis que les ombres s'allongeaient, continua à chercher son chemin, jusqu'à ce qu'il entende l'auto de Winston arriver. Il se leva et remonta vers la maison.

Winston était rayonnant, ce qui était souvent le cas lorsque plus rien n'allait. Avant le dîner – qui réunirait également Bongie et Raymond, outre Clemmie, Margot et Violet –, le Premier ministre et lui s'entretinrent dans le bureau de celui-ci. Winston avait discuté avec les autres lords de la Mer. Aucun d'eux n'avait le désir d'imiter Fisher en signe de solidarité ; sir Arthur Wilson avait même accepté de le remplacer. Quant à Fisher, n'avait-il pas approuvé par écrit tous les télégrammes exécutifs de l'opération des Dardanelles ? Winston en avait rassemblé les preuves.

« S'il se retourne contre nous, j'ai de quoi l'anéantir à la Chambre. Non que cela me fasse le moins du monde plaisir ! Mais il l'aura bien cherché. »

Le Premier ministre l'écouta, opina, et resta muet.

Il rentra à Londres le lendemain matin, en auto. Il s'installa à son bureau et lut soigneusement toute la presse. Pas un mot de Fisher mais, en page 3 du *Times*, une nouvelle liste de morts et de blessés dans les Dardanelles, si longue qu'elle débordait sur la page 4, en dépit de la petite taille des caractères. Il lisait un à un les noms des officiers tués, craignant d'en reconnaître un, lorsque Lloyd George fit son apparition.

« Bonjour, Premier ministre. Vous avez passé un bon week-end ?

— Tendu, dirais-je. Et vous ?

— J'en dirais autant. Vous avez une minute ? Il faut que nous parlions.

— Bien sûr. »

Lloyd George ferma la porte et s'assit devant son Premier ministre. Il ne tenait pas en place, nerveux, gigotant, serrant les accoudoirs puis posant les mains sur ses genoux.

« Bonar Law est passé me voir hier soir. J'étais au n° 11, avec McKenna. Nous fumions des cigares.

— Bonar Law ? Quelles drôles de fréquentations !

— Il savait que Fisher avait démissionné. Il craignait aussi une exploitation malséante de la question des munitions par ses amis unionistes. Plus globalement, c'est le tour que prend la guerre qui l'inquiète. Et pour aller à l'essentiel… il nous propose une coalition.

— Que lui avez-vous dit ?

— Qu'il fallait, naturellement, que j'en discute avec vous.

— Vous y êtes favorable ?

— Oui. »

Lloyd George se pencha vers le Premier ministre, les coudes sur les genoux, le regard brillant, déterminé.

« On ne peut plus continuer comme cela. Vous le savez, la guerre est partie pour durer de longues années. Pour la gagner, il nous faut un effort d'une immense ampleur, un effort national. Et le gouvernement d'unité qui va avec.

— Il se peut que vous ayez raison. Je vais devoir y réfléchir.

— Je crains que le temps nous manque pour cela. Dès que la démission de Fisher sera officiellement annoncée, nous devons nous attendre à une véritable curée. Il nous faut un accord de principe sans tarder. Bonar Law est dans mon bureau ; il attend une réponse. Je vous propose de le faire venir ici. »

Le Premier ministre le dévisagea longuement. C'était la première fois qu'on le contraignait avec une telle brutalité.

« Et si je ne souhaite pas cet accord ?

— Je vous le déconseille très vivement. McKenna est du même avis.

— Quel ton ! C'est une menace ? »

Lloyd George ne répondit pas.

« Et quels seraient les termes de cet accord de principe ?

— Bonar Law a posé deux conditions *sine qua non*. Winston ne pourrait pas rester à l'Amirauté, et Haldane ne pourrait plus faire partie du gouvernement.

— Haldane ? Allons bon ! Et pourquoi ? Parce qu'il a étudié en Allemagne ? C'est mon ami de plus longue date ! Et j'avais le sentiment que Winston était le vôtre.

— Ces considérations personnelles ne doivent plus dicter nos actions, trancha Lloyd George, glacial. Pour ce qui concerne Winston, il a toujours voulu cette guerre, il s'en est servi pour sa propre gloire et s'est engagé dans une campagne hasardeuse sans la moindre pensée pour la souffrance et les sacrifices imposés à des milliers de soldats. Oui, bien sûr, c'est un ami. En l'occurrence, cependant, je ne pleurerai pas sur sa carrière, Premier ministre. Eh bien, puis-je ou non aller chercher Bonar Law ? »

Le Premier ministre pesa le pour et le contre. Winston était un orateur hors pair : il saurait sans aucun doute réfuter les accusations du vieux Fisher. Lui-même était de taille à se dépêtrer de la crise des munitions : il avait connu pire. Il avait encore une solide majorité à la Chambre : le parti ne le lâcherait pas. Lloyd George pouvait toujours bluffer, ni lui ni McKenna ne démissionneraient. Mais la perspective de cette lutte amère et solitaire le remplit soudain d'une immense lassitude.

« Allez le chercher », dit-il en baissant la tête.

Ce matin-là, après que Bonar Law fut passé au nº 10, qu'ils eurent réparti équitablement les sièges du Cabinet et décidé du renvoi de Winston et de Haldane, puis qu'ils se furent serré la main au-dessus du cadavre du gouvernement libéral, le Premier ministre reçut enfin une lettre de Venetia.

Mon chéri (tu me permettras, j'espère, d'user une dernière fois de ce possessif ?)

J'ai eu le cœur brisé de te voir au mariage samedi sans pouvoir te dire un seul mot. Scène si cruelle & contre-nature – & tu avais l'air si triste & si las. J'avais voulu choisir le meilleur moment possible pour te faire part de mes projets – je crois avoir opté pour le pire.

Je ne peux pas revenir sur ce qui a été fait, ne le ferais d'ailleurs pas si je le pouvais – non seulement la promesse de mariage à Edwin, mais surtout ce qui la précède : ces deux ans de constante intimité de pensée & de sentiments avec toi, mon très cher Premier. Lorsque je serai vieille & chenue, je sais que ce sera, de tous les moments, les nôtres auxquels je penserai avec le plus de joie.

Nous nous reverrons & ce sera une souffrance pour tous deux, je le sais, mais après cela sans doute, elle diminuera un peu chaque fois jusqu'à ce que nous puissions retrouver le bonheur tranquille de jadis.

Tout mon amour.

Il posa la lettre sur son bureau, écarta ses petites figurines pour lui faire de la place. Il réfléchit un moment. Il était si fatigué. Puis il lui répondit ceci :

Chérie, ta lettre, si franche et si déchirante, vient juste d'arriver. Qu'y répondre ? Que puis-je y répondre ? J'ai pu garder le silence pendant ces deux jours, les plus terribles de ma vie, puis cela m'a paru insupportable, et comme toi je me suis dit que c'était chose cruelle, et contre-nature, et que tout valait mieux que cela. Alors j'ai griffonné mes 2 ou 3 plaintes et, Dieu te bénisse, tu m'as parlé et je t'ai parlé...

Je n'avais pas connu depuis le début de la guerre pareil excès (que je ne puis plus partager !) d'inquiétudes de toutes sortes. Et la plus horrible chose dans ces horribles journées, c'était que toi seule en ce monde – vers qui je suis toujours allé dans les moments de difficulté & de souffrance & qui m'as toujours remis sur le chemin, consolé, guéri & inspiré –, toi seule étais celle qui ne pouvait rien pour moi, toi seule étais celle à qui je ne pouvais rien demander. Cela sera sans doute la blessure la plus amère de mon existence.

Il me faut prendre demain les décisions les plus stupéfiantes qui soient – de quoi ébranler le monde –, et cela sans ton avis, sans ton consentement. Cela me paraît si bizarre, si vain, si contre-nature : et pourtant, je ne peux faire autrement, et ne le ferais, d'ailleurs, si je le pouvais.

Note historique

Ainsi prit fin la relation qu'entretenaient le Premier ministre et Venetia Stanley, et avec elle le dernier gouvernement libéral du Royaume-Uni.

Venetia embarqua pour la France le lundi suivant, le 24 mai 1915, pour exercer ses nouvelles fonctions d'infirmière. Le même jour, le *Times* publia une première liste du nouveau gouvernement, comprenant déjà six libéraux (le Premier ministre, Grey, Lloyd George, Crewe, McKenna et Simone), six unionistes (Bonar Law, Balfour, Lansdowne, lord Curzon, Carson et Austen Chamberlain), un travailliste (Arthur Henderson) et lord Kitchener, sans étiquette.

En conséquence de l'accord passé entre ces partis, Edwin Montagu quitta le Cabinet ; Churchill lui succéda brièvement au poste de chancelier du duché de Lancaster, avant d'y renoncer et de rejoindre son régiment sur le front ouest, en France.

Lorsque les Alliés renoncèrent enfin à l'offensive des Dardanelles, en janvier 1916, le nombre de soldats tués s'élevait à plus de 110 000, dont 34 000 Britanniques, 10 000 Français, 10 000 Australiens et Néo-Zélandais et

56 000 Turcs. On comptait également plus de 250 000 blessés et disparus.

Lord Kitchener perdit la vie en juin 1916. Le navire de guerre qui l'emmenait en Russie pour une mission de coordination militaire coula au large des Orcades après avoir heurté une mine allemande en pleine tempête ; son corps ne fut jamais retrouvé.

Raymond Asquith fut tué en septembre 1916 sur le front de la Somme. Mortellement blessé, il fuma une dernière cigarette sur sa civière pour ne pas démoraliser ses hommes et demanda, avant de mourir, que l'on rapporte son étui à cigarettes à son père.

Oc, devenu brigadier général, fut gravement blessé en décembre 1917 et dut être amputé d'une jambe.

Beb, qui combattit en France avec la Royal Artillery, souffrit, comme de nombreux soldats, de ce qui ne s'appelait pas encore un syndrome post-traumatique ; il resta mobilisé jusqu'à la fin de la guerre.

Violet épousa Maurice Bonham Carter, *alias* Bongie, en 1915. Elle milita activement au parti libéral, se présenta sans succès à la Chambre des communes et fut anoblie en 1964.

Asquith, son père, dut finalement céder son poste de Premier ministre après l'avoir occupé pendant presque neuf ans ; Lloyd George lui succéda en décembre 1916. Avant de quitter Downing Street, Asquith brûla pratiquement toute sa correspondance privée, y compris toutes les lettres de Venetia. Il resta chef du parti libéral jusqu'en 1926, sans jamais redevenir « Premier ». Il mourut en février 1928 à l'âge de soixante-quinze ans. Avant de se retirer au Wharf, affaibli par la maladie qui allait l'emporter, il réserva sa dernière visite à Venetia.

Margot Asquith mourut en 1945, à l'âge de quatre-vingt-un ans.

Venetia épousa Edwin Montagu en juillet 1915. Le Premier ministre, qui n'assista pas au mariage, envoya deux boîtes en argent aux époux. Montagu retourna au Cabinet où, secrétaire d'État aux affaires indiennes, il participa à l'élaboration des lois qui conduiraient, après la Seconde Guerre mondiale, à l'indépendance de l'Inde. Antisioniste ardent, il s'opposa à la déclaration Balfour de 1917 en faveur de l'établissement d'un foyer national pour le peuple juif en Palestine. Il mourut en 1924, à l'âge de quarante-cinq ans.

Venetia avait, l'année précédente, donné naissance à une fille, Judith, dont le père (fait établi des années plus tard par des tests génétiques) était le comte de Dudley, l'un de ses nombreux amants ; Venetia fréquenta aussi, à la fin de la Grande Guerre, lord Beaverbrook, patron de presse (et notamment du *Daily Express*). Elle mourut en 1948, à l'âge de soixante ans. L'étoile des Stanley avait déjà considérablement pâli. Aujourd'hui, il n'y a plus aucune trace du manoir d'Alderley Park ; quant à Penrhos House, il n'en reste que quelques murs et des tours d'angle, ruines envahies par le lierre au cœur de la forêt.

De ce futur, bien sûr, mes héros ne se doutaient pas. Et je préfère songer à Venetia en ce jour de mai 1915, sur le pont du ferry qui la conduit en France, visage offert au vent, libre, indépendante, pouvant enfin suivre le chemin qu'elle s'était choisi – l'une des femmes dont l'avis pesa le plus sur l'histoire politique de la Grande-Bretagne.

Remerciements

Je dois avant toute chose remercier les personnes responsables de la succession du défunt lord Bonham Carter, qui m'ont autorisé à citer de longs passages des lettres d'Asquith à Venetia, et tout particulièrement Jane Bonham Carter, si généreuse et si encourageante pendant les quelques années de préparation des *Hommes de guerre* ; de même Virginia et Liza Bonham Carter, et le Dr Mark Pottle, qui m'a permis de consulter les Journaux de Margot Asquith, dont il prépare une édition annotée.

Les cinq cent soixante lettres d'Asquith à Venetia – soit environ trois cent mille mots – sont archivées dans huit boîtes distinctes à la Bodleian Library d'Oxford. Toute ma reconnaissance à Jeremy McIlwaine, archiviste en chef, et au Dr Christopher Fletcher, responsable des collections spéciales.

L'existence de cette correspondance fut portée à la connaissance du public une quinzaine d'années après la mort de Venetia. En parfait état pour la plupart, les lettres avaient été conservées avec soin. Si cet ensemble faisait matériellement partie de la succession Montagu, les droits littéraires qui s'y rattachaient appartenaient aux Bonham Carter. Mark Bonham Carter, fils de Violet et petit-fils d'Asquith, les mit à disposition de son ami Roy Jenkins, qui travaillait alors à une biographie d'Asquith (publiée en 1964). Violet, qui ne se doutait pas de l'existence de ces lettres et que leur contenu avait scandalisée, commença par s'opposer à ce qu'elles puissent être consultées et finit par y consentir, moyennant un certain nombre d'omissions destinées à protéger la réputation du Premier ministre.

Oxford University Press a publié en 1982 « à peu près » la moitié de ces lettres, magnifique travail que l'on doit à George et Eleanor Brock. Cette édition, que j'avais lue à parution, m'a été d'une aide à nulle autre pareille – c'est même la principale source d'inspiration des *Hommes de guerre*. Il peut donc paraître assez malséant de ma part de préciser qu'y sont omis des lettres entières, ou des passages pourtant essentiels – notamment celui qui constitue les deux derniers paragraphes du roman. Par ailleurs, j'ai du mal à croire, contrairement à certains historiens, que la rupture avec Asquith voulue par Venetia n'eut que peu d'impact sur la décision de ce dernier d'accepter la constitution d'un gouvernement de coalition le 17 mai 1915. Bien sûr, elle aurait pu lui confirmer qu'il n'avait, de fait, pas le choix – c'était sans doute le cas, à plus ou moins longue échéance. Mais la question n'est pas là. Je crois également qu'il est peu crédible, étant donné les personnalités des intéressés, de suggérer, comme le font les Brock, que cette liaison fut essentiellement platonique. Il est vrai cependant que le romancier a plus de liberté que l'historien.

Au nombre de ceux qui ont lu ces cinq cent soixante lettres, le chercheur qui les connaît le mieux est peut-être le Dr Stefan Buczacki, auteur d'une excellente biographie de Venetia Stanley, *My Darling Mr Asquith*.

Il les a lues et relues dans leur intégralité et a mis à ma disposition les transcriptions des nombreux passages qui ne figurent pas dans l'édition Brock ; que sa générosité et ses recherches soient ici remerciées.

Je veux également rendre hommage à Anna Mathias, la petite-fille de Venetia, pour ses avis encourageants et perspicaces, et pour la permission qu'elle m'a accordée de citer la correspondance entre Venetia et Edwin.

Je remercie également le personnel des National Archives de Kew, celui de la London Library, et tous mes amis de Cornerstone, un département de Penguin Random House – en particulier Helen Confort, Venetia Butterfield et Gail Rebuck. Pour ses lectures et ses suggestions, remerciements aussi – de nouveau – à Jocasta Hamilton. Ma femme, Gill Hornby, a été comme toujours une conseillère et un soutien infiniment précieux.

Notre premier petit-enfant est né peu de temps après que j'ai commencé d'écrire *Des hommes de guerre* : je le lui dédie.

D'autres livres, écrits par de grands historiens, ont rendu possible l'existence de celui-ci ; c'est un plaisir de citer ici les titres de ceux qui m'ont été le plus utiles :

Christopher Andrew, *The Defence of the Realm : The Authorized History of MI5*

H. H. Asquith, *Letters to Venetia Stanley* (édition Michael et Eleanor Brock)

Herbert Asquith, *Moments of Glory*

Margot Asquith, *Great War Diary, 1914-1916* (édition Michael et Eleanor Brock)

Violet Bonham Carter, *Champion Redoubtable : The Diaries and Letters of Violet Bonham Carter, 1915-1945* (édition Mark Pottle)

Rupert Brooke, *Letters* (édition sir Geoffrey Keynes)

Stefan Buczacki, *My Darling Mr Asquith : The Extraordinary Life and Times of Venetia Stanley*
John Campbell, *Haldane*
Winston Churchill, *The World Crisis 1911-1918* (Traduction française : *Mémoires de la Grande Guerre*)
Christopher Clark, *The Sleepwalkers : How Europe Went to War in 1914* (Traduction française : *Les Somnambules, été 1914, comment l'Europe a marché vers la guerre*)
Colin Clifford, *The Asquiths*
Diana Cooper, *The Rainbow Comes and Goes*
Martin Gilbert, *Winston S. Churchill and Companion, vol. 3 1914-1916*
Lord Hankey, *The Supreme Command*, 1914-1918, vol. 1
Christopher Hassall, *Rupert Brooke*
Max Hastings, *Catastrophe : Europe Goes to War 1914*
Simon Heffer, *Staring at God : Britain in the Great War*
Charles Hobhouse, *Inside Asquith's Cabinet* (édition Edward David)
Roy Jenkins, *Asquith*
John Jolliffe, *Raymond Asquith : Life and Letters*
David Lindsay, *The Crawford Papers : The Journal of David Lindsay, Twenty-Seventh Earl of Crawford, 1892-1940* (édition John Vincent)
David Lloyd George, *War Memoirs* (Traduction française : *Mémoires de guerre*)
Lyn Macdonald, *1914*
Margaret Macmillan, *The War that Ended Peace* (traduction française : *Vers la Grande Guerre : comment l'Europe a renoncé à la paix*)
T. G. Otte, *Statesman of Europ : A Life of Sir Edward Grey*
J. A. Pease, *A Liberal Chronicle in Peace and War* (édition Cameron Hazlehurst et Christine Woodland)
Sir Oliver Popplewell, *The Prime Minister and his Mistress*
Robert Rhodes James, *Gallipoli*
Keith Robbins, *Sir Edward Grey*

Stephen Roskill, *Hankey : Man of Secrets, Vol. 1 1877-1918*
Frances Stevenson, *Lloyd George : A Diary* (édition A. J. P. Taylor)
Barbara W. Tuchman, *August 1914*
Nigel West, *MI5 in the Great War*
Philip Ziegler, *Diana Cooper*

Robert Harris
11 juin 2024

Table

Composition et mise en pages
Nord Compo à Villeneuve-d'Ascq

#lisez engagé !
www.lisez.com
Pour plus d'information :
Imprimé sur du papier issu de forêts gérées durablement.

CET OUVRAGE
A ÉTÉ ACHEVÉ D'IMPRIMER
SUR ROTO-PAGE
PAR L'IMPRIMERIE FLOCH
À MAYENNE EN OCTOBRE 2025

N° d'impression : 107828
N° d'édition : B40436/01
Imprimé en France